DESTINO

· ALMAS OSCURAS ·

MARÍA MARTÍNEZ

DESTINO

- ALMAS OSCURAS -

TITANIA

Argentina • Chile • Colombia • Ecuador • España
Estados Unidos • México • Perú • Uruguay

1.ª edición Noviembre 2020

Copyright © 2020 *by* María Martínez
All Rights Reserved
© 2020 *by* Ediciones Urano, S.A.U.
Plaza de los Reyes Magos, 8, piso 1.º C y D – 28007 Madrid
www.titania.org
atencion@titania.org

ISBN: 978-84-17421-05-2
E-ISBN: 978-84-18259-50-0
Depósito legal: B-19.543-2020

Fotocomposición: Ediciones Urano, S.A.U.
Impreso por Romanyà Valls, S.A. – Verdaguer, 1 – 08786 Capellades (Barcelona)

Impreso en España – *Printed in Spain*

Para aquellos que buscan una luz entre las sombras.

Nota de la autora

Siempre hay un primer paso. Un primer proyecto. Un primer libro. ALMAS OSCURAS fue el mío.

Han pasado muchos años desde que escribí estas novelas. Una larga espera.

Ahora llegan a vuestras manos con una nueva imagen, un nombre distinto y el mismo corazón.

Un pacto de sangre sujeto al Destino.

Yo soy una parte del mal que existe en el mundo
y en la Sombra. A veces me engaño creyendo que soy
un mal que existe para enfrentarse a otros males.

ROGER ZELAZNY

Prólogo

San Juan de Terranova. Enero de 1863.

La luna brillaba en medio de un cielo cuajado de estrellas, pálida y fría como la nieve que cubría la calle. Corría una ligera brisa, que arrastraba consigo los efluvios de la posada y del establo, que se levantaba en la parte trasera, junto a un huerto. Ni siquiera el aire frío lograba atenuar el olor a estiércol y podredumbre que lo impregnaba todo.

Amelia abandonó su escondite con paso vacilante.

Todo su cuerpo se estremecía y se abrazó los codos con fuerza para calmar el temblor. Amparada en la oscuridad de aquel callejón, pensó qué hacer. Debía buscar un lugar seguro donde reponerse y sentirse a salvo. Calmar el hambre y curar sus heridas.

Con esfuerzo, caminó unos cuantos pasos hasta vislumbrar la calle iluminada por el alumbrado de gas. Intentó orientarse, ver algo que le recordara dónde se encontraba, pero su mente era un pozo oscuro repleto de pensamientos confusos y apenas tenía fuerzas para mantenerse en pie.

Se apoyó en la pared y dejó que su espalda resbalara hasta el suelo.

Se lamió los labios resecos e intentó tragar una saliva inexistente.

La sensación de vacío en su estómago empezaba a ser insoportable y se sentía más débil y desorientada conforme transcurrían los minutos. Había intentado comer, pero cuando el alimento llegaba a su estómago, este parecía llenarse de ácido y se veía obligada a vomitarlo todo entre agudos espasmos.

Por suerte, la fiebre y el dolor insoportable que la había atormentado durante horas casi había desaparecido, y con él, el latido de su corazón. Ni el movimiento más leve lo agitaba.

Contempló sus brazos desnudos, que descansaban sobre la ajada falda de su vestido. Las quemaduras habían sanado por completo y solo se apreciaban unas manchas rosadas en la piel. Se estremeció al recordar cómo la luz del sol le había achicharrado los brazos y el rostro, el olor a carne quemada. Había tenido que arrastrarse entre el barro y la nieve helada hasta los bajos de un almacén, tan rápido como sus fuerzas se lo habían permitido, para protegerse de esos rayos que casi la convierten en una tea ardiente.

De repente, escuchó unos pasos que se acercaban. Incapaz de moverse, Amelia se pegó a la pared y se abrazó las rodillas. Una figura dobló la esquina y se internó en el callejón con pasos torpes que hacían crujir el agua congelada bajo sus botas. Ella se hizo un ovillo y lo miró. Era un hombre de mediana edad, envuelto en un abrigo de pieles. Se detuvo a un par de metros de donde ella se encontraba y, sin percatarse de su presencia, comenzó a orinar contra la pared.

Amelia cerró los ojos y trató de hacerse invisible. Podía oír la respiración entrecortada del hombre y cómo la nube que formaba su aliento se cristalizaba en el aire. Notaba cada pequeño crujido. El siseo de la orina caliente sobre el manto helado. El frufrú de sus pantalones al atarlos de nuevo. Esos sonidos eran estridentes y tan molestos como si estuvieran dentro de su cabeza, golpeándole el cerebro. Se frotó las sienes, desesperada por aliviar la presión que sentía.

El hombre dio media vuelta para marcharse. Pisó mal y trastabilló.

—¡Joder! —exclamó al apoyarse contra la pared para no caer.

Se miró la mano con atención y vio una astilla clavada en el dedo. Apretó los dientes y la arrancó de un tirón.

Amelia se estremeció. Un intenso aroma penetró en su olfato, y era lo más apetitoso que había olido nunca. Cálido, un poco afrutado y con un ligero toque metálico. Se le hizo la boca agua. Soltó sus rodillas y alzó el rostro. Inspiró hasta llenar sus pulmones de ese aire perfumado, y después cerró los ojos para saborearlo pegado a su lengua.

Una sacudida le recorrió el cuerpo. Semejante a la anticipación placentera que se siente cuando sabes que el éxtasis está a punto de llegar.

Abrió los ojos y su visión captó el momento exacto en el que una gota de sangre caía desde el dedo del hombre hasta el suelo. De su garganta brotó un gruñido casi animal que ni ella misma esperaba.

El hombre se volvió y se percató de su presencia. Enfocó la vista algo achispada en el bulto que había en el suelo.

—¿Qué haces tú ahí?

Amelia no respondió.

Él acortó la distancia con cautela y se agachó frente a ella. La miró con atención. A pesar de su aspecto desaliñado y sucio, no parecía una prostituta, ni una vagabunda. Los jirones que quedaban de sus ropas dejaban entrever seda y tul, y su piel perfecta era la de una joven acostumbrada a las comodidades. Se preguntó qué haría en aquel callejón, sin apenas ropa y descalza. Probablemente se habría escapado de casa, y, por su estado, dedujo que de eso hacía ya varios días.

Se quitó el abrigo y se lo colocó sobre los hombros, mientras se preguntaba cómo era posible que no hubiera muerto congelada con aquellas temperaturas.

—¿Estás bien? —le preguntó con tono amable.

Amelia levantó la mirada del suelo nevado y clavó sus ojos azules en el hombre.

—Tengo hambre —susurró con la voz áspera y la garganta seca.

Él sonrió.

—¿Cuánto hace que no comes?

—Tengo hambre y sed. Mucha sed.

Despacio, Amelia alargó la mano y rozó la mandíbula del hombre. Deslizó las puntas de los dedos por su cuello hasta el lugar más caliente, allí donde le latía el pulso.

—¿Qué haces? —Ella no respondió. Ni siquiera parecía escucharlo. Miraba fijamente su garganta sin dejar de acariciarla—. ¿Tienes familia? ¿Un lugar adonde ir?

—No.

—¿Y tienes hambre?

—Sí.

El hombre entornó los ojos y sonrió. Su expresión se tornó ávida al tiempo que la miraba de arriba abajo. Se fijó en sus largas piernas, las caderas estrechas y la delicadeza de su rostro enmarcado por una melena tan rubia que casi parecía blanca. Bajo la fina tela se adivinaba un estómago plano y unos pechos redondos y turgentes. Era una jovencita muy guapa que, con suerte, debía de rondar los veinte años.

—Yo podría darte dinero, suficiente para que encuentres un sitio donde comer algo caliente y dormir. A cambio, tú podrías... —dejó la frase suspendida en el aire y lanzó una mirada al fondo del estrecho callejón— ser amable conmigo.

Amelia retiró la mano y lo miró. Ladeó la cabeza sin dejar de observarlo, y frunció el ceño como si estuviera considerando su oferta. Con un movimiento grácil se puso en pie. El abrigo resbaló de sus hombros y cayó al suelo. Tomó la mano del hombre y lo guio hacia la oscuridad. Él la siguió dócil ante la promesa de aquel gesto, hasta el amparo de una pila de cajas de cerveza vacías. Allí comenzó a acariciarla. Los muslos, las caderas, la curva de su cintura...

—Eres preciosa y te prometo que seré muy bueno contigo.

Alzó la mano para acariciarle el rostro y el tiempo se detuvo. El corazón le dio un vuelco y empezó a latir desbocado mientras la sangre se le congelaba en las venas. Los ojos de aquella jovencita de rostro angelical ya no eran azules, sino rojos como el carmesí, fríos e inhumanos. Tras los labios entreabiertos, sobresalían los colmillos superiores, largos y afilados hasta un punto antinatural.

Dio un paso atrás y parpadeó como si tratara de despertar de un sueño. El alcohol que aún quedaba en su sangre empezó a evaporarse con el sudor de su piel. Dio un paso más, y otro, pero, a medida que retrocedía, ella avanzaba, arrinconándolo, y acabó chocando contra la pared mugrienta.

—¿Qué... eres?

—Tengo hambre —susurró ella.

Con una rapidez asombrosa, Amelia saltó sobre el pobre infeliz, le ladeó la cabeza con un movimiento brusco y lo mordió en el cuello. La sangre caliente penetró en su boca y gimió extasiada. Nunca había probado nada igual. Se le encogió el estómago, pero no hubo arcadas ni dolor. Sí, aquello era lo que necesitaba.

El hombre cayó al suelo y ella se encaramó sobre su pecho, desgarrando la piel con los dientes. La nieve se tiñó de rojo alrededor del cuerpo y quiso contener con las manos el torrente que brotaba de la herida. Se le escapaba entre los dedos y los lamió hambrienta. Mordió con frustración y chupó con avidez, intentando que la sangre brotara a través de la herida, pero el flujo se había detenido.

Gruñó como un animal que se disputa una presa.

Se apartó de la cara algunos mechones manchados de sangre y continuó aferrada con los labios a aquel cuello flácido, tan concentrada en su comida que no escuchó unos pasos que se acercaban.

—Pero ¿qué tenemos aquí?

Aquella voz empalagosa la sobresaltó y todo su cuerpo reaccionó. Se incorporó de un salto y encaró al intruso mostrando los dientes.

El visitante levantó las manos con un gesto de tregua y sonrió. Vestía un traje negro de corte impecable y botas de montar hasta las rodillas. La camisa entreabierta mostraba una piel pálida y un cuerpo bien formado. Su rostro era hermoso, casi infantil, y tenía el pelo tan rubio que parecía albino. Se acercó al cadáver con suma cautela. Miró a Amelia, como si pidiera permiso, y después se agachó. Con la mano le giró el cuello al muerto y contempló la herida.

Amelia lo observó. Sus pupilas contraídas no perdían detalle de ninguno de sus movimientos. No se comportaba como tal, pero el recién llegado era una amenaza y podía sentirlo.

—¡Lo haces mal! —canturreó él en voz baja—. Así no conseguirás alimentarte. Clavas los colmillos demasiado, y la presión que ejerces con la mandíbula le rompe el cuello antes de que puedas desangrarlo —aclaró con naturalidad, como un profesor se dirigiría a un alumno. Sonrió y sus colmillos centellearon en la oscuridad—. Debes hacerlo con suavidad. Su corazón ha de latir todo lo posible para que bombee hasta la última gota de sangre. ¡Los novatos sois tan poco delicados!

Suspiró. Se puso en pie y sacó un pañuelo del bolsillo, con el que se fue limpiando la sangre de los dedos. Después miró a Amelia con interés. Era hermosa a pesar de su aspecto sucio y desaliñado, y los harapos que vestía dejaban poco a la imaginación. Su rubia melena flotaba sobre los hombros, agitada por una gélida brisa proveniente del océano que arrastraba un profundo olor a salitre. Una recién nacida exquisita.

—Yo puedo enseñarte cómo hacerlo bien —añadió él en tono seductor—. Alargar sus vidas para exprimir hasta el último aliento es todo un arte. Aprenderías a apreciar el aroma de la sangre como si se tratara del buqué de un buen vino. —Frunció el ceño mientras su mente trabajaba a toda prisa buscando un dato que se le escapaba—. Amelia, ¿verdad?

Al oír su nombre, ella bajó la guardia y relajó la tensión de su cuerpo.

—¿Cómo sabes mi nombre? —Un recuerdo apareció en su mente—. Te conozco.

El visitante dejó escapar una risita de suficiencia.

—No me guardarás rencor, ¿verdad? No era nada personal.

—Eres... eres...

—Lo mismo que tú ahora.

—¿Yo?

—Sí, querida, pero no es nada malo. Al contrario. Déjame ayudarte. Puedo cuidar de ti. —Chasqueó la lengua con disgusto—. ¡Mírate, tan sedienta y demacrada, tienes un aspecto lamentable! Una criatura tan bella y perfecta como tú debería estar entre sedas y diamantes, con decenas de siervos a tus pies, deseosos de saciar tus apetitos. Yo puedo hacerlo posible.

Aquellas palabras hicieron mella en el carácter vanidoso de Amelia, que empezó a sonreír con malicia ante la visión que tomaba forma en su mente.

—¿Por qué?

—Los de nuestra especie debemos ayudarnos entre nosotros, si queremos sobrevivir. Además, llevo tanto tiempo en este mundo que ya no tiene secretos para mí. Conmigo no estarás sola, y tendrás uno de esos cada noche. —Hizo un gesto hacia el cadáver—. Tendrás los que quieras.

—¿Y por qué debería confiar en ti? —preguntó Amelia.

—Porque yo también estoy solo. Nadie debería estar solo —respondió con sinceridad. Hizo una pausa para que ella pudiera pensar—. Y bien, ¿dejarás que cuide de ti?

Largo y penoso es el camino que desde el infierno
conduce a la luz.

El paraíso perdido, JOHN MILTON

1

New Hampshire, en la actualidad.

William maldijo entre dientes. Aquel trasto no quería funcionar y, por más que trataba de programar un nuevo destino, el mapa de Portland se negaba a desaparecer de la pantalla del navegador. ¡Genial! Lo apagó, antes de que el deseo irrefrenable de arrancarlo de cuajo le hiciera destrozar el salpicadero.

Se inclinó sobre la guantera y sacó un mapa. Lo desdobló sobre el volante y le echó un vistazo. Trató de situarse. Debía de estar en algún punto al suroeste de las Montañas Blancas, pero ¿dónde? Buena pregunta.

Sin mucha paciencia, arrugó el mapa y lo lanzó al asiento trasero. Era incapaz de orientarse en esa telaraña de carreteras que recorrían gran parte del estado.

Los rayos de sol que se filtraban entre los árboles perdieron intensidad, engullidos por un manto de nubes oscuras que el viento empujaba desde el norte. Se quitó las gafas de sol. Aquella luz débil ya no le molestaba en los ojos.

De repente, una fina lluvia comenzó a salpicar los cristales del todoterreno.

Un relámpago centelleó en el cielo, presagio de la tormenta que empezaba a formarse. El golpeteo del agua contra el cristal cobró intensidad, como puñados de grava arrojados contra una ventana.

William apagó la música y disminuyó la velocidad para contemplar el paisaje boscoso. Bajó un poco la ventanilla e inspiró. Su olfato captó decenas de notas aromáticas: la tierra mojada, el olor dulzón del arce, la madera podrida de un viejo roble, el aroma balsámico de los pinos...

Le recordaba a su hogar.

Mientras la lluvia se transformaba en una gruesa cortina, pensó en la decisión que había tomado. Estaba cansado y notaba el peso de los años sin ningún resultado. Era el momento de dejarlo, de abandonar una búsqueda que lo estaba consumiendo hasta un punto que solo él conocía. No quedaba nada bueno en su interior, solo un férreo control que empezaba a ser insuficiente.

Debía retomar su vida. Encontrar un propósito que lo alejara de aquel sendero de destrucción que recorría desde hacía demasiado; y para conseguirlo, necesitaba estar cerca de la única persona en quien confiaba, Daniel.

William echaba de menos a su amigo. Él nunca lo miraría como el bicho raro que realmente era. Ni aguardaría el milagro que todos esperaban bajo un augurio que solo era el reflejo de la desesperación.

Daniel nunca esperaría de él nada a cambio.

Miró a su alrededor. Allí se respiraba la soledad que anhelaba.

De pronto, una imagen le hizo abandonar sus pensamientos.

A través de la lluvia torrencial, pudo distinguir la figura de una persona que caminaba por el arcén embarrado.

«Vaya día para salir de paseo», pensó.

Inclinó la cabeza y miró a través de la ventanilla. Vio una mujer muy joven, calada hasta los huesos, con el pelo largo y oscuro pegado al rostro. La chaqueta y el vestido que llevaba se le habían adherido al cuerpo como una segunda piel y temblaba de pies a cabeza. Le echó un vistazo al testigo que marcaba la temperatura en el coche. Doce grados. Hacía frío para un cuerpo caliente y mojado.

Pasó de largo y continuó observándola por el espejo retrovisor.

De repente, la chica dio un traspié y comenzó a tambalearse de un lado a otro. El barro acumulado en el arcén era muy resbaladizo y cayó al suelo.

William pisó el freno. Clavó la mirada en el retrovisor. Vio cómo la chica intentaba levantarse y volvía a caer. Lo intentó una vez más con la misma suerte, y acabó sentada sobre el asfalto mientras se sujetaba la pierna con ambas manos.

Notó una punzada en el pecho y apartó la mirada.

«No es asunto mío», pensó.

Aceleró, al tiempo que trataba de dominar el impulso de mirar hacia atrás.

Un hormigueo bastante molesto le recorrió el estómago. Si aquello no era su conciencia, se le parecía bastante; y conforme se alejaba, el cosquilleo se transformó en una sensación extraña que lo desconcertó. Hacía mucho tiempo que la preocupación por uno de ellos había desaparecido de sus escasos sentimientos.

—¡Maldita sea! —farfulló con disgusto.

Pisó el freno a fondo y dio marcha atrás sin dejar de pensar en la tremenda estupidez que cometía al volver. Aquella chica podía estar sangrando y él...

Él era un vampiro.

Un vampiro hambriento que llevaba semanas mal alimentándose de animales que apenas podían cubrir sus necesidades.

Se bajó del coche y sus pies se hundieron en un charco.

«Genial», pensó.

Soltó un bufido. Rodeó el vehículo y se agachó junto a la chica, que lo miraba sorprendida. Se tomó un segundo para estudiarla. Tenía el rostro ovalado, y unos ojos grandes y verdes que destacaban sobre una piel dorada.

—¿Estás bien?

—No lo sé.

—¿Te has hecho daño? ¿Puedes levantarte?

—No creo, me he torcido el tobillo.

Ella se apartó un mechón de pelo mojado de la cara y observó al chico que acababa de arrodillarse a su lado. Tenía el cabello castaño y lo llevaba despeinado, como si acabara de levantarse. Ese aspecto descuidado le hacía muy atractivo, sin embargo, su expresión seria la intimidaba. Tanto como sus ojos. Eran de un azul imposible, claros y brillantes como si una luz de neón los iluminara desde dentro. Quedó atrapada en esos iris.

—¿Me dejas verlo? —preguntó él en voz baja.

Ella tardó un segundo en darse cuenta de que se refería a su pie.

—Sí.

William tragó saliva e intentó ignorar el arañazo que ella tenía en la mano y la forma en la que el agua se volvía roja en contacto con la herida.

Le tomó el pie y palpó con cuidado el tobillo, cada vez más hinchado. Notó que ella se estremecía, y vio de soslayo que se mordía el labio inferior con un gesto de dolor.

—Perdona. —Depositó el pie en el suelo y se frotó las manos contra el pantalón—. No parece roto, pero se ha inflamado muy rápido y no puedo saberlo con seguridad. Quizá deba verte un médico. La verdad es que no tiene buena pinta —explicó sin mucha paciencia, y se dio cuenta de inmediato de lo fría que sonaba su voz.

Tratar con indiferencia a los humanos se había convertido en una costumbre.

—¿Puede estar roto? —preguntó ella con aprensión.

Él se encogió de hombros e intentó mostrarse más amable.

—No soy médico, pero tampoco hay que serlo para ver que no tiene buen aspecto. ¿Crees que podrás caminar?

—Lo dudo, me duele bastante.

—¿Vives por aquí? Puedo llevarte.

—A unos cinco kilómetros por esta carretera, pero... no es necesario que te tomes la molestia. —Palpó el bolso que colgaba cruzado sobre su pecho, donde guardaba el teléfono y una cámara de fotos—. Llamaré a mi abuela para que me recoja. Gracias, de todos modos.

William se inclinó para cambiar de posición y ella se encogió de manera instintiva. El principio de una sonrisa arrogante tiró de sus labios y se puso en pie.

—Como quieras, pero parece que el tiempo va a empeorar.

Y como si las nubes hubieran escuchado sus palabras, un trueno sonó sobre sus cabezas y la fuerte lluvia se transformó en un diluvio. Miró el cielo encapotado y, de nuevo, el rostro de la joven. Si quería quedarse allí, estaba en su derecho. Él ya había cumplido con su buena acción del día.

Se encaminó al coche y a la altura del parachoques se detuvo. Se pasó la mano por la cara para apartar el agua.

—Perdona, ¿conoces un pueblo llamado Heaven Falls? Llevo una hora dando vueltas y no consigo encontrarlo —gritó para hacerse oír por encima del ruido.

Ella asintió, un tanto desconcertada.

—Yo vivo en Heaven Falls. Está a unos cinco kilómetros...

—Por esta carretera, ¿no? —la cortó.

Dio media vuelta y levantó la mano a modo de despedida, aliviado de que aquel encuentro hubiera terminado. Necesitaba alejarse del olor de la sangre.

—¡Espera! —gritó ella.

William se detuvo y ladeó la cabeza, lo justo para verla por el rabillo del ojo.

—Pensándolo mejor... Si aún te parece bien... Te agradecería que me llevaras hasta el pueblo.

Él se quedó callado un largo instante. Soltó un suspiro y regresó sobre sus pasos. La situación empezaba a resultarle cada vez más incómoda y estresante. Contuvo el aire y se agachó junto a ella.

—A veces soy un poco desconfiada con los extraños, pero creo que puedo fiarme de ti. ¡Además, si sigo aquí, acabarán por salirme escamas! —bromeó ella y sonrió con timidez.

Él le devolvió la sonrisa de forma imperceptible. La sostuvo por las manos y la ayudó a incorporarse. Ella dejó escapar un solloz al apoyar el pie y perdió el equilibrio. De inmediato, un brazo le rodeó la cintura e impidió que se desplomara.

—Lo siento, no puedo caminar —se lamentó la chica.

William la observó mientras sopesaba el siguiente paso. Ayudarla a caminar era una cosa, pero cargar con ella era otra muy diferente. Demasiado contacto físico.

—Tendré que tomarte en brazos —dijo al fin, y su estómago se retorció de forma involuntaria.

Ella se ruborizó y el calor se extendió por su cuello.

—Está bien, no pasa nada.

William deslizó su brazo libre por debajo de las rodillas de la chica y la alzó sin ningún esfuerzo. Tenía la piel caliente y muy suave, y el pelo le olía a hierba mojada y a manzana. Inspiró con lentitud y su olfato captó otra fragancia. Era dulce y afrutada, con un toque áspero, incluso picante, tan deliciosa que la boca se le hizo agua.

Tragó saliva y contuvo la respiración. Mejor no tentar al diablo que llevaba dentro.

Abrió la portezuela del coche y la depositó con cuidado sobre el asiento, mientras la lluvia seguía cayendo sobre ellos con fuerza. Rodeó el vehículo y subió a toda prisa. Se pasó la mano por el pelo varias veces y después por la cara. Estaba empapado.

Después tomó un pañuelo de tela que llevaba en el bolsillo de la puerta y se lo ofreció.

—Ten, para tu herida.

Ella aceptó el pañuelo y le dedicó una sonrisa.

—Gracias.

Unos segundos después, estaban en marcha.

Mientras la chica envolvía su mano con la tela, él contuvo la respiración. Sin embargo, el olor de la sangre fresca era tan intenso que penetraba en su olfato sin necesidad de aspirarlo.

Se descubrió mirándole la garganta. La sutil línea azulada que palpitaba a lo largo de su cuello. Ella contemplaba el paisaje a través de la ventanilla, con las piernas muy juntas y las manos entrelazadas en el regazo, ajena a los pensamientos que ponían a prueba su control. Se distrajo con el rubor de sus mejillas. Podía ver el líquido rojo recorriendo los capilares, subiendo la temperatura, coloreando la piel.

Apartó la vista y se concentró en la carretera.

—Me llamo Kate —dijo ella al cabo de unos minutos, rompiendo así el incómodo silencio.

—William.

—Encantada, William. —Le tendió la mano y él se la estrechó con una ligera presión—. Bueno, ¿qué te trae a Heaven Falls?

William no quería mantener una conversación con la chica, solo fingir que no estaba allí. Vio que ella le observaba con una sonrisa expectante y se obligó a contestar.

—Voy a visitar a unos amigos.

—¿Y puedo preguntarte quiénes son? Quizá los conozca. Es un pueblo pequeño.

William le dedicó una mirada incisiva.

—No lo creo, solo llevan por aquí unas pocas semanas.

Kate notó su malestar y desvió la mirada hacia la ventanilla.

—Disculpa. No quería ser entrometida.

William la miró de reojo y un atisbo de culpabilidad comenzó a merodear alrededor de su conciencia. Su actitud rozaba la grosería. Llevaba décadas consumido por la culpa y los remordimientos, y esos sentimientos lo habían convertido en un ser huraño y poco social. En especial, con los humanos.

Suspiró. Se suponía que estaba allí para empezar de nuevo y tener una vida normal. Integrarse y relacionarse.

El primer intento estaba siendo un absoluto desastre.

Forzó una sonrisa y se obligó a relajarse.

—Se apellidan Solomon. Han comprado una casa a orillas del lago... —Frunció el ceño mientras pensaba—. No... no recuerdo el nombre.

—Whitewater, el lago Whitewater, es el único en la zona. Y es enorme, ¿tienes una dirección?

—Más o menos. ¿Te suena Wolf's Grove?

Kate se giró hacia él con una sonrisa en los labios.

—¡Sí, en esa zona hay unas casas preciosas! —Se puso seria y miró a William con los ojos muy abiertos—. Espera un momento. ¿Has dicho Solomon? ¡Acabo de acordarme! Hay un chico nuevo en mi instituto, se llama Evan. Evan Solomon. Coincidimos en algunas clases... Bueno, solo en un par. Nunca he hablado con él, pero parece simpático. Lo he visto por el pueblo con su familia. Son muchos y todos se parecen bastante... No es que me haya fijado, la verdad, pero en los pueblos pequeños todo el mundo se conoce y si llega alguien nuevo... Ya sabes, llaman la atención. Y ellos no es que pasen desapercibidos. No... no me malinterpretes. No lo digo como algo malo, al contrario. Parecen muy amables.

William la miró de reojo. No se acostumbraba al parloteo continuo de los humanos. Hablaban a todas horas y de cualquier cosa, como si el silencio fuese un mal a erradicar. Sin embargo, había algo en Kate, en el timbre de su voz, que le resultaba agradable.

La miró, esta vez con otros ojos.

Un cartel de bienvenida los saludó a la entrada del pueblo.

Tomaron la avenida principal, flanqueada por decenas de comercios de grandes escaparates. Seguía lloviendo y en las calles apenas había transeúntes. Los pocos que se atrevían a caminar con aquel tiempo, lo hacían ocultos bajo grandes paraguas e impermeables multicolor.

—En el siguiente cruce, gira a la derecha, por favor —dijo Kate con la voz ronca.

El tobillo le dolía cada vez más.

William obedeció. Avanzó por una calle de casas blancas con jardines cubiertos de flores, y algunos robles y abedules que se levantaban por encima de los tejados. Era una de esas ciudades perfectas, como las que aparecen en los primeros puestos de cualquier lista sobre los lugares más bonitos para vivir.

Kate señaló una casa de paredes amarillas con un porche blanco.

—Es ahí.

William detuvo el coche frente a la vivienda y la observó con interés. Después fijó su atención en Kate.

—¿Vives aquí?

—No, yo también vivo en Whitewater. Al este. Esta es la casa de mi mejor amiga, Jill. He pensado que sería mejor lavarme un poco y ponerme ropa seca antes de ir a casa. A mi abuela le dará un infarto si me ve así.

Bajó la cabeza. Le costaba fijar la vista en aquellos inquietantes ojos que la estudiaban sin parpadear.

Él soltó el volante y se giró hacia ella.

—¿Cómo llego a ese lago? —preguntó.

—Si tus amigos viven donde imagino, debes... Ten-tendrías que... —empezó a tartamudear con la respiración agitada.

Nadie la había mirado nunca de aquella forma, y se sintió como un pequeño ratón ante un enorme gato. Un gato que en ese momento sonreía con cierta malicia.

—Tendría que...

Kate tomó aire y le sostuvo la mirada con aplomo.

—Tienes que regresar a la calle principal y continuar hacia el norte hasta salir del pueblo. A unos ocho kilómetros, verás un desvío a la derecha, sigue esa carretera hasta que encuentres un enorme roble con un agujero en el tronco, al lado de un camino. Ese camino lleva a la casa de tus amigos.

Se pasó la mano por el cuello, nerviosa.

Los ojos de William volaron hasta allí, a las líneas azuladas que se transparentaban a través de su piel. Cerró los párpados un instante y volvió a abrirlos.

—Te ayudaré a salir.

Bajó del coche y se apresuró a rodearlo. Ella ya había abierto la puerta e intentaba mantenerse de pie sin mucho éxito. La sostuvo por la cintura y sus ojos se enredaron un momento.

—Deja que te lleve.

—Vale.

William la tomó en brazos. Cuando ella se aferró a su cuello, él no pudo evitar tensarse. Demasiado cerca. Paseó la mirada por su rostro y se detuvo en sus labios carnosos. Parecían muy suaves. Dejó a un lado ese pensamiento inesperado y la llevó hasta el porche. Se detuvo frente a la puerta sin soltarla.

—Gracias —dijo Kate con las mejillas encendidas.

—De nada. —Una pequeña sonrisa se dibujó en su cara al ver que ella seguía abrazada a su cuello y lo miraba—. Tendrás que llamar tú, yo tengo las manos ocupadas.

Kate frunció el ceño. De repente, se dio cuenta de lo que quería decir.

—¡Oh, disculpa! —susurró, muerta de vergüenza. Alargó el brazo y golpeó el cristal con los nudillos—. ¿Estás bien? Espero no pesar mucho. Soy delgada, pero en mi familia todos tienen los huesos anchos y fuertes... Mi hermana la que más. En eso se parece a mi abuela mucho más que yo.

—Tranquila, puedo contigo.

—Sí, ya me he dado cuenta. ¿Practicas algún deporte? Yo lo intenté con el baloncesto, pero no fue muy bien. Luego probé con el atletismo, tampoco funcionó. Es complicado si solo tienes dos pies izquierdos. O derechos.

William clavó los ojos en la puerta y apretó los labios. Estaba a punto de echarse a reír y no quería ofenderla. La miró de reojo. Hacía mucho tiempo que nadie le arrancaba una sonrisa con tanta facilidad.

La puerta se abrió de golpe y en el umbral apareció una chica con el pelo corto y castaño, y las mejillas salpicadas de pecas.

—¡Kate, ¿estás bien?! ¿Qué te ha ocurrido? —preguntó alarmada.

—Solo es una torcedura. Estoy bien.

William dejó a Kate en el suelo y la sujetó por la cintura hasta que estuvo segura en los brazos de su amiga. Después la soltó, deseoso de romper el contacto.

—¿Y este quién es? —se interesó la chica morena.

—Jill, él es William, me ha... me ha encontrado en la carretera. Ha venido a Heaven Falls a visitar a unos amigos.

Jill estudió a William de arriba abajo sin ningún pudor.

—Hola, un placer.

William le devolvió el saludo con un gesto.

—Debo marcharme —anunció él, y abandonó el porche a toda prisa.

—¡William! —gritó Kate. Él se detuvo y se giró muy despacio—. Gracias por todo.

—De nada.

—¿Por qué no entras a secarte y tomar un café? Es lo mínimo que puedo hacer por ti. —Su voz sonó más suplicante de lo que pretendía—. ¿Verdad, Jill?

Lanzó una mirada muy significativa a su amiga.

—Sí, claro... Entra, por favor —respondió Jill, con una gran sonrisa nada natural—. ¿Qué haces? ¡Podría ser un psicópata! —murmuró entre dientes.

—No es un psicópata.

—¿Cómo estás tan segura?

—Porque estoy aquí y no en su maletero.

—Y si entra, podemos acabar en el congelador.

—Tu congelador es muy pequeño.

—Puede que nos corte en trocitos.

Kate chistó para que se callara.

William, que había oído toda la conversación, se pasó una mano por el pelo mojado. Seguía lloviendo. Miró al cielo, preguntándose qué hacía aún allí y por qué no se largaba de una vez.

—Gracias, sois muy... amables. Pero quiero llegar a ese lago lo antes posible —respondió sin ocultar su cansancio.

Ella forzó una sonrisa.

—Entonces... supongo que ya nos veremos.

William no dijo nada, se limitó a mirarla con una expresión indescifrable. Después subió al coche y desapareció a gran velocidad calle abajo.

2

Kate se quitó la chaqueta mojada y los zapatos nada más entrar. Después dejó que su amiga la llevara hasta el baño para ponerse ropa seca.

—Debería llamar a mi padre para que le eche un vistazo a tu pierna.

—¡No! —exclamó Kate mientras se ponía una camiseta limpia.

—Tienes el tobillo como un melón.

—Solo es una torcedura.

—¿Cómo lo sabes? No tienes rayos X en los ojos.

—No, pero sí tengo experiencia en comerme el suelo.

Jill apretó los labios para no soltar una carcajada.

—Vale, pero ponte un poco de hielo al menos.

—De acuerdo, mamá.

Se echó a reír cuando Jill le atizó con la mano en el cogote.

Regresaron juntas al salón y Kate se acomodó en el sofá, junto a la ventana.

Jill salió disparada del salón, para volver unos segundos más tarde con una bolsa de hielo y una toalla. Colocó el pie de su amiga sobre un cojín y lo cubrió con el hielo. Luego se sentó en el otro extremo del sofá. La miró fijamente mientras sacaba un chicle de su bolsillo y se lo echaba a la boca.

—¿Piensas contarme por qué ese tío te ha encontrado en la carretera con esta tormenta?

—¿Si digo que no...? —Un cojín le dio de lleno en la cara. Suspiró—. ¡Vale! Después del instituto he ido al viejo granero a tomar unas fotos...

—Pero si tu coche está en el taller.

—He ido dando un paseo.

—¿De siete kilómetros?

Kate la fulminó con la mirada.

—¿Te lo cuento o no?

—¡Lo siento! —se disculpó Jill, y puso un dedo en sus labios, asegurando con el gesto que iba a mantenerlos bien cerrados.

—He ido al viejo granero para hacerle unas fotos antes de que lo echen abajo. De regreso a casa, ha comenzado a llover y he resbalado. Él pasaba por allí en ese momento y me ha traído hasta aquí. Eso es todo.

—¿Y quiénes son esos amigos a los que ha venido a visitar?

—Creo que ese chico nuevo que está en nuestra clase.

—Pues es bastante guapo —le hizo notar Jill.

—¿El chico nuevo?

—¡William!

Kate sonrió y bajó la mirada a sus manos entrelazadas. Notó un cosquilleo en el estómago, mientras le daba vueltas al pañuelo. Había olvidado devolvérselo.

—Sí lo es. Demasiado guapo.

Jill frunció el ceño.

—¿Y eso es un problema? Porque ha sonado como si lo fuera.

—No lo digo como algo malo. Es solo que... mis experiencias con chicos guapos han sido nefastas.

—¿Chicos? Si solo has salido con uno, Justin el cretino.

Kate resopló y sacudió la cabeza.

—Y he tenido más que suficiente, créeme. No pienso salir con nadie en mucho tiempo. Tengo cosas más importantes de las que preocuparme.

—El trabajo, la graduación, la Universidad, la castidad... —enumeró Jill con fastidio.

—Sí, y me parece un plan genial.

—Yo no llamaría genial a un futuro sin sexo.

—El sexo no es tan importante.

Jill hizo una pompa con el chicle y miró a Kate con una sonrisa traviesa.

—Pues a «Don Estirado» te lo comías con los ojos.

—¿Don... qué? —Kate soltó una carcajada al darse cuenta de que se refería a William—. No es... estirado. Ha sido bastante amable.

—Ya, es así de simpático de forma natural. —Jill puso los ojos en blanco—. Da igual. Te ha faltado muy poco para suplicarle que se quedara.

¡William, deberías entrar a secarte y tomar un café, es lo mínimo que puedo hacer por ti! —imitó a su amiga.

Kate se encogió y el corazón se le disparó mientras enrojecía.

—No ha sido mi imaginación, ¿verdad?

—Un poquito desesperada sí que parecías —comentó Jill con una sonrisita.

—¡Qué vergüenza! ¿Tú crees que se habrá dado cuenta?

—Lo dudo, tenía prisa por largarse. Un poco más rápido y se hubiera teletransportado.

Kate se desinfló como un globo. La sinceridad era una de las virtudes que más valoraba de su amiga. Si bien, en aquel momento, hubiera preferido que adornara lo evidente.

—Habrá pensado que estoy loca —susurró—. ¡Qué más da! No creo que vuelva a verle.

—Puede que se quede por aquí.

—¿Y?

—Pues que estará ciego si no se fija en ti —contestó Jill como si fuera obvio.

—Ni siquiera me ha mirado.

—Lo dicho, está ciego. Y estoy segura de que también es gay. Ciego y gay, ¡qué pena!

Kate lanzó un cojín a su amiga y ambas rompieron a reír a carcajadas. Cuando logró tranquilizarse, se recostó sobre los cojines.

—Me da rabia haberme comportado como una idiota. Habrá pensado que soy... tonta.

—Pero tú pasas de los chicos y el sexo, por lo que no debería importarte su opinión sobre ti. —Jill ladeó la cabeza y esbozó una sonrisa pícara—. Porque no te importa, ¿no?

La pregunta era especialmente perturbadora.

—Puede que sí —admitió Kate a regañadientes—. Es posible que me sienta un pelín atraída por él. Es muy atractivo. O quizá sea ese aire apenado que tiene. No sé, hay algo triste en él.

Jill lanzó al aire un gruñido de protesta.

—En lo de guapo te doy la razón, está cañón. Pero... ¿triste? ¿Tú te has fijado bien? Con su coche podrías pagar los cinco años de Universidad y

¿has visto su ropa? Esa no se encuentra en el centro comercial. Yo no diría triste, más bien que nos ignora por completo desde su enorme pedestal. Algo que ha quedado muy clarito cuando ha salido corriendo. ¡Sí, seguro que tener tanta pasta deprime a cualquiera!

—¿Te ha dado tiempo a fijarte en todo eso?

—Presto atención a los detalles.

Se levantó de un salto y se dirigió a la ventana, apartó la cortina y permaneció vigilando el exterior.

Kate se quedó en silencio, observando cómo Jill seguía con su dedo el descenso de las gotas de agua en el cristal. Era posible que su amiga tuviera razón. La apariencia de William sugería una posición privilegiada. Además, tenía un aura orgullosa y una actitud arrogante, a la vez que irritantemente educada, que seguro había aprendido en uno de esos colegios privados de Europa.

Se abrazó los codos para deshacerse del estremecimiento que le recorría el cuerpo con solo pensar en sus manos sobre ella.

—Seguro que tiene novia. Una de esas modelos con piernas kilométricas y nombre exótico a juego con todo lo demás.

—Me ha parecido percibir un tonito celoso —se burló Jill.

—¡Se acabó, cambiemos de tema!

Jill rio por lo bajo. Regresó al sillón, incapaz de permanecer quieta.

—¿Adónde se dirige?

Kate puso los ojos en blanco. ¡Si eso era cambiar de tema!

—Al lago. Por lo que sé, ha venido a visitar a unos amigos.

—¿Y qué amigos son esos?

—Ya te lo he dicho. Evan Solomon, el chico nuevo.

Jill arqueó las cejas y frunció los labios con un mohín.

—Ya, el musculitos. Bueno, no me sorprende, ese también es un poco rarito.

—A mí me parece simpático.

—Y William, triste, como para fiarse de tus impresiones.

Kate rompió a reír con ganas, no pudo evitarlo.

—¡Que te den!

3

Una casa de madera y piedra apareció a lo lejos, rodeada por el espeso bosque.

William sonrió, la había encontrado.

Conforme se acercaba, pudo distinguir con mayor claridad que tenía dos plantas y unos grandes ventanales, a través de los cuales se podía ver el interior iluminado.

Notó un nudo en la garganta. Los había echado de menos.

Una explanada de gravilla servía de aparcamiento a un monovolumen y un Jeep. William se detuvo junto a los otros vehículos y tocó el claxon un par de veces.

El portón principal se abrió de golpe y una niña, que no llegaba al metro de altura, salió disparada a través del umbral.

—¡Ya está aquí, ya está aquí!

Corrió hacia William con sus diminutos pies descalzos y una amplia sonrisa dibujada en la cara. Tenía el pelo rubio, recogido en una coleta que ondeaba a su espalda, y unos ojos grandes y grises de los que era imposible apartar la mirada.

Él se agachó para recibirla y la niña saltó a sus brazos con una gracia que lo desarmó.

—¡William! —gritó con voz cantarina.

—¡Hola, April, cómo has crecido!

La niña asintió emocionada y se apretó contra su cuello.

—Te he echado de menos.

—Y yo a ti. No sabes cuánto —confesó mientras la besaba en la frente.

William dejó a April en el suelo y abrió los brazos para recibir a la mujer de melena rubia salvaje y ojos claros que se acercaba con paso rápido, Rachel, la esposa de Daniel. La seguían sus hijos. Carter, que era el mayor, Evan y Jared, el más joven de los tres.

34

—¡Will!

—¡Hola, Rachel!

—¡Cuánto me alegro de que por fin estés con nosotros! —exclamó emocionada. Se abrazaron unos segundos y ella tomó su rostro entre las manos para darle un beso en la mejilla—. Mírate, tan guapo como siempre. Un momento... ¡Estás empapado! ¿Qué te ha ocurrido?

William sonrió y sacudió la cabeza, restándole importancia a su aspecto.

—Tuve un pequeño incidente en la carretera, nada importante.

—¿Estás seguro? Pareces un poco cansado.

—¡Ya vale, mamá, vas a conseguir que resucite con tanta ñoñería! —intervino Jared. Se acercó a William y le estrechó la mano con fuerza—. ¿Qué tal, tío?

William lo miró de arriba abajo, se parecía mucho a su madre.

—¿Cómo demonios haces para crecer tanto, Jared?

—¿Cómo? Se pasa el día colgado de la ventana del vestuario de las chicas —contestó Evan, y sus ojos grises volaron hasta su hermano pequeño con un brillo travieso—. ¿Verdad, pequeño pervertido?

—¡Vete al infierno! —replicó Jared molesto.

—Jared, no le hables así a tu hermano —intervino Rachel con autoridad. Después apuntó a Evan con un dedo—, y tú, déjalo en paz o te tocará lavar los platos toda la semana.

—¡Estos niños! —exclamó con tono aburrido Carter. Era el vivo retrato de su padre. Alto, moreno y corpulento, con unos ojos oscuros y alegres—. Me alegro de que hayas venido, William, este sitio será más divertido contigo por aquí.

Entrelazaron sus manos con un fuerte apretón.

—Yo también me alegro.

La mirada de William voló hasta el hombre que se acercaba sin prisa.

—Daniel —susurró.

—¡Bienvenido a casa, hermano! —exclamó Daniel sin contener su emoción.

Se abrazaron unos instantes.

Había pasado algo más de un año desde la última vez que se vieron. Demasiado tiempo, incluso para ellos.

Tras charlar un rato en el salón, pasaron a la cocina.

Rachel se movía entre ollas y sartenes. Dedicó una sonrisa a William y le pasó un cuenco con verduras frescas.

—¿Las cortas en trocitos, por favor?

—Claro.

Los chicos se dispusieron a preparar la mesa, mientras Daniel se ocupaba de sacar unos filetes del horno y los servía en un plato.

—Eh, William, el todoterreno es nuevo, ¿verdad? ¿Qué le ha pasado al otro? —preguntó Evan con curiosidad.

—Lo estrellé cuando perseguía a un par de renegados en Vancouver. Allí terminó su viaje y también el mío —contestó al tiempo que cortaba con destreza unas zanahorias.

—Pues a mí me gusta mucho más este —comentó Carter. Se acercó al armario para sacar más platos y los fue colocando sobre la mesa—. Me encantan los coches grandes y rápidos. ¡Ya verás la preciosidad que tengo en el garaje!

—¿Has dicho preciosidad? Esa cosa es tan grande y ruidosa como una excavadora —se quejó Rachel—. Aún no entiendo en qué pensaba tu padre cuando te lo regaló. Desde luego, no en la cocina nueva que necesitamos.

Daniel fingió no oírla y William se dio la vuelta para esconder su risa. Se sentó en una esquina de la encimera de madera. Al otro lado de la ventana comenzaba a anochecer y el cielo se había transformado en una paleta de colores, que iban del naranja al violeta en todas sus tonalidades. Las primeras estrellas titilaban por encima de los árboles creando un efecto espectacular.

—El Jeep también es nuevo, ¿no? —preguntó.

Daniel lo fulminó con la mirada.

—Gracias, amigo.

—Mi marido piensa que para estas carreteras es más cómodo y seguro un todoterreno.

—¡Y lo es! —replicó Daniel—. Vivimos en las montañas. Cada vez que llueve, los caminos se inundan...

Rachel levantó la mano, interrumpiendo sus excusas.

—¡Oh, vamos, que ya nos conocemos! Eres tan caprichoso como un niño. Le habías echado el ojo mucho antes de mudarnos.

Daniel le dedicó una sonrisa de complicidad a William.

—Y ya que estamos hablando de ruedas —intervino Evan—. ¿Por qué le habéis comprado un coche a Carter y yo tengo que compartir el monovolumen con mamá y Jared? ¡No es justo!

Daniel lanzó un suspiro y sus ojos relampaguearon con un brillo dorado.

—Está bien, lo discutiremos mañana.

—De eso nada —participó Jared—. Si él consigue un coche, yo también.

—¿Uno a pedales? —preguntó Evan con mofa.

—¡Piérdete! —replicó su hermano.

—¡Ya está bien! —gritó Daniel para hacerse oír—. Vamos a cenar.

Rachel se acercó a William y le hizo un gesto para que la siguiera.

—Hay cosas que nunca cambian —dijo él cuando alcanzaron el vestíbulo.

Los chicos continuaban discutiendo y sus voces subían de volumen.

—Los adoro, pero te juro que a veces deseo asesinarlos.

William rompió a reír y ella se contagió de su risa. Lo condujo escaleras arriba, hasta un dormitorio al final del pasillo. Abrió la puerta y dejó que él entrara primero.

—¡Esta es tu habitación! —anunció ella.

La estancia era muy amplia y luminosa, con una cristalera corredera que daba paso a una terraza. Había una mesa bajo una de las ventanas, un sofá negro de piel, una librería antigua hasta el techo y una cama de gran tamaño que ocupaba el centro de la habitación.

—Es genial. Gracias.

—Queremos que te sientas como en casa.

Rachel se acercó a las puertas del vestidor y las abrió por completo. Tanteó la pared del fondo. Uno de los paneles de madera cedió con un leve crujido y dejó al descubierto un armario refrigerado repleto de bolsas de sangre. William se quedó de piedra, con los ojos abiertos como platos y un enorme vacío en el estómago.

—¡No debéis arriesgaros de esta forma por mí!

—No te preocupes, las consiguió una persona de confianza —declaró ella con calma—. Sabemos que esto es lo mejor para ti. Y mucho más seguro.

Estamos cerca de una reserva y hay demasiada vigilancia. Cazar puede ser un problema.

—No importa, ya me las arreglaré. —La miró a los ojos—. Es mi problema, ¿de acuerdo?

Rachel le acarició la mejilla con el dorso de la mano.

—Formas parte de esta familia y haríamos cualquier cosa por ti. No puedes evitar que nos preocupen tus necesidades.

Sonó un ligero carraspeo. Daniel estaba en el vano de la puerta, con las manos enfundadas en los bolsillos de su pantalón y una gran sonrisa iluminando su cara. Se acercó y besó a su mujer en la frente.

—Creo que deberías bajar y controlar a esos pequeños salvajes. A ti te obedecen más que a mí.

—Eso es porque tú los consientes y mimas demasiado —señaló ella. Daniel frunció los labios—. Vosotros poneos al día, yo me ocupo de los chicos.

Rachel abandonó el cuarto. De inmediato, la oyeron gritar un sinfín de amenazas, a cual más terrible.

—¡Da miedo! —exclamó William.

—No te haces una idea.

—Tienes suerte.

—Lo sé, ella es todo mi mundo. —Colocó la mano en el hombro de su amigo—. Ven, demos un paseo.

Había anochecido por completo cuando salieron de la casa.

Caminaron hasta la primera línea de árboles y continuaron por un estrecho sendero que descendía hasta el lago. En pocos minutos alcanzaron sus aguas oscuras.

William contempló el paisaje que los rodeaba. A lo largo de la orilla se distinguían algunas casas y muelles de madera, junto a los que flotaban pequeños botes.

—Así que... acabaste en Vancouver. Pensaba que el rastro de Amelia te había llevado hasta el norte de Quebec —comentó Daniel mientras miraba su reflejo en el agua teñida de plata por la luz de la luna llena.

—Y así fue, pero volví a perderle la pista. He pasado los últimos ocho meses recorriendo Canadá tras ella. Siempre un paso por detrás —confesó con la voz ronca—. En Alberta estuve a punto de atraparla y en Vancouver tuve otra oportunidad, pero volvió a escabullirse. ¡No tengo ni idea de cómo lo hace!

—Es lista, y cuenta con ayuda. Son muchos los que la siguen y la protegen.

William se restregó la cara con la mano y suspiró.

—Cacé a uno de sus siervos y me dio un mensaje.

Daniel lo miró con atención.

—¿Qué decía el mensaje?

—Que sigo vivo porque ninguna muerte le parece lo bastante horrible para mí, pero que eso puede cambiar si no dejo de perseguirla.

Daniel cruzó los brazos sobre el pecho y sacudió la cabeza. Llevaba demasiados años viendo a William consumirse en aquella búsqueda tras un fantasma.

—¿Cuándo vas a terminar con esto? Recorres el mundo eliminando a los que ha transformado y limpiando sus masacres. Tú no eres responsable de las muertes que deja a su paso. ¡Hace tiempo que expiaste tu culpa!

—Pero los remordimientos siguen atormentándome —susurró William para sí mismo.

—¿Estás seguro de que son remordimientos?

—¿Qué si no? —La mirada que le lanzó su amigo respondió a la pregunta. William entornó los ojos—. ¿Crees que aún la amo? ¡Dios, no! Lo único que quiero es su cadáver sobre una pira y prenderle fuego yo mismo —confesó mientras un frío destello iluminaba sus ojos.

Hacía mucho tiempo que ya no albergaba ningún sentimiento por la que aún era su mujer. Solo se sentía responsable del monstruo en el que ella se había convertido por su culpa.

—Tienes que pasar página, William, o esta persecución acabará contigo. Hay otros que pueden encargarse, deja que ellos le den caza.

—Ni los Cazadores ni los Guerreros han conseguido acercarse a ella tanto como yo. No la conocen, no saben cómo piensa.

—¿Y crees que eso es una ventaja? No lo es. En tu caso, no —dijo Daniel. Suspiró cansado y posó una mano en el hombro de William. Le dio un ligero apretón—. Tienes que perdonarte por lo que pasó y continuar con tu vida. Ha pasado mucho tiempo. Demasiado.

—¿Por qué crees que estoy aquí? Quiero recuperar mi vida y no estoy seguro de poder conseguirlo yo solo —confesó abatido—. Me he alejado de todo y de todos. No quiero acabar como uno de esos proscritos.

—Jamás permitiré que eso pase.

William cerró los ojos y sintió que el pecho se le comprimía.

—¿Y si ya es tarde? Puedo sentirla, Daniel, la oscuridad a mi alrededor.

—La oscuridad forma parte de lo que somos, amigo. Lo que cuenta es para qué usamos su influencia.

Los dos guardaron silencio. Poco a poco, una sonrisa curvó los labios de William. Miró de reojo a su amigo.

—No sabía que te habías vuelto tan listo.

—Ya... Bueno, no me gusta presumir. Cuido de tus sentimientos, ya tienes bastante con esa cara tan fea.

Una risa ronca brotó del pecho de William.

—¡Serás capullo!

—Eh, un poco de respeto. Capullo Alfa para ti —replicó Daniel—. No puedes dirigirte de cualquier forma al líder del clan licántropo.

Rompieron a reír y el ambiente se relajó entre ellos.

William respiró hondo y contempló el cielo repleto de estrellas. Una brisa ligera sopló a través de los árboles. Las ramas se balanceaban con gracia, susurrantes, arrastrando efluvios humanos desde el otro lado del lago. Sintió una punzada de hambre y debilidad, y las puntas de sus colmillos le rozaron la lengua.

—¿De dónde habéis sacado la sangre? —preguntó.

—Keyla la consiguió.

—¿Keyla?

—Es mi sobrina, la hija de Jerome. Trabaja de enfermera en el hospital de Concord.

—¿Jerome está en Concord? —preguntó William, sorprendido.

—No, vive un poco más arriba. Esa fue una de las razones por las que vine a Heaven Falls. Quiero que la familia esté unida y que nuestros hijos crezcan juntos —le explicó Daniel.

William sonrió más animado. Jerome era hermano de Daniel y una de las personas más nobles y bondadosas que conocía.

—Será genial verlo de nuevo. Ha pasado mucho tiempo.

Se quedaron en silencio durante un rato.

William metió las manos en los bolsillos de sus pantalones y empezó a preguntarse si él sería capaz algún día de asentarse en un lugar. Donde descansar y refugiarse. Un espacio al que llamar «hogar». No sabía lo que era permanecer en un sitio y quería averiguarlo. Necesitaba descubrirlo.

Miró a su alrededor.

Quizás aquel pueblo fuese su oportunidad. En él se respiraba una paz especial. Podía sentirla. Pero no era suficiente porque no estaría solo. Nunca lo estaba. Sus fantasmas se quedarían con él, atormentándolo. Y con ellos a su lado, jamás podría ser feliz. Ni allí ni en ninguna otra parte.

—Vas a conseguirlo —dijo Daniel.

William esbozó una sonrisa.

—¿Ahora lees los pensamientos?

—No lo necesito. Te conozco demasiado bien.

—Me gusta la idea de quedarme aquí, aunque no sé si estoy preparado para una vida tan... humana.

—Te ayudaremos. Pero debes poner de tu parte, William.

—Ojalá fuera tan sencillo.

El lobo gruñó exasperado.

—No, será difícil, jodidamente difícil. Y tienes que empezar por olvidar esa noche.

Una sonrisa irónica curvó los labios de William.

—¿Tú lo has hecho? ¿Has conseguido olvidarla? —preguntó con tristeza.

Daniel guardó silencio sin apartar la mirada de su amigo.

—No, y dudo que pueda.

Ninguno de los dos podría hacerlo.

Porque esa noche cambió sus vidas para siempre.

Selló lo que ya estaba escrito.

4

La sangre caliente goteaba desde la barbilla hasta su pecho desnudo.

William alzó el rostro para contemplar el cielo y cerró los ojos mientras inspiraba con lentitud el aire frío de la noche. La luna se abrió paso entre las nubes y bajo su luz mortecina pudo ver con más claridad el cuerpo inerte de su presa sobre la nieve recién caída.

Se limpió los labios con el dorso de la mano y observó distraído cómo se desvanecía el vaho que emanaba de la boca del ciervo. Cómo exhalaba los últimos rastros de calor que quedaban en su cuerpo maltrecho.

Sintió oleadas de fuego corriendo por sus venas y la sensación de alivio fue inmediata. El dolor que le causaba la sed había desaparecido. Se arrodilló junto al animal al tiempo que reprimía una mueca de desagrado, sorprendido por la agresividad con la que se había alimentado.

Pensó durante un segundo cómo habría quedado el cuerpo de un humano si lo hubiera atacado con esa violencia, y su estómago se encogió con una mezcla de ansiedad y repulsa. Apartó ese pensamiento y comenzó a limpiarse la sangre con la nieve que derretía entre sus manos.

Un leve crujido captó su atención.

Apretó los puños con fuerza y un brillo salvaje dio vida a sus ojos. El olor acre que inundaba sus fosas nasales era inconfundible: licántropos. Una oleada de adrenalina le calentó la piel. Podía oír la respiración entrecortada de la bestia y los gruñidos que vibraban en su garganta. Se levantó despacio y giró sobre los talones. Un lobo descomunal apareció frente a él.

Los ojos de William se convirtieron en dos ascuas ardientes.

—No quiero problemas. Esta noche, no —dijo con calma.

El lobo no se movió. Se encontraba a escasos metros y sus ojos dorados estaban clavados en él. Era tan grande como un oso pardo y su pelo negro brillaba bajo la luna dándole un aspecto sobrecogedor. Gruñó, mostrando los dientes, y su lomo se erizó.

William intentó dar un paso atrás, pero la posición de ataque que el lobo adoptó le hizo quedarse quieto.

—En serio, no tengo intención de pelear. —Levantó las manos a modo de tregua y comenzó a retroceder de espaldas—. Así que... me iré por donde he venido.

No tuvo tiempo de intentarlo. Las patas traseras de la bestia se arquearon y con un potente salto cruzó el espacio que los separaba. El choque fue brutal. Rodaron, convertidos en una maraña de miembros y dientes, golpeándose contra las rocas y los restos de árboles caídos que ocultaba el manto blanco de la primera nevada.

Las mandíbulas del lobo intentaban cerrarse sobre su garganta.

William sentía en la cara su fuerte aliento y las gotas de saliva que le salpicaban la piel con cada dentellada. Consiguió zafarse del abrazo. Giró sobre sí mismo en el aire y, con la agilidad de un puma, aterrizó de pie.

El lobo aún rodaba por la nieve.

Aprovechó la ventaja sin dudar y se lanzó contra él. Saltó y adelantó las piernas, propinándole un enérgico golpe en el estómago cuando intentaba ponerse en pie. El impacto empotró al lobo contra el tronco de un viejo roble, que acabó partido en dos. Pero el fuerte crujido que se escuchó no era el de la madera, sino el de los huesos al partirse.

Un amargo aullido engulló el silencio.

La bestia cayó al suelo, inmóvil.

William se acercó con cautela al cuerpo desplomado y le dio un golpe con el pie desnudo.

El lobo abrió los ojos un instante y de su garganta escapó un gemido, aunque no se movió.

El pánico golpeó de lleno a William. ¡No! Se arrodilló junto a la bestia, que comenzaba a transformarse en un ser humano.

—¡Daniel! ¡Daniel, despierta! —Le palmeó el rostro y lo sacudió, en un intento frustrado por espabilarlo—. ¡Vamos, idiota, no me hagas esto! —exclamó asustado.

La idea de que estuviera herido por su culpa le oprimía la garganta. Aquel juego había llegado demasiado lejos, y solo era cuestión de tiempo que uno de los dos resultara herido.

Lo sujetó entre los brazos y acercó el rostro para sentir su aliento. No notó nada. Sacudió la cabeza, furioso, apartando de su mente el mal presagio. De forma obstinada posó la mano sobre el pecho de su amigo y trató de encontrar algún signo de vida.

Cerró los ojos y escuchó con atención. Captó un débil latido y, al cabo de unos segundos, otro más atenuado. Contuvo la respiración y aguardó. No hubo un tercero. El corazón de Daniel se había detenido.

Se puso en pie sin dar crédito a lo que acababa de ocurrir y cerró los ojos.

—No, no, no, no...

De repente, escuchó una risita contenida.

Apretó los dientes. Aquel perro sarnoso le había tomado el pelo. Abrió los ojos y miró a Daniel tumbado de espaldas sobre el suelo. Su cuerpo desnudo se sacudía por la risa escandalosa que brotaba de su garganta.

Daniel se abrazó el estómago. Por más que intentaba controlarse, no podía, y a duras penas fue capaz articular una disculpa.

—Perdona... perdóname. ¡Ay!... Me... muero. —Empezaba a sentir un dolor agudo en el costado—. Si te hubieras visto la cara...

Daniel acababa de cumplir diecisiete años, y ya era mucho más alto y fuerte que sus dos hermanos mayores. Tenía el cabello azabache plagado de rizos hasta los hombros y un rostro anguloso en el que destacaban unos ojos grandes y oscuros, que ahora brillaban divertidos.

William cruzó los brazos sobre el pecho y apretó los labios, esforzándose por parecer más enfadado de lo que en realidad estaba. Y funcionó. Daniel ya no estaba tan seguro de que la broma hubiera resultado igual de divertida para William.

—¡Vamos, no es para tanto! —Se levantó de un salto y se sacudió la nieve del pelo—. Puede que me haya excedido un poco con el final. Pero hoy he conseguido sorprenderte —exclamó entusiasmado—. Nunca me había acercado tanto sin que te dieras cuenta, ¡y te he placado!

El rostro de William mantenía una expresión fría. Sus ojos seguían teñidos de rojo y sus labios adoptaron una mueca siniestra, peligrosa.

—¡Está bien, lo siento! —se disculpó Daniel, arrepentido.

William miraba a Daniel sin parpadear y un gruñido bajo de advertencia retumbó en su garganta.

—Casi me matas del susto.

—Ya estás muerto —se rio Daniel.

—Me dan ganas de... arrancarte la piel a tiras. —Lo aferró por el cuello y le alborotó el pelo con la mano que le quedaba libre. Su expresión se suavizó un poco y empezó a reír divertido—. Tienes suerte de ser mi mejor amigo, porque, si no lo fueras, ahora estaría escondiendo tu cadáver en un profundo agujero.

—Tu único amigo, querrás decir —replicó Daniel, mientras se liberaba del abrazo que lo estaba estrangulando. Se palpó el costado, justo donde asomaba un gran moratón. Vio la expresión de culpa de William—. Tranquilo, solo tengo un par de costillas magulladas, y mi cuerpo puede regenerarse, ¿recuerdas?

El vampiro asintió y le dio una palmada en el hombro.

—Busquemos tus ropas.

Caminaron de vuelta sobre el rastro de su pelea.

William iba absorto en sus propios pensamientos y Daniel lo observaba con miradas fugaces. No hacía mucho tiempo que conocía al vampiro, pero ya sabía casi todo lo que se podía saber de él.

William había nacido en Irlanda en 1836, en un pequeño pueblo costero llamado Waterford. Era el único hijo de Aileen Farrell, una joven profesora de música, que había quedado viuda antes de que él naciera.

Cuando William aún era muy pequeño, apareció en sus vidas Sebastian Crain, un noble inglés cuya misteriosa y atractiva personalidad, unida a su enorme fortuna, lo habían convertido en una de las personas más ricas e influyentes de Inglaterra. No le costó convencer a Aileen para que se trasladara con él a su palacio. La contrató como institutriz de su hija Marie, una niña de la misma edad que William, a la que había acogido cuando quedó huérfana siendo un bebé.

El tiempo pasó y nadie se sorprendió cuando Sebastian se casó con Aileen y adoptó a su hijo. El amor que sentía por ellos había sido manifiesto desde el primer día. Todos hablaban de cómo el joven aristócrata había vuelto a la vida al conocer a su flamante esposa, y de la hermosa familia que formaban todos juntos, incluido Robert, el hijo que Sebastian había tenido con su primera esposa. Un muchacho solitario y temperamental, que acogió a William como a un verdadero hermano, protegiéndolo, incluso en exceso, de todo y de todos.

Entonces ocurrió.

Era la Nochevieja de 1859, y también el día que William cumplía años.

Todo estaba preparado para la cena. Aileen y Marie correteaban alrededor de la mesa, colocando los últimos detalles, mientras Robert y Sebastian conversaban al lado de la chimenea, haciendo planes para la siguiente cacería.

El único que parecía ajeno a todo aquello era William.

Junto a una de las ventanas del comedor, trataba de guardar en su memoria cada detalle de esa última tarde del año, cuando por primera vez había besado a Amelia, su prometida. Si se concentraba un poco, aún podía sentir el sabor de sus labios. Cerró los ojos y de nuevo rememoró el beso.

Por eso no los vio venir.

Cinco hombres cruzaban el jardín, ocultándose entre los arbustos hasta llegar a la casa, y atravesaron las ventanas del salón como si fueran de papel. Uno de ellos embistió a William, propinándole un fuerte golpe en el estómago. Cayó de espaldas y se golpeó la cabeza contra el suelo de forma violenta. Quedó aturdido, sin comprender qué pasaba a su alrededor, solo pequeños retazos llegaban a su mente.

Cuando despertó, ya no era él mismo.

Era... otra cosa.

—Voy a decírselo —dijo William de repente.

—¿Estás seguro? —preguntó Daniel.

—Es mi esposa, no debería haber secretos entre nosotros.

—Este no es un secreto normal, William.

—Lo sé. Pero es el momento, el tiempo no juega a mi favor. Desea tener hijos y yo no puedo dárselos. No puedo esperar más. Empieza a culparse por no quedarse embarazada e insiste en ir a un médico. En pocos años se dará cuenta de que solo ella envejece —se le quebró la voz—. Antes o después, la mentira no se sostendrá. Es mejor que lo sepa por mí y no por un descuido.

—¿Cómo estás tan seguro de que no puedes darle hijos? Ya ha habido casos entre tu gente.

William negó con un gesto.

—Solo los hijos de Lilith eran capaces de engendrar, y esa estirpe desapareció hace siglos. Se supone que el último vampiro puro nació hace más de mil años. Yo solo soy un humano convertido. No puedo vivir a la espera de que ocurra un milagro.

Daniel maldijo entre dientes.

—Deberías ser el primero en creer en los milagros. Tú eres uno. Caminas bajo el sol, ¿recuerdas?

William esquivó su mirada, desarmado. Era el único vampiro que podía salir bajo la luz del sol sin acabar consumido por las llamas, y nadie sabía el porqué.

—Aunque así fuera, no sé si quiero tener un hijo al que condenaría a vivir en la oscuridad, que nunca podrá ver el color del mar o del cielo azul...

—Podría heredar tu don —aventuró Daniel.

—¿Don? —repitió William con desprecio.

Para él no era un regalo, al contrario, era una carga. Demasiadas esperanzas puestas en su persona, cuando ni siquiera sabía por qué era diferente.

Caminaron uno al lado del otro, serpenteando entre los árboles. El cielo había vuelto a cubrirse de nubes y pequeños copos comenzaron a caer arremolinándose entre sus pies.

Daniel se adelantó y se perdió entre la maleza. Poco después regresó vestido y encontró a William sentado sobre un tronco, con una ramita entre las manos con la que garabateaba en el suelo. Se sentó a su lado y contempló el dibujo que tomaba forma en la nieve sucia. Reconoció las facciones de la esposa de su amigo.

—Sabes que está prohibido mostrar a los humanos nuestra auténtica naturaleza... —empezó a decir—, pero tú me salvaste la vida una vez, y mi familia y yo te debemos una compensación. Si de verdad quieres hacerlo, hablaré con mi hermano, estoy seguro de que te dará su bendición.

William levantó la mirada y se encontró con los ojos de Daniel fijos en él.

—No te ofendas, pero no necesito la bendición de tu hermano para romper el pacto. Es mi derecho.

—Lo sé, pero estás en territorio de lobos, y si no quieres que haya problemas entre los clanes, tendrás esa deferencia con él. Le pedirás permiso. —Su tono no admitía discusión.

—Pero si rechaza mi petición, yo...

—Créeme, no lo hará, es un hombre justo.

—Está bien, habla con él. Amo a Amelia desde antes de convertirme en vampiro, y ella es lo único que me hace soportar mi naturaleza. Para que podamos tener un futuro juntos, debe saber que soy diferente. Estoy seguro de que lo va a entender —dijo William con un atisbo de incertidumbre.

—Espero que estés en lo cierto —musitó Daniel.

La nieve caía de forma más copiosa y un viento gélido comenzó a soplar. Mantenían un paso rápido, acompañado del sordo crepitar del hielo bajo sus pies, y no tardaron en salir del espeso bosque para dirigirse a la casa que William había comprado en aquel lugar privilegiado con vistas al océano. Otro capricho de Amelia al que él no pudo negarse.

Dejaron atrás la última línea de árboles y se adentraron en la planicie que se extendía hasta los acantilados. Allí la nieve había dado paso a una intensa lluvia y el cielo comenzó a iluminarse en el horizonte.

El viento soplaba cada vez más fuerte y arrastraba un profundo olor a salitre que les llenaba los pulmones.

La casa apareció a lo lejos.

William apretó el paso. El encuentro con Daniel había hecho que se retrasara y no quería que Amelia se preocupara. De repente, su amigo se detuvo. Levantó la cabeza y olfateó el aire. Las aletas de su nariz se movían, intentando captar los olores que arrastraba el viento. Inclinó el cuerpo hacia delante y emitió un gruñido bajo y hosco.

William se estremeció con un mal presentimiento.

—¿Qué ocurre?

—¿Lo notas? —respondió. Giró la cabeza para mirar a William. Sus ojos eran ahora de un amarillo intenso—. Vampiros.

Amelia entró en la sala con una cafetera humeante entre las manos. La seguía un hombre con el pelo recogido en una larga coleta y unos rasgos asiáticos que parecían esculpidos en mármol. Sujetaba una bandeja en la que bailaban unas pequeñas tazas de porcelana y un plato repleto de galletas.

—Gracias, puede dejarla sobre la mesa —le indicó ella—. Aunque no debería haberse molestado. Es tarea para una mujer.

El hombre depositó la bandeja sobre la madera y se retiró a un rincón con expresión malhumorada.

—¡Oh, no se preocupe, querida, para él ha sido todo un placer! ¿No es cierto, Sean? —intervino un segundo hombre. El aludido asintió y curvó los labios con una mueca que pretendía ser una sonrisa—. Discúlpele, las tormentas lo ponen nervioso. ¿Eso que huelo son galletas?

El dueño de aquella voz condescendiente se encontraba sentado en un sillón frente al fuego. El amplio respaldo mantenía su figura oculta. Solo una mano apoyada en el reposabrazos delataba su presencia. Se incorporó con elegancia. No tendría más de treinta años. Su pelo era tan rubio que casi parecía albino, y lo llevaba perfectamente peinado con una marcada raya en el lado derecho. Lucía un traje negro que contrastaba en exceso con la palidez de su piel.

—Son de... manzana —tartamudeó ella.

La mirada de aquel hombre la aturdía.

—No solo es una dama encantadora y bellísima, también es usted una estupenda cocinera. Su esposo es un hombre afortunado.

Amelia bajó la cabeza para ocultar que se había ruborizado.

El hombre se acercó a la mesa y tomó el plato de galletas. Lo sostuvo durante unos segundos, mientras movía el dedo de un lado a otro como si intentara echar a suertes cuál de ellas escoger. Lo devolvió a su sitio sin haberlas tocado y levantó la vista hacia Amelia.

—¡Querida, no se quede ahí de pie, acérquese!

Se aproximó a ella, tomó su mano y la condujo hasta el asiento que él había ocupado unos segundos antes, instándola con un suave gesto a que se sentara. Apoyó el codo sobre la chimenea y la miró fijamente, casi con descaro.

Ella comenzó a sentirse incómoda. Era un hombre educado, muy atractivo, y el trato que le dispensaba era exquisito. Si bien había algo en él que la ponía nerviosa, como si aquella galantería escondiera en realidad otra naturaleza menos amable.

—Bueno, señor... Perdone, he olvidado su nombre.

—Puede llamarme Andrew.

—Andrew —repitió ella, e intentó que su voz pareciera natural—. Así que... conoce a mi esposo.

—No personalmente —confesó él, y sonrió con suficiencia—, pero su reputación como hombre de negocios le precede, y me gustaría contar con su inestimable ayuda en un nuevo proyecto que deseo iniciar.

—Estoy segura de que William se sentirá halagado por su interés. —Sonrió para parecer tranquila—. ¿Y cómo nos ha encontrado? Desde que llegamos de Inglaterra, muy pocos son los que conocen nuestro paradero.

—Ha sido por casualidad —declaró Andrew muy emocionado—. Estábamos de paso por este precioso pueblo cuando oí mencionar su nombre, y pensé... Vaya suerte la mía, justo el hombre que jamás hubiera imaginado encontrar. Demasiado fácil para ser verdad. —Parecía disfrutar con algún pensamiento oculto—. ¿Sabes? Tengo grandes planes y con la colaboración de William, serán perfectos.

Amelia forzó una sonrisa, él había comenzado a tutearla y aquello la molestó.

—Es bastante tarde y mi esposo se retrasa. Deberían regresar al pueblo y volver por la mañana.

Intentaba mantener la calma, pero el temblor de sus manos sobre la falda indicaba lo contrario. En su interior estaba despertando un presentimiento. Aquellos hombres no eran lo que aparentaban y el interés que demostraban por William no parecía sincero.

Una idea tomó forma en su cabeza. ¿Y si en realidad eran malhechores? ¿Y si habían averiguado que William pertenecía a una familia adinerada? Ella no había sido muy prudente a ese respecto.

—Gracias, pero prefiero esperar —indicó Andrew con un mohín de niño caprichoso—. Mañana debemos continuar nuestro viaje, y no quiero perder la oportunidad de conocer al señor Crain. Estoy seguro de que el negocio que pienso proponerle despertará su interés.

Amelia forzó una sonrisa y alisó las arrugas de su falda con manos temblorosas. Sintió un hormigueo en la nuca. Miró por encima de su hombro y dio un respingo sobre el asiento. Unos ojos de color gris, fríos como el hielo, estaban clavados en ella.

Un joven que no contaba con más de quince años se había unido al grupo. Su pelo, del color de la cebada en verano, le caía desgreñado sobre la espalda. Su piel era tan pálida como la de los otros dos, y su rostro reflejaba la inocencia que solo los niños poseen. Sin embargo, el aura que lo envolvía revelaba otra condición menos ingenua. Aquel chico era peligroso.

Amelia bajó la vista, intimidada.

—¡Mi querido hermano! —Andrew palmeó las manos con una efusividad exagerada—. Has llegado justo a tiempo. Por un momento creí que te perderías la diversión.

—¡Perderme yo la cena! —exclamó el joven sin apartar la vista de ella.

Andrew soltó una carcajada que a Amelia le provocó escalofríos.

—Todo a su tiempo, querido, todo a su tiempo —aseguró mientras suspiraba de placer ante las expectativas que prometía la noche.

William y Daniel se encontraron en el establo después de echar un vistazo a la casa. Los caballos resoplaban y pateaban el suelo asustados, nerviosos por la presencia de Daniel.

—Tranquilos, no me gusta la carne de penco —les susurró con agresividad.

William le tocó el hombro para que le prestara atención.

—Hay tres, todos en el salón. No están de caza, si no ya la habrían desangrado.

—¿Crees que han venido por ti?

—No lo sé. Quizás hayan advertido mi presencia y la curiosidad les ha traído hasta aquí... —Dudó un segundo—. O saben quién soy y la mantienen viva para asegurarse de que iré a buscarla. Mi familia tiene muchos enemigos, incluso en este continente.

—¿Crees que son renegados?

—Sí.

Daniel sacudió la cabeza, y una expresión letal transformó su cara.

—Hay que deshacerse de ellos.

—Voy a entrar.

—No puedes entrar tú solo, son demasiados —masculló Daniel.

—Pues ven conmigo, seguro que presentarme con un hombre lobo los tranquiliza.

Daniel chasqueó la lengua con disgusto.

—Tienes razón.

—No quiero enfrentamientos mientras ella esté dentro. Si le ocurre algo... —Su voz era amarga y sus ojos suplicaban comprensión.

—De acuerdo, me quedaré fuera. Pero si se tuercen las cosas...

—Si algo se tuerce... destrózalos.

Daniel asintió con la cabeza. Se alejó un par de metros y empezó a quitarse la ropa mientras daba a su cuerpo la orden de transformarse. Alzó la cabeza y se tragó el aullido que pulsaba en su garganta. Sentía cómo se le desintegraba la piel a medida que sus músculos y huesos se desencajaban. Un calor abrasador se extendió por todo su ser y unas fuertes patas ocuparon el lugar de sus brazos y piernas. Cuando acabó el cambio, Daniel había desaparecido y en su lugar un enorme lobo arañaba el suelo.

Los caballos enloquecieron, contagiándose unos a otros de un frenesí desesperado.

—Vete, o acabarán llamando su atención —lo apremió William.

El lobo desapareció en la oscuridad y William salió del establo.

El viento había devuelto la tormenta al mar y jirones de nubes dejaban paso a un cielo estrellado en el que la luna rezumaba sangre roja. Un presagio.

Se dirigió a la casa e intentó caminar despacio para que los renegados pudieran verlo aproximarse.

—¡Tenemos visita! —canturreó el vampiro más joven.

Se había colocado junto a una de las ventanas, y vigilaba tras las cortinas.

Amelia dio un respingo al oír aquellas palabras e intentó levantarse, pero una mano en su hombro se lo impidió. El hombre de rasgos asiáticos se había posicionado a su lado sin que ella se percatara.

—¡Estupendo! —exclamó Andrew con fingida alegría—. Esta espera me aburría sobremanera.

William entró y halló a su mujer sentada en el sillón junto a la chimenea.

—¡Will!

Ella se levantó a su encuentro, pero el vampiro la retuvo con una mano alrededor de su frágil cuello. Notó unas uñas afiladas clavándose en la piel y cómo el aire se atascaba en su garganta.

—¡Suéltala! —rugió William.

—Sean, suelta a la dama —intervino Andrew con severidad. Sean obedeció y William advirtió que era el albino quien daba las órdenes—. Disculpe a mi amigo. Se pone nervioso con facilidad.

—Si vuelve a tocarla, lo mato.

—El valor de la juventud —dijo Andrew para sí mismo. Bajó los pies de la mesa y se inclinó sobre la madera. Lo miró con los párpados entornados—. Y el carácter de tu padre. Una mezcla poco afortunada.

A William ya no le quedó ninguna duda de que estaban allí porque conocían su identidad.

—¿Qué queréis?

—Puede que no lo creas, pero tu padre y yo fuimos grandes amigos. ¡Qué pena que eligiera el camino equivocado!

—No hemos venido a conversar, Andrew —lo interrumpió Anthony, impaciente. Se giró hacia Amelia—. ¿Sabes una cosa, preciosa? Voy a decapitar a tu esposo y me bañaré en su sangre, pero antes quiero que vea cómo te rajo el cuello.

Amelia ahogó un grito con las manos y William siseó a modo de advertencia.

—¡No te acerques a ella!

—No nos hagan daño, se lo ruego. ¿Quieren dinero? Tenemos dinero, mucho —suplicó Amelia. Se dirigió a Andrew con la mirada llorosa—. Si sabe quién es mi suegro, se hará una idea de la cantidad que puede conseguir.

Los vampiros estallaron en carcajadas, incluso Sean dibujó una leve sonrisa en su rostro.

—¿Dinero? —preguntó Andrew, divertido—. Lo imaginaba. ¡No sabe nada! Dime, William, ¿cómo has conseguido engañarla durante tanto tiempo? Ese pequeño detalle de la luz del sol debe de haberte ayudado, pero... ¿y todo lo demás? Aparentar una humanidad de la que careces y... ya sabes... tenerla tan cerca y no probarla.

—Cállate —le pidió él.

Andrew se puso de pie y se acercó a la ventana que tenía justo detrás. Un brillo malévolo cruzó por sus ojos.

—No está bien mentir a tu esposa.

William apretó los dientes. «Así no, así no...», pensó angustiado. No quería que su mujer averiguase de ese modo la verdad.

—Deja que ella se vaya, esto es entre nosotros. ¡Amelia, no lo escuches! —le rogó.

Los ojos de Amelia iban de un rostro a otro. Aquella conversación ya no tenía sentido. Las palabras llegaban a sus oídos, pero no cobraban forma en su mente.

—¿De qué está hablando? —preguntó a William.

—Confía en mí. No dejaré que te hagan daño.

—No deberías prometer lo que no puedes cumplir —apuntó Anthony con una risita socarrona.

Le dedicó un guiño a Amelia mientras le lanzaba un beso. Detrás de aquella cara infantil se escondía un ser perverso.

Andrew empezó a pasearse de un lado a otro con la vista clavada en William.

—¿Y qué opina tu padre de todo esto? ¿Te dio su bendición? Ser un Crain tiene ciertas ventajas, como vivir sin las reglas que imponéis a otros.

—¡Está loco! Nada de lo que dice tiene sentido —estalló Amelia, aterrorizada.

Andrew le tendió la mano con desgana.

—Acércate, querida.

Ella no se movió, pero Sean la agarró del brazo y la empujó hasta su jefe.

Los pies de Amelia se enredaron en el bajo de su falda y a punto estuvo de caer, pero unos brazos la sujetaron con fuerza. Un frío aliento le recorrió el rostro y se sintió mareada, apenas había espacio entre su cara y la de él.

—No me había fijado en lo hermosa que eres en realidad —susurró Andrew mientras le rozaba la mejilla con el dorso de la mano.

—¡Déjala! —le imploró William.

Andrew sonrió con desdén y continuó acariciando el rostro de Amelia, recreándose en cada movimiento. La rodeó hasta colocarse a su espalda, la abrazó por la cintura y apoyó la barbilla sobre su hombro. Posó sus ojos en William, retándolo con la mirada mientras una sonrisa de suficiencia se dibujaba en su cara.

—Parece que tu querido esposo tiene algunos secretos que no te ha contado, y eso no está nada bien —su voz destilaba maldad. Suspiró de forma exagerada y depositó un beso en su cuello—. Me hace pensar que no confía en ti y que no te quiere lo suficiente para compartirlos contigo.

—Eso no es cierto —replicó William de forma amarga.

Andrew fingió escandalizarse.

—Empiezo a comprender. ¡Se siente inseguro! Cree que tu amor no es tan fuerte como para seguir a su lado si descubres que él y su asquerosa familia son en realidad vampiros, aparecidos o... como quieras llamarnos.

La soltó irritado.

Amelia no se movió, tenía los ojos cerrados. Intentaba concentrarse en su respiración para no vomitar. Esos hombres estaban locos y los iban a matar. Esa idea martilleaba en su cabeza y le revolvía el estómago.

Abrió los ojos y vio a William frente a ella, cabizbajo y con los hombros caídos, parecía derrotado y no lo culpaba. Quiso llamarlo, aunque no pudo despegar los labios. En ese instante, él alzó la cabeza del suelo, solo un poco, pero lo suficiente para que pudiera ver dos pupilas negras rodeadas de un mar de sangre.

«Vampiro», la palabra resonó en su mente.

Y entonces supo que aquellos hombres no mentían, que la locura que hasta ahora solo formaba parte de los libros y de su imaginación, era tan real como ella misma.

Faltaban pocas horas para el amanecer y Andrew se movía nervioso. No pensaba desaprovechar la oportunidad que se le había presentado. Por culpa de Sebastian Crain, él y muchos de los suyos eran ahora proscritos. Sus estúpidas leyes iban en contra de la naturaleza de los vampiros, y todo aquel que las quebrantaba perecía a manos de sus sicarios.

—Tu padre ha traicionado a su pueblo —dijo con desprecio—. Nos obliga a vivir escondidos, ignorando nuestra auténtica naturaleza, y persigue y asesina a todo aquel que no está de acuerdo con su idílico mundo. Los vampiros nos alimentamos de sangre humana, no de animales. Somos depredadores y ellos nuestras presas. —Se acercó de nuevo a Amelia y le acarició el pelo con lentitud—. Somos lo que somos, William, y aunque tu padre se empeñe en fingir lo contrario, hay cosas que nunca podrá cambiar.

—Por primera vez estoy de acuerdo contigo. Eres un asesino al igual que todos los que piensan como tú, y eso nunca podrá cambiar.

Andrew soltó un gruñido cargado de odio.

—No estoy aquí para convencerte de nada. El sueño de tu padre se desvanecerá. Cada vez somos más los que queremos volver a los viejos tiempos. Y encontraremos la forma, no lo dudes.

Deslizó la mano entre el pelo de Amelia. Le acarició la nuca con las yemas de los dedos y recorrió el contorno de su cuello hasta la garganta. Ella no se movió, tenía la mirada perdida y carente de toda vida, como si su alma hubiera abandonado el cuerpo. Ahogó un gemido cuando aquellos dedos fríos la estrangularon sin apenas dejarla respirar.

William dio un paso adelante, pero se detuvo al ver que Andrew apretaba más fuerte.

—Tiene razón en algo, señor Crain. Soy un asesino y voy a disfrutar quitándole la vida a tu esposa. Pero antes quiero que veas cómo mi hermano se divierte con ella. La desea. ¿No te has dado cuenta de cómo la mira? —señaló de forma vil.

—¡No te atrevas! —gritó William angustiado. Andrew apretó un poco más el cuello de Amelia—. Suéltala y haz conmigo lo que quieras, por favor.

—¡Por supuesto que haré contigo lo que quiera! Voy a pedirle a Sean que te arranque la cabeza y después se la enviaré a tu padre con unas bonitas flores y una nota de condolencia. Lo único que lamento es no poder ver su cara cuando reciba mi pequeño obsequio. —Soltó una carcajada diabólica y miró a William con odio—. Acabemos cuanto antes.

Amelia estaba a punto de desmayarse por la falta de aire. El vampiro lo notó al oír sus bajas pulsaciones y aflojó la presión sobre su cuello.

—Por favor, Anthony, cuida de la dama —prosiguió Andrew sin molestarse en disimular lo mucho que disfrutaba con todo aquello—. ¡Ah, y no olvides comportarte como un caballero!

Empujó a Amelia, y Anthony rompió a reír mientras abría los brazos para recibirla.

—¡No! —gritó William mientras trataba de alcanzarla, pero Sean fue más rápido y sus brazos lo sujetaron con una fuerza extraordinaria.

—Encárgate de él —le ordenó Andrew.

No tuvo tiempo.

Dos ventanas del salón saltaron en mil pedazos, al tiempo que la puerta de entrada salía despedida y se estrellaba contra la pared.

Tres figuras irrumpieron en la sala a gran velocidad, tomando a los vampiros desprevenidos. La primera, un enorme lobo de pelo gris, embistió al más joven y lo lanzó contra la chimenea con tanta rapidez que no tuvo tiempo de poner sus manos sobre Amelia. La segunda, de un color gris plateado, apresó con sus mandíbulas al vampiro que sujetaba a William, quien consiguió zafarse aprovechando la confusión. La tercera, negra como la noche y de mayor tamaño, enfrentó a Andrew.

William corrió hasta donde se encontraba Amelia. La tomó en brazos y la llevó a una esquina, parapetándola con su cuerpo.

—No te preocupes, nadie va a hacerte daño. —La abrazó un momento y la besó en la frente—: Será mejor que cierres los ojos.

Ella no escuchó una sola palabra, ni sintió el contacto de sus labios. Un brillo desquiciado había aparecido en su mirada, y la delgada línea que separaba su sano juicio de la locura estaba a punto de desaparecer. Las criaturas que habían surgido de la nada parecían lobos. Pero solo lo parecían, porque su tamaño era descomunal y sus ojos amarillos reflejaban una inteligencia demasiado racional para un simple animal.

Unos segundos después, los cuerpos decapitados de Anthony y Sean ardían en la chimenea.

Los lobos lanzaron un aullido salvaje y estremecedor, y comenzaron a cambiar de forma. En su lugar, surgieron los cuerpos tensos y sudorosos de tres hombres.

Incluso en el estado perturbado en el que se encontraba, Amelia reconoció a los hermanos Solomon, mientras estos ocupaban posiciones frente al vampiro que quedaba con vida.

Se estremeció. Aquellas personas a las que creía conocer, no existían. Sus vidas solo eran el telón que ocultaba una oscura y monstruosa realidad. Eran una aberración, demonios escapados del infierno. Al igual que William. Sintió náuseas al pensar que lo había besado y acariciado. Que se había entregado él. Se pegó a la pared en un intento por alejarse de todos ellos.

Samuel, el hermano mayor de Daniel, miró por encima de su hombro a William.

—¿Estáis bien?

—Sí. Habéis aparecido a tiempo. Gracias.

Samuel asintió.

—¿Qué hacemos con este? —preguntó Daniel.

William deseaba con impaciencia que toda aquella pesadilla terminara de una vez. Entonces, trataría de explicarle toda la verdad a Amelia.

—Yo me encargo.

Avanzó con paso felino hacia Andrew, que intentó retroceder. Su rostro no mostraba ninguna emoción, solo los ojos, del color de la sangre, anunciaban la implacable tormenta que se había formado en su interior. Agarró al renegado por el cuello, lo levantó en el aire y lo aplastó contra la pared.

—Has entrado en mi casa y has alterado la tranquilidad de mi hogar. Mis amigos han tenido que arriesgar sus vidas para salvar la mía, y has amenazado a mi esposa. Le has causado un sufrimiento que no podrás compensar en toda tu mísera existencia. —Hizo una mueca de desprecio—. ¡Mírala! —gritó.

Andrew desvió la vista hacia ella y por primera vez en su vida sintió miedo de aquel joven que lo aferraba por la garganta con un odio visceral. Podía sentir el poder que encerraba el vampiro, emergiendo como un aura oscura que doblegaba su voluntad.

William también posó sus ojos en ella y lo que vio lo dejó paralizado.

Se encontraba hecha un ovillo en el suelo. El pelo despeinado le confería una expresión desquiciada a su rostro bañado por las lágrimas y sus ojos enrojecidos lo miraban aterrorizados.

—Amelia —la llamó.

Andrew sintió que la presión sobre su cuello se aflojaba. Percibió la contrariedad de William y aprovechó ese vital segundo. Con un movimiento rápido y preciso, le propinó un fuerte empujón y consiguió que este lo soltara y cayera de espaldas. Logró llegar al hueco de una de las ventanas rotas y escapó.

Los lobos se lanzaron tras el renegado y se perdieron en la oscuridad, mientras el eco de sus gruñidos aún resonaba en la casa.

Amelia gritó.

William se acercó para abrazarla, pero ella empezó a patear el aire.

—¡No te acerques, no quiero que te acerques! —chilló enloquecida.

—Amelia, soy yo.

—¡Eres un monstruo!

William se agachó frente a ella y le tendió la mano.

—Cálmate y deja que te lo explique. Te lo suplico.

—No quiero oírte, demonio —le espetó con desprecio y rabia—. Me siento sucia, eres una abominación que debería estar en el infierno y no entre los vivos. —Se frotó la boca y el cuello como si intentara limpiar alguna mancha—. Siento asco cada vez que pienso en tus manos sobre mí.

William se retiró, despacio. Aquellas palabras calaron hondo en su corazón y sintió cómo se partía. Sentado en el suelo, hundió la cabeza entre las rodillas y dejó escapar un profundo suspiro.

—Entiendo lo duro que debe de resultarte todo esto —arrastraba las palabras, susurrándolas. La oyó moverse, pero no alzó los ojos. Pensó que ella se sentiría mejor así—. No es fácil aceptar que todas esas historias de miedo que cuentan los libros son ciertas. Lo sé, para mí tampoco lo fue, pero sigo siendo el mismo de esta mañana. Nada ha cambiado en mí. Y tienes que creerme cuando te digo que jamás te haría daño. Te quiero.

Levantó la mirada, alentado por su silencio; al menos lo escuchaba. Se quedó de piedra al comprobar que Amelia no estaba. En el rincón solo quedaban sus zapatos. Se levantó y se precipitó afuera.

Una pequeña mancha de color blanco, apenas visible bajo la luz de la luna, se alejaba hacia el oeste.

«¡Va al acantilado!», pensó, y se lanzó tras ella mientras percibía en el aire el miedo que emanaba de su cuerpo indefenso. Aquel sentimiento le traspasó el alma.

—Detente, te lo suplico —le rogó William con la voz rota en cuanto la alcanzó.

Amelia se detuvo al borde del precipicio y dio un traspiés. Un temblor incontrolado recorría su cuerpo.

—No te acerques.

—No me moveré, pero aléjate del borde, te lo ruego. —El miedo atenazaba su garganta, convirtiendo su voz en un susurro lastimero. Le tendió la mano con lentitud—. Por favor, volvamos a casa. Te prometo que recogeré mis cosas y me iré. Te daré todo el tiempo que necesites, pero apártate de ahí.

—Eres un monstruo. ¿Cuándo pensabas matarme, William? ¿Cuando ya te hubieras cansado de jugar conmigo? —preguntó ella con el rostro lleno de lágrimas.

Él negó con la cabeza, torturado por sus palabras, que se le clavaban como puñales.

—Jamás te haría daño.

El viento volvía a soplar con fuerza y agitaba el cuerpo de Amelia haciendo que su pelo y su vestido ondearan con violentas sacudidas.

—Eres... eres un vampiro, que se alimenta de sangre y... ¡estás muerto!

—Sí, es lo que soy, pero te juro que me conociste siendo humano. Lo era cuando te besé por primera vez y me convierto en humano cada minuto que paso contigo. No es tan malo como parece. Yo no soy malo, me conoces —dijo con un tono de voz tan suave como la miel. Sabía cómo dulcificar sus palabras para ser irresistible y tentador, si así lo deseaba—. Amelia, deja que te cuente mi historia. No soy como esas criaturas que asaltaron nuestra casa. Te aseguro que no todos somos así. Amor mío, por favor. Ven, dame la mano.

El cuerpo de Amelia se relajó poco a poco. Se volvió muy despacio hacia él y levantó del suelo una mirada triste y compungida.

—¿Cuándo te ocurrió?

—Hace tres años, en Nochevieja.

—¿Cuando enfermaste?

Él asintió.

—¿Y cómo...?

William la atajó con apremio.

—Te lo contaré todo en casa, lo prometo. —Le tendió la mano otra vez—. Aquí hace mucho frío y vas a enfermar.

Amelia no pudo resistirse a aquella voz tan melodiosa que tiraba de ella quebrando su voluntad. No podía apartar la mirada de sus ojos azules, que la turbaban acelerando su respiración. ¡Era tan hermoso! Dio un paso, y después otro, con sus ojos fijos en los de William, que le sonreía con los labios entreabiertos.

De repente, se detuvo, y su rostro volvió a crisparse con un gesto de dolor. La imagen de tres bestias sobrenaturales cruzó por su mente. Vampiros. Ojos rojos. Colmillos... Tenía que escapar de allí.

Dio la vuelta sin ser consciente de adónde se dirigía, y echó a correr.

—¡Amelia, no! —gritó William mientras veía cómo su mujer caía por el acantilado.

Se lanzó tras ella con los brazos en cruz, antes de sumergirse como una flecha en el océano negro y profundo. Durante unos minutos interminables estuvo bajo el agua, buscándola con desesperación. Salió a la superficie y giró sobre sí mismo batiendo los brazos para no hundirse.

Recorrió con la mirada cada palmo de agua y por fin la divisó, flotando boca abajo, demasiado cerca de la pared escarpada del acantilado. Intentó llamarla, pero de su garganta solo salió agua a borbotones, y su nombre se convirtió en un grito silencioso en su mente. Las olas lanzaban el cuerpo de Amelia contra las rocas, para después arrastrarlo hacia el fondo, una vez tras otra.

Las primeras luces del amanecer despuntaban en el horizonte cuando logró salir del agua con ella acunada entre los brazos. Se arrodilló en la arena y la sujetó contra su pecho. Tenía el pelo enmarañado sobre el rostro y se lo apartó con movimientos rápidos para que el aire llegara a su boca. Le recorrió el cuerpo con la vista y se sintió desfallecer al comprobar la gravedad de las muchas heridas que tenía.

—Amelia, ¿puedes oírme? —la llamó angustiado mientras le acariciaba la mejilla.

Ella empezó a toser. Un gemido escapó de su boca formando una burbuja de sangre entre los labios.

—Me duele —musitó.

William la mantuvo abrazada, y con la mano que le quedaba libre acarició su cabello, deseando borrar con aquel gesto todo el sufrimiento que ella sentía. Cuando la retiró, estaba manchada de sangre y la cabeza comenzó a darle vueltas.

La idea cruzó por su mente solo un segundo, pero fue suficiente para que la considerara. No podía hacerlo, estaba prohibido. A su alrededor, la arena se teñía de rojo. Dios, la estaba perdiendo, se iba entre sus brazos y esa realidad era peor que convertirse en un proscrito.

La besó en la frente y, sin despegar los labios de su piel, susurró:

—Puedo hacer que el dolor desaparezca, y puedo salvarte de esta muerte que no mereces.

El cuerpo de Amelia se estremeció y sus ojos se abrieron aterrorizados cuando captó el significado de aquellas palabras.

—Déjame morir.

—¡No me pidas eso, no puedo perderte!

—No... no quiero ser como tú. —Se le quebró la voz y enmudeció con otro ataque de tos.

—Puede que ahora no lo sientas así, pero más adelante te darás cuenta de que he hecho lo mejor para ti.

Deslizó los labios por su rostro, besando su mejilla, el contorno de su mandíbula y, por último, depositó un tierno beso sobre su cuello. El olor de la sangre lo mareaba, llamándolo con insistencia.

—¡No! —gritó Amelia con los ojos muy abiertos al sentir los colmillos de William perforando su piel.

«No pude evitarlo, iba a morir», fue la amarga respuesta de William, mientras dejaba el cuerpo de Amelia sobre la cama de su dormitorio.

Los hermanos Solomon lo siguieron, sin entender qué intentaba decir.

Los ojos de Samuel se abrieron como platos en cuanto vio la herida con forma de media luna que ella tenía en el cuello.

—William, ¿qué has hecho? —gritó conmocionado.

Lo apartó de la cama de un empujón, que lo estrelló contra la pared.

—¿Has perdido el juicio, Sam? —preguntó Daniel mientras acudía al lado de William.

Samuel giró el cuello de Amelia con brusquedad y dejó a la vista la mordedura.

—Yo no soy el que ha perdido la razón, ¡la ha mordido y le ha dado su sangre!

La mirada de Daniel fue de su amigo al cuello de Amelia y de vuelta a su amigo.

—Por Dios, Will —susurró mientras se llevaba las manos a la cabeza.

—Ha atacado a un humano. Ha violado el tratado y hay que tomar medidas —declaró Samuel.

William, que sabía lo que eso significaba, se enfrentó a él.

—No vas a tocarla.

—No voy a permitir que se transforme —gruñó mientras sus ojos se iluminaban dejando salir al lobo—. Después se te juzgará, y ya sabes lo que eso significa.

—De momento, nadie va a hacer nada —masculló Daniel—. Sal de la habitación, Sam, quiero hablar con él.

—No.

—¡Salid de la maldita habitación! —gritó airado. Inspiró hondo para tratar de dominar sus nervios. Era la primera vez que hablaba así a su hermano mayor—. Por favor, hazlo por mí —añadió más calmado.

Samuel apretó los dientes, enfadado, y le hizo una señal a Jerome. Ambos abandonaron el dormitorio.

En cuanto se quedaron solos, Daniel se encaró con William.

—Necesito entender por qué lo has hecho o no podré ayudarte.

William corrió al lado de Amelia y le acarició la frente. Tenía la piel muy fría. Se acercó al armario, sacó una colcha y la arropó con ternura.

—Cuando por fin comprendió lo que soy, se asustó y huyó de mí. Cayó por el acantilado sin que pudiera hacer nada para evitarlo. Cuando conseguí sacarla del agua, ya estaba agonizando. No... no he podido dejar que muera. No he sido capaz. —Sacudió la cabeza y se volvió hacia su amigo—. Es mi mujer. Prometí que siempre cuidaría de ella.

Daniel lo observó en silencio unos segundos. Después se encaminó a la puerta.

—Debo hablar con mis hermanos.

—Daniel.

Se detuvo, pero no se volvió.

—¿Sí?

—No dejaré que la toquen.

—Lo sé —susurró abatido, y, a continuación, dejó la estancia.

Una vez fuera, se dirigió a la cocina, donde sus hermanos se habían reunido.

Jerome se encontraba sentado a la mesa y comía las sobras de un estofado frío. Siempre estaba hambriento. Era un muchacho fuerte y robusto, con unos ojos oscuros que brillaban llenos de curiosidad.

Samuel era el mayor. Se parecía físicamente a sus hermanos, aunque era muy diferente en todo lo demás. Solía mostrarse serio, con un gesto enojado que le hacía fruncir el ceño. Nunca se relajaba, ni intentaba divertirse. Dedicaba cada minuto de su vida al gobierno de su raza. Y en ese instante, el señor de los licántropos se movía de un lado a otro de la habitación como un león enjaulado, mientras con grandes aspavientos relataba por enésima vez los acuerdos del pacto entre vampiros y hombres lobo.

—Todos conocemos los detalles, Sam —lo interrumpió Daniel.

—Entonces no necesito explicarte cuál es nuestra obligación.

—¿Te refieres a que debemos...? —intervino Jerome.

No terminó la frase, la idea de acabar con la vida de William le cortaba la respiración. Empujó el plato de comida sobre la mesa y se cruzó de brazos con los ojos fijos en la madera.

—Sí, debemos hacerlo —afirmó Samuel—. El castigo por atacar a un humano es la muerte, sin excepciones. También deberíamos ocuparnos de ella, pronto será una vampira y todos sabemos lo peligrosos que pueden ser al principio.

—Nadie les pondrá una mano encima. Me salvó la vida, ¿recuerdas? Le debemos gratitud.

—Déjate de sentimentalismos, Daniel, esa deuda ha quedado pagada esta noche al deshacernos de los chupasangres.

—Aprecio a William, y no quiero causarle daño. —Los hermanos intercambiaron una mirada de reproche—. ¡Vamos, Samuel! Podemos olvidar todo esto y dejarlos en paz. Nadie tiene por qué saber nada.

—Pero ¡yo lo sabré y es mi obligación que se cumpla el pacto!

—Me importa un bledo el pacto. Sabes que en este caso no sería justo —insistió Daniel, dispuesto a no rendirse.

Samuel bufó exasperado.

—Debería avergonzarte pensar así. Descendemos del lobo que firmó ese tratado. Víctor estaría...

Daniel lo interrumpió con impaciencia.

—Recuerda que no lo hizo solo. Lo firmó junto a Sebastian Crain, rey y señor de los vampiros, y ahora tú quieres matar a su hijo porque ha intentado salvar a su esposa de una muerte segura. ¿De verdad crees que el pacto significará algo para él después de que hayamos asesinado a William?

Samuel puso los ojos en blanco. Quizá su hermano tuviera razón, pero la ley era la ley y no había excepciones.

—Sígueme, Jerome, lo haremos nosotros —sentenció Sam mientras se encaminaba a la puerta.

Los ojos de Daniel destellaron con un brillo salvaje. No iba a permitir que ajusticiaran a William, aunque el precio de esa decisión fuese demasiado alto. Su hermano se había obcecado tanto que no le estaba dejando más opción que recurrir a un destino que había rechazado tiempo atrás. La realidad de su resolución lo abrumó por completo. Si imponía su derecho de nacimiento, no habría marcha atrás, y destrozaría a su hermano.

—No des un paso más, Samuel.

—Déjalo estar, hermano —masculló con impaciencia.

—No te lo estoy pidiendo. —Daniel endureció la voz, y sonó tan fría y amenazante que sus hermanos se detuvieron en seco—. No quiero hacerlo, pero si insistes en continuar, no tendré más remedio.

—¿De qué estás hablando? —preguntó Samuel con recelo.

Daniel se recogió el cabello y señaló una marca en su nuca.

—De esto.

—¡Renunciaste a ese derecho!

—Y ahora lo reclamo. Solo puede haber un líder de la raza y ese soy yo —rugió Daniel, demasiado nervioso para sutilezas—. Hoy no va a morir nadie.

—Daniel...

—Vete a casa, Sam.

Samuel enrojeció por la rabia. Su cuerpo temblaba y sus ojos ardían. No estaba dispuesto a entregar el mando a su hermano pequeño. Un niño que se dejaba guiar por los sentimientos y no por la razón, que anteponía sus deseos al bien de su raza. Esa no era la actitud que se esperaba de un buen líder.

—No lo haré, no te permitiré...

—¡Vete!

Samuel dio un paso atrás y exhaló el aire de sus pulmones como si una enorme roca acabara de aplastarle el pecho. De su hermano brotaba un poder descomunal y el influjo de aquella fuerza penetraba en su mente doblegando cualquier intento de rebelión. Lo miró sorprendido. Entre los lobos, ser un alfa no era una cuestión de jerarquía, sino de sangre. El poder se heredaba a través de la sangre. Contra eso no había nada que hacer. Así que tenías dos opciones: obedecías o abandonabas la manada. Y Samuel jamás abandonaría a su hermano. Aunque estuviera cometiendo un gran error a sus ojos.

Dio media vuelta y se marchó.

—Ve con él y no lo dejes solo —le pidió Daniel a Jerome.

Daniel se quedó inmóvil, bañado por los rayos del sol que entraban a raudales por las ventanas. Al darse la vuelta se encontró con William, que lo observaba desde la puerta con los ojos muy abiertos.

—¿Qué acaba de pasar? ¿A qué derecho renunciaste hace años? Y... ¿por qué tu hermano te ha obedecido sin rechistar?

—Porque soy el alfa del clan licántropo y acabo de asumir su mando. Si doy una orden, se obedece —respondió mientras intentaba mantener a raya las ganas de vomitar. Empezaba a ser realmente consciente de lo que había hecho.

—¿Tú? ¿Cómo es eso posible? Creía que el mando pasaba de primogénito a primogénito.

—Y así ha sido desde que mi tatarabuelo aunó todas las manadas bajo su mando. Lo que desconoces es que no es el orden de nacimiento el que te da ese derecho, sino una marca. Cada primogénito ha nacido con ese estigma en su cuerpo, siempre... Hasta ahora.

Daniel se dio la vuelta y le mostró a su amigo una mancha oscura con forma de estrella de cinco puntas con lo que parecía un sol en su interior.

Se hizo un tenso silencio mientras William intentaba asimilar la información.

—¿Cuándo pensabas decírmelo?

—Nunca.

William entró en la cocina y se detuvo frente a él.

—Si tú eres el alfa, ¿por qué es Samuel quien gobierna a tu raza?

—Porque se lo pedí. Yo era muy pequeño cuando mi padre murió y Samuel se encargó de todo por mí. Cuando cumplí quince años, mi hermano consideró que ya era lo bastante mayor para ocupar mi lugar al frente del clan, y yo, simplemente, renuncié.

—¿Por qué renunciaste?

Daniel sacudió la cabeza y se frotó la frente.

—Nunca he sentido que tuviera actitudes para dirigir nada. Se me da bien causar problemas, no arreglarlos. Además, para Samuel ha sido muy duro vivir esta situación, era su destino y no el mío. Me sentía culpable, y esa sensación de estar robándole algo me perseguía a todas partes.

William intentaba unir las piezas de un puzle que no lograba entender.

—Entonces, ¿por qué hoy...?

—No he tenido más remedio después de lo que has hecho —masculló—. Samuel quería castigarte, y la única forma de evitarlo era arrebatarle el mando y obligarlo a someterse.

—Pero podía haberse negado, no entiendo...

—No puede.

William entornó los ojos.

—¿Acaso controlas su mente? —preguntó muy serio. A esas alturas, estaba dispuesto a creerse cualquier cosa.

—Nada de eso. —Daniel tuvo que sonreír ante la pregunta—. No puedo entrar en sus mentes ni transmitirles pensamientos. Pero sí proyecto un influjo sobre ellos que les hace muy difícil rebelarse contra mí, aunque no imposible. El respeto hace el resto.

—Es fascinante... Jamás hubiera imaginado lo complejos que sois —dijo William.

Estaba sorprendido y eso hizo que considerara a su amigo desde otro punto de vista.

La raza de los vampiros era muy diferente. Sus leyes y mandatos se establecían de otra forma, más parecida a una sociedad monárquica basada en la lealtad, el respeto, los intereses e incluso el miedo.

—Daniel, estaré en deuda contigo toda la vida. Lo que hoy has hecho por mí te suponía un gran sacrificio y, muy a tu pesar, me has ayudado.

—Es evidente que no se puede escapar de lo que está escrito, y yo nací con esta marca grabada en la piel. Es mi sino. Habría pasado antes o después. —Tomó una bocanada de aire y cerró los ojos un momento. Necesitaba estar solo unos minutos—. Ahora ve y cuida de Amelia, no te preocupes por nada más.

—De acuerdo. Daniel...

—¿Sí?

—Voy a tener que llevármela lejos de aquí. Cuando... cuando se transforme, será muy peligrosa. Requiere tiempo y control aprender a sobrellevar la sed. Yo necesité meses, y no lo habría conseguido sin la ayuda de mi padre. Nunca se separó de mi lado, controló mis ataques de ira y no permitió que hiciera daño a nadie.

—Lo entiendo.

Daniel se sentó en el suelo en cuanto su amigo abandonó la cocina. Estaba cansado y deprimido. Y no tenía la menor idea de qué hacer a partir de ahora. No se había preparado para ser un alfa.

De repente, un grito le hizo saltar. William entró en la cocina con la cara descompuesta.

—¡No está, se ha ido! —exclamó fuera de sí—. Amelia se ha ido.

5

William se estiró sobre la cama y contempló el techo. Un rayo de sol se coló por la ventana e incidió en su estómago. Alargó la mano, luego la movió dentro de aquel haz de luz. Notó su calor y se entretuvo observando cómo la piel de su brazo se irritaba ligeramente, tal y como haría la de un humano. Solo que él no era uno de ellos.

Era un vampiro al que no afectaba el sol y nadie sabía el porqué.

Esa peculiaridad lo convertía en un ser diferente. Único.

Odiaba esa palabra con todas sus fuerzas.

Sonaron unos golpes en la puerta y apartó la mano de golpe, como si lo hubieran sorprendido haciendo algo malo.

—Pasa, Carter.

Había notado su olor desde la otra punta del pasillo.

Carter entró bostezando, con el pelo revuelto y vistiendo tan solo un pantalón corto. Se apoyó en la pared y se frotó la barba incipiente.

—¿Vienes? Ya están todos abajo.

—Sí, pero antes quiero darme una ducha.

—No tardes, mamá ha preparado una lista de tareas y tú no te vas a librar —dijo con una sonrisita socarrona.

William sacudió la cabeza y se levantó de la cama.

Se dirigió al baño. Abrió el grifo y se metió bajo el chorro de agua. Se quedó allí unos minutos, con los ojos cerrados, la mano apoyada en la pared de baldosas y el agua cayendo por su cabeza y su espalda.

Regresó al cuarto con una toalla alrededor de las caderas y se plantó frente al armario abierto.

Se vistió con un tejano gris y una camisa negra, y de forma meticulosa dobló las mangas por encima de las muñecas. Salió al pasillo y enseguida percibió nuevos olores. Otras presencias.

Las voces que ascendían desde la cocina se hicieron más nítidas y sonrió al descubrir de quiénes se trataba.

—¿Has desayunado? —preguntaba Rachel.

—Sí, pero ya sabes que soy como esos hobbits, que desayunan dos y hasta tres veces al día —respondió Jerome.

—¿Tú sabes lo que es un hobbit? —se interesó William desde la puerta—. Si no has leído un libro en tu vida.

Una enorme sonrisa se dibujó en el rostro de Jerome. Se dio la vuelta y sus ojos brillaron divertidos.

—No, pero he visto las películas. Son mucho más interesantes. Sobre todo las versiones extendidas. Ya sabes, por los contenidos extra. —Se quedaron mirándose durante un largo segundo, como si nada. De repente, rompieron a reír con ganas—. ¡Por todos los demonios del infierno, me alegro de verte! Sigues igual de canijo que siempre.

Le palmeó la espalda con tanta energía que William trastabilló hacia delante.

—¡No puedo decir lo mismo de ti!

Jerome se masajeó el estómago.

—La comida es mi único amor. —Tomó el plato que Rachel había dejado sobre la mesa y agarró una salchicha. La engulló de un solo bocado—. *Deliciozas* —dijo con la boca llena.

Y esta vez fue William quien le palmeó la espalda a Jerome, cuando este empezó a toser medio atragantado.

—Vamos a tener que ponerte en forma, abuelo.

—¡Mira quién fue a hablar!

Rieron de nuevo.

—¿Qué pasa aquí?

William se dio la vuelta para ver a quién pertenecía esa voz, y se encontró con unos ojos grandes y negros, ligeramente rasgados, que lo estudiaban con el mismo interés.

—¡Hola, Keyla! —dijo April desde la mesa con la boca llena de cereales.

Keyla le dedicó un guiño a la niña. Después fulminó con la mirada a Jerome, mientras le quitaba el plato de las manos.

—Tú ya has desayunado.

—La avena es para los caballos.

—Y buena para tu colesterol —replicó ella mientras dejaba el plato sobre la mesa y se servía un zumo.

—Tiene el carácter de su madre —susurró Jerome, y rodeó con el brazo los hombros de William—. Ven, te la presentaré. Esta belleza...

—¡Papá!

—¡Vale! Esta torturadora que me mata de hambre es Keyla.

William le tendió la mano y ella se la estrechó con una sonrisa.

—Si te sirve de algo, es así desde que lo conozco —le susurró él.

La sonrisa de ella se ensanchó y un ligero rubor cubrió sus mejillas.

Jerome se acercó a la mesa y le revolvió el pelo a un niño que tendría más o menos la edad de April.

—Este es el pequeño, Matthew.

—Hola —lo saludó William.

El niño esbozó una sonrisa desdentada.

—¿Es verdad que eres un vampiro?

—Así es.

—¡Guay!

William se tragó una carcajada y sus ojos se posaron en el último miembro de la familia que le quedaba por conocer. Un chico alto y atlético, con el cabello oscuro desgreñado y unos ojos dorados como el ámbar.

—Y este es Shane —informó Jerome—. Ahora se le ha metido en la cabeza que quiere dejar la Universidad para formar parte de los Cazadores.

Todos intercambiaron miradas de sorpresa al escuchar el comentario.

—¿Quieres ser un Cazador? —preguntó Daniel.

El chico abrió la boca para contestar, pero Jerome se adelantó.

—Ningún hijo mío lo será.

—No es tu decisión —intervino Shane con malos modos—. Yo no pinto nada en la Universidad, fingiendo ser algo que no soy. Quiero ir con el tío Samuel y luchar contra los renegados.

Lanzó una mirada fugaz a William y apretó los dientes.

—La respuesta sigue siendo no —gruñó Jerome.

—Pero la única que cuenta es la del tío Daniel.

Daniel dio un respingo.

—Un momento, yo no... —Miró a su hermano, que lo fulminaba desde el otro extremo de la mesa, y después a su sobrino—. Podemos discutirlo...

—¡Sí! —exclamó Shane.

—¡No! —gruñó su padre.

—¡Chicos, se hace tarde y hay que organizarse! —intervino Rachel, tratando de aligerar la tensión que se había instalado en el ambiente—. La lista de tareas es bastante larga y tenemos poco tiempo. Apenas faltan unos días para la inauguración de la librería y quedan muchas cosas por hacer. —Tomó aire y lo soltó de golpe—. Daniel, tú y Jerome terminaréis las estanterías que necesito y, por favor, ¡que estén listas para hoy! Carter, lleva a tus hermanos al instituto y después ve a la librería con Shane, hay que mover unas cuantas cajas. Y, William, cielo, ¿te importaría llevar a los pequeños al colegio? Keyla te acompañará.

A Carter se le escapó una risita nerviosa y le guiñó un ojo a William.

—Te dije que no te librarías. Bienvenido al campo de trabajo «Rachel Solomon» —le susurró al pasar por su lado con un montón de platos sucios en las manos.

Cinco minutos después, todo el mundo estaba preparado para salir.

Desde el porche, William contempló el cielo azul. El sol apareció de golpe por encima de las copas de los árboles e inundó con su brillante e insidiosa luz cada rincón. Se puso sus gafas oscuras y se pasó la mano por el pelo, nervioso.

De repente, se le pasaron por la cabeza un millón de buenas razones por las que no debería seguir con aquel experimento social. Deseó volver a la tranquilidad de su dormitorio y tumbarse en el sofá, escuchar un poco de música y esperar a que llegara la noche. Entonces, podría salir y sumergirse en su acostumbrada y plácida soledad, amparado por las sombras y el silencio.

Rachel se paró a su lado y lo miró preocupada.

—No tienes que hacerlo, puedes quedarte y descansar.

—Estar solo no forma parte del plan. Debo intentarlo.

En ese momento, Carter salió del garaje dentro de un enorme Hummer descapotable de color amarillo. William lo miró atónito.

—Pero ¿qué...?

—Mejor no digas nada —suspiró Rachel.

Carter tocó el claxon. Shane salió de la casa y de un salto ocupó el lugar del copiloto. Evan y Jared se acomodaron en la parte de atrás. Durante un segundo, la mirada de William se encontró con la de Shane. Pudo sentir la ira que emanaba de él. Ese chico era como un volcán a punto de entrar en erupción. Y, además, no parecían gustarle los vampiros.

Keyla pasó por su lado, cargando con las mochilas de los pequeños.

—¿Vamos?

William asintió.

—Deja que te ayude con eso.

Tomó las mochilas y caminaron juntos hasta su todoterreno.

Una vez que todos estuvieron acomodados dentro del vehículo, William se puso en marcha. Mientras conducía, intentó prepararse para la prueba a la que tendría que enfrentarse en pocos minutos. Decenas de molestos humanos, ruidosos y apetecibles, se moverían a su alrededor, y él tendría que fingir ser uno de ellos.

Movió la cabeza de un lado a otro y rotó los hombros con lentitud para aliviar la tensión de su cuerpo. Podía hacerlo. Una leve sonrisa se dibujó en su rostro, que poco a poco se fue haciendo más grande. Quizá, porque se estaba contagiando de la risa de Keyla, o por las muecas que los niños hacían a su espalda. No importaba el motivo, empezaba a sentirse bien.

«Puedo hacerlo», pensó.

Dejaron atrás el bosque y recorrieron las calles del pueblo, abarrotadas de coches a esas horas de la mañana.

—Es ahí —le indicó Keyla.

William se detuvo frente al edificio de ladrillo rojo con un cartel en el que se leía «Escuela Elemental Heaven Falls» en grandes letras azules. Se despidió de los niños y esperó a que Keyla los llevara dentro.

Poco después, ella salió del edificio acompañada por un señor mayor con el pelo canoso, que vestía un traje marrón algo anticuado. El hombre movía los labios muy rápido y no dejaba de gesticular frente al rostro de Keyla. Se despidieron con un ligero apretón de manos y ella se encaminó al coche, haciendo muecas burlonas.

En los labios de William jugueteó una sonrisa mientras la observaba. Le caía bien. Tenía carácter, era simpática y guapa. Muy guapa. Y él no era el único que parecía darse cuenta de sus encantos. La chica poseía una figura que atraía todas las miradas a su paso.

Keyla subió al coche con un movimiento elegante y el aire se perfumó a su alrededor.

William reconoció notas de pachulí y canela, y un ligero toque de aceite de rosas que enmascaraba el olor propio de su raza.

—¿Todo bien? —se interesó.

—Ayer, durante el almuerzo, April le dio un puñetazo a una niña de su clase. Ese era el director del colegio —explicó ella muy seria.

—¿Por qué iba a hacer algo así?

—Esa niña quiso cobrarle un dólar por entrar en los baños.

—Entonces, se lo merecía.

Trató de esconder una risa maliciosa. Ella inclinó la cabeza y lo miró.

—¿Te hace gracia?

William intentó ponerse serio. No pudo y rompió a reír.

—Me encantaría haberlo visto.

Keyla puso los ojos en blanco y también rio.

—Y a mí, pero ese gordinflón dice que la expulsará si vuelve a repetirse.

William lanzó una mirada agresiva y desdeñosa al director del colegio, que aún los observaba desde la entrada. Los humanos habían dejado de ser algo familiar para él. Ahora solo veía sus defectos. Eran egoístas, retorcidos, traicioneros con sus semejantes y tan efímeros. Algo de lo que no parecían ser conscientes, ya que malgastaban el escaso tiempo que duraban sus vidas alimentando sus miedos y los de los demás.

Inspiró hondo para deshacerse de la sensación de disgusto y miró a Keyla un momento antes de incorporarse de nuevo al tráfico.

—No te he dado las gracias por... —las palabras flaquearon en su garganta— por la sangre.

Keyla se giró en el asiento y se tomó un momento para estudiarlo.

—No tienes que agradecerme nada. Volveré a hacerlo en cuanto necesites más.

Sus miradas se enredaron un momento.

En Europa, los vampiros habían logrado tener sus propios laboratorios y centros de donantes, que abastecían sin problema toda la demanda, pero en el Nuevo Mundo no existía una sociedad vampírica organizada. No había un sistema que se preocupara de sus necesidades y la sangre humana de calidad, libre de enfermedades, solo se podía conseguir en el mercado negro, previo pago de grandes sumas con las que acallar las preguntas.

Keyla había corrido un gran riesgo robando para él.

—No quiero que te arriesgues por mí. Encontraré a alguien que pueda conseguirla en caso de emergencia. Mientras tanto, seguiré yendo al bosque.

—¡Puaj..., ardillas!

—O algo más grande —dijo él con un mohín travieso.

Keyla no podía dejar de sonreír. Ni de mirarlo.

—Tranquilo, no corro ningún peligro. Trabajo en la unidad de donantes y mi jefe está más interesado en la ropa interior de las enfermeras, que en comprobar si hago bien mi trabajo.

—Keyla...

Keyla se estremeció. La forma en la que había pronunciado su nombre le aceleró el corazón. Notó que se ruborizaba.

—Deja de darle vueltas, te hace fruncir el ceño y estás más guapo cuando sonríes. —Se enderezó en el asiento y miró a través del parabrisas—. Mira, allí están los chicos.

William estacionó frente al instituto de Heaven Falls, un edificio de dos plantas de ladrillo marrón, repleto de grandes ventanales y rodeado de árboles frondosos y césped cuidadosamente cortado. Keyla y él bajaron del todoterreno y se dirigieron al encuentro de los otros miembros del clan, que se encontraban en el aparcamiento. Formaron un pequeño círculo, conversando mientras pasaban los minutos y trataban de mantenerse ajenos al interés que despertaban a su alrededor.

Una camioneta se detuvo a pocos metros de ellos. Un grupo de chicos bajó de su interior y se unieron a otros que llegaban caminando. En cuanto se percataron de la presencia de Evan, comenzaron a cuchichear y a reírse.

—¿Son esos? —preguntó Carter. Evan asintió con los puños apretados—. Ignóralos.

—¿Cómo? Se pasan el día provocándome.

—¿Qué ocurre con esos? —se interesó William.

—La han tomado con Evan desde que entró en el equipo y lo nombraron capitán —explicó Jared.

—Unos cuantos huesos rotos les quitarían las ganas de reír —rezongó Evan.

—No debemos llamar la atención. Así que no te metas en líos, ¿de acuerdo? —Le recordó Carter. Pasó un brazo alrededor del cuello de su hermano y lo estrechó contra su costado. Notó el gruñido animal que vibraba en su pecho—. ¿De acuerdo? ¡Evan!

—Te he oído. No me meteré en líos.

—Hace tiempo que piden a gritos que alguien les dé una lección —susurró Shane con desprecio.

William lo miró con curiosidad. El joven lobo tenía la vista clavada en el grupo de humanos y apretaba los puños.

—Los únicos huesos que corren peligro son los vuestros si Rachel os pilla en una pelea —bromeó Keyla, lo que provocó algunas risas.

El ambiente se relajó un poco, excepto para Shane, que permanecía con la vista clavada en el grupo de estudiantes. Keyla se acercó a él y empezó a hablarle al oído. Al final, el chico bajó la mirada y asintió con la cabeza.

El timbre sonó y una avalancha de alumnos se dirigió a la entrada del edificio. Carter sacó de su coche las mochilas de sus hermanos y se las lanzó.

—Vendré a recogeros en cuanto acaben las clases, ¿vale? Y no me hagáis esperar —les dijo mientras le alborotaba el pelo a Jared.

No tenía ningún problema a la hora de manifestar el afecto que sentía por sus hermanos.

—¡Eres peor que mamá! —exclamó Jared con los ojos en blanco.

—¡Yo también te quiero, cachorrito! —Subió al coche—. Vamos, Shane, esos idiotas no van a explotar por más que los mires.

—Nosotros también deberíamos marcharnos —le recordó Keyla a William.

Él asintió y juntos caminaron hacia el lugar donde se encontraba aparcado el coche. Ella lo miró de reojo y notó cierta preocupación en su rostro.

—Estás muy callado.

William se detuvo y la miró a los ojos.

—No sabía que les resultaba tan difícil relacionarse con los humanos.

—¿Te refieres a los chicos?

—Sí.

Ella le sostuvo la mirada y no dijo nada durante unos segundos.

—Es muy complicado ser diferente y tener que fingir que eres como el resto para no llamar la atención. Controlar tus instintos. Lo que sientes... —Se humedeció los labios y soltó un suspiro—. Vivir todo el tiempo ocultando lo que eres en realidad y con miedo a cometer un error, porque sabes que pondrías en peligro todo lo que amas. —Sonrió y enlazó su brazo con el de él para seguir caminando—. Comprendes a qué me refiero, ¿verdad?

William sonrió sin dejar de mirarla.

—Sí. Creo que... nunca había oído a nadie explicarlo mejor.

Era agradable hablar y compartir pensamientos con alguien que podía entenderle y comprendía lo que significaba ser distinto en un mundo donde nunca encajarías.

Alcanzaron el coche y William se adelantó para abrirle la puerta. La sostuvo hasta que ella se hubo acomodado en el asiento.

Se agitó una brisa fresca y suave, que arrastraba ligeras notas aromáticas: perfumes, cremas de baño, sangre tibia, y una casi imperceptible por la que se sintió atraído de forma inconsciente. Su cuerpo se tensó al identificar el olor a manzana y alzó la mirada por encima del coche.

Entonces la vio. La humana que había conocido el día anterior.

Kate se llamaba. Tenía una voz preciosa. Y en ese instante sus ojos verdes estaban clavados en él.

William le sostuvo la mirada. La contempló de arriba abajo sin moverse un ápice ni parpadear. El pelo castaño de la chica ondeaba al viento y la luz del sol le arrancaba destellos cobrizos. La falda de su vestido se sacudía mostrando unas piernas preciosas. Se percató de que llevaba el tobillo vendado y se apoyaba sobre unas muletas. Su amiga se encontraba a su lado, cargada con los libros de ambas, y le susurró algo al oído que no pudo captar. Aguzó el oído, pero el viento soplaba ahora en contra.

Una sensación desconocida se agitó en su interior. Lo asaltó el recuerdo de su piel caliente, el aroma de su garganta suave y las formas de su cuerpo entre los brazos. Frágil y liviana. Femenina. Sintió el impulso de acercarse a ella. Solo para oír su voz, el roce en sus oídos. Notarla más cerca. Sentir el calor de su piel. Puede que tentarla.

—¿Estás bien? —preguntó Keyla.

William tuvo que hacer un gran esfuerzo para apartar la mirada de la chica humana y volver en sí. Parpadeó varias veces.

—¿Perdona?

—¿Te ocurre algo?

—No, nada —respondió, de nuevo contenido.

Subió al coche con el rostro inexpresivo. Sacudió la cabeza sin entender qué acababa de pasar. Por un momento, se había sentido atraído por esa chica. Su cuerpo había reaccionado con deseo y sus instintos habían dominado su razón unos instantes.

Intentó recordar si alguna vez había sentido ese tipo de atracción tan súbita por otra persona, pero no lo logró. Ni siquiera por Amelia. Con ella todo había sucedido despacio. La atracción, los sentimientos, todas esas emociones habían crecido poco a poco durante aquellas tardes de largos paseos y meriendas, rodeados de institutrices y doncellas de compañía. Pero con esa humana...

Keyla colocó su mano sobre la de William, que aferraba con fuerza el volante, y le dio un ligero apretón.

—Es por la sangre, ¿verdad? Debe de ser difícil controlarse cuando se está rodeado de tantos humanos —dijo muy seria.

William suspiró y se recostó sobre el asiento con la mirada perdida en el cristal.

—Sí —mintió, aunque solo a medias, porque esa parte de Kate también le atraía. Un bonito recipiente lleno de sangre fresca.

Apartó ese pensamiento como si le quemara.

Keyla le tomó la mano y se la acercó a la boca, depositó un tierno beso en ella. Fue un gesto amable y preocupado. Casi íntimo.

William la miró con los ojos muy abiertos, sorprendido. Un cosquilleo se extendió por su piel. Poco a poco entrelazó sus dedos con los de ella y se llevó su mano a los labios. Le devolvió el beso sin pensar. Casi había olvidado lo agradable que era el dulce contacto de otra persona, esos gestos afectuosos que podían borrar hasta la mancha más oscura, si provenían de la persona adecuada.

—Sí, es muy difícil —susurró, intentando controlar las ganas de volver la vista y comprobar si Kate seguía allí.

6

Era viernes por la tarde y Kate había quedado con Jill en el Lou's Cafe. Faltaban pocas semanas para que el curso finalizara y, entre exámenes, trabajos escolares y las tareas que debía realizar en la casa de huéspedes de su abuela, apenas se habían visto fuera del instituto.

Kate entró en el local y se dirigió a una mesa libre al lado de la cristalera. Ya no necesitaba las muletas, pero aún cojeaba y debía moverse despacio para no cargar todo el peso en ese pie.

—Hola, Lou —saludó al dueño, que se encontraba revisando unos papeles en otra de las mesas.

—¡Mira a quién tenemos aquí! ¿Cómo va ese tobillo?

—Mucho mejor. —Se dejó caer en la silla y miró a su alrededor. Había muy pocos clientes—. ¿Dónde está todo el mundo?

—Hoy hay partido. Esto estará muerto hasta las diez —respondió Lou—. ¿Quieres que te ponga algo?

—Un batido de fresa estaría bien, con muchas cerezas, por favor.

—Eso está hecho. Un batido de fresa para mi clienta favorita.

Kate curvó sus labios con una sonrisa y se distrajo observando la calle a través de la ventana. De repente, la puerta se abrió y el sonido de las campanillas resonó en el local. Jill entró a toda prisa y alzó una mano en cuanto vio a su amiga.

—Siento llegar tarde —se disculpó con la respiración agitada y dejó un montón de libros sobre la mesa.

—¿De dónde vienes con todo eso?

—De la biblioteca. Acabo de terminar el trabajo de Literatura, por fin. Otro comentario de texto más y me vuelvo loca.

Kate frunció el ceño y le dedicó su mejor mirada de «¿quién eres tú y qué has hecho con mi amiga?».

—¿En la biblioteca? Tú eres alérgica a ese sitio.

—Pero ¿qué dices?

Se sentó frente a Kate y saludó a Lou.

—¿Me pones otro de esos, por favor?

Lou asintió desde la barra y Jill centró toda su atención en Kate. Una sonrisa enorme se dibujó en su cara, mientras la miraba como si fuese la portadora de un gran secreto.

—Me das miedo cuando pones esa cara de loca —dijo Kate. Jill resopló y después levantó la tapa del primer libro. Sacó un par de tarjetas que puso sobre la mesa—. ¿Qué es eso?

—Invitaciones para una inauguración. Una para cada una. Mañana por la tarde. ¡Fiesta!

—¿Qué inauguración?

—La librería de los Solomon.

Kate bebió un sorbo de batido a través de la pajita y miró a su amiga con los ojos entornados.

—¿Quién te las ha dado?

—Evan.

—Evan... —repitió en un susurro—. ¿Y desde cuándo sois amigos?

—Hemos coincidido algún rato que otro en la biblioteca. Estudiando... Y hemos hablado... A veces... Un poco...

Kate se la quedó mirando mientras masticaba una cereza y se percató de que se había ruborizado.

—Tú no soportas a los chicos como Evan. ¿Qué fue lo que dijiste de él después de que lo espantaras en la cafetería? Déjame pensar... —La apuntó con el dedo—. Dijiste que es un tarado arrogante y un cabeza hueca, cuyo único talento es correr tras un balón y creerse irresistible. También dijiste algo sobre compensar un micropene. Aunque en esa parte desconecté.

—¿Dije todo eso? —Arrugó la nariz con un mohín—. Ya... es posible que haya cambiado un poquito de opinión sobre algunas cosas.

—¿En serio? —se burló Kate.

Jill alzó las cejas y soltó una risita tonta.

—La verdad es que es muy listo. No habría podido acabar mi trabajo sin él. También es amable, simpático y tiene conversación. Y sí, es arrogante, engreído y está encantado de haberse conocido, pero es guapísimo y me provoca taquicardias con solo mirarme. ¡Usa unas gafitas muy monas cuando estudia! —Bajó la cabeza hasta apoyar la frente en la mesa—. Dios, Kate, creo que me gusta. ¡Me gusta mucho!

Kate apretó los dientes para reprimir una carcajada. Eran amigas desde el jardín de infancia y conocía a Jill mejor que a sí misma. Que admitiera esos sentimientos por Evan demostraba que eran más profundos de lo que a simple vista parecían, y esperaba que ese chico no acabara rompiendo su ya frágil corazón.

—Ahora entiendo tus visitas a la biblioteca.

Su amiga curvó los labios con un puchero.

—Soy débil y mis hormonas se han sublevado, ¿qué quieres que haga? —Se apartó el pelo de la frente y clavó sus ojos en los de Kate—. Pero nos estamos desviando del tema principal de esta conversación.

—¿Que es...?

—La inauguración, tonta. Vamos a ir, ¿no?

—No creo que pueda. Alice y Martha necesitan ayuda en la casa de huéspedes —respondió con un suspiro.

—Vamos, no me hagas suplicar.

—No sé...

—¿Y si te digo que ese chico tan feo, del que ya ni siquiera te acuerdas, también asistirá? Se llamaba William, ¿no? —dijo Jill en un tonito cargado de intención.

Kate puso los ojos en blanco, pero no pudo ignorar el hecho de que su corazón se aceleró y un cosquilleo le recorrió el estómago. Había transcurrido más de una semana desde que lo vio por última vez, frente a su instituto. Tiempo suficiente para volver a ser ella misma y olvidarse de esa estúpida atracción que había sentido hacia el chico.

Aun así, en su interior despertó un pequeño anhelo lleno de curiosidad.

—¿Cómo sabes que asistirá?

—Me lo ha dicho Evan —comentó Jill. Una sonrisa burlona se dibujó en su cara—. Por lo visto, William es un amigo de toda la vida que ha venido a pasar una larga temporada con ellos.

—¿Larga temporada? —repitió Kate con ojos brillantes. Muy en el fondo, se moría de ganas de volver a verlo, pero se negaba a albergar la más mínima esperanza. Era absurdo que se hiciera ilusiones con él—. Tiene novia, Jill. Una novia impresionante.

—Eso no lo sabes con seguridad. Podrían ser solo amigos. —Se inclinó hacia delante—. ¿Qué vimos en realidad? Nada. Oye, ese chico te gusta. No pierdes nada por ir y ver qué pasa. Si resulta que no le interesas... ¡Que lo parta un rayo, él se lo pierde!

Kate se echó a reír.

—Me lo pensaré, ¿de acuerdo? Se hace tarde —suspiró.

—¿Necesitas que te lleve a casa?

—Sí, por favor.

Pagaron la cuenta y Kate esperó en la acera a que Jill trajera el coche.

Empezaba a refrescar y cruzó los brazos sobre el pecho mientras echaba un vistazo al cielo. El sol comenzaba a ponerse tras los edificios, rodeado de unas nubes tenues a través de las que podían verse algunas estrellas. Inspiró hondo y escudriñó la calle, tratando de distinguir entre todos aquellos vehículos que se acercaban el Lexus de Jill.

De repente, el corazón le dio un vuelco. El todoterreno de William acababa de detenerse a su lado bajo el semáforo. Sus ojos volaron al interior y allí estaba él. Hablaba sin dejar de sonreír con un hombre moreno y corpulento. Gesticulaba con rapidez, como si le estuviera contando algo muy divertido a su acompañante; un segundo después, ambos reían a carcajadas.

Nerviosa, se dijo a sí misma que debía apartar la vista. Entonces, sin tiempo a reaccionar, sus ojos se encontraron en la distancia que los separaba. Los de él se abrieron un instante con una ardiente severidad, y un brillo carmesí los iluminó para desaparecer tan rápido como había aparecido.

Kate pensó que sería un reflejo de la luz del semáforo.

Como si el tiempo se hubiera ralentizado, sus miradas continuaron enredadas hasta que él la apartó y reanudó la marcha.

Kate notó que se había ruborizado y se cubrió las mejillas con las manos. Le ardía la cara y su estúpido corazón parecía a punto de explotar. Tragó saliva, incómoda por todas esas sensaciones que galopaban por su cuerpo en ese momento. No era el primer chico atractivo que conocía, pero sí el primero que hacía que le temblaran las piernas de ese modo, y se sintió idiota por esa reacción. Sobre todo, cuando él parecía bastante molesto cada vez que se encontraban.

7

Rachel se movía nerviosa de un lado a otro, ultimando detalles antes de que los asistentes a la inauguración empezaran a llegar. Se acercó a la mesa y recolocó, otra vez, las bandejas de canapés que el servicio de *catering* había preparado.

April y Matthew se habían escondido tras un expositor con un par de libros que habían sacado de la sección de fantasía y terror. Tumbados en el suelo para que nadie los viera, pasaban las hojas con rapidez en busca de ilustraciones de vampiros y hombres lobo, sin embargo, las que encontraban en aquellas páginas se asemejaban más a una caricatura que a una imagen real.

Matthew señaló la ilustración de un hombre lobo con una enorme joroba, erguido sobre las patas traseras.

—No se parecen en nada a nosotros —dijo en un susurro.

April puso cara de asco al ver la espuma y las babas que le habían dibujado alrededor de la boca. Pasó otra página y apareció la pintura de un vampiro. Un Drácula engominado, de colmillos puntiagudos que, aferrado a una larga capa, envolvía con sus brazos a una chica semidesnuda y desmayada.

—¿Te imaginas a William con esta pinta? —cuchicheó.

Los dos niños comenzaron a desternillarse de risa.

Keyla apareció como una sombra siniestra junto a ellos y les quitó el libro de las manos, dándoles un susto de muerte.

—Si no os portáis bien, tendré que llevaros a casa, y me enfadaré mucho si me pierdo la fiesta por vuestra culpa —dijo con el ceño fruncido. Los niños desaparecieron bajo su mirada divertida—. ¡Pequeños diablillos!

Shane y su padre se habían retirado a un rincón, cerca de la trastienda que también hacía las veces de despacho. Hablaban en voz baja y, por sus caras, parecían discutir.

Últimamente, era algo que hacían a menudo. Shane seguía empeñado en formar parte de los Cazadores. Para él, ese grupo de hombres lobo tenía un auténtico cometido. Protegían y cuidaban a todos aquellos que respetaban el pacto y vivían de acuerdo a sus leyes, luchando contra los que lo amenazaban: los renegados.

Shane deseaba más que nada esa vida. No estaba hecho para lo que su padre esperaba de él.

«Hay muchas formas de ayudar a la manada, sin que tengas que acabar muerto», le repetía todo el tiempo.

Y él lo sabía, pero no quería un despacho en un bufete de abogados.

Quería luchar. Enfrentarse a los asesinos que los amenazaban sin tregua. Y si moría, tampoco le importaba, ya estaba muerto viviendo aquella vida de mentira que no soportaba.

Daniel los observaba con disimulo. Rachel apareció a su lado y le entregó un par de botellas de vino para que las descorchara.

—¿Qué ocurre con esos dos? —preguntó ella.

—Siguen discutiendo por los Cazadores. Jerome se niega a que el chico vaya con ellos —comentó en voz baja mientras sacaba uno de los corchos.

—¿Y tú qué opinas?

Él meditó un momento su respuesta.

—Es un trabajo peligroso, pero Shane ya no es un niño. Yo le dejaría escoger su camino —confesó con un suspiro—. Aunque es su padre quien debe tomar la decisión de dejarle marchar, y no yo.

—Eres un buen hombre y te quiero por eso —susurró Rachel, y le dio un beso fugaz en los labios—. Pero esta vez tu hermano se equivoca, y alguien debería decírselo antes de que este asunto los distancie.

Daniel sacudió la cabeza mientras sacaba el segundo corcho, y se dijo a sí mismo que hablaría con Jerome más tarde. Miró su reloj, y se preguntó dónde diantres se habría metido William. En ese momento, su amigo entró en la librería, impecable con unos vaqueros oscuros y una camisa azul claro bajo una americana negra. Daniel soltó un suspiro de alivio en cuanto vio a sus hijos tras él. Vestían de forma similar, sin ningún atuendo extraño que llamara la atención.

Un problema menos, ahora solo debían comportarse.

—¡Estáis guapísimos! —exclamó Rachel con total adoración—. ¿Verdad, Keyla?

Keyla se detuvo frente a ellos y los observó uno por uno con atención. El minucioso reconocimiento terminó en William, al que contempló con ojos centelleantes. Sus pupilas se dilataron con un destello dorado.

—Muy guapos. Creo que esta noche se romperá más de un corazón.

—Eso espero —farfulló Evan nervioso, y dio media vuelta para volver a la calle sin dejar de atusarse el pelo.

—¿Y a este qué le pasa? —preguntó Jared.

—Lleva un par de días muy raro, y anoche se transformó mientras dormía. Me dio un susto de muerte. ¡No quiero imaginar qué estaría soñando! —explicó Carter con un estremecimiento que provocó las risas de los demás.

Poco a poco, fueron llegando los primeros vecinos, más motivados por su curiosidad hacia la nueva familia que por la compra de libros. Rachel, haciendo gala de sus grandes dotes como anfitriona, recibía a todo el mundo en la puerta junto a Daniel, que entregaba a los asistentes pequeñas tarjetitas de presentación decoradas con filigranas plateadas.

Keyla hacía otro tanto moviéndose entre la gente con una sonrisa, al tiempo que ofrecía refrescos y contestaba con paciencia a las preguntas curiosas de un par de colaboradoras del periódico local.

Los hermanos Solomon, junto con William y Shane, se mantenían apartados en un rincón intentando pasar inadvertidos. Absortos en su conversación e incómodos por todo el teatro que se veían obligados a representar para integrarse entre los humanos sin levantar sospechas.

Una nueva ciudad requería una nueva identidad, era necesario. Cada pocos años se veían forzados a cambiar de aires, a encontrar un nuevo hogar para después iniciar otra vez el mismo ciclo, antes de que nadie empezara a notar que no envejecían al mismo ritmo que los demás. Estaban obligados a vivir una mentira, rodeados de más mentiras. Y mantenerse cuerdos, a la vez que fieles a las normas, resultaba a veces muy difícil.

Y esos eran los pensamientos que tenía Evan en ese momento, mientras lanzaba miradas impacientes a la puerta. De pronto, su corazón se aceleró y una sonrisa le iluminó el rostro.

Ese rápido palpitar captó la atención de William.

Miró por encima de su hombro en busca de aquello que tanto alteraba a Evan y un escalofrío le recorrió la espalda al ver a Kate cruzar la puerta con paso vacilante. Iba preciosa con una blusa semitransparente y un pantalón ajustado que mostraba una figura perfecta. Demasiado atractiva para pasar desapercibida. Al igual que la tímida sonrisa que afloró a sus labios cuando saludó a Rachel con un beso fugaz en la mejilla.

De la mano de su amiga, se adentró en el local. Lo miraba todo con ojos curiosos.

Evan llegó hasta ellas y tomó a Jill de la mano. ¡Menuda sorpresa! Kate lo saludó con timidez, intercambiaron algunas palabras y a continuación los dejó solos.

William advirtió que aún caminaba con una ligera cojera, aunque ya no necesitaba las muletas. La vio tomar un refresco de una de las mesas y dirigirse a los estantes repletos de libros. Sintió el impulso de acercarse a ella, aunque no era lo más prudente, por lo que se retiró a un rincón en la penumbra y desde allí la observó.

Eso tampoco era muy sensato, ni normal en él. Acechar a un humano de ese modo.

¿Qué demonios hacía?

Se obligó a distraerse con otra cosa y trató de prestar atención a las conversaciones que tenían lugar a su alrededor. Distintas frecuencias que trataba de sintonizar buscando la más interesante. Así supo que la bibliotecaria tenía un lío con un profesor del instituto, y que la hija mayor del alcalde iba a casarse embarazada de casi cuatro meses.

Entretenido con los chismes del pueblo, sus ojos acabaron sin darse cuenta de nuevo sobre Kate.

Recorrió su rostro como si quisiera aprenderlo de memoria. El brillo sonrosado de sus labios, sus largas pestañas, hasta el lunar que se escondía bajo su oreja era de lo más atractivo para él. La suavidad de la piel de su garganta, las curvas de su cintura, la gracia inconsciente con la que se movía.

Todo en ella era perfecto.

Hasta el aroma de su sangre lo era. Podía olerla desde allí. A pesar de la cantidad de gente que abarrotaba la librería colmando el aire, el olor era intenso, una provocación a sus sentidos. Ese perfume había dejado una huella en su cerebro, una impronta, y no era nada bueno para el carácter obsesivo y voluble de un vampiro.

Se pasó la mano por el pelo, agobiado, y se encaminó a la salida.

Necesitaba tomar el aire.

Una vez fuera, se acomodó en la esquina más alejada del porche, donde una bombilla fundida le brindaba un poco de intimidad. Inspiró el aire húmedo y fresco de la noche. Después se soltó un par de botones de la camisa y se relajó contra la pared.

La calma solo duró unos pocos minutos, porque Kate apareció en el porche como si huyera de algo. La siguió con la mirada, mientras ella se dirigía al otro extremo y se apoyaba en la barandilla. Suspiró y negó con la cabeza para sí mismo. Cómo iba a ignorarla, si cada vez que se daba la vuelta ella estaba a solo unos pasos.

Se quedó quieto. Con suerte, ella no se percataría de su presencia y se marcharía pronto.

Al cabo de un rato, Kate no se había movido y él estaba a punto de subirse por las paredes. Incapaz de ganar esa batalla, salió de las sombras y fue hasta ella.

—¿Cómo te encuentras?

Kate se giró de golpe. Abrió mucho los ojos y después parpadeó varias veces, sorprendida.

—Perdona, ¿qué has dicho?

—Tu tobillo, ¿fue grave?

—No, solo una torcedura.

Dio un paso atrás, un poco intimidada, y se chocó con la barandilla. Él era bastante más alto y sus ojos la contemplaban desde arriba, haciéndola sentir pequeña. Aun así, le sostuvo la mirada con toda la seguridad que pudo aparentar.

—Y tú, ¿cómo estás?

—Bien.

—Me alegro.

William fue el primero en apartar la vista. Se apoyó con la cadera en la baranda y cruzó los brazos sobre el pecho.

—¿Qué haces aquí fuera? ¿No te diviertes?

—¡Sí! La fiesta es genial y la comida deliciosa. —Arrugó la nariz con un mohín—. Me... me estoy escabullendo —confesó.

William la miró de reojo.

—¿En serio?

Ella asintió y se colocó un mechón de pelo tras la oreja.

—De la señora Matsui, ¿la conoces? —Él negó con un gesto—. Es amiga de mi abuela y se cree la casamentera del pueblo. Ahora se le ha metido en la cabeza que yo debería salir con su nieto y lleva semanas persiguiéndome para concertarme una cita con él.

—¿Concertarte una cita? Eso suena un poco antiguo, ¿no crees?

—¡Díselo a esa mujer!

—¿Es lo que quieres? Puedo ser muy convincente.

Alzó las cejas y su expresión se tornó maliciosa.

Kate frunció el ceño y soltó un suspiro.

—Te ríes de mí. En fin, yo también me reiría si no me enfureciera tanto la situación. No sé si sentirme halagada por que la señora Matsui quiera emparejarme con su nieto, u ofendida por que piense que no soy capaz de conseguir una cita por mí misma. Aunque, ¿qué me importa? —Alzó las manos, exasperada—. Ni siquiera me gusta su nieto, siempre huele a sudor y sonríe como un pervertido. Si estuviera interesada en salir con alguien, él ocuparía el último lugar de mi lista.

William arrugó el entrecejo, muy serio, aunque por dentro estaba divirtiéndose con aquel parloteo. Le encantaba la voz de Kate y al mismo tiempo le ponía de los nervios. Esa dualidad lo desconcertaba hasta lo indecible y de un modo retorcido.

—¿Tienes una lista de posibles pretendientes?

—¿Qué? ¡No! ¿Crees que he salido de un libro de Jane Austen?

Se rio con las mejillas rojas.

William la observaba sin parpadear. Ladeó la cabeza y aspiró con disimulo el aire en el que casi se podía paladear su rubor. Tragó saliva y los músculos de su cuello se contrajeron.

—Mi consejo es que ignores a esa mujer tan irritante.

—Irritante y cotilla —declaró ella mientras recobraba el control de su respiración—. Se inmiscuye en la vida de todo el mundo como si fuera un deporte.

A él le hizo gracia el mohín enfurruñado que apareció en sus labios.

—¿Cómo de cotilla?

—Necesita saberlo todo de todos, como si su vida dependiera de ello. Le encantan los chismes. Si sospecha que escondes algo, no descansará hasta averiguar de qué se trata. —Miró a William y sonrió—. Si tienes algún secreto, escóndelo bien o acabará siendo de dominio público.

William se giró hacia ella y la más extraña de las miradas oscureció su rostro.

—Puede que algún día descubra que hay cosas que es mejor no saber —comentó en tono reservado, con un deje malicioso que hizo que Kate levantara la cabeza de golpe.

—¿Por qué dices eso?

—Por nada en especial.

Se miraron en silencio y un halo de tensión los rodeó.

—¿Te haces el misterioso o eres así? —La pregunta brotó de la mente de Kate y alcanzó sus labios sin que pudiera detenerla.

—¿Te parezco misterioso?

—Sí.

Él bajó la vista con una sonrisa jugueteando en sus labios. Se volvió hacia ella de modo que quedaron frente a frente y apoyó la mano en la barandilla. Sus ojos se deslizaron por el rostro de ella, absorbiendo todos los detalles. Buscaba aquello que tanto llamaba su atención. El porqué a ese enigma que le hacía pensar en ella tan a menudo. Que ponía a prueba su férrea disciplina y la actitud fría tras la que se ocultaba.

—Interesante.

—¿Qué es interesante?

—Tú lo eres —susurró él.

—¿Te burlas de mí?

—¿Por qué iba a hacer eso?

—Porque cada vez que te veo te comportas de un modo distinto y no sé qué versión de ti es la auténtica. Cuando te conocí, fuiste muy frío. Nos hemos cruzado un par de veces y casi parecías odiarme. Y ahora estás aquí, siendo amable, incluso bromeas.

Se apartó el cabello de la cara. Era algo que hacía con frecuencia, recoger sus largos mechones tras las orejas; y cada vez que lo hacía, la atención de William se centraba en esa porción de piel expuesta que palpitaba a simple vista y despertaba su sed.

—Y eso te disgusta —dijo él.

—Bueno... Sí... Supongo que sí.

—¿Que sea amable o distante?

Kate frunció el ceño y abrió la boca varias veces, como si estuviera buscando las palabras.

—¿Por qué va a disgustarme que seas amable?

William se mordió el labio para no sonreír. Era tan fácil picarla, y divertido. Aunque no entendía por qué lo hacía. Ni siquiera debería estar allí.

—Solo quiero asegurarme.

—Te burlas de mí.

—Arrugas la nariz con un mohín muy gracioso.

—¿Qué?

—Tu nariz...

—Te he oído la primera vez.

William sonrió hechizado por el sonido de su voz.

—¿Por qué me siento como si fuésemos seres de planetas distintos que hablan idiomas diferentes? —suspiró ella.

William entornó los párpados y se inclinó más cerca de ella. Sus miradas se enredaron en un extraño duelo.

—Porque quizá lo seamos.

Ella abrió la boca para decir algo, pero volvió a cerrarla, desconcertada.

Después tragó saliva y su pecho se movió con una profunda inspiración. Le brillaban los ojos y sus labios tenían el color de una fresa madura. Se los mordisqueó, nerviosa, y otro tipo de deseo comenzó a despertar en William. Más íntimo. Más carnal. Y la mezcla de ambos empezaba a marearlo.

Pensó en lo fácil que sería tomar todo lo que quería de ella y en el alivio que sentiría después. Dio un paso atrás, sorprendido por sus propios pensamientos.

—Discúlpame, solo bromeaba.

De repente, la puerta se abrió y Jill apareció de la mano de Evan. Jared iba con ellos.

—¡Eh, chicos! Estamos pensando en ir a una fiesta que hay en el mirador, ¿os apuntáis? —les preguntó Evan.

William negó con la cabeza.

Kate tuvo que parpadear varias veces hasta poder despegar sus ojos de él.

—Prefiero volver a casa. El tobillo vuelve a dolerme.

—Entonces, te acompaño. Ya saldremos otro día —dijo Jill mientras le frotaba el brazo.

—De eso nada. Ve con ellos y diviértete.

Jill frunció el ceño.

—Kate, no me parece bien dejarte...

—Lo digo en serio, ve.

—¿Seguro que no te importa?

—¡No! Y vete de una vez —se rio—. Llamaré a un taxi.

—Yo te llevaré.

A Kate se le paró el corazón al escuchar el ofrecimiento de William. Tragó saliva y alzó la barbilla para mirarlo.

—Gracias, pero no es necesario que te molestes...

—No es ninguna molestia —dijo él de un modo que no admitía réplica.

—¡Estupendo, todo solucionado! ¿Nos vamos? —intervino Evan con algo de prisa.

Apenas habían llegado a la acera, cuando un todoterreno de color rojo se detuvo junto a ellos con un frenazo que dejó marcas en el asfalto. Un par de chicos descendieron del vehículo, y un tercero bajó la ventanilla del copiloto. Dos más iban dentro.

William los reconoció del instituto.

—Hola, Jill, ¿te llevamos a alguna parte? —preguntó el más alto, un chico pelirrojo con el rostro cubierto de pecas, con el que Jill había salido un par de veces el año anterior.

—Gracias, Peter, pero ya tengo quien me lleve —contestó algo tensa.

—¿Quién? ¿Ese? ¿Es que sales con él?

—Sí, sale conmigo, ¿tienes algún problema con eso? —intervino Evan dando un paso adelante.

Jared salió a su encuentro y lo frenó con una mano en el hombro.

—No merece la pena. Está enfadado porque ya no es el capitán. Déjalo estar.

—¿Qué pasa, Solomon? ¿Ahora te escondes detrás de tu hermanito?

—¡Que te jodan!

—Vamos, Peter, sube al coche y déjalos en paz —le pidió el chico que conducía.

—¿Que me jodan? Eso ya lo hace tu novia —replicó Peter con una risita socarrona.

—¡Voy a partirte la cara! —gruñó Evan.

Se lanzó hacia delante con los puños apretados, dispuesto a darle una paliza, pero Jared le cortó el paso de nuevo.

—Aparta —le ordenó Evan.

—¡No! Céntrate, joder.

De repente, Shane apareció en el porche como un rayo con Carter pisándole los talones. El olor de los humanos había llegado hasta él, golpeándolo como una bofetada en plena cara.

—¿Qué hacen esos aquí? —bramó sin poder controlarse.

—¡Qué miedo, llegan los refuerzos! —se rio Peter.

Shane le apuntó con el dedo.

—Estás muerto.

William percibió el brillo dorado de sus ojos y supo lo que ocurriría a continuación. Saltó la barandilla y en una décima de segundo se colocó entre los dos grupos con una expresión furibunda. Shane llegó junto a él un latido después, tan ciego por la rabia que no reparó en que estaba en medio, y arremetió contra los humanos.

William afianzó los pies en el suelo para aguantar la embestida y lo detuvo con una mano en el pecho al tiempo que lo fulminaba con la mirada. Palideció y sus ojos se oscurecieron hasta adquirir un tono marino, casi negro, y durante una fracción de segundo se iluminaron con un destello carmesí. Su rostro se había convertido en una fría amenaza y Shane no la pasó por alto.

Carter sujetó a su hermano por el brazo y tiró de él hacia atrás.

Kate se acercó a la barandilla sin entender qué ocurría, ni cómo había hecho William para moverse tan rápido. Recorrió con sus ojos la escena y notó en su propia piel la tensión que flotaba en el ambiente.

—Deberíais iros —gruñó William a los jóvenes humanos.

—¿Y por qué...? —empezó a decir Peter.

William giró el cuello y lo taladró con la mirada. El chico enmudeció.

—¿Seguro que quieres seguir con esto? —Su voz sonó gélida y oscura, peligrosa. Peter tragó saliva y apartó la vista—. Largaos. Ahora.

Obedecieron sin perder un segundo y subieron al coche.

William permaneció inmóvil, parapetando a los suyos con actitud protectora. Si bien, era a aquellos chavales cargados de hormonas a los que realmente protegía de los lobos.

Esperó hasta que el vehículo hubo desaparecido calle abajo. Entonces se giró hacia los Solomon con un rictus de furia que le desfiguraba el rostro. Cuando habló, lo hizo tan bajo que solo ellos pudieron escucharle.

—Cualquiera de nosotros podría pulverizarlos. Pero si fuese tan sencillo, no tendríamos que vivir ocultándonos —siseó.

Clavó sus ojos en Shane.

—Te ha faltado un segundo para transformarte delante de todo el mundo. Estabas descontrolado. Creo que es demasiado pretencioso por tu parte que quieras formar parte de los Cazadores con esta conducta. ¿Cómo piensas mantener la cabeza fría a la hora de enfrentarte con renegados, si no eres capaz de controlarte con unos simples humanos? —masculló con una nota violenta en la voz.

Shane bajó la mirada con el orgullo herido por esas palabras, pero sabía que el vampiro tenía razón.

—Largaos o tendréis problemas —sugirió William al ver a Daniel y Jerome avanzando entre los pocos curiosos que quedaban en la calle.

Obedecieron sin rechistar y salieron en estampida.

Daniel y Jerome alcanzaron la acera un instante después.

—¿Qué ha pasado aquí? —preguntó Daniel.

William se encogió de hombros.

—Nada, charlábamos —contestó.

—¿Qué ha hecho Shane esta vez? —preguntó Jerome con la vista clavada en la oscuridad que acababa de engullir a su hijo—. Le cuesta tanto controlar su temperamento.

—El chico no ha hecho nada —respondió William.

—Se supone que tienes que estar de nuestra parte, no de la de ellos —se rio Daniel.

—¿De dos viejos perros como vosotros? Olvídalo.

—Escucha, cara bonita —susurró Jerome con malicia—. Aún podría darte una buena tunda si quisiera.

William soltó una carcajada.

—Para eso, antes tendrías que atraparme.

—¿Qué os parece si esta noche salimos de caza? Como en los viejos tiempos —sugirió Daniel, y le dio un codazo a su hermano—. Un poco de sangre fresca no nos vendría mal.

Jerome asintió entusiasmado y el instinto depredador asomó a sus ojos con un leve destello dorado.

—Siento aguaros los planes, pero solo me apetece volver a casa —dijo William.

—¡Venga ya! No puedes irte —se quejó Jerome—. Será divertido.

—Cazar nunca ha sido divertido. Yo necesito la sangre para sobrevivir y vosotros matar de vez en cuando para no perder el control sobre vuestro instinto. ¿Qué hay de divertido en eso? —masculló.

—¿Y a ti qué mosca te ha picado? —inquirió Jerome con disgusto.

William se encogió de hombros. Se había puesto de mal humor y comenzaba a impacientarse.

—Lo siento, estoy cansado.

—¿Estás seguro de que no quieres venir? —intervino Daniel para zanjar el asunto.

—Esta noche, no —susurró William, y sus ojos volaron hacia el motivo real de su negativa.

8

Cuando William detuvo su todoterreno frente a la librería, Kate ya lo esperaba en la acera. Parecía tener frío, con los hombros caídos y los brazos cruzados sobre el pecho. La temperatura había descendido y la blusa que llevaba no era suficiente para protegerla de la humedad nocturna.

—¿Tienes frío? —se interesó él al bajar del vehículo.

Ella asintió. Sus labios habían adquirido un tono violeta. Se quitó la americana y se la puso sobre los hombros.

—Vamos, te llevaré a casa.

Kate dudó con la mirada esquiva.

—No creo que esto sea buena idea. Tu novia no deja de mirarnos y parece molesta.

—¿Mi novia? —Desconcertado, buscó aquello que Kate miraba con disimulo y se encontró con los ojos de Keyla clavados en ellos. Al darse cuenta de que la había descubierto, ella apartó la vista con rapidez y volvió a entrar en la librería—. Keyla no es mi... Es una amiga. Nada más.

—Lo siento, el otro día os vi y me pareció que entre vosotros... Que entre ella y tú había algo más... —explicó nerviosa.

—No sabía que dábamos esa impresión.

—Bueno, es que ella parecía estar... —Soltó una risita nerviosa y se recogió el pelo tras la oreja—. Olvídalo.

—Solo somos amigos.

Abrió la puerta del vehículo y esperó a que Kate se acomodara en el asiento. Frunció el ceño, inquieto. Era imposible que Keyla albergara algún tipo de sentimiento hacia él. Era cariñosa y no tenía ningún pudor a la hora de demostrarlo. Y lo era con todos, sin excepción. Para ella la familia era importante y él pertenecía a la familia.

«Nada más», pensó.

De pronto, notó un ligero mareo y su vista se oscureció. Apoyó la mano en el cristal para sostenerse. Le latían las sienes y un ardor insoportable se instaló tras sus retinas. Parpadeó varias veces y la sensación desapareció. Esos episodios empezaban a repetirse con demasiada frecuencia y, aunque intentaba no pensar en ello, la idea de que algo iba mal en su interior cobró fuerza.

Subió al coche y puso el motor en marcha sin mirar a Kate ni una sola vez.

No tardaron en dejar atrás el bullicio de la ciudad.

El coche circulaba a gran velocidad por la carretera, iluminada tan solo por la luz de los faros. En esa zona, el bosque era muy espeso y no dejaba paso a la mortecina claridad de la luna, por lo que una profunda oscuridad devoraba el paisaje.

Kate observó a William con el rabillo del ojo. Sus manos sobre el volante se movían con suavidad, mientras sus ojos estudiaban la carretera, pendientes de cada curva, de cada rasante.

—El próximo desvío a la izquierda —indicó.

William asintió con un gesto. Ahora que estaba a solas con ella, sin música ni personas que distrajeran su atención, era plenamente consciente de su presencia, del olor de su pelo, del calor de su piel, del latido acelerado de su corazón. Podía sentir su nerviosismo, también la rigidez de su cuerpo y sus miradas recelosas.

«Hace bien en no fiarse de mí», pensó.

Desde que se transformó en vampiro, solo había convivido con un humano, Amelia. La mujer a la que amaba y a la que nunca fue capaz de abandonar tras su cambio. No fue fácil, sobre todo al principio, cuando todavía era un vampiro tan joven que sus instintos lo sometían casi por completo.

Aún recordaba lo mucho que le costó aprender a controlar sus impulsos, a dominar su naturaleza depredadora. Siempre se alimentaba más de lo necesario para evitar tentaciones y solía cazar hasta que acababa agotado para aliviar otras frustraciones. Se decía a sí mismo que no era malo, apelando a su conciencia y al temor a convertirse en un monstruo, para no rendirse al instinto salvaje que le devoraba el alma.

Tantos esfuerzos no fueron suficientes. Sucumbió. Aunque no por la sed. Al menos ese era un pequeño consuelo para él. Pero, al margen de la naturaleza de sus motivos, la realidad era bien clara, convirtió a Amelia y desató un infierno en la tierra.

Desde entonces, había procurado mantenerse alejado de los humanos.

Una sonrisa amarga se encaramó a sus labios.

Hasta que ella había aparecido.

La miró con disimulo, preguntándose de nuevo qué era eso que la hacía tan especial a sus ojos, más allá de la sangre o el deseo que despertaban sus curvas femeninas en su cuerpo.

No estaba seguro de querer averiguarlo.

—¿Aún tienes frío? —preguntó al ver que se estremecía. Ella negó con un gesto—. ¿Quieres que suba la calefacción? —insistió.

—Estoy bien —aseguró en voz baja.

La casa de huéspedes, en la que Kate vivía con su abuela, apareció iluminada a lo lejos.

Era un edificio grande y antiguo de dos plantas y con una buhardilla. Una construcción original de 1874 que había sufrido algunas reformas a lo largo de los años, pero que aún conservaba el aspecto hermoso e imponente de la época.

Mientras se acercaban, William pudo distinguir una galería acristalada que ocupaba todo el ancho de la fachada.

Nada más detenerse, bajó del coche y lo rodeó con rapidez para ir al encuentro de Kate. Abrió la puerta y le ofreció su ayuda. Ella posó la palma de su mano sobre la de él y descendió. El contacto solo duró un par de segundos. Suficiente para que su cuerpo se pusiera en tensión.

—¿Eres tú, cielo? —preguntó una voz desde el interior de la casa

—Sí, abuela.

Una mujer mayor apareció en el porche acristalado. Era alta y delgada, con el pelo castaño salpicado de canas y recogido con un pasador a la altura de la nuca. Llevaba puesto un delantal cubierto de harina y se limpiaba en él las manos.

—¡Hola! —saludó mientras se fijaba con curiosidad en el chico que acompañaba a su nieta.

—Abuela, este es William. Ha sido muy amable al acompañarme a casa.

—Soy Alice, la abuela de Kate —se presentó la mujer.

—Es un placer, señora —contestó William.

Ella hizo un ruidito ahogado con la garganta.

—¡Oh, no me llames señora, me hace parecer tan mayor! —Sonrió y se atusó el pelo—. Llámame Alice, por favor.

William esbozó una pequeña sonrisa.

—Alice.

—Mucho mejor. Acabo de preparar tarta de manzana. ¿Por qué no pasáis y os sirvo un buen trozo?

—No es necesario, gracias —dijo algo cortado.

—Oh, vamos, es mi forma de darte las gracias por traer a Kate a casa —insistió Alice de forma cariñosa.

—Mejor en otro momento, debo marcharme.

—¿Tan pronto?

—¡Abuela! —protestó Kate ante la insistencia de la mujer.

Alice sonrió y se pasó las manos por las mejillas.

—Siento ser tan pesada, pero Kate no suele traer muchos amigos a casa.

William miró de reojo a la chica.

—No se preocupe.

Alice frunció el ceño sin apartar la vista de William.

—Hay algo en ti que me resulta familiar. No eres americano, ¿verdad?

—¡Abuela, eso no es asunto tuyo! —la reprendió Kate entre dientes.

Iba a matarla después de aquello.

—Tiene razón, soy irlandés.

—¡Lo sabía! Es tu acento lo que me resulta conocido —exclamó entusiasmada—. Mi padre, el bisabuelo de Kate, era irlandés. ¡Qué coincidencia! ¿Verdad, cariño? —se dirigió a su nieta al tiempo que sonreía encantada.

—No creo que a William le interese nuestra historia familiar.

—Mi padre era de New Ross, ¿lo conoces? —continuó Alice sin hacer caso al comentario de su nieta.

William asintió y sus labios sonrieron un poco.

—New Ross se encuentra muy cerca de Waterford, el lugar donde nací.

—¿Has oído, Kate? ¡Lo conoce!

—Abuela, ¿no hueles a quemado?

—¿Qué? No huele a... —Su nieta le lanzó una mirada severa—. ¡Oh, sí! Ahora que lo dices, parece que algo se está quemando —intentó parecer convincente. Sonrió de oreja a oreja—. Me ha encantado conocerte, William. Espero que vuelvas pronto a visitarme, y así podrás contarme cosas sobre New Ross.

—Por supuesto.

En cuanto su abuela entró en casa, Kate suspiró avergonzada y se cubrió la cara con las manos. Miró a William a través de los dedos.

—No sabes cuánto lo siento. Siempre es así, como un torbellino que lo arrasa todo a su paso.

William la observó durante un largo segundo y luego paseó la vista por el jardín. Árboles centenarios se alzaban varios metros por encima de sus cabezas y sus hojas se sacudían por la brisa con un suave murmullo. Un búho ululó no muy lejos.

—Me gusta este sitio —dijo en voz baja.

—Es muy tranquilo.

—¿Siempre has vivido aquí?

—Sí.

Con las manos en los bolsillos de su pantalón, William dio unos cuantos pasos hacia el lago, atraído por unos destellos. Observó el agua y muy cerca de la superficie atisbó unos puntos brillantes que se movían con rapidez.

—¿Son peces? —preguntó asombrado.

—Sí, suelen nadar muy cerca de la superficie y cuando hay luna su luz se refleja en sus escamas, dándoles ese aspecto —explicó Kate con un débil temblor en la voz—. Son un poco raros. Un amigo de mi abuelo trajo un par de ellos hace muchos años y ahora los hay a montones.

—¡Es precioso! Tanto tiempo en este mundo y nunca había visto algo así —dijo él con una mezcla entre el asombro y la tristeza en su voz.

Kate arqueó las cejas, preguntándose por qué hablaba de ese modo cuando no tendría más de veintitrés o veinticuatro años.

—A lo largo de la noche irán apareciendo más.

—Debe de ser todo un espectáculo.

—Lo es. —Alzó los hombros con un escalofrío—. Puedes quedarte y verlos un rato. Merece la pena.

William se volvió y la miró a los ojos.

—¿Tú quieres que me quede?

—Sí... Si a ti te apetece.

—Me apetece. —Sus ojos la examinaban risueños. Alzó el rostro para contemplar el cielo estrellado y la luna incidió directamente en su cara—. Acepto tu invitación.

Kate notó que estaba conteniendo la respiración y soltó el aire de golpe al primer síntoma de asfixia. Estaba tan sorprendida por el giro que había tomado la noche.

—¿Quieres entrar en casa o que nos sentemos en la galería?

—Prefiero quedarme aquí, si te parece bien.

Ella asintió con una tímida sonrisa.

—Sí, claro. —Aspiró una bocanada de aire para tranquilizar sus latidos y señaló la casa—. Voy a entrar un momento para cambiarme de ropa.

—De acuerdo.

Kate tardó unos segundos en reaccionar, aún sorprendida de que quisiera quedarse. Notó un millón de mariposas arañándole el estómago y tuvo que morderse el labio con fuerza para ocultar una sonrisa.

Entró en la casa como un rayo y fue directamente a la cocina.

—Abuela, William va a quedarse un rato, ¿te importa?

—No, por supuesto que no —contestó mientras vertía sirope en un cuenco—. Pero dime una cosa —la miró con una sonrisa traviesa—: ¿Por qué no me has dicho que sales con un chico tan guapo?

—¡No salgo con él!

—Pues deberías. Es educado, guapo y creo que le gustas.

Se puso a buscar el azúcar entre los múltiples tarros que atiborraban la mesa.

—No le gusto. Si sigue aquí es por los peces. Todo el mundo viene aquí por esos peces, ya lo sabes —repuso mientras le pasaba el azúcar.

Se dirigió a la escalera y subió a toda prisa hasta su habitación.

Una vez dentro, se quitó la chaqueta y la sostuvo entre sus manos. La acercó despacio a su rostro e inspiró. El olor que desprendía era delicioso y su corazón se aceleró de forma dolorosa. No podía seguir negando lo evidente. William le gustaba. Le gustaba muchísimo.

Se desprendió de la blusa y rebuscó en el armario hasta encontrar una camiseta gris y una chaqueta blanca de punto. Se puso ambas prendas y echó un vistazo rápido al espejo. Pasó un momento por el baño y se cepilló el pelo. Después se aplicó un poco de hidratante labial.

Cuando bajó la escalera, Alice la esperaba en el primer peldaño con una taza de té humeante entre las manos.

—Esta vieja entrometida se va a dormir —dijo cansada.

—Abuela, tú no eres entrometida. Solo eres... tú. Y te adoro.

Su abuela sonrió y le acarició la mejilla.

—Buenas noches, cielo.

—Buenas noches, abuela.

Kate la observó mientras subía la escalera, y una tierna sonrisa asomó a sus labios. La quería con locura y no era capaz de imaginar una vida sin ella.

Abandonó la casa y se encaminó hacia el lago mientras buscaba a William con la mirada. Lo encontró sobre el pequeño muelle flotante, ensimismado con el agua. Él se giró al oír sus pasos. Una sonrisa jugueteó en sus labios y la invitó a acercarse con un gesto.

A Kate se le aflojaron las rodillas. El chico apenas sonreía, pero cuando lo hacía su rostro se transformaba por completo. Tenía una sonrisa tan atractiva.

Avanzó por el muelle hasta detenerse a su lado.

—Este sitio es precioso. Debéis de tener muchos clientes —se interesó él.

—No tantos como quisiéramos.

—¿Tienes más familia además de Alice?

—Sí, una hermana mayor, Jane. Vive en Boston.

—¿Y tus padres?

Una sombra cruzó por el rostro de Kate.

—Murieron cuando yo tenía seis años.

—Lo siento, no pretendía...

—No pasa nada. Apenas tengo recuerdos de ellos, eso es lo que me entristece.

William se puso serio. Miró a lo lejos como si contemplara un paisaje que solo existía para él.

—¿Tienes muchos amigos?

—Sí, algunos.

—Tu abuela se ha quejado de que no sueles traerlos por aquí.

Kate se encogió de hombros.

—La casa casi siempre está llena de extraños. Supongo que no los invito por eso.

William asintió como si entendiera la ambigüedad de su respuesta. Se giró para mirarla de frente.

—¿Y sales con alguien?

Kate le devolvió la mirada con los ojos muy abiertos. Una sonrisa tembló en sus labios y sus mejillas se encendieron.

—¿Por qué lo preguntas?

—Curiosidad.

—Estuve saliendo con un chico, Justin. Pero lo nuestro terminó hace meses. —Se humedeció los labios, nerviosa—. Le has visto esta noche, con esos chicos que se han metido con Evan. Era el que conducía.

William asintió al recordar el rostro del muchacho moreno que había permanecido tras el volante, solo observando. Un detalle olvidado acudió a su mente. En realidad, había estado observando a Kate todo el tiempo.

—¿Por qué?

—¿Por qué... qué? —inquirió ella sin comprender.

—¿Por qué terminó lo vuestro?

—No éramos compatibles.

—¿Por qué?

Ella sonrió vacilante.

—¿Siempre haces tantas preguntas?

—Puede...

Kate sacudió la cabeza un poco perpleja por su actitud. Una curiosidad que rayaba lo embarazoso. No sabía qué pensar al respecto.

—No sé... Al principio todo era genial, pero con el tiempo me di cuenta de que apenas teníamos cosas en común y que mis sentimientos por él no... Ya sabes... Supongo que no era él.

William dio un paso hacia ella con evidente interés, atraído por los latidos de su corazón, cada vez más acelerado.

—¿Él?

—El chico del que pueda enamorarme de verdad —contestó sonrojada.

—¡Vaya, eres una romántica que cree en el amor! —exclamó él sin poder evitar que su voz sonara mordaz.

Kate sacudió la cabeza, molesta.

—Creo que todos estamos destinados a una persona a la que amar para siempre, solo tenemos que encontrarla. Y esa es la parte difícil. Creer o no en el amor, supongo que depende de las experiencias de cada uno. ¿Tú no crees en el amor?

—Puede que lo hiciera durante un tiempo. Después, desperté.

—Intuyo que no salió muy bien.

—Creí que sería para siempre, pero no duró tanto.

Kate parpadeó, sorprendida por la frialdad de las palabras de William, en las que se adivinaba cierto resquemor.

—Lo siento.

—No importa. Forma parte del pasado —dijo él.

Forzó una sonrisa para aliviar la expresión tensa de su rostro. Recordar a Amelia le hacía perder los estribos y se esforzó por apartarla de su mente.

Guardó silencio y se volvió de nuevo hacia el lago. Contempló cómo los peces trazaban estelas bajo el agua oscura. Sin embargo, sus ojos regresaban una y otra vez de manera furtiva a la figura que tenía al lado.

Deseaba saberlo todo sobre ella.

Cada detalle y curiosidad.

Sus sueños y temores.

Qué le gustaba y qué odiaba.

Porque desde lo más profundo de su corazón necesita encontrar algo en ella que le resultara molesto. Algo que la hiciera menos deseable a sus ojos.

Un movimiento en una de las ventanas llamó su atención.

Se le escapó una risa divertida.

—¡Creo que tu abuela no se fía de mí!

Kate siguió la dirección de su mirada y un sonido de disgusto escapó de su garganta al ver la silueta de Alice recortada contra la ventana. La lámpara del cuarto estaba encendida y hacía que su cuerpo pareciera una sombra china tras la cortina.

—Te aseguro que esa no es la razón —replicó disgustada—. ¡Al menos, podría haber apagado la luz!

William rompió a reír a carcajadas. Su risa sonó fuerte y clara, tan espontánea que fue una sorpresa incluso para él.

—No te enfades, tiene su gracia —dijo William, incapaz de no reír.

—Sí, para morirse.

Poco a poco, la expresión de ella se fue relajando. Una media sonrisa curvó sus labios, hasta que acabó transformándose en una risa alegre y sonora. No podía despegar los ojos de él. Del brillo de sus ojos y las arruguitas que los enmarcaban. De la curva de su boca y sus dientes perfectos. De esos dos hoyuelos que marcaban sus mejillas y que no había descubierto hasta ahora.

Sonrientes, se miraron a los ojos mientras el silencio se alargaba. Ella suspiró.

—Me duele un poco el tobillo. ¿Te importa si nos sentamos?

William adaptó el paso a su leve cojera, mientras mantenía cierta distancia.

—Y tú, ¿tienes familia? —preguntó Kate.

—Sí.

—¿Viven en Irlanda?

—No, en Inglaterra.

Kate alzó la vista al cielo nocturno y se abrazó los codos.

—Tú no sueles hablar mucho, ¿verdad? —dijo con cierta frustración.

William la miró de reojo y sonrió para sí mismo. Embutió las manos en los bolsillos.

—No mucho. —Hizo una pausa—. Tengo dos hermanos. Robert, el mayor, y Marie, la más joven de los tres. Vivimos con mis padres en una casa en la campiña, no muy lejos de Londres, donde mi padre dirige una fundación privada dedicada a proteger a ciertos sectores excluidos de la población, que nosotros le ayudamos a gestionar.

Eso era lo más parecido a la verdad que podía contarle.

Kate parpadeó sorprendida.

—Entonces, ¿trabajas con tu padre en esa fundación?

—En cierto modo, sí.

—¿Y estás aquí de vacaciones? Evan dice que vas a quedarte una larga temporada.

William ladeó la cabeza y la miró.

—Eso ha dicho Evan, ¿eh?

Kate se encogió de hombros. Después se sentó en un banco de madera descolorida por el sol, bajo un viejo roble que se alzaba junto a la casa. Se apartó el pelo que revoloteaba alrededor de su cara y se mordisqueó el labio.

—¿Puedo hacerte otra pregunta? —preguntó con timidez.

—Adelante.

—¿Cuántos años tienes?

—Veintitrés —respondió él, y una sonrisa misteriosa curvó sus labios—. ¿Y tú?

—Cumpliré diecinueve en septiembre.

William frunció el ceño y la observó de arriba abajo sin ningún disimulo. Notó un nudo en el pecho y que se le secaba la boca.

—Eres tan joven...

Kate abrió mucho los ojos y se ruborizó.

—Lo dices como si fuese algo malo, y tú tampoco eres tan mayor.

William sonrió y se encogió de hombros. Ella abrió la boca para decir algo más, pero él se adelantó.

—Entonces, este año te gradúas. ¿Vas a ir a la Universidad?

—Me gustaría estudiar Derecho.

—¡Una futura abogada! —dijo él con tono irónico. Toda su vida había estado rodeado de ellos. Eran los mejores guardianes que un vampiro podía desear, aunque bastante caros—. ¿En qué universidades?

—En la universidad pública de New Hampshire y en la de Massachusetts.

—Ambas están muy cerca de aquí.

—¡Y vuelves a decirlo como si fuese algo malo! —exclamó Kate en un tono exasperado—. Oye, ¿hay algo en mí que te guste?

William entornó los ojos y la miró a través de las pestañas. Se entretuvo en las curvas que se adivinaban bajo su ropa y en el mohín de disgusto que arrugaba su nariz. Si ella supiera...

—Solo lo digo porque casi todos los jóvenes están deseando ir a la Universidad para alejarse de casa y vivir en otras ciudades. Es lo típico, ¿no?

Kate pensó en las palabras de William con detenimiento. En cierto modo, tenía razón. Todos sus amigos habían solicitado plazas en universidades de otros estados. Algunos incluso habían apostado por las grandes de la costa oeste. Pero ella no, y tenía sus motivos.

Se miró las manos sobre el regazo y tomó aliento. El corazón le latía tan rápido que era incapaz de sincronizarse con sus pulmones y darle descanso.

—No quiero estar lejos de mi abuela. Me necesita. Ella y Martha ya son mayores y no sé durante cuánto tiempo podrán apañárselas solas. —Hizo una pausa para tragar saliva—. Alguien debe cuidar de ellas. En esas universidades puedo estudiar lo mismo que en cualquier otra, y estaré tan cerca de casa que podré visitarlas a menudo y hasta echarles una mano, si lo necesitan.

—Y si no tuvieras esa responsabilidad, ¿adónde te gustaría ir?

—A todas partes —dijo sin dudar.

William la miró desde arriba. Podía sentir el desánimo que empañaba los pensamientos de Kate en ese momento y la tristeza que se filtraba a través de su piel aumentando su temperatura. La resignación que oscurecía sus ojos y empañaba ese brillo esmeralda que tanto lo había impresionado la primera vez que la vio. No pudo mantener la distancia, necesitaba acercarse y mitigar en alguna medida esos sentimientos.

Se agachó frente a ella y ladeó la cabeza, buscando sus ojos.

—Kate, entiendo que te preocupes por tu abuela, pero ella eligió su vida hace muchos años y ahora tú debes vivir la tuya. No tiene nada de malo que desees cumplir tus sueños, aunque estén lejos de aquí. Y dudo mucho que tu abuela esté de acuerdo con esta decisión. Por lo poco que he podido ver, parece que se preocupa mucho por ti.

Kate se mordió el labio inferior, tal y como hacía siempre que se ponía nerviosa, y trató de sonreír para aligerar el ambiente. Alzó la vista y su mirada se enredó con la de William. Una pequeña lágrima se deslizó por su mejilla, que rápidamente se limpió con la manga.

—Sé que tienes razón, pero no puedo. Ella es la única que ha cuidado de mí. Es mi abuela, pero ha sido como una madre desde que tenía seis años. Simplemente... no puedo irme lejos.

William tuvo que contenerse para no alzar la mano y acariciarle la mejilla. La tristeza de Kate lo incitaba a consolarla y el deseo de protegerla arraigaba en su pecho contra toda lógica, pugnando contra el impulso de tomarla.

Siempre latente.

Siempre tan peligroso.

Con lo que no contaba, era con la reacción de Kate.

Ella estiró el brazo de forma vacilante y le acarició la mejilla con las puntas de los dedos. Acercó su rostro al de él y una tímida sonrisa apareció en sus labios.

—Gracias por todo lo que has dicho.

Deslizó los dedos con suavidad hasta su mandíbula.

William soltó un gemido ahogado. Se encontraba tan cerca que podía ver los puntitos dorados que salpicaban sus iris. La punta de su lengua a través de los labios entreabiertos. Húmedos, calientes y rojos. Su aliento dulce golpeándole la cara. El rubor inundando su cuello hasta perderse bajo su camiseta. La adrenalina que escapaba a través de sus poros.

Una punzada de deseo se extendió bajo su piel y todo su cuerpo se tensó. La deseaba.

Otro sonido se coló a través de la bruma oscura que le embotaba la mente y sus ojos volaron a la mano que tocaba su rostro. Su frágil muñeca se encontraba demasiado cerca de su boca y sentía en el aire las vibraciones de su pulso. El olor de la sangre a través de la piel, pegándose a su lengua.

Apretó los dientes y se concentró en aplastar el impulso. Cada uno de sus músculos se contrajo con la solidez del granito. Sujetó con fuerza el brazo de Kate y lo apartó de su cara de forma brusca. Después se alejó de ella.

Kate se enderezó contrariada. Él había rechazado su gesto de forma grosera y no entendía el porqué. Se quedó inmóvil, con los ojos como platos aún clavados en aquel rostro disgustado.

—Será mejor que me vaya —dijo William con tono áspero.

Kate asintió. Se sentía ridícula por haber pensado que entre ellos estaba ocurriendo algo especial, que podría despertar su interés, cuando era evidente que pasaba de ella hasta el punto de molestarle el roce de su mano.

Entonces, ¿qué demonios hacía allí? Se apartó el pelo de la cara y se puso de pie. Se abrazó los codos.

—Sí, será lo mejor —susurró con voz frágil y se dirigió a la casa.

William la observó con aprensión mientras ella desaparecía dentro de la vivienda.

—Soy estúpido. Un maldito estúpido —gimió enfadado consigo mismo.

9

—Gracias por el paseo —dijo Keyla.

William le dedicó una sonrisa.

—No me las des, yo también lo he disfrutado.

—¿Te apetece entrar un rato? Aún es temprano.

—Otro día. Le prometí a April que le leería algo antes de dormir y no debo agraviar a mi futura esposa.

Keyla soltó una carcajada.

—¡No me digas que aún sigue con eso!

—Oh, sí, nos casaremos en cuanto sea mayor de edad, y todo apunta a que la luna de miel será en uno de esos parques de atracciones, con un montón de princesas como damas de honor. —Sonrió de oreja a oreja—. Aunque... creo que va a dejarme plantado. Últimamente habla con mucho interés de un tal Tommy.

La sonrisa de Keyla se hizo más amplia.

—¡Cuánto lo siento! Pero puedes consolarte conmigo, sé escuchar.

—Creo que prefiero compadecerme en soledad. Disfruto con el trágico papel de abandonado.

—¡Un chico duro, eh! —bromeó ella.

—No siempre —respondió.

Tragó saliva y apretó los dientes al sentir de nuevo las náuseas. Llevaba días encontrándose mal y no tenía ni idea de por qué. Parpadeó cuando notó que su vista volvía a quedarse en blanco. Solo fue un segundo, pero en ese tiempo su conciencia desconectó.

La sonrisa de Keyla desapareció poco a poco mientras le sostenía la mirada.

—¿Te encuentras bien? Pareces mareado.

—Sí, solo me siento un poco débil. Creo que necesito descansar y alimentarme.

—¿Qué tal las reservas?

—Aún tengo para un par de semanas.

Le dedicó una sonrisa y se recompuso pese a que aún sentía el estómago revuelto.

Keyla recuperó su expresión risueña. Le dio un golpecito coqueto en el pecho con el dedo.

—¿Quieres que hagamos algo mañana? Podríamos ir de excursión. De paseo. Las dos «Ces»...

—¿Las dos «Ces»? —se interesó William con curiosidad.

—Cena y cine. O cine y cena. Lo de menos es el orden.

—Sí, claro, por mí está bien —respondió, incapaz de negarse.

Ella parecía disfrutar de su compañía, tanto que no le dejaba ni un minuto de respiro en todo el día. Él se lo agradecía. Mientras estaba ocupado en contentarla, su mente no vagaba hacia otros pensamientos más dolorosos.

—¿A las siete?

—Aquí estaré —aseguró él.

Ella asintió con una gran sonrisa. Se puso de puntillas y lo besó en la mejilla.

—Hasta mañana —susurró en su oído.

Horas más tarde, William vagaba sin rumbo fijo por el bosque.

April acababa de dormirse y el resto de la familia se había acomodado en el salón para ver una película. William lo intentó durante un rato, pero una extraña intranquilidad se había adueñado de su cuerpo y no era capaz de concentrarse en nada y, menos aún, permanecer quieto.

Inhaló el aire de la noche y escuchó a través de la brisa ligera los sonidos del bosque.

Se adentró en la densa arboleda y caminó durante un rato. Solo quería sentir la calma que lo rodeaba y aislarse en la oscuridad absoluta que tanto lo relajaba. Pero esa noche le estaba costando. No podía precisar con exactitud la sensación que experimentaba bajo la piel, pero era una señal de alarma.

Algo no iba bien.

Se pasó la mano por la frente y la notó caliente. Dios, ¿tenía fiebre? No había tenido fiebre desde... desde que había sido humano.

De repente, una ola de calor le recorrió el cuerpo. Un ardiente picor sacudió cada una de sus terminaciones nerviosas y sintió un estallido en la cabeza. Cayó de rodillas y se apretó las sienes. Tuvo la alucinación de que su piel se iluminaba con una blanca fluorescencia. El calor se hizo mucho más intenso conforme ascendía hacia su garganta y los ojos comenzaron a escocerle. Se los frotó de manera compulsiva. No podía ver nada, solo esa brillante luz que parecía surgir del interior de sus retinas.

La angustia se apoderó de él. Tenía la sensación de que todo a su alrededor, incluido él, era consumido por las llamas. Se puso en pie y trastabilló. El mundo comenzó a girar y tuvo que apoyarse en el tronco de un árbol.

Parpadeó, tratando de ver algo, y echó a correr dando tumbos.

Necesitaba salir de allí.

Más y más rápido, continuó corriendo hasta que su cuerpo se convirtió en una mancha borrosa entre los árboles. Otro estallido de dolor febril le hizo tropezar. Sus pies se enredaron y rodó durante varios metros. Recuperó el control de su cuerpo una décima de segundo antes de estrellarse contra un enorme pino. Giró en el aire y aterrizó en el suelo con la agilidad de un puma.

Con los dientes apretados, trató de mantenerse en pie. Apenas era capaz de pensar. Sintió un extraño zumbido en los oídos y se llevó las manos a los lados de la cabeza. Gritó, sobrepasado por la sensación. De repente, el ruido se detuvo, todo quedó en silencio y una nueva explosión de luz tuvo lugar dentro de su cabeza. Una onda expansiva salió de su cuerpo y lanzó tierra y hojas en todas direcciones mientras él quedaba suspendido en el aire.

William jadeó al caer al suelo. Se incorporó entre temblores y resuellos. Abrió los ojos y los colores penetraron en su cerebro con tonalidades que no había visto nunca. Sus retinas captaron formas que ni sus ojos de vampiro habían visto antes. Nuevas frecuencias vibraban en sus oídos captando sonidos que desconocía. Y su cuerpo... su cuerpo parecía haberse disuelto en moléculas que flotaban en el aire.

Se dobló hacia delante y comenzó a vomitar, con tanta violencia que empezó a creer que su muerte estaba cerca. Al cabo de un tiempo, que se le antojó eterno, por fin se quedó quieto.

Hecho un ovillo en el suelo, empezó a comprender lo que acababa de pasar. Un nuevo don había despertado en él, lo había transformado. Un detalle más que lo hacía distinto al resto.

Suspiró con una mezcla de fascinación y rechazo.

Intentó relajarse al tiempo que trataba de convencerse de que no importaba, y aceptó lo que acababa de ocurrir sin darle vueltas. ¿Qué sentido tenía? Era diferente y siempre lo sería. Diferente a los humanos y diferente a su propia raza. Si algún día, todos esos cambios que sufría lo destruían, si acababan con su existencia, el alivio sería inmenso.

Al cabo de un rato, reunió las pocas fuerzas que le quedaban para ponerse en pie.

Se apartó el pelo de la cara con ambas manos y se frotó los brazos. Notaba como si su piel estuviera encogiendo y sus músculos quedándose sin espacio para moverse. Se quitó la camiseta. Necesitaba refrescarse y se encaminó en dirección al lago, guiándose por su olfato.

Dejó atrás la arboleda y penetró en el claro donde se levantaba la casa de huéspedes. Su loca carrera lo había conducido hasta allí. Suspiró, hasta el destino se ponía en su contra.

Se dijo a sí mismo que debía marcharse, pero un segundo después estaba encaramado al tejado, frente a la ventana del dormitorio donde Kate dormía profundamente. Yacía de lado, con el rostro vuelto hacia la ventana y su larga melena desparramada por la almohada. Estaba preciosa.

William la observó, inquieto. Dividido entre su deseo de entrar y verla más de cerca, y lo inapropiado que eso sería. Sin embargo, su capacidad de raciocinio parecía diluirse entre sus impulsos. Recorrió con la vista el marco de la ventana, cerrada desde dentro con pestillo.

Deseó que estuviera abierta.

Un ruido metálico sonó con fuerza, inmediatamente otro lo siguió y la ventana se abrió de par en par. Los ojos de William se agrandaron por la sorpresa, a la vez que Kate daba un bote de la cama. Su mente se convirtió en un relámpago. Ella no debía verlo allí, acechándola en la noche.

Sin pensarlo, se elevó.

Suspendido en el aire, vio a Kate asomándose por la ventana. Pudo oír su corazón palpitando desenfrenado y su respiración acelerada. La había asustado y se maldijo por ello. Tras unos segundos interminables, ella regresó adentro y cerró la ventana con los pasadores.

William saltó del tejado y abandonó el claro de vuelta al bosque. Su mente apenas podía contener el caos en el que se habían convertido sus pensamientos.

Maldita sea, había levitado. Estaba seguro. Había flotado en el aire durante casi un minuto, hasta que el sonido de la ventana al cerrarse había roto la magia haciéndole caer contra el tejado.

Sobre la ventana tenía algunas dudas, pero había deseado que se abriera y...

«¿Qué demonios me está pasando?», pensó agobiado.

Alzó los ojos al cielo. Inhaló varias veces y se concentró. Lentamente sus pies se separaron del suelo. Un sonido de incredulidad escapó de su garganta. Miró hacia abajo, sorprendido. De repente, su concentración se rompió y cayó.

Lo intentó de nuevo, y esta vez pudo controlarlo un poco mejor.

—Joder, joder, joder...

Probó otra vez. Y otra vez. Y con cada nuevo intento, algo en su interior cobraba fuerza. Otra conciencia. Más fuerte. Menos contenida. Y le gustaba.

Eso no podía ser bueno.

Regresó a casa. Estaba a punto de girar la llave en la cerradura cuando se detuvo. Miró fijamente la puerta y deseó que se abriera. No ocurrió nada.

Inspiró, soltó el aire y volvió a intentarlo. La puerta se abrió de golpe y se estrelló contra la pared.

—Mierda...

Subió como un rayo hasta su habitación. Sacó su teléfono móvil y marcó. Unos segundos después, una voz femenina contestaba al otro lado.

—Aún estoy enfadada y no pienso hablarte.

—Ya lo estás haciendo, Marie —dijo con una sonrisa. No hubo respuesta, solo silencio—. ¡Vamos, hermanita! ¿Cuánto tiempo piensas castigarme? —De nuevo silencio—. ¡Marie, por favor!

—¿Por qué, William? —preguntó bastante afectada—. ¿Por qué prefieres a los lobos antes que a mí?

—No hay nadie antes que tú. Ya deberías saberlo.

—Entonces, vuelve conmigo. Vayamos a Laglio una temporada o a cualquier otro sitio que te apetezca, pero vuelve con la familia —dijo con voz suplicante.

—Muy pronto, te lo prometo, pero ahora necesito estar aquí. Lo comprendes, ¿verdad?

—Creo que sí —respondió ella, aunque solo porque era lo que él deseaba oír.

—Gracias —suspiró. Amaba a su hermana y la echaba de menos, pero aún no podía volver—. Necesito hablar contigo de algo, pero ha de quedar entre nosotros.

—¿Va todo bien?

—No lo sé.

—¿Qué te ocurre?

—Estoy cambiando de nuevo —susurró mientras se alborotaba el cabello con la mano—. Noto que me estoy transformando. Me siento más fuerte, incluso poderoso, pero también más inestable. Me siento muy vivo de repente y mis habilidades están aumentando...

—No suena tan mal —dijo ella con una despreocupación que no sentía.

—Hay algo más...

—¿Qué?

—Esta noche... he... —no sabía cómo decirlo, la palabra «levitar» le sonaba tan teatral.

—¡Suéltalo, William, me tienes en ascuas! —exclamó Marie con apremio.

—Muevo cosas con la mente y... creo que controlo la gravedad de mi cuerpo.

Al otro lado del teléfono solo se oía el suave fru fru de la seda al moverse.

Marie caminaba de un lado a otro del jardín, mientras enroscaba un rizo de su pelo rojo en el dedo índice. Una de las cámaras de seguridad se movió hacia ella. Le dio la espalda buscando algo de intimidad.

—¡Dios mío, eso es...! No sé qué decir. ¿Tú estás bien? ¿Esos cambios te afectan de alguna manera que deba preocuparnos? —Su voz sonaba exaltada y temblorosa.

—Mis instintos se intensifican y me cuesta mantener el control. Siento el deseo constante de liberarme de todas mis limitaciones. Mi cuerpo me pide a gritos que deje de contenerme. La sensación de poder es... No sé... No tengo la menor idea de quién soy en realidad ni en qué me estoy convirtiendo...

—Y vuelves a tener miedo.

—Más que nunca.

—Vuelve a casa, William. Tu sitio está aquí. Puedo ayudarte con lo que te está sucediendo, sabes que nadie te entiende como yo. —Su voz no era más que un débil susurro.

—Dame unas semanas, te prometo que volveré pronto.

—Liam —solo ella lo llamaba así—, quiero que vuelvas ya.

William se tensó. Había percibido algo trágico en la voz de su hermana.

—¿Qué ha ocurrido? —Al otro lado se hizo el silencio—. ¡Marie, sé que me ocultas algo!

—Le prometí a nuestro padre que no te diría nada —musitó.

—¡Maldita sea, Marie! ¿Ha sido ese vampiro del consejo? Te juro que lo mataré si ha vuelto a molestarte.

—No, no es eso...

Hubo una larga pausa y William tuvo que clavarse las uñas en la palma de la mano para mantener el control. Entonces, Marie habló:

—Hace tres noches, unos proscritos entraron en la mansión y trataron de secuestrarme. No consigo cerrar los ojos sin verlos sobre mí.

—¿Te hicieron daño? ¿Qué pasó?

La ira y el miedo lo estaban consumiendo.

—Tranquilo, Robert apareció a tiempo.

—¿Por qué fueron a por ti? ¿Y cómo demonios lograron acceder a la casa?

—No quedó nadie a quien interrogar. Ya sabes cómo las gasta nuestro hermano. Desde entonces se ha convertido en mi sombra y él tampoco quiere que te diga nada. No me delatarás, ¿verdad?

—Claro que no. Escucha, Marie, sé lo molesto y obsesivo que puede ser Robert, pero haz todo lo que te diga y no te separes de él. Al menos, hasta que sepamos qué perseguían los que te atacaron. Yo iré en cuanto pueda, ¿de acuerdo?

—Lo siento, no quería preocuparte. Ahora me arrepiento de habértelo contado.

—No, has hecho lo correcto.

—Está amaneciendo, debo volver adentro —dijo ella con tristeza.

«Marie, no deberías estar aquí sola», William pudo oír la voz de su hermano a través del teléfono.

—Después te llamo —susurró ella, y colgó.

William se quedó mirando el teléfono. A continuación, marcó otro número mientras se sentaba en la cama.

—William —respondió una voz profunda al otro lado.

—Cyrus —dijo con los dientes apretados.

—¿Hay algo que pueda hacer por ti?

Cyrus era el jefe de seguridad de los Crain y una especie de general de los Guerreros, un grupo de soldados vampiros encargados de proteger a la raza. William lo respetaba. Durante años, el viejo vampiro le había transmitido todos sus conocimientos. Había hecho de él un guerrero letal e implacable, conocedor de muchas disciplinas. Artes muy antiguas heredadas a lo largo de su vida desde que solo era un joven humano sajón, señor de una de las primeras tribus germanas que habían llegado a las islas británicas. Cyrus era uno de los vampiros más viejos que William conocía, a pesar de que su aspecto era el de un eterno joven.

—Proscritos entran en la mansión, atacan a mi hermana y... ¿nadie me dice nada? —Hubo una larga pausa—. ¡Por Dios, Cyrus!

—Tu padre lo ha prohibido, y me enviará al encuentro del amanecer si se entera de que hemos hablado.

—No lo sabrá.

—Como si fuese posible ocultarle algo.

—Cyrus, por favor.

—Quiere que permanezcas con los Solomon. Cree que es lo que necesitas en este momento.

—Por favor.

Al otro lado del teléfono sonó una maldición.

—Está bien. Hace tres noches, cerca del alba, unos renegados consiguieron entrar. No sé cómo, pero traspasaron toda nuestra seguridad. Fueron directamente a los aposentos de tu hermana, los del piso superior. Debían de saber que ella estaría allí y no dudaron en ningún momento. Robert escuchó los gritos y acudió.

—¿Y pudo averiguar algo?

—Ya sabes cómo es tu hermano, no quedó ni un solo trocito al que preguntar. Ahora abonan los setos.

—No tiene ninguna lógica.

—Marie no era el objetivo, era la distracción. Mientras nosotros corríamos a proteger a tu hermana, otro grupo de renegados accedía a la cámara acorazada. Se lo han llevado todo: informes, ensayos y el vial que quedaba con tu sangre.

William se pasó la mano por la cara. La historia empezaba a cobrar sentido. Se levantó de la cama y salió a la terraza. Cerró los ojos y dejó que el aire fresco de la noche despejara sus sentidos.

—¿Cómo es posible? Muy pocos conocen lo que hay en esa cámara, y ninguno de ellos se atrevería a traicionarnos.

—Ha sido alguien de dentro, y puedes estar seguro de que daré con el culpable.

—Solo hay una razón por la que querrían el contenido de la cámara. —Sintió un vuelco en el pecho—. Quieren crear un suero.

—Es lo que pensamos —dijo Cyrus rotundo.

William sacudió la cabeza y frunció el ceño, pensativo.

—No creo que debamos preocuparnos demasiado. En las muestras no hay ADN que sirva, ni sangre suficiente para que consigan algo. Y aunque la hubiera, no importa. Nosotros ya lo hemos intentado. Mi sangre no es la cura.

—Esos monstruos están convencidos de que sí lo es. Ten mucho cuidado, William. Puede que vayan a por ti para conseguir lo que no encontraron en la cámara.

—No tienes que preocuparte por mí. ¿Qué medidas habéis tomado?

—Eric y Dominic han regresado a Londres con la mitad de sus Guerreros, van a encargarse de este asunto. Sebastian le ha pedido ayuda a ese licántropo amigo tuyo y enviará a alguien que proteja la mansión durante el día. Si hay un traidor en la casa, la familia no está segura.

William empezó a pasearse de un lado a otro, cada vez más nervioso.

—Voy a tomar el primer avión que encuentre. Estaré allí mañana.

—¡No! Tengo un mal presentimiento. Tienes que mantenerte alejado de aquí, y eso es lo que vas a hacer —replicó con autoridad.

—No puedes pedirme...

—Por favor, confía en mí.

William guardó silencio, sopesando la petición de Cyrus. Al final cedió.

—Lo haré, pero no es lo que deseo.

—Mantente cerca de esos licántropos. Aunque no lo creas, son los únicos en quienes confío en este momento. —En su voz se podía percibir lo mucho que le costaba decir aquello.

William hizo un ruidito con la garganta.

—Ahora sí que estoy preocupado. Tú confiando en un hombre lobo. ¿Hay algo más que no me has dicho?

—No te burles de un viejo, sobre todo si aún puede patearte el culo.

—No estoy de broma, Cyrus. Te conozco y tú me ocultas algo.

Cyrus guardó silencio durante un largo segundo.

—He de atender unos asuntos antes de que amanezca. Te llamaré en cuanto averigüe algo. Cuídate, mi señor.

William escupió una maldición.

—Sabes que no me gusta que me llames así.

—Pues ya va siendo hora de que te acostumbres. ¡Ofendes a tu linaje comportándote como un vagabundo!

Cyrus nunca había visto con buenos ojos todos los años que William había pasado fuera de Inglaterra con aquella persecución obsesiva tras su esposa.

—No volveré a discutir ese asunto contigo. Soy un guerrero.

—Eres hijo de tu padre. Eres príncipe. Y una esperanza para tu pueblo. Haz honor a eso.

—Solo soy una anomalía que nunca ha debido existir —masculló enfadado antes de colgar.

Se quedó mirando fijamente el teléfono que sostenía en la mano. Sus ojos relampaguearon con un destello carmesí, la rabia manaba de sus poros como veneno. Tiró el teléfono contra la cama y abandonó la habitación hecho una furia.

10

Sentado tras el antiguo escritorio de ébano, estudió el rostro del soldado mientras deslizaba su dedo índice por la hoja de un abrecartas. La grabación de la llamada telefónica terminó y durante unos segundos pensó en lo que acababa de oír.

—¿Eso es todo?

—Sí, señor —respondió el soldado.

—Si dices una sola palabra sobre esto...

—Puede confiar en mí, señor. Nunca le he decepcionado.

—Bien, vuelve a tu puesto y bórralo todo.

El soldado se inclinó ante su señor y abandonó el regio despacho.

Una vez que la puerta se cerró, tomó el teléfono y marcó un número. Un par de segundos después, una voz servicial contestaba al otro lado.

—Señor...

—Cambio de planes —anunció—. No quiero que hagáis nada, solo observar.

—¡Señor, nos enviaste aquí para apresarlo!

—Pues eso ha cambiado —replicó con desprecio.

A aquel idiota le costaba mantener la boca cerrada y eso lo sacaba de quicio.

—Señor, este es el momento, apenas está protegido... —Hizo una pausa y su voz tembló—. Él dijo que lo capturáramos.

—De él ya me encargo yo. Haz lo que te digo.

—Pero él dijo...

Estrelló su puño contra la mesa.

—Seré claro, si tocas un solo pelo de su cabeza, yo mismo te descuartizaré trozo a trozo, y te aseguro que me tomaré mi tiempo. ¡No te acerques a William Crain!

Sus ojos centellearon al pronunciar la amenaza.

—Como ordenes.

Colgó el teléfono y observó su mano sobre el auricular. Temblaba de nuevo.

Cerró los ojos con fuerza, tratando de recuperar el control sobre sí mismo. Cuando los abrió, su irritación era aún mayor y en un arrebato de ira volvió a golpear la mesa hasta partirla en dos. El teléfono sonó desde la alfombra donde había caído. Se quedó mirándolo fijamente. El identificador de llamadas parpadeaba de nuevo, mostrando aquel número que había llegado a convertirse en su peor pesadilla. Se agachó y descolgó.

—¿Sí?

—¿Has cambiado los planes?

—Así es —respondió a aquella voz masculina e insidiosa, preguntándose cómo diablos se había enterado tan rápido.

—¿Y puedo saber el motivo? Debe de ser importante para que hayas decidido actuar sin mi permiso.

Estuvo a punto de mandarlo al infierno, pero se contuvo. Llegaría el día...

—Creo que aún es pronto, él no está preparado.

—Tú no debes creer nada, solo cumplir con lo que yo te ordene.

—Si acatara tus decisiones y no pensara por mí mismo, este plan habría fracasado hace tiempo.

Una risa ronca se oyó al otro lado del teléfono.

—No me ofenderé por tu insolencia, veo que hoy no estás de humor. Y bien, ¿puedo conocer ese motivo?

—Ha contactado con Marie, y la conversación ha sido muy reveladora.

—¿Cómo de reveladora?

—Es mejor que te lo cuente en persona. Y créeme, entenderás por qué lo he hecho.

Se oyó un suspiro.

—¡Está bien! Confiaré en tus palabras, pero si intentas jugármela, no quedará de ti nada salvo un montón de cenizas.

Apretó el teléfono hasta hacerlo crujir. La luz que brillaba en sus ojos era pura maldad.

—No me gustan las amenazas, suelen tener un efecto contrario en mí. Provocan que haga ciertas estupideces y tú no quieres eso, ¿verdad? —Cada palabra destilaba veneno.

Durante unos segundos, hubo un silencio sepulcral al otro lado del teléfono.

—No, claro que no.

—Bien, veo que volvemos a entendernos.

11

Daniel entró en su estudio con una taza de café caliente en una mano y un montón de documentos financieros que debía revisar en la otra. De repente, todo su cuerpo se tensó. Olía a vampiro. A vampiro cabreado para ser más exacto.

—Buenos días, William.

Encontró a su amigo sentado en su sillón, con los pies sobre en el escritorio y los brazos cruzados a la altura del pecho. Su imagen parecía tranquila. Sus ojos anunciaban otra cosa.

—Buenos días, ¿has dormido bien? —saludó William con un siseo.

Daniel asintió y esbozó una sonrisa. Dejó sobre la mesa el café y los documentos.

—Sí, gracias. ¿Tú has podido descansar?

—No mucho. Ha pasado algo en la mansión Crain...

Daniel se quedó inmóvil y cerró los ojos un momento. Lo había averiguado. ¡Mierda!

—William, escucha...

—Atacaron los aposentos de mi hermana y simularon un intento de secuestro para captar la atención de los guardias y así poder acceder a la cámara acorazada. Se llevaron todo lo que había sobre el suero. —Hizo una pausa y apretó los labios—. Aunque tú ya lo sabías, ¿no es así? Has enviado a tus hombres para que vigilen los terrenos de la mansión.

Daniel se pasó una mano por la mandíbula e inspiró hondo.

—William...

—¿Por qué me lo has ocultado?

—Le prometí a tu padre que no te diría nada.

—¡Maldita sea, Daniel, somos amigos! Más que eso. ¡Hermanos! —Empujó la mesa con fuerza y se puso en pie—. ¿Cómo has podido hacerme algo así?

—Para protegerte.

—No necesito que me protejas —escupió entre dientes—. No soy un niño, ni uno de tus hijos, aunque te empeñas en tratarme como tal. Has cambiado —dijo a modo de reproche.

Daniel golpeó la pared y sus ojos se iluminaron con un brillo dorado.

—No he cambiado, pero ahora tengo responsabilidades. Millones de ellas. Además de una raza de la que cuidar y un pacto que debo cumplir. ¿Te haces una idea de lo que implica todo eso? ¡No se trata solo de ti!

—Eso no justifica que tú...

—Le hice una promesa a tu padre. —Daniel insistió en ese detalle, como si eso lo explicara todo.

William rodeó la mesa y se acercó amenazador a Daniel. Echaba chispas.

—¿Y qué hay de la promesa que me hiciste a mí?

Daniel relajó los brazos y sacudió la cabeza.

—La estoy cumpliendo, William. No dejaré que te hundas en la oscuridad.

—¿Y cómo vas a hacerlo si dejo de confiar en ti? Miénteme de nuevo y no volverás a verme —siseó las palabras con rabia y sus ojos le lanzaron una advertencia.

—Vamos, William...

Puso la mano sobre el hombro del vampiro, pero este se retiró con una mueca de desagrado al sentir su contacto. Después abandonó el estudio como una exhalación y lo dejó allí, planteándose si se habría equivocado.

William salió de la casa envuelto en una espesa furia que lo teñía todo de rojo.

Se sentía como un león enjaulado, limitado por unos barrotes invisibles que no le permitían alcanzar la libertad. La rabia le estaba provocando náuseas, oscurecía sus pensamientos e instaló en su pecho un terrible deseo de destrozar todo lo que encontrara a su paso.

Se encaminó al bosque y desapareció en la espesura a gran velocidad. Necesitaba liberarse de la sensación que lo ahogaba, consciente de lo peligroso que era en ese momento para cualquiera que se cruzara con él. Una sola mirada extraña y le arrancaría la cabeza a su propietario sin dudar.

Alcanzó un caudaloso arroyo y lo cruzó de un salto. Después siguió su curso hasta las montañas, con la cabeza llena de pensamientos sin ningún orden, que iban y venían en medio de toda aquella rabia que apenas lo dejaba razonar.

Quizás excesiva en proporción con el problema que la había provocado.

Pensó en Daniel, en Sebastian, en Robert, en Cyrus... Hasta cierto punto, podía entenderlos. En algún rincón perdido, muy al fondo de su mente, sabía que él habría hecho lo mismo. Pero eso no aliviaba el sentimiento que le provocaba la traición. Porque, joder, lo habían traicionado apartándolo como lo habían hecho, cuando toda aquella historia era como un jodido tornado y él se encontraba en su ojo.

Una sonrisa desfigurada transformó su rostro.

Allí fuera, en alguna parte, había alguien tan loco y desesperado como para querer enfrentarse a él, arrebatarle su sangre y con ella intentar encontrar una cura para la mayor debilidad de los vampiros.

«Bien, que lo intente», pensó con rabia.

A media tarde, un poco más calmado, regresó a casa de los Solomon. Antes de entrar, le echó un vistazo a su aspecto. Parecía que le había pasado por encima un tren de mercancías. Iba cubierto de tierra, briznas de hierba y barro seco, y tenía la ropa destrozada por las zarzas y la maleza que había arrollado a su paso.

Se sacudió el pelo y entró en la vivienda. Pensaba darse una ducha rápida, cambiarse de ropa y volver a salir. Había quedado con Keyla en menos de una hora y, aunque no estaba de ánimo para ver a nadie, pasar tiempo con ella podría distraerlo del caos que lo rodeaba.

Se dirigió a la escalera, rezando para no encontrarse con nadie.

Todo quedó en el deseo.

William se quedó inmóvil con un pie en el primer escalón, intrigado por lo que parecía una fuerte discusión entre Jerome y Shane. Sin hacer ruido, fue hasta la cocina.

—No permitiré que dejes la Universidad. Le prometí a tu madre que os daría una vida normal, y por Dios que lo haré —dijo Jerome bastante exaltado.

—No puedes obligarme a que siga con esta pantomima. Yo no quiero esto —replicó Shane.

—Piensa en lo que quería tu madre, Shane.

—No intentes manipularme con eso. Es mezquino por tu parte —gritó, sintiendo cómo su entereza se deshacía bajo el recuerdo de su madre.

—Pues piensa en Matt, en cómo se sentiría si también perdiera a su hermano mayor.

—Voy a ser un Cazador, con o sin tu consentimiento.

—Eso ya lo veremos.

Una oleada de calor brotó del cuerpo de Shane. Apretó los puños con fuerza y rechinó los dientes. Si en lugar de su padre, se hubiera tratado de otro lobo, ya le habría destrozado la garganta.

—Déjalo ya, Shane —intervino Carter.

—Tú no te metas.

—Vamos, primo, al final dirás algo que no sientes y te arrepentirás —le dijo al oído mientras lo tomaba del brazo para sacarlo de la cocina.

—¡Díselo a él! —escupió Shane.

Jerome dio un paso feroz hacia su hijo.

—Ya está bien por hoy, Jerome. —Rachel se interpuso entre ellos—. Lo mejor para todos es que pospongáis esta conversación para otro momento en el que estéis más calmados.

Unas fuertes pisadas resonaron en la escalera y William tuvo que apartarse de la puerta para que Evan no lo arrollara a su paso.

—Me tienes harto, Carter —gritó mientras arrojaba una toalla húmeda a la cara de su hermano—. Me cabrea que no respetes mi espacio. Ese dormitorio también es mío, ¿sabes? No vuelvas a dejar tus cosas tiradas por ahí o te juro que tendrás que buscarlas en la basura.

—Pero ¿tú de qué vas? —Le devolvió la toalla con un empujón en el pecho.

—¿Qué pasa aquí? —Daniel acababa de entrar por la puerta trasera. Sus ojos se posaron en William e inmediatamente se dirigió hacia él—. ¡William, espera!

—Déjame en paz, Daniel —gruñó al tiempo que daba media vuelta para marcharse.

—¡Vamos, no puedes pasarte la eternidad molesto conmigo!

—¡Molesto! ¿De verdad te parezco solo molesto?

La estancia vibraba con el estruendo de las voces masculinas.

Jerome y Shane seguían enzarzados en su batalla personal.

Las cosas entre Carter y su hermano no iban mucho mejor.

Y ahora, William y Daniel se habían unido al violento desorden con sus reproches.

Rachel los miraba a todos de hito en hito. Con las manos en las caderas, dudaba entre salir de allí corriendo o poner paz entre ellos. Se sintió tentada por la primera idea, pero el ambiente estaba demasiado caldeado como para dejarlos solos.

Con decisión, se llevó un par de dedos a los labios y silbó con fuerza. Nadie pareció darse cuenta, así que, sin un ápice de duda, agarró una pila de platos del fregadero y los arrojó contra el suelo. Quedaron hechos añicos a sus pies.

El silencio reinó de golpe en la cocina. Todos los rostros se giraron hacia ella.

—¡Rachel! —Daniel corrió al encuentro de su esposa—. ¿Estás bien?

Un gesto airado por su parte le hizo detenerse en seco.

—¡Todos fuera! —gritó ella mientras señalaba el jardín.

—¿Qué? —preguntaron Carter y Shane a la vez.

—En esta cocina hay demasiada testosterona. —Todos la miraron desconcertados, pero ninguno se movió. Un brillo dorado iluminó los ojos de la mujer con una advertencia—. ¿Os obligo a salir?

Todos abandonaron la cocina a regañadientes y farfullando por lo bajo hasta el jardín trasero.

Rachel se plantó en la puerta con los brazos cruzados sobre el pecho.

—No vais a entrar en esta casa hasta que hayáis solucionado vuestras diferencias.

—Si es casi la hora de cenar —protestó Carter.

La mirada que le lanzó su madre lo hizo enmudecer.

Los chicos se miraron entre ellos con el ceño fruncido. Nadie parecía dispuesto a dar su brazo a torcer. En ese momento, Jared apareció en el jardín con una bolsa de deporte colgada del hombro y un balón de rugby en la mano.

—Tú, dame eso.

El chico se lo entregó sin entender nada.

—¿Qué pasa?

Ella ignoró la pregunta y apuntó con un dedo a todo el grupo.

—¿Queréis machacaros? Adelante, me parece bien, pero no voy a permitir peleas en mi casa. Vais a solucionar esto de forma civilizada.

Rachel lanzó el balón y Evan lo atrapó al vuelo. Él hizo una mueca traviesa y sacó una moneda de su bolsillo.

—¿Cara o cruz? —le preguntó a su hermano.

—Cruz —prefirió Carter.

Evan lanzó la moneda y la atrapó al vuelo.

—Cara —anunció. Su sonrisa se ensanchó—. William y Shane conmigo.

Daniel y Jerome se posicionaron al lado de Carter sin necesidad de una invitación. En el aire podía olerse la violencia que emanaba de sus cuerpos, y que se asentaba en el ambiente como una fina capa de niebla. Una agresividad innata al temperamento de su naturaleza. Rápida y volátil.

Rachel empezó a dudar de si aquello iba a ser seguro. Solo pretendía que el aire libre y algo de juego aligerara los ánimos, pero esos idiotas parecían a punto de asesinarse los unos a los otros.

—¡Creo que no ha sido una buena idea!

—Es la mejor que has tenido, mamá —comentó Jared. Apoyó la espalda con pereza en la pared y observó divertido la escena—. Van a zurrarse de lo lindo. Diez pavos a que papá muerde el polvo.

Rachel lo fulminó con la mirada.

—Tú sí que vas a morder el polvo como no te calles.

Jared borró la sonrisa de su cara.

—Gana el equipo que antes consiga diez puntos —informó Carter.

Evan se inclinó hacia delante y con la mano aferró el balón sobre el césped. Un gesto. Una señal. Y el juego comenzó. Corrió hacia atrás buscando con la mirada a uno de sus compañeros. William se había desmarcado. Le lanzó el balón y el vampiro lo atrapó de un salto en el aire.

Antes de que los pies de William tocaran el suelo, Daniel lo embistió y hundió el hombro en su estómago. Ambos rodaron por el césped.

—Lento, chico. Muy lento —rio Daniel.

Se puso en pie y le ofreció su mano a William. El vampiro aceptó la ayuda solo para poder estrujarla con fuerza entre sus dedos al tiempo que se incorporaba.

Era el turno de Carter. Con el balón apretado contra su pecho, comenzó a correr. Ante el inminente placaje de su hermano, se lo lanzó a su padre con un movimiento rápido de su brazo. Adelantó su posición sin perder de vista a Daniel y saltó en el aire para atraparlo de vuelta, cuando este se lo arrojó como un proyectil. Tras un par de amagos, logró quitarse de encima a su hermano, pero se encontró de frente con Shane, que venía directo hacia él como un obús.

Carter abrió mucho los ojos, el choque parecía inevitable. Su mirada centelleó y se impulsó hacia delante. Pisó sobre el muslo de su primo. El otro pie encontró apoyo en el hombro y, con una agilidad felina, saltó por encima de la cabeza del chico sin perder el balón.

De repente, un golpe secó lo frenó. Sintió cómo sus pulmones expulsaban todo el aire con un resuello, al tiempo que varias de sus costillas se fracturaban antes de caer a plomo contra el suelo. William lo había cazado en el aire, como un halcón lo haría con su presa.

Tumbado de espaldas sobre la hierba, esperó un par de segundos con los dientes apretados, mientras sus costillas volvían a unirse. A continuación, se puso en pie con su habitual sonrisa de suficiencia y apuntó a William con el dedo a modo de aviso. El vampiro hizo una mueca socarrona y se encogió de hombros, retándolo con la mirada.

Tras media hora de juego, estaban empatados a falta de un solo punto para ganar.

Los lobos resoplaban con fuerza despojados de sus camisas. Extenuados a causa del esfuerzo del juego y de la energía que sus cuerpos consumían al regenerarse tras las heridas sufridas.

William no se encontraba mucho mejor. El desgaste físico mermaba sus reservas, alimentaba su sed, y con ella aparecía la debilidad.

Keyla salió de la casa con un precioso vestido negro y una chaqueta corta de cuero marrón. Contempló la escena con curiosidad.

—¿Qué pasa aquí?

Jared la miró y le dedicó una sonrisa.

—¡Vaya, ¿adónde vas tan guapa?!

Ella se ruborizó.

—Había quedado con William, íbamos a salir. —Frunció el ceño—. ¿Qué están haciendo?

—Jugando para arreglar sus diferencias —respondió Rachel con un suspiro.

Keyla miró a su tía, aún más confundida.

—¿Y gana el equipo que sume más huesos rotos?

A Jared se le escapó una carcajada mientras los equipos volvían a alinearse para una nueva jugada.

Un gruñido y el balón cortaba el aire. Las manos de Shane lo atraparon. El chico lo lanzó hasta la posición de Evan, antes de que Jerome lo atrapara por las caderas y le hiciera rodar por el suelo. Evan solo pudo rozarlo con los dedos. Carter lo había golpeado en las rodillas y ambos cayeron de bruces.

Daniel aprovechó ese segundo para apresar el balón. Corrió como un rayo llevándose por delante a Evan y a Shane. Unos metros más y lograría el punto de la victoria. De repente, William surgió frente a él como si se hubiera materializado allí de la nada. Con un rugido se embistieron, y ambos cayeron con un golpe sordo y violento.

Todos contuvieron el aire. El choque había sido salvaje.

Entonces, una risa ronca surgió de la garganta de Daniel, que se encontraba tendido de espaldas con William encima. Otra risa dulce y cristalina se unió a la suya. William lo liberó de su peso y se tumbó a su lado. Las risas aumentaron hasta transformarse en fuertes carcajadas. El balón estaba entre ellos hecho pedazos.

Se miraron sin dejar de sonreír.

—Siento habértelo ocultado —dijo Daniel cuando logró recuperar la compostura.

—Y yo siento haber reaccionado de ese modo.

—Tenías derecho a sentirte así.

Daniel se puso en pie y lo ayudó a levantarse.

—¿Empate?

—Empate.

—¿Quién se apunta a cenar fuera? —gritó Daniel a su familia.

Una hora más tarde, todos se encontraban alrededor de una mesa en el Lou's Café.

William dio gracias de que apenas hubiera gente a esas horas. Tras el terapéutico partido, la familia lo había arrastrado hasta allí y él no se sintió capaz de negarse.

Pidió una bebida fría con alcohol para calmar el estómago y un filete poco hecho que no iba a comerse, pero debía guardar las apariencias.

La puerta se abrió con el estridente sonido de las campanillas y un soplo de aire limpio penetró en el interior del viciado local.

William clavó su mirada en la mesa. Se puso tenso y un jadeo inaudible escapó de su garganta. El olor cálido y dulzón de las tartas de manzana llegó hasta él trazando un sinuoso rastro. Contuvo el aliento sin pensar, protegiéndose instintivamente de su presencia. Porque no necesitaba verla para saber que ella acababa de entrar. El sonido de su corazón la delataba. Conocía esa cadencia de memoria.

Kate.

Cerró los ojos durante un segundo y se masajeó el puente de su nariz.

Ella fue directa a la barra, con una cesta cubierta con un paño entre los brazos.

Mary, la camarera, salió a su encuentro.

—Gracias por traer las tartas, cielo. Mira la hora que es y aún no he tenido ni un minuto de descanso.

—No te preocupes, Mary. Tenía que hacer unas compras —respondió Kate.

—¿Sabes si tu abuela podría preparar otras seis para pasado mañana?

—No creo que haya ningún problema, pero se lo preguntaré.

—De acuerdo. Voy a llevarlas a la cocina y te devuelvo esto.

Kate asintió con una sonrisa.

Entrelazó sus manos sobre el mostrador y las apretó con fuerza para que dejaran de temblar. Inspiró hondo, nerviosa. Lo último que habría esperado al entrar en el café era encontrar allí a William. Aún no había logrado olvidar la forma en la que él huyó aquella noche que la acompañó a casa, y ese recuerdo le causaba incomodidad y vergüenza. Lo que hacía que se sintiera como una idiota por ello. Ella no había hecho nada malo.

Sin poder contenerse, echó un vistazo por encima de su hombro. Él continuaba inclinado sobre la mesa y solo ladeaba un poco la cabeza para cruzar alguna palabra con sus amigos. Keyla se encontraba a su lado y reía por algo que él había dicho.

Kate era incapaz de apartar la vista de ellos y sintió una punzada en el estómago. Le fastidiaba admitirlo, pero estaba celosa y se sentía tonta por ello. William era como un resfriado del que necesitaba curarse cuanto antes.

De repente, sus ojos se encontraron con los de él.

Ambos se quedaron inmóviles un largo instante, enredados en un duelo de miradas frías.

Él se rindió primero.

William se pasó las manos por la cara y dio un sorbo a su bebida. A pesar del ruido que llenaba el local, sus oídos solo registraban el corazón de Kate latiendo desbocado. Ese compás estaba grabado en su cerebro desde el primer día y no era capaz de ignorarlo.

Lanzó otra mirada fugaz a la barra y sus retinas captaron el preciso momento en el que Kate, ojeando con descuido el menú, se cortaba el dedo con la esquina de plástico.

—Mierda —masculló ella y se llevó el dedo a la boca.

El olor a sangre fresca colmó el ambiente y en la mesa todos lo percibieron. William sintió sus miradas sobre él. Fingió no darse cuenta y bebió un sorbo de su bebida como si nada.

—¿Estás bien? —le preguntó Carter en un susurro apenas audible.

—Estoy bien, solo es un poco de sangre.

Pero no era cierto. Estaba lejos de encontrarse bien. Y no era solo por ese líquido rojo compuesto por eritrocitos, leucocitos y plaquetas. Llevaba décadas y décadas compartiendo el mundo con humanos que sangraban por un simple arañazo; y, aunque a veces era difícil, podía controlar el impulso salvaje de desgarrarles el cuello. El problema lo tenía con esos otros instintos primarios que Kate había despertado de su letargo. La atracción física y el deseo carnal que, sumados a la sangre, anulaban su capacidad de razonar, alteraban sus emociones y alimentaban al depredador que realmente era.

Miró al frente y vio a Kate reflejada en la ventana. Tenía el dedo en la boca y sus labios se fruncían a su alrededor con un mohín seductor mientras chupaba la herida. Contuvo el aliento y tragó saliva. En el mismo reflejo pudo ver sus propios ojos y cómo cambiaban.

Cerró los párpados con fuerza.

Mary regresó con la cesta y el pago por las tartas.

—¿Te has cortado?

—No es nada, ya no sangra.

—¿Te traigo una tirita?

—Estoy bien. —Cogió la cesta y se guardó el dinero en el bolsillo de su falda—. Tengo que irme, Mary. Le preguntaré a mi abuela si puede hornear esas tartas.

Inspiró hondo. Las piernas le temblaban al pensar que debía pasar junto a William y sus amigos para poder salir del local.

—Gracias, cielo, y ten cuidado.

—Lo tendré.

William apretó los dientes con fuerza. Apenas lograba mantener la compostura con la sed arañando su estómago. Las últimas horas le habían pasado factura, debilitándolo, y Kate era una tentación que le costaba ignorar.

Cerró los ojos, pero no sirvió de nada. Percibió que se acercaba y un gruñido vibró en su pecho. Se levantó de golpe y salió como un rayo de la cafetería sin levantar la vista del suelo.

Unos pasos más atrás, Kate se quedó de piedra. Casi se la había llevado por delante y ni una mirada, ni una disculpa.

Avanzó hacia la puerta, que aún batía de un lado a otro. Saludó de pasada a Evan y abandonó el local. Miró a un lado, y después a otro. Ni rastro de William por ninguna parte.

Empezó a preguntarse qué problema tendría realmente ese chico, pero estaba muy lejos de ser normal. En realidad, había muy pocas cosas normales en él.

Un instante podía ser amable y encantador, para al siguiente comportarse como un auténtico capullo. Rio para sí misma, mordaz. Bastantes problemas tenía ya como para comerse la cabeza con un tío bipolar, por muy atractivo que fuese.

Se encaminó hacia su coche mientras se decía a sí misma que ese chico le importaba un bledo.

¡Ojalá fuese cierto!

12

Kate terminó de recoger los platos del desayuno y puso una nueva cafetera al fuego. Después salió al jardín y rodeó la casa hasta el tendedero. Recogió todas las sábanas y toallas que colgaban secas y volvió a paso ligero dentro de la casa. En apenas media hora, Jill estaría allí para recogerla e ir juntas al instituto.

Dejó el cesto con la ropa en la mesa y añadió suavizante a la colada que giraba en la lavadora.

Sonaron unos pasos en la escalera. Por el sonido lento y acompasado, supo que se trataba del señor Collins. Todas las mañanas a la misma hora desde hacía un año, el señor Collins bajaba hasta la galería acristalada con una vieja máquina de escribir bajo el brazo. Siempre se sentaba a la misma mesa y colocaba la máquina en el centro, en el lado derecho un montón de folios y en el izquierdo un paquete de tabaco y dos de caramelos mentolados. A continuación, esperaba pacientemente a que le sirvieran su primera taza de café.

Kate entró en la cocina, apartó la cafetera y sirvió una taza.

—¿Qué haces todavía aquí? —preguntó Martha. Acababa de aparecer en la cocina con bolsas de la compra y un montón de cartas—. Deberías estar preparándote para el instituto, jovencita.

Martha había estado casada durante más de treinta años con el único hermano de Alice. Nunca tuvieron hijos, así que, tras la muerte de este, Alice convenció a su cuñada para que se trasladara a Heaven Falls y viviera con ellas. Habían pasado cinco años desde entonces.

—No te preocupes, tengo tiempo —dijo Kate mientras colocaba el café en una bandeja. Toda su atención se centró en la mano de Martha—. ¿Eso es el correo? ¿Hay algo para mí?

—Todavía no lo he mirado. Ten.

Se acercó a la mesa y le ofreció el paquete de cartas.

Kate se las arrebató de la mano y las fue mirando una a una con rapidez. Al terminar, una expresión frustrada apareció en su rostro.

—Nada.

—Puede que mañana —dijo Martha con una sonrisa alentadora.

—Falta muy poco para la graduación y necesito saber si de verdad tengo motivos para celebrar algo —replicó desilusionada.

—Aunque no te admitan en esas universidades, cosa que dudo, terminar el instituto es algo que solo ocurre una vez en la vida, y deberías estar contenta. Además, hay más universidades, y seguro que estarán encantadas de contar con alguien como tú entre sus alumnos.

Empezó a sacar la compra de las bolsas y a colocarla en los armarios.

Kate la observó mientras le daba tironcitos a un hilo suelto de su blusa.

—Debo ir a una de esas dos.

Martha sacó la cabeza de la nevera y la miró a los ojos.

—¿Por qué tanta obsesión? Las hay mejores.

—Están cerca de casa y son públicas.

Martha frunció el ceño.

—¿Esas son tus razones? Kate, hablamos de tu futuro y debes aspirar a lo mejor, el resto ya lo iremos solucionando.

Kate estuvo a punto de formular una queja, pero el sonido insistente de un claxon arruinó el intento. Jill había llegado y tenía prisa.

—Corre, yo llevaré el café al señor Collins —la apremió Martha.

Kate se precipitó escaleras arriba. Su habitación estaba en la buhardilla y entró sin aliento. Recogió los libros que tenía esparcidos por el escritorio y el par que había bajo la cama. Lo guardó todo en su mochila. Después, le echó un vistazo rápido a su aspecto en el espejo. Zapatillas, vaqueros, blusa... Al salir del cuarto, pilló una sudadera que colgaba de la silla y se la puso mientras bajaba a trompicones.

Encontró a Jill conversando con Alice en el jardín.

—¡Vamos, pesada! —exclamó su amiga al verla aparecer.

Se despidió de Alice con un beso y subió al vehículo.

Kate le dio un abrazo fugaz a su abuela y también subió.

—¿Lista? —preguntó Jill.

Kate asintió con la cabeza, mientras resollaba para recuperar el aliento. Se llevó la mano al pecho, como si así pudiera controlar el ritmo desbocado de su respiración.

—¿Qué tal el fin de semana? —preguntó Jill a la vez que maniobraba con lentitud para dar la vuelta y salir al camino.

—Horrible. Las cinco habitaciones completas, ¿y tú?

—Mi madre vino de Nueva York para presentarme a su nuevo novio. Un tipo engominado, bañado en perfume. Es un bróker de mucho éxito en Wall Street —imitó con tono burlón la voz de su madre—. ¡No la soporto! —gruñó enfadada.

—Es tu madre, Jill. Tienes suerte de tenerla.

Jill la miró de reojo y se mordió el labio.

—Lo siento, a veces se me olvida que tú... —dejó la frase sin acabar y tomó aire.

—No pasa nada. —Miró por la ventanilla y se dio cuenta de que estaban saliendo del pueblo—. Oye, te has equivocado, vamos en dirección contraria al instituto.

—No me he equivocado. Es que tengo que hacer una cosa antes.

—¿Qué cosa?

—Evan está enfermo y me ha pedido que pase a buscar sus deberes. Si no los presenta a tiempo, no podrá hacer el examen.

Kate dio un respingo y sus ojos se abrieron como platos.

—¿Vamos a su casa?

—Solo será un momento. Te lo prometo.

Kate se hundió en el asiento y resopló con disgusto. No le hacía ninguna gracia ir hasta allí. No por Evan o su familia, parecían simpáticos. Quería evitar cualquier encuentro con William.

—Está bien, pero pillas esos deberes y nos largamos.

Jill la miró de reojo.

—¿Tienes algún problema con Evan? Porque si es así...

—¡No!

—Entonces, ¿qué me he perdido?

Kate guardó silencio sin saber muy bien qué decir. Desde que Jill había comenzado a salir con Evan, ya no se veían tanto, y había ciertas cosas que aún no le había contado a su amiga.

—Es por William. No quiero verlo, si es que aún sigue por aquí.

—Sigue por aquí —dijo Jill—. ¿Qué pasa con él?

—No sé si es por mí, que no me soporta, o porque es idiota. Pero siempre que nos encontramos se comporta de un modo extraño, incluso desagradable a veces, y no me gusta. Así que ir hasta allí y darle la oportunidad de que vuelva a despreciarme, no es algo que me ilusione.

Su amiga la miró con la boca abierta.

—¿Por qué no me lo habías contado? ¿Sabes? Ayer mismo lo vi de pasada. De haberlo sabido, le habría dado una patada en las pelotas —farfulló enfadada. Kate sonrió, no puedo evitarlo. Jill golpeó el volante y añadió—: Pues por eso debes venir. Que vea que te importa un bledo lo que piense de ti. ¿Quién se cree que es?

Kate sacudió la cabeza y se hundió aún más en el asiento.

—No pienso salir del coche.

—¿Vas a esconderte? Vamos, entra conmigo. Es la primera vez que voy y me muero de vergüenza.

—Lo siento, pero no.

Jill puso los ojos en blanco y lo dejó estar.

Poco minutos después, se detenían frente a la casa de los Solomon. Jill se giró en el asiento para mirar a su amiga.

—No tardaré mucho. ¿Estarás bien?

—Sí, tú solo... Date prisa.

Jill salió del coche y se dirigió a la puerta principal. Llamó al timbre y, tras unos segundos de espera, Kate la vio entrar en la casa. Bajó un poco la ventanilla y se acomodó mientras miraba a su alrededor. Aquella gente tenía una flota de vehículos; y entre todos ellos, estaba el de William. Ignoró el vuelco que le dio el estómago y contempló la vivienda. Dios, era enorme, pero considerando todas las personas que vivían dentro, era lo más apropiado.

Dentro de la casa, Jill estaba pasando un mal rato bajo la mirada atenta de April.

—¿Te vas a casar con Evan? —curioseó la niña con sus grandes ojos muy abiertos.

Jill se quedó estupefacta. La pregunta la había pillado desprevenida.

—Bueno... ¡No! Evan y yo solo... Quiero decir que... ¿Por qué me preguntas eso?

—Porque hueles a él —respondió con un parpadeo inocente.

—¡April! —la reconvino Rachel—. Será mejor que subas a por tus cosas.

—Me gusta tu pelo —dijo la niña antes de salir corriendo.

—Gracias —respondió y a punto estuvo de olisquearse la camiseta.

Rachel terminó de guardar unos bocadillos en la nevera y se volvió hacia Jill con una sonrisa de disculpa.

—No le hagas caso, siempre es así.

—No pasa nada.

—Evan nos ha hablado mucho de ti.

Jill tragó saliva mientras se ponía roja.

—¿En serio?

—Así es, ¿verdad, cariño?

Daniel levantó la vista del periódico y asintió con una sonrisa.

En ese momento, Jared entró en la cocina seguido de William, que llevaba una pequeña bolsa de viaje al hombro.

Jared saludó a Jill.

—Evan se está vistiendo, enseguida baja.

—Vale.

William observó a Jill un momento y la saludó con una inclinación de cabeza.

—¿Qué tal estás? —preguntó por amabilidad más que por interés.

—Bien, gracias —contestó ella de forma escueta.

No podía dejar de taladrarlo con la mirada. Y no porque sus ojos fuesen como un océano de agua helada y profunda. O su rostro poseyera unas facciones perfectas. O porque su cuerpo estuviera tan bien proporcionado y definido que hubiera podido servir de inspiración al mismísimo Miguel Ángel. Nada de eso. No podía dejar de mirarlo porque ese adonis era un majadero con su mejor amiga.

—Si no os importa, creo que iré a buscar a Evan. Se hace tarde y mi amiga Kate me espera en el coche.

William se estremeció al oír su nombre.

Ya había pasado algún tiempo desde que la vio por última vez. Tiempo durante el cual había intentado mantenerse ocupado para no pensar en ella.

Ayudaba a Rachel en la librería. Catalogaba y registraba libros, controlaba las ventas y los pedidos, todo aquello que no lo obligara a tener contacto con los clientes.

También dedicaba una parte del día a estar con los chicos, sobre todo con Shane, con quien estaba forjando una buena relación. Le gustaba su compañía y la facilidad con la que hablaban de cualquier cosa durante horas.

El fin de semana, Keyla regresaba de Concord, y, durante esas horas, centraba toda su atención en él sin darle un minuto de respiro.

Así pasaba los días.

Pero las noches eran muy diferentes.

Cuando se quedaba a solas en su habitación, el rostro de Kate se colaba furtivamente en su cerebro y se negaba a desaparecer. Cerraba los ojos y allí estaba ella, pálida y triste, tal y como la había dejado aquella noche. Entonces, una necesidad crecía en su corazón. Deseaba abrazarla y acunarla contra su pecho. Sentir su cálida piel. Probar sus labios. Descubrir a qué sabía. Qué sentiría enterrado en su cuerpo.

Tragó saliva y se volvió para mirar a Jill.

—¿Kate está aquí?

Ella le sostuvo la mirada sin achantarse.

—Sí, afuera. ¿Por...?

—¿Habláis de la chica que está a punto de sufrir un infarto en la entrada? Alguien debería llevarle un poco de agua —intervino Shane. Había aparecido en la cocina sin que nadie se percatara y se acercó a su tío. Daniel le entregó un abultado sobre marrón, que se apresuró a guardar en su mochila—. ¿Algún mensaje?

Daniel negó con la cabeza y continuó con su lectura.

Shane miró de reojo a William. No le había pasado inadvertida la tensión de su voz al preguntar por la chica. La misma chica que estaba en la cafetería la noche que escapó de allí como alma que lleva el diablo. Aún con aquel pensamiento dando vueltas en su cabeza, se fijó en Jill. La miró de arriba abajo y esbozó una sonrisita maliciosa.

—Soy Shane, ¿y tú eres...?

—Jill, encantada.

—Jill... Últimamente, tu nombre suena mucho por aquí.

Ella tragó saliva, nerviosa bajo el escrutinio del chico. Sus ojos oscuros, de un dorado muy oscuro, la taladraban, y había algo intimidante en ellos. Algo salvaje que le ponía el vello de punta sin ninguna explicación. Alzó la barbilla y se obligó a sostenerle la mirada.

—¿Y eso es malo?

—Dímelo tú. ¿Crees en los cuentos? ¿O eres más de pesadillas?

—¿Perdona?

—¿Te doy miedo?

—¡Shane! —lo regañó Rachel.

Jill notó un arrebato de orgullo.

—¿Te diste un golpe de pequeño?

Shane se inclinó sobre ella.

Jared puso los ojos en blanco y le dio un empujón.

—Eres idiota.

Shane se echó a reír sin dejar de mirar a Jill y después salió de la cocina.

—No lo pierdas de vista —le pidió Daniel a William en voz baja.

—No te preocupes. Nos vemos mañana.

Alcanzó a Shane en la entrada.

—¿A qué ha venido eso?

El chico se encogió de hombros.

—Es humana, sale con Evan y existe la posibilidad de que acabe averiguando lo que somos. Hay que saber de qué pasta está hecha.

—¿Y?

—No se amedrenta —respondió con una sonrisa satisfecha en su cara.

William también sonrió, pero el gesto se borró de su cara nada más alcanzar el exterior.

Solo tardó un segundo en divisarla. Se encontraba apoyada contra el coche, de espaldas a la casa. El cabello castaño le caía suelto sobre los hombros y la brisa le agitaba algunos mechones, que el sol coloreaba con tonos cobrizos.

Se quedó inmóvil, observándola, mientras sus emociones se agitaban dentro de él como las burbujas de una bebida espumosa. Después de tanto tiempo evitándola, esperaba que esa incomprensible atracción que sentía hacia ella se hubiera diluido, al menos un poco. Pero no era así. Allí estaba de nuevo, lanzándolo a aguas peligrosas.

Shane se detuvo al comprobar que William no lo seguía. Intercambiaron una mirada y pudo ver el desasosiego de alguien que estaba en guerra con el mundo y consigo mismo. Que luchaba contra algo que lo superaba y a lo que trataba de hacer frente sin conseguirlo.

Sus ojos volaron hasta la chica y de nuevo a William. Ella era la causa.

—¿Estás bien? —le preguntó.

—Sí. Vamos.

William trató de ignorar la presencia de Kate mientras caminaba hacia su todoterreno. Aun así, le fue imposible no ver cómo se giraba al escuchar el ruido de sus pasos. De repente, la chica cayó al suelo.

Se detuvo sin estar muy seguro de lo que acababa de ver. Temiendo que le hubiera ocurrido algo, fue hasta el vehículo y lo rodeó. Encontró a Kate abrazada a sus rodillas, con la espalda pegada al coche y el rostro sonrojado. Respiraba deprisa y su corazón latía rápido. Casi podía paladear la adrenalina que corría por su sangre.

—Kate.

Ella dio un respingo y alzó la mirada. Cuando lo descubrió observándola, el rubor en sus mejillas se acentuó. Tragó saliva y se levantó con la dignidad que pudo. En todo momento evitó mirarlo a los ojos y él se sintió mal por ello.

—¿Estás bien?

—Sí, perfectamente —contestó nerviosa.

—¿Seguro?

—Sí.

—Entonces, ¿qué hacías en el suelo?

—Se me ha caído una cosa. Intentaba encontrarla —respondió ella sin mucha convicción.

William ladeó la cabeza y la observó. Después echó un vistazo al suelo con la seguridad de que no iba a encontrar nada.

—Puedo ayudarte si me dices qué buscas.

—No, gracias.

—No me importa, de verdad —insistió él.

La mirada esquiva de Kate hacía todo lo posible para no encontrarse con la suya.

—Puedo hacerlo yo.

—Déjame ayudarte.

—¡He dicho que no! —alzó la voz, nerviosa.

Por primera vez, clavó sus ojos en los de él. Se contemplaron durante unos segundos sin que ninguno dijera nada. Kate soltó un suspiro entrecortado, al tiempo que se frotaba las palmas de las manos en los pantalones. Su rostro se transformó con una expresión de determinación.

—Lo cierto es... que me estoy escondiendo de ti.

—¡¿De mí?! ¿Por qué?

Kate alzó las cejas.

—¿Que por qué? —rio mordaz. Bien, iba a poner las cartas sobre la mesa. A esas alturas, poco importaba ya—. Porque con tu actitud me has dejado muy claro que tienes un problema conmigo. Por algún motivo que no consigo comprender, parece que mi presencia te molesta, e intentaba evitar un encuentro incómodo.

Un sonido amargo escapó de los labios de William. «Un encuentro incómodo», repitió en su cabeza. ¡Había metido la pata hasta el fondo! Con su maravilloso don de gentes, había logrado que ella se sintiera menospreciada.

Dio un paso hacia delante con la mano en la nuca. Tragó saliva y negó varias veces.

—Lo siento. No pretendía que te sintieras así —se disculpó. Dio otro par de pasos y se humedeció los labios—. Te aseguro que es un malentendido, las cosas no son como tú crees. Verás, yo...

Kate agitó la mano en el aire.

—No tienes que justificarte. En serio, no pasa nada —dijo de la forma más simple.

—Te equivocas. Tú no... Mis motivos... —Un ligero carraspeo atrajo la atención de ambos. Shane señalaba el reloj de su muñeca con un gesto elocuente—. Mira, tengo que marcharme, pero...

—¿Te marchas? —lo interrumpió.

Kate se fijó en la bolsa que colgaba de su hombro. El corazón le dio un vuelco al pensar que era algo definitivo, y se preguntó por qué le afectaba tanto esa noticia cuando solo unos minutos antes deseaba que se hubiera marchado para siempre.

—Sí, a Boston —aclaró él con impaciencia—. Cuando regrese, quiero que hablemos de esto, ¿de acuerdo?

—No hay nada que quiera hablar...

—Por favor —susurró él.

—¿Por qué iba yo...?

—Por favor.

Ella lo miró, sorprendida por su insistencia. Cedió sin saber muy bien por qué, y asintió con sus profundos ojos verdes llenos de dudas.

William lanzó un hondo suspiro y la contempló un instante. Después dio media vuelta y fue al encuentro de Shane. Quería mantenerla alejada de él, pero no de ese modo. No si Kate pensaba que había algo malo en ella.

Maldijo por lo bajo. Iba a arreglar aquel desastre.

13

Shane había vuelto a dormirse. Roncaba con la boca abierta y la cabeza le colgaba hacia atrás en una extraña postura. William le dio un codazo en las costillas, harto de sentir su aliento en la cara.

—¿Qué? —exclamó Shane sobresaltado.

—Estás babeando sobre mi hombro.

—¿Y?

—Que es asqueroso.

Shane frunció el ceño y se frotó el costado, allí donde había recibido el golpe.

—Lo siento, anoche no dormí mucho —bostezó.

—¿Por qué? —preguntó con curiosidad.

—Necesitaba pensar —dijo en tono esquivo.

—No tienes que contarme nada. No es asunto mío.

Shane apretó los dientes y clavó los ojos en la carretera. Nunca se había sentido cómodo hablando de sí mismo, ni siquiera con su propia familia.

Miró a William de reojo y notó las palabras agolpándose en su garganta. Esa sensación lo pilló por sorpresa y la necesidad de sincerarse creció en su interior.

—Salí a las montañas.

William lo miró de reojo.

—Vale...

—Necesitaba aclarar mis ideas y últimamente solo lo consigo como lobo. —Guardó silencio y se frotó la cara con las manos—. Es que no soy como ellos, ¿sabes? No quiero una carrera ni un trabajo normal, ni una casa grande repleta de niños. No soy como Carter, ni como Evan, aunque mi padre se empeñe en lo contrario. No quiero pasarme toda la vida fingiendo ser lo que no soy.

—¿Y qué eres?

—Un pez en el desierto y me estoy asfixiando —contestó con amargura—. Quiero ser Cazador y pertenecer a un único mundo, al mío. Al nuestro, William. El número de renegados crece, no hay suficientes Guerreros ni Cazadores para acabar con todos ellos. Debemos erradicarlos de este mundo y no pienso quedarme cruzado de brazos mientras sigan por ahí, acechándonos. —Su voz ronca estaba llena de determinación.

Se llevó las manos al rostro y masajeó su mandíbula, ahogado por la frustración que sentía.

—¿Le has dicho todo esto a tu padre? —se interesó William.

—Un millón de veces, pero no quiere ni oír hablar del tema —respondió tras un profundo suspiro—. No deja de repetir que le prometió a mi madre que cuidaría de nosotros y que jamás correríamos peligro.

—¿Qué le ocurrió a tu madre?

—Un conductor borracho. Una barra de hierro le atravesó el corazón, no se pudo hacer nada.

—Lo siento.

—Podemos vivir durante siglos, pero no somos inmortales. Es lo que hay.

Ambos permanecieron en silencio durante un rato.

Shane observaba con desinterés a la gente que paseaba por Newbury y William apenas prestaba atención a lo que le rodeaba. Su cerebro se empeñaba en crear imágenes que fluctuaban entre el pasado, el presente y el futuro. Vio el cuerpo magullado de Amelia entre sus brazos, pero, al descubrir su rostro, ya no era ella sino Kate la que yacía moribunda junto a su pecho. Esa imagen le provocó un miedo insoportable. El aviso de que podría volver a ocurrir, si no tenía cuidado.

También vio los rostros de todos aquellos a los que había tenido que asesinar. Hombres y mujeres convertidos en vampiros por culpa de un monstruo vengativo del que solo él era responsable.

Los remordimientos sacudieron de nuevo su conciencia.

—¿Y tú no piensas contarme qué te pasa con esa chica?

La pregunta sacó a William de su trance y miró a Shane con las pupilas dilatadas, como si acabara de despertar de una pesadilla.

—Perdona, ¿qué decías?

—La chica con la que te has detenido a hablar esta mañana. Se llama Kate, ¿no?

—Sí —respondió receloso.

—¿Hay algo entre vosotros?

William dio un respingo.

—¡No! Y no entiendo a qué viene la pregunta.

Shane se encogió de hombros.

—Curiosidad.

—No salgo con ella ni con nadie —masculló incómodo.

—Bien, entonces creo que voy a invitarla a tomar algo cuando volvamos.

Los nudillos de William se pusieron blancos sobre el volante

—¿Por qué?

—¿La has visto? Es preciosa. —Sonrió para sí mismo mientras lo probaba—. Tú la conoces un poco, ¿no?

—No.

—¿Adónde crees que podría llevarla?

—A ninguna parte —gruñó.

Shane ladeó la cabeza al mirarlo y tuvo que morderse el carrillo para no sonreír.

—¿Qué significa eso?

William lo taladró con la mirada.

—Que si te acercas a ella, te parto el cuello.

—Y parece que lo dices en serio. —Sus ojos brillaron con picardía—. Entonces, deberías invitarla tú.

—Ni de coña.

—¿Y qué vas a hacer, dejar sin cabeza a todo el que se le acerque?

William puso los ojos en blanco y se tragó una maldición.

—Cierra el pico, no te lo repetiré dos veces.

—¿Has hecho un voto de castidad? ¿Celibato vampírico o algo así? —continuó provocándolo.

De repente, William pisó el freno de golpe y se giró en el asiento con una expresión furiosa. La sonrisa socarrona del chico lo cabreó aún más.

—Estoy a punto de convertirte en una alfombra.

—Bueno, en ella podrías retozar con esa chica, soy muy blandito y suave.

William se lo quedó mirando muy serio. De pronto, se echó a reír con ganas.

—Eres insufrible.

Reanudó la marcha.

—Es evidente que te gusta —indicó Shane sin intención de dejar el tema—, más de lo que quieres admitir. Y empiezo a entender tu actitud de estas semanas pasadas. —Frunció el ceño, pensativo—. Lo que no entiendo es por qué te contienes. No creo que sea por la sangre, eres fuerte. ¿Es por el sexo? Sangre y sexo... No había pensado en esa mezcla. Aunque dudo de que fuese la primera vez que te lo montas con una de su especie, ¿no?

William soltó una risita amarga y exasperada.

—No sería la primera vez.

—¿Y cuál es el problema?

—Es humana, somos incompatibles —respondió al fin.

—Eso suena a prejuicios. Hay licántropos que han tenido parejas humanas. Y ahí tienes a Evan, sale con esa chica, Jill. Incluso yo he acabado en más de una habitación. ¿Por qué no un vampiro? No hay ninguna ley que prohíba salir con humanos, solo comérselos. Así que pásatelo bien con ella y no te la comas.

William sonrió.

—Tranquilo, no me la comeré. —Hizo una pausa y miró a su alrededor antes de volver a posar sus ojos en Shane—. Es cierto, ella me gusta. Y sí, sangre y sexo forman una mezcla peligrosa para mí, pero... podría controlarme. Sin embargo, hay más cosas que no son tan fáciles. Con el tiempo pueden entrar en juego otros sentimientos más allá del deseo, y eso sí que lo complicaría todo. Querer a un humano, enamorarse de uno... No es buena idea. Te lo digo por propia experiencia.

—¿Te has enamorado de una mujer humana?

—Sí, aunque hace mucho de eso.

—¿Y qué pasó?

—Descubrió lo que soy.

—¿Y qué ocurrió?

William giró hacia una calle menos transitada y aparcó en un hueco libre. Apagó el motor y centró su atención en Shane.

—¿Qué sabes en realidad sobre mí?

Shane pareció vacilar ante la pregunta. Se encogió de hombros.

—Solo lo que necesito. Para mi familia eres otro Solomon y que tu padre es el mandamás de los vampiros.

—Sí, es el mandamás —repitió con un suspiro—. ¿Sabes quién es Amelia?

Una mueca de desprecio cruzó por el rostro del chico.

—Todos saben quién es esa asesina, pero ¿qué tiene que ver eso ahora? —preguntó algo extrañado.

—Era una chica preciosa cuando la conocí. Segura de sí misma y con las ideas muy claras, sabía perfectamente lo que quería de la vida. Aunque no tuvo tiempo de vivirla... yo se la arrebaté —susurró las últimas palabras con amargura.

Los ojos de Shane no se apartaron ni un segundo del rostro del vampiro, y su respiración se volvió más áspera conforme lo escuchaba. No le gustaba el cariz que estaba tomando la conversación, pero se mantuvo en silencio, a la espera de la bomba que William estaba a punto se soltar:

—Amelia era mi esposa, y supongo que aún lo es —empezó a explicar con voz fría y calmada—. Una noche, tres proscritos atacaron nuestra casa y, de la forma más horrible que puedas imaginar, ella descubrió que el hombre al que había prometido amar era un vampiro. Prácticamente enloqueció, y aquella demencia la llevó a lanzarse por un acantilado ante mis propios ojos. Yo... la amaba tanto que no tuve fuerzas para dejarla morir. Así que la convertí, y ella acabó transformándose en el monstruo que es hoy.

—¡¿Tú?! —inquirió Shane sin apenas voz.

—¿Entiendes ahora por qué el problema soy yo? No dejaré que la historia se repita.

Shane estaba clavado en el asiento. El impacto de aquella noticia lo había dejado estupefacto. Se esforzaba por mantener la calma, sin saber cómo debía reaccionar ante aquella revelación. En ese momento, William se había convertido a sus ojos en un asesino que representaba todo lo que él odiaba y contra lo que quería luchar.

—¿Por qué me lo cuentas?

—Porque es lo justo después de que tú me hayas ofrecido tu amistad.

—¿Mi tío sabe lo que hiciste?

William asintió como si lo lamentara.

—Sí. Samuel y tu padre también. Ellos estaban allí y evitaron que los renegados me mataran. —Respiró hondo. Le dolía recordar aquellos momentos—. Esa noche fui culpable de muchas cosas. De que tus tíos se distanciaran, de convertir a mi mujer en un ser perverso y vengativo, y de todas las muertes que ha provocado desde entonces. Yo no tengo salvación, Shane, ni derecho a que me sucedan cosas buenas. He intentado redimirme persiguiéndola durante años, pero no me ha servido de nada. Ahora, lo único que quiero es descansar.

—¿Quién más está al tanto de esto? —preguntó Shane con un nudo de ansiedad.

Se dio cuenta de que no estaba tan enfadado con William como creía. Lo que de verdad le preocupaba era que alguien pudiera usar ese secreto en su contra. ¿En qué le convertía eso?

—Rachel, sus hijos y también mi familia. Sebastian siempre le estará agradecido a Daniel por haberme protegido.

Shane se bajó del coche sin avisar.

—Vamos, estamos cerca de la casa de Mayers, podemos ir andando —dijo antes de cerrar la puerta y empezar a caminar por la acera.

William no tardó en darle alcance.

—No has dicho nada sobre lo que te he contado y no sé si alegrarme o preocuparme.

Shane se detuvo y clavó sus ojos en él.

—Hay secretos que es mejor que sigan ocultos, este es uno. A mí me basta con saber que aquella noche la manada tomó la decisión de protegerte, lo demás no me importa —dijo de forma solemne—. Ahora, vamos a por esos papeles.

Shane condujo a William hasta un estrecho callejón sin salida, cerrado por una alambrada de varios metros de altura. Los edificios de alrededor parecían abandonados y saltaba a la vista que aquella zona no era de las más frecuentadas por el servicio de limpieza de la ciudad.

Shane recorrió el entorno con la mirada y olfateó el aire.

—¿Captas algo? —preguntó en voz baja

William cerró los ojos y forzó sus sentidos. Negó con un gesto.

—Nada que sea una amenaza.

Shane se encaramó a la parte superior de la alambrada y saltó al oscuro pasaje.

William lo imitó y aterrizó al otro lado con la suavidad de una pluma. Avanzaron por el callejón sin hacer ruido, alertas. No tardaron en encontrar una puerta de hierro, camuflada bajo capas de mugre y pintura.

Shane pulsó un timbre un par de veces. Unos segundos después, una voz respondió a través de un intercomunicador.

—¡Llegas tarde!

—Abre, Mayers —replicó Shane sin mucha paciencia.

La puerta se abrió con un ligero chasquido y ambos entraron en un pasillo poco iluminado, que terminaba al comienzo de unas sucias escaleras.

—Déjame hablar a mí —dijo Shane—. Mayers es bastante quisquilloso y no le hizo gracia que mi tío le pidiera este trabajito.

—¿Por qué?

—Odia a los vampiros.

William asintió con un leve gesto y siguió al joven lobo a través de las escaleras. Después de un par de tramos, alcanzaron una puerta de acero sin cerradura. Shane la golpeó con la palma de la mano. Unos pasos bastante torpes y lentos acudieron a la llamada. La puerta se abrió y un chico salió a recibirlos.

—¿Qué tal, tío? —saludó a Shane.

—Como siempre. ¿Y tú?

—Nada nuevo —respondió mientras miraba a William—. Hola, tú debes de ser William. Un placer conocerte. Soy Zack —se presentó nervioso mientras le tendía la mano.

—Hola, Zack.

—¿Tienes esos papeles? —quiso saber Shane.

—Está todo, pero... ya sabes... Primero tienes que ver al viejo. Acompañadme, por favor, os está esperando.

Siguieron a Zack a través del laberinto de cables que se extendía por el suelo de la habitación, repleta de mesas con material informático: escáneres, impresoras, ordenadores y decenas de discos duros que funcionaban entre una montaña de envoltorios de hamburguesas y refrescos.

Zack los guio hasta el final de un estrecho pasillo. Les pidió que aguardaran un momento y entró a otra habitación.

—A Mayers le gusta tocar el dinero antes de dar la mercancía —le dijo Shane a William en un tono bajo y hosco.

Tras unos pocos segundos, Zack volvió a salir.

—Podéis pasar, yo os espero fuera.

Shane empujó la puerta entreabierta e irrumpió en la sala sin miramientos.

Un hombre calvo y de barriga prominente levantó la vista del filete sangrante que estaba troceando y lo miró. Dejó caer los cubiertos en el plato con malestar y unas patatas de la guarnición rodaron por la mesa. Sin decir una palabra, se sirvió una copa de vino de la que bebió sin prisa. A continuación, clavó sus diminutos ojos en William. Lo estudió de arriba abajo y frunció los labios con una mueca de desprecio.

—No sé bajo qué clase de hechizo tienes a esta familia, pero te aseguro que a mí no me engañas. Jamás creeré en la amistad entre vampiros y licántropos. El amo nunca liberó al esclavo y oculto en las sombras aguarda el momento de volver al pasado. El que piense lo contrario, es un iluso al que solo le esperan cadenas —anunció como si se tratara de una profecía.

William le sostuvo la mirada y guardó silencio, dispuesto a cumplir la palabra que había dado unos minutos antes.

—Tienes suerte de que mis padres me enseñaran a respetar a los mayores —gruñó Shane. Sacó un fajo de billetes del bolsillo de su pantalón y lo tiró sobre la mesa—. Hay más de lo acordado. Tómalo como un pequeño regalo de la familia por tu buena disposición.

—Más bien, para que mantenga la boca cerrada —soltó Mayers entre dientes—. Por cierto, estoy cansado de tratar siempre con los cachorros, ¿cuándo piensa dar la cara nuestro magnánimo líder? —repuso con cierta ironía.

—Pues estás de suerte, piensa hacerte una visita en breve. En cuanto Samuel regrese a la ciudad.

El color abandonó el rostro de Mayers y un ligero temblor apareció en sus manos. Su frente se cubrió de pequeñas gotas de sudor que resbalaban sin cesar por su cara. Todo el clan sabía que Samuel solo aparecía en compañía de Daniel cuando había que dar un escarmiento.

Aquella posibilidad preocupaba en gran medida a Mayers.

Respetaba las leyes y nunca había dado motivos para que los Cazadores vinieran a por él. Sin embargo, no siempre tenía reparos a la hora de manifestar su desacuerdo con la forma en la que su señor llevaba los asuntos del clan. Lo criticaba abiertamente ante cualquiera que estuviera dispuesto a escucharle y era posible que, ahora, la familia de lobos dominante estuviera molesta por su campaña de desprestigio.

Carraspeó y se aclaró la garganta. Su expresión se volvió mucho más humilde.

—Será un privilegio que los hermanos Solomon visiten mi humilde hogar —comentó mientras se secaba el sudor de la frente con una sucia servilleta—. Y espero que el motivo sea del agrado de todos.

Shane ignoró su torpe intento de sonsacarle información.

—Si todo está en orden, entrégame la documentación. Tenemos prisa.

—Por supuesto, mi nieto te la entregará.

Shane salió de aquel cuarto sin despedirse, con William pisándole los talones.

Encontraron a Zack terminando de plastificar un permiso de conducir. El chico dejó esa tarea y rebuscó en la mesa. Sacó un sobre marrón de entre el desorden y se lo entregó a William.

—Aquí tienes todo lo que puedes necesitar: pasaporte, seguro médico, partida de nacimiento, permiso de conducir... Todo puesto al día. ¡Bienvenido de nuevo a la vida, señor Crain! —bromeó.

William sonrió.

—¿Seguro que no levantaré sospechas si alguien decide comprobar estos documentos?

—No te preocupes por eso, lo tengo todo bien atado. —Palmeó la parte superior de un ordenador—. Toda búsqueda que incluya tu nombre, llegará a mí.

—Zack es el mejor. Puede hackear cualquier sistema —intervino Shane.

—¿Puedo pedirte un favor? —preguntó William a Zack.

—Lo que quieras.

William sacó una tarjeta del bolsillo interior de su cazadora y se la dio al muchacho.

—Necesitaría que enviaras una copia de todo a esa dirección. Pertenece al abogado de mi familia. Los necesitará para preparar mi vuelta a Inglaterra.

—Duncan Campbell —leyó en voz alta—. No hay problema, lo haré hoy mismo.

—Gracias.

—Lo que sea por un amigo de los Solomon.

Se encogió de hombros y continuó mirando a William con curiosidad. Nunca había estado tan cerca de un vampiro, y le sorprendía el aspecto angelical y el aura amigable que envolvía a aquel ser. Su abuelo siempre hablaba de ellos con desprecio, describiéndolos como la personificación del mal, pero William no parecía ningún demonio.

Apartó la vista y sacó otro sobre. Se lo entregó a Shane.

—Esto es para Daniel.

—Gracias. Eres el mejor.

—Si lo fuese, no seguiría en este antro.

—Sigues aquí por él, y no se lo merece. —Zack se encogió de hombros, consciente de la verdad de esas palaras. Shane le dio un empujoncito amistoso—. Eh, ¿qué tal va tu grupo?

Zack sonrió con timidez y se sonrojó un poco.

—Llevamos unas semanas tocando en varios garitos de la ciudad. Esta noche tenemos un par de pases en un nuevo local que hay en la bahía. ¿Os apetece venir?

14

La noche era calurosa y la humedad que flotaba en el ambiente desde la bahía hacía el aire irrespirable. Las calles estaban llenas de universitarios que iban de un local a otro. Faltaba muy poco para que las clases terminaran e intentaban apurar los últimos días de independencia antes de volver a sus casas.

William y Shane se movían incómodos entre el bullicio y todos aquellos cuerpos sudorosos.

Divisaron el bar del que Zack les había hablado. Un tipo corpulento controlaba la puerta de acceso y en ese momento discutía con un par de menores que trataban de colarse con carnés falsos.

Shane alzó la mano con las invitaciones que Zack les había dado. El tipo les echó un vistazo y los dejó pasar. Cruzaron la puerta abatible y el mundo se transformó.

Hasta el último rincón se encontraba lleno de gente que hablaba a gritos para hacerse oír por encima de la música demasiado alta. Las luces estroboscópicas lanzaban destellos en todas direcciones, iluminando de forma intermitente los cuerpos que bailaban en la pista. Desde el escenario, un denso humo artificial se extendía entre sus piernas e inundaba el suelo.

No les costó mucho esfuerzo abrirse camino entre la multitud. Encontraron un par de sitios libres en una esquina de la barra, desde donde podían ver el escenario y casi toda la sala.

Una camarera se acercó a ellos.

—¿Qué os pongo, chicos?

—Cerveza —pidió Shane.

—Marchando. —Se alejó hasta el otro extremo de la barra y regresó con un par de botellines—. Son quince pavos.

El chico depositó dos billetes sobre el mostrador.

—Quédate con el cambio.

La camarera tomó el dinero y se apresuró a atender a otros clientes.

William dio un sorbo a la bebida. Su cara se transformó con una mueca.

—Está asquerosa.

Shane sonrió.

—Te pediría un chupito de sangre, pero dudo de que tengan embotellada. Toda la mercancía es natural y a temperatura ambiente. Si te apetece servirte...

—Estoy tentado, aunque primero debería pensar con qué quiero colocarme: alcohol, hierba, pastillas... La oferta es amplia.

Intercambiaron una mirada y la risa brotó de sus gargantas.

—¿De verdad puedes percibir lo que se han metido por el olor de su sangre?

—¿Desde aquí? Claro que no. Solo percibo lo que tú. Sudor, aliento, ropa...

Shane observó a toda aquella gente con desprecio. Le costaba entender el modo en que vivían sus fugaces vidas, torturando sus cuerpos, acallando sus sentidos, como si el tiempo no fuese en realidad un enemigo y sus cuerpos una materia tan frágil como la mantequilla expuesta al sol.

—Jamás encajaremos entre ellos. —Hizo un gesto casi imperceptible hacia la gente—. Lo sabes, ¿verdad?

William asintió sin perder la sonrisa. Los humanos eran la raza más numerosa que existía, repletos de miedos, prejuicios y supersticiones que los hacían muy peligrosos para los seres como ellos. Por eso se mantenían ocultos, intentando vivir entre los mortales sin llamar la atención, a la espera de que algún día las mentes humanas estuvieran preparadas para aceptarlos.

Shane le dio un toquecito en el hombro.

—¿Puedo preguntarte una cosa?

—¡Claro! Dispara.

—Hoy dijiste que mis tíos se distanciaron aquella noche —empezó a decir. William asintió de nuevo—. ¿Qué pasó entre ellos?

—No soy el más indicado para contarte esa historia —dijo mientras hacía girar la botella entre sus dedos.

Shane resopló en desacuerdo.

—Estabas allí, ¿no?

William sabía que jamás sería capaz de expresar los matices más profundos de lo que aquella noche pasó entre los hermanos Solomon. No había palabras que pudieran contar muchas de las cosas que pasaron.

—No es fácil de explicar. —Hizo una pausa y se apartó el pelo de la frente—. Cuando se descubrió lo que le hice a mi esposa, Samuel quiso acabar conmigo y con ella...

—¿Por qué?

—Porque era un hombre íntegro, que respetaba el pacto y sus leyes por encima de todo. ¡Ojalá lo hubiera hecho! ¡Ojalá hubiera acabado con nuestras vidas! Así no tendría que cargar con tantas muertes sobre mi conciencia —gruñó, aplastado por ese sentimiento de culpabilidad que jamás desaparecería.

—¿Por qué no lo hizo si era su deber y la ley estaba de su parte?

—Daniel no se lo permitió. Puso nuestra amistad por encima de su propia familia y eso fue un duro golpe para Samuel.

—Entiendo.

—No, no lo entiendes. Estás muy lejos de poder comprenderlo —masculló William. Tomó aire y lo soltó con una fuerte exhalación—. Aquella fue la primera orden que Daniel dio como jefe de tu clan, porque, hasta entonces, había renunciado a ese derecho en beneficio de Samuel, de por vida.

La explicación caló en la mente de Shane y comenzó a intuir el auténtico significado de lo que William acababa de contarle.

—¿Mi tío Samuel lideraba el clan en aquella época?

—Sí. Daniel nunca quiso esa responsabilidad, pese a tener la marca.

—Pero la asumió para salvarte.

—Así es.

—Lo entiendo, no le quedó más remedio, y era su derecho. Las órdenes del alfa se acatan sin cuestionarlas. Y Samuel quiso matarte... Daniel hizo lo correcto —susurró dolido.

Respetaba a su tío Samuel, por eso le resultaba especialmente dolorosa esa revelación.

William sacudió la cabeza.

—Escúchame con atención, no tomes partido en este asunto —dijo muy serio—. Samuel actuaba con la cabeza y Daniel con el corazón, pero ambos creían hacer lo correcto. Aquí, el único culpable soy yo.

En ese momento, el público estalló en aplausos y silbidos. William y Shane posaron sus miradas en el escenario. Zack y su banda hacían sonar los primeros acordes del concierto.

La voz grave e intensa del cantante brotaba a través de los altavoces con un estribillo pegadizo que animaba a la gente a bailar. Los músicos dejaron de tocar, excepto Zack, que se adelantó hasta colocarse al borde de las tablas con su bajo y comenzó un solo que arrancó de nuevo los aplausos del público. Su mano izquierda subía y bajaba por el mástil con rapidez, mientras la derecha golpeaba las cuerdas con un ritmo alucinante.

—¡Es muy bueno! —exclamó Shane.

Se llevó la mano a los labios y silbó con fuerza.

William sonrió, de acuerdo con su opinión.

—¿Hace mucho que os conocéis? —se interesó, pero la voz se le quebró y la última palabra se le atragantó.

Una imagen caló en su retina, aunque no estaba seguro de si era real o solo una ilusión de su mente.

—Desde niños, pero nunca hemos sido muy amigos. ¡Eh, tienes mala cara!

William se irguió y su cuerpo adoptó una postura tensa, rígida como la de una estatua mientras sus ojos recorrían con ansiedad los rostros de la gente.

Ahora estaba completamente seguro.

Unos iris de color carmesí habían aparecido de la nada, para volver a desaparecer de la misma forma. Un hormigueo incómodo recorrió su cuerpo y su expresión se endureció.

—Hay un vampiro entre la gente, o puede que dos —dijo con aspereza.

La mirada de Shane voló hasta la pista.

—Mi familia sabe de la existencia de un grupo de vampiros en la ciudad. No llegan a la decena y son civilizados, nunca han dado problemas. Puede que hayas visto a uno de ellos.

—No, reconozco a un renegado cuando lo veo.

—¿Estás seguro de eso? —William asintió con los dientes apretados—. Está bien, te creo, ¿qué hacemos ahora?

La adrenalina fluía por sus venas como lava ardiente y le quemaba la piel. Los latidos de su corazón y el ritmo de su respiración aumentaron. Era posible que estuviera ante su primer enfrentamiento serio y la excitación sacudía su cuerpo en oleadas cada vez más intensas.

—Vamos a darle caza y acabar con él antes de que sea tarde. Había una chica colgada de su cuello —contestó William en un tono frío y cortante.

—De acuerdo, yo iré por la izquierda —indicó Shane.

William lo sujetó por el hombro.

—Mantente donde pueda verte.

El chico asintió y se deslizó entre la gente como si fuese un fantasma.

William se movió a través de la masa de humanos con todos sus sentidos alerta. Si se concentraba, podía percibir el suave susurro de las palabras que pronunciaban los labios de una pareja junto al escenario. O ver las gotas de sudor que resbalaban por la espalda descubierta de una chica al otro lado de la sala. El movimiento más ligero oculto en las sombras. Nada pasaba inadvertido a su mirada.

Inspiró hondo y trató de encontrar algún rastro. Solo captó el cálido aroma de la sangre mezclado con decenas de matices: perfumes, jabón, comida, alcohol...

Aguzó el oído y continuó zigzagueando entre el laberinto de personas agitadas y sudorosas que bailaban a su alrededor. Decenas de conversaciones llegaron de golpe a sus oídos. Una a una las fue descartando, en busca de la que pudiera darle alguna pista.

Su mirada se cruzó con la de Shane y este negó ante su gesto interrogante.

Una voz flotó en el aire llamando la atención de William.

—¿Habéis visto a Lisa? —preguntó una chica muy cerca de él.

—Estaba aquí hace un momento, con ese chico que ha conocido en la calle —contestó otra mujer.

—No me gusta ese tipo, tiene una mirada muy extraña —comentó la primera voz—. ¡Eh, Rose! ¿Has visto a Lisa? —preguntó a una tercera persona.

—¿Lisa? Sí, por allí va.

William se giró a tiempo de ver cómo la chica señalaba la puerta de salida. Sus ojos siguieron esa dirección y un escalofrío le recorrió la espalda. Allí estaba el tipo que había visto, y se disponía a salir del local con una joven rubia abrazada a su cintura. Su piel, pálida en exceso, resaltaba bajo las luces de neón. No dejaba de sonreír, mostrando unos dientes perfectos y afilados, mientras su mirada, fría y maliciosa, recorría con avidez el rostro de la chica.

William se abrió paso entre la multitud hacia la salida. La probabilidad de darle alcance entre tanta gente sin provocar el caos, era mínima. Alcanzó la puerta al mismo tiempo que Shane y ambos se precipitaron fuera con todos sus sentidos alerta.

Buscaron a la pareja con la mirada. Nada.

—¿Adónde se la habrá llevado? —susurró Shane con urgencia—. Esa chica está muerta si no encontramos su rastro.

—No pueden estar lejos —dijo William. Se pasó las manos por la cabeza y se revolvió el pelo con frustración—. Intentará llevarla a un sitio apartado. Un lugar donde le resulte fácil deshacerse del cuerpo una vez que la mate. Y espero que la mate si no llegamos a tiempo. Si la transforma, tendremos un problema mayor.

Shane sacudió la cabeza, pensativo.

—Antes esto era una zona industrial. Más abajo solo hay una pequeña conservera y almacenes, la mayoría abandonados.

—Tiene que estar ahí.

—¡Pues vamos!

—Es mejor que te quedes aquí...

—¿Qué? De eso nada —repuso Shane.

William resopló impaciente.

—Si tengo que preocuparme por ti, acabará matándonos a los dos. Y si eso ocurre, tu padre es capaz de bajar al infierno a buscarme.

—Estamos perdiendo el tiempo —gruñó el chico entre dientes, antes de salir corriendo en dirección a la bahía.

William soltó una maldición.

—Es igual de cabezota que todos los Solomon.

Dejaron atrás la calle iluminada por las luces de los *pubs* y se adentraron en una travesía desierta, donde el resplandor amarillento de las farolas apenas alumbraba el suelo. Se mantuvieron ocultos en las sombras, atentos a cualquier movimiento o sonido que indicara la presencia del renegado o la chica.

Un grupo de perros husmeaba en unos contenedores de basura situados junto a lo que parecía una antigua fábrica. Al percibir su presencia, comenzaron a gruñir y a mostrar los dientes, dispuestos a atacar.

Shane siseó una advertencia que los ahuyentó.

El aroma de la sangre penetró en el olfato de William. Aceleró el paso hasta llegar a los contenedores y desde allí estudió la calle y el destartalado edificio del que procedía el intenso olor. Se agachó entre las cajas de basura e indicó a Shane con un gesto que hiciera lo mismo.

—Al otro lado de ese edificio. —Inclinó la cabeza para señalar el lugar—. Un rastro humano, tres de vampiro.

Shane asintió. Él también había notado los olores que arrastraba el aire y supo sin lugar a dudas que ya no podían hacer nada por la chica.

—Si podemos percibirlos, ellos también a nosotros. Sabrán que estamos aquí y se esfumarán —susurró sin poder disimular su impaciencia.

William posó una mano en su hombro y una sonrisa astuta curvó sus labios.

—Primera lección, Cazador: los renegados son seres soberbios e indisciplinados, tan pagados de sí mismos que lo más probable es que estén con la guardia baja saciando su sed con esa pobre chica. Aunque, si nos descubren, intentarán cortarnos la cabeza antes de huir. Así que... tendremos que ser más rápidos —dijo con cierto humor. La sonrisa se borró de su rostro y sus ojos se iluminaron con un destello—. Segunda lección: harás todo lo que yo te diga sin preguntar. Sin dudar. Solo obedecerás, ¿está claro?

—Sí.

—Quiero que vuelvas a Heaven Falls de una sola pieza, por lo que no voy a dejar que hagas ninguna tontería. ¿Lo entiendes?

—Sí, lo entiendo. ¿Podemos movernos ya? —masculló.

Un grito ahogado llegó hasta ellos, seguido de una risa perversa carente de humanidad.

William se tomó un momento para valorar cómo acercarse a los renegados sin ser descubiertos. Alzó la cabeza. Si tenían alguna posibilidad de sorprenderlos, sería desde los tejados con el viento en contra para enmascararlos.

Amparados en la oscuridad, saltaron la valla que rodeaba la fábrica y se deslizaron entre las sombras como fantasmas. Encontraron las puertas y ventanas tapiadas, incluso los muelles de carga y descarga estaban ocultos tras muros de ladrillo.

William cruzó su mirada con la de Shane y señaló la azotea con un gesto.

—Tú primero.

El muchacho esbozó una leve sonrisa. Dio unos pasos atrás y, con un ligero impulso, saltó hasta agarrarse al escaso alféizar que sobresalía de la ventana tapiada. De un vistazo calculó el espacio que había hasta el siguiente. Se impulsó hacia arriba con los brazos y lo alcanzó. Hizo lo mismo con el tramo que quedaba hasta el tejado y aterrizó sobre el alero.

Le hizo una señal a William, y este trepó por la pared de ladrillo.

Una vez arriba, se movieron con sigilo hasta el otro extremo del tejado y escudriñaron el callejón, que separaba la fábrica de los almacenes del puerto.

El vampiro que había sacado a la mujer del *pub* se encontraba sentado en el suelo, sobre un trozo de escalera de incendios que se había desprendido de la pared. Una suave risa surgió de su garganta, mientras contemplaba cómo su compañero sujetaba a la chica contra su pecho y la obligaba a bailar una melodía que tarareaba entre dientes.

El aspecto de la joven era lamentable. A la luz de la luna, las marcas de dientes sobre su piel se veían con claridad. Tenía por todas partes. En la garganta, en las muñecas, el escote y los muslos. Casi no podía tenerse en pie y su cuerpo colgaba laso de los brazos del vampiro. Sus ojos vacíos contemplaban con espanto a ese ser, y un gemido escapó de sus labios cuando lo vio inclinarse sobre ella y lamer el hilillo de sangre que le resbalaba por la garganta.

—No —suplicó casi sin voz.

El vampiro la ignoró y miró a su amigo.

—Es guapa. He de reconocer que tienes un gusto exquisito.

—No está mal. Aunque, después de tanto tiempo, a mí me parecen todas iguales. Me interesa lo que contienen, nada más —comentó con indolencia. Puso los ojos en blanco al ver que volvía a morderla—. Para de una vez, Miles.

—Tú no me das órdenes, Russ.

—Eres peor que un recién nacido.

Miles dejó caer a la chica. Su cuerpo golpeó el suelo con un sonido sordo y él la contempló sin ninguna emoción.

—Está casi muerta.

Russ sacudió la cabeza.

—Drake se va a enfadar. Prometiste dejarle un poco.

Desde arriba, William se dio cuenta de que el tercer vampiro que había percibido no estaba allí.

—¡Que se vaya al infierno, ya estoy cansado de él! —dijo Miles con acritud.

Se agachó junto a la joven y le acarició el rostro, después los labios y por último el hueco del cuello.

—Deberías tener más cuidado con lo que dices. Te arrancará el corazón si te pilla hablando de ese modo.

—Que lo intente si se atreve —bufó Miles—. A mí no me impresiona que se haya convertido en uno de los favoritos de esa zorra.

—No la llames así —replicó Russ ofendido.

—¡Oh, perdona, olvidaba que tu devoción por ella te nubla el juicio!

—Es una cuestión de respeto.

—Y también de lo que tienes bajo los pantalones —se rio Miles.

—Desde que la servimos, no pasamos hambre.

—Siempre ha habido sangre y nunca he necesitado el permiso de nadie para tomarla cuando me plazca.

El joven vampiro resopló. Con desgana se levantó de su improvisado asiento para acercarse a la chica.

—¿Qué hacemos con ella? —preguntó.

En el tejado, William no había perdido detalle de la conversación. Sus manos se aferraron al borde con fuerza. Esa mujer de la que hablaban... podía ser ella. Amelia. Necesitaba saberlo.

Se puso en pie. Dio un paso al frente y se dejó caer. Sus pies se posaron en el suelo sin hacer ruido.

Miles se dio la vuelta y descubrió a William. Abrió la boca y desnudó los colmillos como advertencia.

Russ también se giró al escuchar a su amigo.

—¿Tú quién eres?

William levantó la vista del asfalto y clavó sus ojos en ellos. Señaló a la chica con un gesto.

—Puede olerse a kilómetros. ¿Compartís?

—Llegas tarde, está seca —replicó Miles.

—Lástima.

—Hay muchas más donde encontré a esta —apuntó Russ. Frunció el ceño y lo miró de arriba abajo. Había algo en él que le resultaba familiar, pero que no lograba recordar—. Yo te conozco de algo... ¿Nos hemos visto antes?

—Lo dudo.

—¿Sabes una cosa? No me gustas —intervino Miles.

William dibujó una sonrisa poco amistosa.

—Es mutuo. Tu trato deja mucho que desear.

—Voy a darte un consejo. Lárgate si no quieres tener problemas —le advirtió Miles dando un paso hacia él.

William ignoró la amenaza y clavó su mirada en Russ.

—Os he oído hablar de ella. Amelia, ¿verdad? ¿Sabes dónde está?

Russ entornó los ojos y estudió con más atención a William.

—¿Qué quieres tú de ella?

—¿Qué importa lo que quiera? —gruñó Miles—. Lo digo en serio, lárgate ahora que aún tienes piernas.

Russ lanzó una mirada exasperada a Miles. El maldito vampiro era incapaz de mantener la boca cerrada. Contempló de nuevo al recién llegado.

—¿La conoces?

Una sonrisita burlona se dibujó en la cara de William.

—Somos viejos amigos.

—Sí, seguro —masculló Miles.

—Conozco a todos sus amigos y tú no estás entre ellos —replicó Russ.

—Te sorprendería lo unidos que estamos —aseguró. Inspiró para sosegar su impaciencia—. ¿Dónde puedo encontrarla?

—Aunque me estuvieras diciendo la verdad, no funciona así.

William se tensó.

—¿Y cómo funciona?

—Dime tu nombre y dónde localizarte. Si no mientes, ella se pondrá en contacto contigo.

Una descarga eléctrica recorrió cada terminación nerviosa del cuerpo de William. Aquel proscrito sabía dónde se encontraba Amelia.

—El asunto por el que la busco no puede esperar. ¿Por qué no me llevas tú hasta ella?

Russ guardó silencio mientras lo estudiaba sin parpadear. No se fiaba.

—Aún no me has dicho tu nombre.

—Llévame con ella. Estoy seguro de que te lo agradecerá —le pidió con vehemencia.

Sentía la presencia del tercer vampiro acercándose rápidamente. Hacía meses que no tenía una oportunidad como aquella y no podía perderla. Una pista real sobre el paradero de Amelia.

—Eres demasiado arrogante para estar en evidente desventaja —intervino Miles.

—No te fíes de las apariencias —le advirtió William.

—¡Oh, amigo, estás jugando con fuego!

—¡Cállate, Miles! —gritó Russ, y volvió a dirigirse a William—. Supongamos que te creo. ¿Por qué quieres verla? ¿Cuál es ese asunto?

—Eso es algo entre Amelia y yo, pero te aseguro que se alegrará de verme. ¿Está aquí? —insistió ansioso.

Algo en la seguridad de William le dijo a Russ que no mentía. Conocía a Amelia, aunque seguía sin fiarse. Le daba mala espina y le empujaba a ser cauto.

—No en Boston —contestó.

—Pero sabes dónde está.

El vampiro asintió y un destello carmesí iluminó sus ojos.

—Sí.

William miró por encima de su hombro. Se quedaba sin tiempo y el tercer vampiro ya estaba allí.

—¿Dónde? —masculló entre dientes.

—¡Drake, mira lo que...! —exclamó Miles al ver a su amigo, pero no pudo terminar la frase.

—Idiotas, es el hijo de Crain, ¡matadle!

Drake reconoció a William de inmediato. Lo había visto una sola vez, muchos años atrás, pero jamás olvidaría su rostro. Era un depredador y cazaba renegados. Los había perseguido durante décadas, aniquilando sus pequeños grupos y matando a todos los conversos que estos creaban. Su mero nombre conjuraba imágenes de fatalidad, muerte y destrucción. William Crain era «el hombre del saco» de sus pesadillas.

Los vampiros tardaron un segundo en reaccionar. Después se movieron como si un resorte los hubiera empujado, espoleados por la orden de Drake. Se separaron con rapidez y ocuparon distintas posiciones alrededor de William. Arremetieron contra él como leones hambrientos sin nada que perder.

William golpeó con una patada en el estómago a Miles. Después giró sobre sí mismo y agarró a Russ por el brazo. Hundió un codo en su costado y lo lanzó por encima de su cabeza para estrellarlo contra el suelo como si estuviera sacudiendo un látigo. El sonido de los huesos al crujir sonó con fuerza.

Drake tuvo más suerte y logró sorprender a William. Cayó sobre él con toda la fuerza de su cuerpo. Ambos rodaron por el pavimento, envueltos en polvo. Un torbellino de ferocidad giraba a su alrededor.

William pegó con el puño cerrado en el estómago de Drake, pero el renegado era fuerte, mucho más viejo, y con las manos alrededor de su cuello le golpeó la cabeza contra el pavimento. Cerró de nuevo el puño y le acertó de lleno en la sien. El agarre de Drake flaqueó un momento.

William lo aprovechó. Se zafó de su agarre y lo arrastró consigo hasta aplastarlo de espaldas contra el suelo. Lanzó un puñetazo a su mandíbula con una furia ciega. Después lo golpeó en el costado, mientras rechazaba con las piernas el avance de los otros vampiros. No iba a aguantar mucho más.

Shane observaba con impaciencia la escena. William le había ordenado que no se entrometiese, pero no estaba en su naturaleza quedarse mirando.

Con un gruñido animal, saltó del tejado y se transformó en lobo mientras caía.

Nada más tocar el suelo, corrió a defender a William.

Su amigo sujetaba con una mano el rostro de Drake, mientras con la otra trataba de aflojar la presión de los dedos que lo estrangulaban. Shane hundió sus colmillos en la pierna del renegado y tiró de él con rabia, desgarrándole parte de la pantorrilla.

Drake sintió un dolor tan intenso que soltó a William sin pensar y se giró para encararse con su agresor. Sus ojos se abrieron como platos al ver al enorme lobo aferrado a su pierna. Lanzó un alarido cuando los colmillos se hundieron aún más en el gemelo y se vio arrastrado sobre el asfalto por aquella enorme bestia de pelaje blanco.

—¡Maldito chucho! —exclamó mientras le propinaba una fuerte patada en el hocico.

Shane soltó a su presa, algo mareado por el golpe. Sacudió la cabeza para librarse de aquella sensación y enfrentó al renegado, que acababa de ponerse en pie a pesar de la herida abierta que tenía desde la rodilla hasta el talón. Se impulsó con las patas traseras y saltó sobre el proscrito.

Miles y Russ aprovecharon la confusión y se abalanzaron sobre William. El choque de sus cuerpos fue brutal y perdió el equilibrio. Cayó al suelo con el peso de los dos renegados encima. Intentó zafarse, deteniendo sin pensar cada ataque que recibía. Esquivaba y contenía golpes con una rapidez asombrosa. También los encajaba porque su atención estaba en la pelea que tenía lugar entre Shane y el proscrito.

Lanzó una maldición tras un feroz bramido.

—¡No!

Drake había logrado soltarse del abrazo asfixiante del lobo y lo sujetaba por el cuello. Apoyó todo su peso en las piernas y lo alzó en el aire por encima de su cabeza, después lo arrojó contra el muro. El cuerpo de Shane se estrelló contra una gruesa barra de hierro soldada a la pared. El golpe fue atroz y el crujido de su espalda resonó como un latigazo.

El lobo cayó al suelo entre escombros con un aullido sobrecogedor.

Trató de levantarse, pero sus patas traseras no respondían a sus esfuerzos.

Una sonrisa malévola apareció en el rostro de Drake. Arrancó un hierro de la escalera y lo empuñó como si fuese una espada.

—Bestia asquerosa.

El miedo sacudió a William. Aquel proscrito iba a acabar con la vida del chico. De repente, el pánico se transformó en rabia descontrolada y algo en su interior se desbloqueó. Ni siquiera fue consciente de cómo ocurría. Solo sintió su fuerza escapando en oleadas de su cuerpo y una profunda oscuridad acallando cualquier pensamiento racional. El calor que le quemaba bajo la piel y la intensa luz que licuaba sus retinas.

Su aspecto no tenía nada terrenal, al contrario, parecía de otro mundo.

Detuvo el puño de Miles con el antebrazo y se agachó para esquivar el filo de una daga que había aparecido de la nada frente a su cara. Con un movimiento de su muñeca, se hizo con el arma. Después la hundió en el pecho del proscrito hasta el mango y su mano se llenó de sangre fresca. Por el rabillo del ojo vio a Russ contraatacando por el flanco derecho. Giró sobre sus talones, y lo sorprendió al darse la vuelta. Sus dedos envolvieron el cuello del vampiro como una tenaza y lo alzó del suelo.

Una segunda daga apareció en la mano del proscrito y su destello atrajo la atención de William. Lo golpeó en el brazo y el arma salió despedida. La atrapó en el aire. Otro giro de muñeca y el renegado se desplomó con un tajo en la garganta. Levantó la vista del cuerpo inerte y vio a Drake golpeando con saña a Shane.

Soltó un gruñido y arremetió contra él.

De pronto, advirtió la presencia de unas sombras surgidas de la nada que se movían con rapidez y se cernían sobre él. No tuvo tiempo de reaccionar. Sintió dos impactos, el primero golpeó sus piernas y el segundo, su hombro. Salió despedido varios metros y aterrizó sobre sus pies.

Dos lobos de un pelaje oscuro como el humo se detuvieron frente a él. Gruñeron una advertencia y le mostraron unos caninos letales.

Un tercer lobo había apresado a Drake por la garganta y lo arrastraba lejos de Shane. Tras de sí dejó un reguero de sangre. Soltó al vampiro agonizante y de una sola dentellada le arrancó la cabeza. A continuación, la escupió con asco. Luego caminó sin prisa hasta colocarse junto a sus compañeros.

William los observó con cautela. No atacaban, pero tampoco relajaban la postura tensa y agresiva que habían adoptado. Era como si... estuvieran esperando algo.

Aún en su forma animal, Shane recuperó la consciencia. Parpadeó varias veces hasta que pudo enfocar la vista en el callejón. Distinguió los cuerpos de los renegados diseminados por el asfalto, y a William inmóvil a pocos metros de distancia. De repente, otra imagen tomó forma en su mente: tres lobos tenían acorralado a su amigo y lo amenazaban con las fauces abiertas.

A pesar del dolor insoportable que sentía en cada célula de su cuerpo, Shane se levantó del suelo y se movió hasta interponerse entre el vampiro y la manada. Un gruñido vibró en su garganta.

El lobo que ocupaba el flanco derecho se adelantó con el lomo erizado y retó a Shane con un ronco aullido.

—¡Basta! —ordenó una voz.

La sombra de un hombre surgió de la oscuridad. Caminaba sin prisa y con seguridad.

La luz amarillenta de un farol en la pared lo iluminó desde arriba. Vestía un pantalón negro de corte militar y una camiseta del mismo color. Su cabello oscuro y muy corto, endurecía su semblante serio; y aunque su aspecto era el de un hombre joven que apenas pasaba de los cuarenta, sus ojos mostraban un cansancio acumulado durante muchas más décadas.

Los lobos se hicieron a un lado y lo saludaron con una inclinación respetuosa.

Se detuvo junto a Shane, que acababa de recuperar su forma humana, y le lanzó unos pantalones que llevaba en la mano.

—Vístete.

Sorprendido a la vez que confuso, Shane se apresuró a cubrir su desnudez.

El recién llegado ladeó la cabeza y clavó sus ojos oscuros en William. Lo observó en silencio, pensativo y preocupado, como si intentara tomar una decisión crucial en ese mismo momento. Tras unos largos segundos, soltó un profundo suspiro y las arrugas de su frente se suavizaron.

—William —dijo con voz queda.

William lo observaba con una mezcla de asombro y recelo que endurecía sus facciones. Tenía todo el cuerpo en tensión, listo para defenderse si percibía la más mínima amenaza. Poco a poco, levantó su brazo y estrechó la mano que aguardaba.

—Samuel —respondió al saludo.

15

William se sentó en el suelo y apoyó la espalda en la pared. Contempló sus manos cubiertas de sangre. Le temblaban, y estiró los dedos varias veces para deshacerse del molesto hormigueo que se extendía bajo su piel.

Trató de ignorar esa sensación y paseó la vista por el callejón. Vio a Samuel y a Shane hablando en voz baja en un rincón. Shane hablaba con rapidez y Samuel asentía muy serio. Prestó atención y sus oídos captaron trozos de una conversación en la que su nombre aparecía con frecuencia.

Dejó de escuchar. En realidad, no le interesaba, y se limitó a observar a los hombres de Samuel mientras estos metían los cuerpos de los renegados en bolsas.

Unos minutos antes, habían desaparecido en la oscuridad, para regresar en su forma humana a bordo de una furgoneta negra con el logotipo de una empresa de viajes y deportes de aventura. William sonrió para sí mismo. Una tapadera poco creíble. Era imposible que aquellos tíos pasaran por monitores de campamento.

—Pobre chica —dijo uno de ellos al colocar el cadáver en la parte trasera de la furgoneta—. ¿Cómo lo hacéis? —preguntó a William.

—¿A qué te refieres? —inquirió él a su vez.

—¿Cómo hechizáis a los humanos para que hagan todo lo que les pedís? —aclaró con un tono que no ocultaba su resquemor.

—No funciona así, y no todos los vampiros tienen el poder de la sugestión.

—¿Tú lo tienes? —William se encogió de hombros, sin muchas ganas de hablar—. Pues explícame cómo los hipnotizas.

—No es hipnotismo, ¿vale? Ni siquiera sabría decirte con exactitud lo que es.

—Inténtalo, te aseguro que soy más listo de lo que parezco.

William lo fulminó con la mirada. Aquel tipo parecía empeñado en no dejarlo correr. Inspiró hondo.

—Es algo instintivo, un arma... —empezó a decir. El gesto interrogante del lobo le hizo plantearse si de verdad era tan listo como aseguraba. Suspiró cansado y, durante un par de segundos, pensó en una explicación que pudiera entender—. Verás, no es un truco que se pueda aprender. Forma parte de nosotros como la fuerza o la velocidad. Es un cebo. El vampiro puede influenciar al humano a través del sonido de su voz, lo seduce. Es como un hilo invisible que atrae a los mortales hasta nosotros, aunque no funciona con todos.

—¿Y cuántas veces te has aprovechado tú de ese don? —preguntó el licántropo con malicia.

William entornó los ojos y un destello carmesí los iluminó durante una fracción de segundo. Pensó en lo fácil que sería separar esa cabeza del tronco que la sostenía.

—Bastantes, pero no para lo que imaginas —respondió con un tono frío y cortante.

—¿Y qué crees que imagino?

William apretó los puños. Había llegado a su límite.

Samuel apareció tras su hombre y le puso una mano en el cogote.

—Si fuese tú, cerraría el pico.

—Solo es...

—No tienes ni idea de quién es. Terminad de recoger este estropicio.

Su hombre obedeció y Samuel se quedó inmóvil unos segundos, observando a William de reojo. Finalmente soltó un suspiro y se sentó a su lado con las manos entrelazadas sobre las rodillas. No dijo nada durante un rato. Se limitó a contemplar a su sobrino, que echaba una mano a los Cazadores que se afanaban en trasladar los cuerpos de los renegados a la furgoneta.

—Le he prometido que hablaré con su padre. Intentaré convencer a Jerome de que le permita venir conmigo —dijo al cabo de unos segundos—. Es un buen chico y le caes bien. Quizá podrías enseñarle algo, no sé... Llevas muchos años luchando contra esos asesinos, tu experiencia...

—Dar rodeos nunca ha sido lo tuyo, Sam. ¿Por qué no vas al grano? —replicó William.

Ladeó la cabeza y lo miró con ojos inquisidores. No habían vuelto a verse desde aquella fatídica noche en la que sus vidas cambiaron para siempre, y daba por sentado que Samuel sentía un profundo desprecio por él.

—De acuerdo. —Exhaló de golpe el aire de sus pulmones—. He pasado mucho tiempo deseándote la muerte. Anhelando que fracasaras en tu empeño por cazar a Amelia, para que ni siquiera tuvieras el consuelo de la redención.

—Pues, de momento, tus sueños se van cumpliendo.

Samuel sonrió para sí mismo.

—No todos, matarte con mis propias manos quedó descartado cuando le prometí a Daniel que no lo haría.

—¿Y siempre haces todo lo que te dice?

—¡Dios, sigues siendo igual de gilipollas!

William lo miró de reojo y disimuló una sonrisa. Aquel encuentro estaba siendo surrealista.

Samuel se pasó la mano por el pelo y resopló en busca de las palabras adecuadas.

—Hace un tiempo, tuve una revelación que me hizo comprender muchas cosas. Va siendo hora de cerrar las viejas heridas y de mirar hacia delante... —Hizo una pausa, lo que estaba a punto de decir le costaba un gran esfuerzo—: Como aliados, como amigos.

William tragó saliva, de repente confuso. Miró a Samuel con escepticismo.

—Llevo años esperando este encuentro, con la esperanza de que al final consigas terminar lo que aquella noche no pudiste, ¿y me vienes con una palmadita en el hombro y una propuesta de paz?

—¿Quieres morir? —preguntó Samuel sin rodeos.

William se encogió de hombros y dejó que su mirada vagara sin fijarse en nada concreto.

—Todos lo haremos algún día y a mí ha dejado de preocuparme el momento —confesó.

—¿Es una invitación?

—Mi liberación... La tuya...

Samuel sacudió la cabeza.

—No voy a matarte, William, y no porque se lo haya prometido a mi hermano. No voy a hacerlo porque lo que ocurrió aquella noche estaba escrito, debía pasar.

—¿Qué quieres decir?

—He tardado mucho tiempo en darme cuenta, pero al fin he comprendido que era la única forma de poder convertirnos en lo que ahora somos. Que mi hermano ocupara su lugar como líder de nuestra raza. Que yo me pusiera al frente de los Cazadores, donde de verdad puedo proteger al mundo de seres como esos renegados, y que tú...

William alzó la cabeza de golpe y clavó sus ojos incrédulos en los de Samuel.

—¡¿Insinúas que mi destino era convertirme en un asesino?! —replicó molesto—. No imaginas cuántas veces he deseado volver a aquel instante en el que pedías mi muerte. Te habría ofrecido mi vida y la de ella sin dudar, si así hubiera podido salvar a todas esas personas.

Desvió la mirada y su rostro se endureció con una expresión gélida.

—No estaba escrito que sucediera, ahora lo sé —susurró Samuel.

—¿Qué significa eso?

—Ya te lo he dicho, tuve una revelación.

—¿Una revelación? No sabía que creías en esas cosas.

—Las he tenido desde que nací, pero me esforcé tanto en ignorarlas, que acabaron por desaparecer.

William lo observó perplejo. Por un momento pensó que el lobo se burlaba de él, pero su expresión indicaba todo lo contrario.

—¿Lo dices en serio?

Samuel asintió un poco avergonzado, como si estuviera mostrando una debilidad.

—¿Te parece que soy alguien que suele bromear?

William negó con un gesto imperceptible.

—Daniel nunca me dijo nada.

—No lo sabe.

—¡Eh, Sam, aquí ya hemos terminado! —anunció uno de los lobos.

—Buscad un sitio apartado y quemadlos, no podemos esperar a que salga el sol. Shane, ¿te apetece ir con ellos?

—¡Sí, claro! —exclamó, y subió a la furgoneta de un salto.

Samuel se puso en pie con una inspiración.

—¿Damos un paseo? Debemos terminar esta conversación.

William asintió y siguió al mayor de los Solomon hasta la calle iluminada por las antiguas farolas de gas. Caminaron sin prisa y en silencio, de vuelta a las calles abarrotadas de humanos ruidosos. La curiosidad se fue apoderando de él y la prudencia dio paso a la impaciencia.

—¿Por qué ocultas algo así a tu hermano?

—Haría preguntas que yo no quiero contestar.

—Y no podrías negarte si lo hiciera.

—Le debo obediencia.

William lo miró de reojo y embutió las manos en los bolsillos de sus pantalones.

—¿Cómo son esas revelaciones?

—Imágenes. Atisbos de momentos que aún están por venir, siempre sobre mí. Pero en las visiones también aparecen personas que en esos instantes estarán conmigo, lo que me permite ver retazos de su futuro. —Hizo una pausa y tomó una bocanada de aire, antes de añadir—: Como los que he visto de ti.

—¿De mí? —lo cuestionó William.

Aún se mostraba suspicaz, incapaz de asimilar todo lo que le estaba contando.

Samuel se masajeó la barbilla.

—Lo que ocurrió aquella noche estaba escrito, debía pasar. Cuando me di cuenta de esa certeza, pensé que tú solo habías sido un mero instrumento para que Daniel y yo ocupáramos el lugar que nos corresponde. Me equivocaba... —Tragó saliva y clavó sus ojos en el suelo—. Te he visto, William. He visto muchas cosas que no consigo entender.

—¿Qué cosas?

—En alguna parte hay una iglesia muy antigua, donde ocurrirán cosas terribles. Una gran sala con muros de piedra en la que te enfrentarás a alguien muy poderoso.

—¿Quién?

—No sé quién es. Ni qué es. Solo sé que... es muy peligroso.

—¿Dónde? ¿Cuándo ocurrirá eso?

Samuel negó con la cabeza.

—No lo sé. En esas visiones no he logrado ver nada que pudiera darme una pista.

—Así que si hay un ápice de verdad en todo lo que cuentas, hablamos de algo que podría ocurrir mañana o dentro de cien años.

—Sí.

—Estupendo. Justo la tranquilidad que necesito ahora.

Samuel le mostró una leve sonrisa carente de humor.

—Cualquiera diría que me crees.

—¿Por qué no iba a hacerlo? Soy un vampiro. Vivimos en un mundo donde «imposible» es un concepto bastante difuso.

—Pues ahora viene lo mejor. —William se detuvo y Samuel se dio la vuelta para mirarlo de frente—. Guiarás a tu especie y junto a mi hermano crearás un mundo para todos nosotros. Todo está escrito y cada suceso de tu vida será un paso más hacia ese final. Eres importante.

William negó con vehemencia y se pasó las manos por la cara.

—¿Insinúas lo que yo creo?

Samuel asintió con una seguridad solemne.

—Te he visto como rey de tu raza.

—¿Has perdido el juicio? ¡Eso nunca pasará! El único que puede suceder a Sebastian es mi hermano. Mi padre jamás le arrebataría ese derecho a Robert. —William apoyó las manos sobre los hombros de Samuel—. No dudo de tus presagios. Es más, me alegro de que poseas ese don, si gracias a él he recuperado tu amistad, pero... en este caso te equivocas.

Samuel se lo quedó mirando un largo instante. Un pensamiento oscureció su rostro.

—Espero por mi bien que tengas razón, que me equivoque con las premoniciones. Porque en esa iglesia de la que te he hablado, moriré —dijo con un hilo de voz.

Esas palabras calaron en el cerebro de William como una gota de ácido quemándolo todo a su paso.

—¿Ya sabías que esta noche nos encontraríamos? —preguntó ansioso.

Samuel asintió con una sonrisa lúgubre.

—Por eso os encontré.

—¿Cuánto tiempo hace que recuperaste esas premoniciones?

—Unos pocos años.

—¿Y cuántas veces te has equivocado? —preguntó William cada vez más nervioso.

En apenas unas horas, su vida estaba dando otro giro que lo cambiaría todo de nuevo; y saber que su destino podía estar ligado al de Samuel de una forma tan trágica, era más que suficiente para tomarse en serio todo lo que le estaba siendo revelado.

—¿Qué más da?

—¿Cuántas?

—Ninguna —terminó por confesar Samuel.

—Nadie es infalible, esta vez te equivocas —aseguró William de forma obstinada.

Si había una sola posibilidad de que todo fuese cierto, él se encargaría de que ese futuro no llegara nunca.

Samuel no contestó. Inspiró hondo y recorrió con la mirada la calle.

—Lo siento.

Parpadeó y miró a William al escuchar su disculpa. El vampiro tragó saliva y se humedeció los labios antes de añadir:

—Lamento todo lo que pasó. Y lamento mucho más la pérdida de tu amistad.

—Olvídalo, el tiempo ya curó esa herida. —Le echó un vistazo a su teléfono móvil—. Debo marcharme, Boston solo era una parada en el camino.

Los labios de William se curvaron con una leve sonrisa.

—¿Adónde os dirigís ahora?

—A Baltimore, nos han llegado noticias de unos ataques. Demasiados como para no fijarse. ¿Y tú?

—Voy a quedarme un tiempo con tu hermano. No sé qué haré después.

—¿Abandonas la lucha?

—Dímelo tú, creo que sabes más sobre mi futuro que yo mismo.

Samuel rio por la bajo y sacudió la cabeza.

—No puedo quedarme más tiempo. —Estiró el brazo hacia William—. Shane tiene mi número. Si necesitas cualquier cosa, no importa lo que sea, no dudes en llamarme.

—Gracias —respondió, y estrechó su mano con fuerza.

Le dio un suave tirón y lo acercó para abrazarlo con afecto. Fue algo espontáneo, una muestra de agradecimiento, que Samuel le devolvió para su sorpresa.

—Oye, esos renegados de antes... Sabían dónde se oculta Amelia, es posible que esté cerca y que esas noticias que os han llegado...

—Si encuentro algo, serás el primero en saberlo. Adiós, William.

William se quedó inmóvil en la acera, rodeado de humanos que se movían de un lado a otro como hormigas, afanados en sus vidas como si el mundo fuese un lugar seguro para ellos. ¡Qué equivocados estaban!

Cuando la figura de Samuel desapareció a lo lejos, dio media vuelta y se encaminó al hotel donde se alojaba con Shane. Su mente era un hervidero de pensamientos caóticos que apenas lograba ordenar.

Miró hacia arriba y contempló el cielo estrellado.

En cierto modo, durante las últimas semanas se había sentido en paz consigo mismo. Vivir con los Solomon había dado tranquilidad a su vida, mitigando el dolor de la herida que Amelia había dejado en él. Pero la aparición de Samuel y todo lo que le había revelado, inclinaba otra vez la balanza hacia el desconcierto de lo inesperado. De nuevo se intuían sombras en el horizonte que no presagiaban nada bueno; y si Samuel estaba en lo cierto, él acabaría en medio de esa tormenta.

¡Menuda novedad!

Siempre había estado rodeado de problemas.

Cruzó la entrada del hotel y penetró en el vestíbulo. Se dirigió con paso rápido al ascensor. Deseaba llegar cuanto antes a su habitación, quitarse la ropa sucia y tomar un baño caliente que lo ayudara a soltar toda la tensión que entumecía sus músculos.

Una voz demasiado alta llamó su atención.

—¡Disculpe, señor Crain! —El recepcionista salió a su encuentro. Lo miró de arriba abajo con los ojos abiertos como platos—. ¡Por Dios! ¿Qué le ha pasado?

—Un percance sin importancia, no se preocupe.

Se obligó a sonreír y se encaminó de nuevo al ascensor.

—Perdone, señor Crain —insistió el recepcionista tras él.

William se detuvo. Inspiró hondo y se dio la vuelta.

—¿Sí?

—Hay unos señores que le esperan en el bar.

—¿A mí? Nadie sabe que estoy aquí. Debe de ser un error —comentó sin disimular su desconcierto.

—Señor, lo he comprobado. Usted es el único huésped registrado con ese nombre.

Una sensación de alarma se apoderó de William.

—¿Cuánto llevan ahí?

—Un buen rato, señor.

—Está bien, gracias.

William echó un vistazo a las puertas del bar y se tomó un momento para pensar. Quienes estuvieran al otro lado sabían quién era él, que se alojaba en ese hotel, y, además, se habían hecho anunciar. Nada indicaba que fuesen un peligro, pero hacía mucho que él no se fiaba de las apariencias.

Con todos sus sentidos alerta, entró en el bar. Estaba atestado de clientes, pese a que ya era muy tarde. Sin embargo, no tuvo que buscar entre los asistentes. Como si de una atracción magnética se tratara, sus ojos se posaron en una mesa, cerca de la barra.

Estudió con atención a sus tres ocupantes: dos hombres y una mujer. El hombre de mayor edad vestía un elegante traje de color gris oscuro. Cabello castaño engominado y un corte perfecto. Su aspecto era el de un estirado aristócrata.

El otro hombre apenas aparentaba un par de años más que William y vestía de un modo más informal, aunque sin perder el aire distinguido de su acompañante. Su piel de alabastro contrastaba con unos ojos negros y profundos, en los que era imposible distinguir las pupilas, lo que le daba un aspecto algo siniestro.

La mujer lucía un vestido de color lavanda que resaltaba sus ojos, del mismo tono. Una larga melena rojiza le caía sobre la espalda como una cascada de lava ardiente.

Los tres se pusieron en pie e inclinaron sus cabezas con una sutil reverencia en cuanto se detuvo junto a la mesa. Un gesto que no pasó desapercibido a los clientes más cercanos, que observaban intrigados el aspecto desaliñado de William.

—Por favor, eso no es necesario —les suplicó sin poder ocultar lo incómodo que le resultaba todo aquello.

—Es un honor para nosotros conoceros por fin, príncipe —dijo el hombre de más edad con tono ceremonioso—. Permitidme que me presente. Mi nombre es Talos, y ella es Minerva, mi esposa. Él es nuestro primogénito, Theo. Mi familia reside en Boston desde 1998 y ha sido nuestro hogar desde entonces.

William asintió.

—Sentaos, por favor —les pidió.

Obedecieron y él ocupó la cuarta silla a la mesa.

—Esperamos no haberos importunado al presentarnos de este modo —se disculpó Talos.

—¿Cómo habéis sabido que yo...?

—Os vi en un local de copas cerca de la bahía. Os reconocí de inmediato —dijo el vampiro más joven.

—Nos hemos tomado la libertad de investigar un poco para dar con vos. Lo sentimos, pero vuestra presencia en la ciudad ha sido un regalo inesperado para nosotros —intervino Talos.

William asintió y empezó a relajarse un poco. Observó sus rostros y vio impaciencia y preocupación en ellos.

—Gracias, aunque algo me dice que vuestra visita no es solo por cortesía, ¿cierto?

—Así es, excelencia. Necesitamos vuestra ayuda. Suplicamos que atendáis y consideréis nuestra petición y que, después de escucharnos, toméis la decisión que creáis correcta.

William parpadeó y sus labios se abrieron con una exclamación que no llegó a pronunciar. Frunció el ceño. Una atmósfera de tensión e intranquilidad se extendió a su alrededor.

—¿Me estáis pidiendo una audiencia formal para juzgar un caso?

—¿Acaso no es vuestro papel? —preguntó Talos a su vez.

—Lo siento, pero yo no soy el más adecuado para ayudaros —se disculpó sin atreverse a levantar los ojos de la mesa—. Hay un tribunal para estos menesteres...

—Sí, en Londres. Vuestro padre y hermanos lo constituyen. Pero comprenderéis el trastorno que ese viaje nos ocasionaría.

William asintió sin más. Le estaban pidiendo algo para lo que no se sentía preparado.

Talos lo observaba atento, a la espera de que aceptara escucharlos. Cuando comprendió que el joven príncipe no iba a ceder, suspiró y volvió a hablar:

—Entonces, necesitamos que habléis por nosotros ante Daniel Solomon. Ya que no hay un tribunal vampiro en este país que nos asista, nos vemos obligados a recurrir a los lobos.

—¿Tan importante es vuestra petición? —preguntó William con recelo—. ¿Es que habéis cometido alguna falta?

—¡No, por supuesto que no! Somos respetuosos con las leyes —intervino Minerva.

—Por favor, dejadme que yo se lo aclare —pidió Theo a sus padres—. Señor...

—Llámame William, por favor. No estoy acostumbrado a tanta formalidad.

—Pero...

—Por favor.

—De acuerdo... William. —Hizo una pausa y continuó—: Hace años que mantengo una relación sentimental con una mujer. Ella es humana, y también muy intuitiva e inteligente. No tardó mucho en descubrir lo que soy. Conoce nuestro secreto y convive con nosotros desde que perdió a su familia hace unos pocos meses.

William entornó los ojos y tomó aliento sin apenas moverse. Theo prosiguió:

—Queremos hacer las cosas bien, de acuerdo a los códigos, y no correr ningún riesgo. Es importante que ella esté a salvo.

—¿Es que se lo ha contado a alguien? —preguntó William. No terminaba de comprender adónde conducía aquella conversación.

—¡No! Ella entiende perfectamente nuestras leyes, sabe que debe guardar silencio para protegernos y... protegerse.

—Entonces, no entiendo el problema. Hace mucho tiempo que esas leyes cambiaron. Nadie os hará daño porque tu novia sea lista. Si ella mantiene en secreto vuestra verdadera identidad, no debéis preocuparos —explicó William, y esbozó una sonrisa afable con la que trató de quitarle importancia al asunto.

—Ese no es el problema, señor. Permitidme.

Theo alzó la mano en dirección a la barra y una chica morena, de la que William no se había percatado hasta ese momento, se levantó de un taburete. Se acercó a ellos sonriente.

Theo se puso en pie y la tomó de la mano. La besó en la mejilla y luego le ofreció la silla que él había ocupado.

—Ella es Kristin y quiere convertirse en vampiro.

Las palabras de Theo cayeron sobre William como un jarro de agua fría. La luz se abrió paso a través de su mente y todo cobró sentido.

—Es cierto, señor, lo deseo con toda mi alma —intervino la muchacha.

—Necesitamos que intercedáis por nosotros. Que seáis testigo y corroboréis que la joven no está bajo ninguna influencia y es dueña de su voluntad. Nadie dudará de vos —dijo Talos con un hilo de voz—. Mi hijo la ama y nosotros hemos aprendido a quererla como a una hija. Se ha establecido un fuerte vínculo entre nosotros.

—¿Quieres convertirte en vampiro? —preguntó William a Kristin.

La mujer asintió y su rostro se iluminó con una gran sonrisa.

—Sí.

—Pero ¿por qué? —insistió sin dar crédito—. ¿Eres consciente de todo lo que sacrificarías?

—Sé lo que sacrificaría si no lo hiciera. Con saber eso me basta —contestó muy segura—. Hace cinco años que conozco a Theo, desde entonces yo soy la única que envejece. Él sufre cuando estamos juntos. La sed siempre está presente. Necesitamos liberarnos.

La explicación de la chica caló de una forma muy profunda en el corazón de William. Bajó la vista y llenó sus pulmones con una bocanada de aire viciado. El aroma de la sangre lo inundó todo y su estómago se agitó.

Miró a su alrededor. Decenas de humanos bebiendo y riendo sin ser conscientes de que solo un fino hilo de control los mantenía a salvo. Para él solo eran comida prohibida, una fuente de placer y sufrimiento. Con el paso de los años, su aprecio por ellos casi había desaparecido, y todo porque él no logró ser amado por uno de ellos.

Contempló las manos unidas de Kristin y Theo. Su historia era muy distinta.

Apoyó los brazos en la mesa y se inclinó hacia delante. Clavó sus ojos azules en los de la joven. Ella tragó saliva, nerviosa, y su pulso se aceleró a simple vista en su garganta.

—Sufrirás mucho durante largo tiempo, ¿te han explicado eso? —preguntó. La chica asintió con vehemencia—. Y puede... puede que no sobrevivas al cambio.

—Sé que es muy doloroso y que luego sentiré una sed que no se calmará con nada, pero lo tenemos todo planeado. Iremos a New Brunswick, a una isla que se encuentra al norte de Gaspé, permaneceremos allí hasta que aprenda a controlarme. Y si no sobrevivo, solo será un hecho precipitado que habría ocurrido antes o después. Lo acepto.

Alzó la cabeza y le dedicó una sonrisa a Theo. Él se inclinó para besarla en la mejilla.

William observó a la pareja durante unos segundos y envidió su fortaleza.

—¿Serás capaz de controlarla? —preguntó al vampiro.

—No estaré solo en esto, cuento con mi familia —declaró, y sus padres asintieron en respuesta.

—De acuerdo, hablaré en vuestro favor. Y os deseo suerte.

—¡Gracias, excelencia! Sois increíblemente generoso, vuestro padre os ha educado bien —le agradeció Talos—. Pero permitidme que os hable con libertad.

—Adelante —le concedió William.

—Señor, deberíais considerar la posibilidad de ocuparos vos de los asuntos que atañen a nuestra raza, no los licántropos. En este continente hay muchos vampiros que respetan el pacto e intentan llevar una vida normal. Merecen que alguien como vos los gobierne y cuide de sus intereses. Hay cosas que esos lobos jamás comprenderán.

—Entiendo lo que me pedís, pero yo... —Hizo una pausa y se puso en pie—. Hablaré con mi padre de todo esto. Tenéis mi palabra de que considerará vuestra propuesta.

—Gracias.

Tras despedirse de Talos y su familia, William subió a su habitación sumido en una miríada de pensamientos confusos y contradictorios.

Era la primera vez que un vampiro acudía a él y apelaba a su posición en busca de ayuda. Eso le hizo sentir extraño. Tanto tiempo dedicado a su propia cruzada, que no era consciente del papel que le tocaba representar en su mundo siendo el hijo de Sebastian Crain, rey del clan vampiro.

Esa realidad lo golpeó como un rayo y las palabras de Samuel resonaron en su mente. Era imposible que algún día él pudiera liderar a su raza. Si por alguna extraña razón, esa responsabilidad llegaba a sus manos, no se sentía capaz de asumir ese compromiso. No tenía actitudes de mando, ni paciencia para las intrigas políticas. Menos aún, para lidiar con la aristocracia. Sabandijas apoltronadas en sus castillos.

Además, ¿quién era él para decidir sobre la vida de nadie, si apenas podía controlar la suya?

16

—Si mi hermana se entera de esto, puedo darme por muerto —dijo Shane mientras cargaba dos cajas de costillas en el maletero.

—Yo no se lo voy a decir —le aseguró William, divertido por el comentario.

—No hará falta, tiene un sentido especial para darse cuenta de cuándo se la estamos jugando. ¿Sabes que ha solicitado un puesto en el hospital de Heaven Falls?

—No me ha dicho nada —dijo William mientras ponía el motor en marcha.

—Está a punto de terminar su contrato en el hospital de Concord y quiere trabajar en el pueblo para pasar más tiempo con nosotros. ¡Lo que me faltaba!

Se abrochó el cinturón y se acomodó en el asiento al tiempo que intentaba encajar sus largas piernas bajo el salpicadero.

—¡Venga, seguro que no es tan mala! —dijo William entre risas.

—Pues toda tuya, y estoy seguro de que a ella no le importaría nada.

La sonrisa desapareció del rostro de William.

—¿Por qué has dicho eso?

Shane arqueó las cejas sorprendido. Una sonrisa socarrona se dibujó en su cara.

—¿Me vas a decir que no te has dado cuenta?

—¿Cuenta de qué?

—¡Le gustas! Siempre está hablando de ti y los fines de semana apenas sale. Pasa todo el tiempo con nosotros, bueno... contigo. —Su voz reflejó una nota burlona.

—Eso no es cierto.

—Sí lo es.

William se quedó callado con la vista clavada en la carretera. Keyla le caía bien, pero no sentía por ella nada que no fuese un amor fraterno. Maldijo para sí mismo. No quería que las cosas se estropearan entre ellos. Y si Shane tenía razón, había muchas posibilidades de que eso ocurriera.

—¡Eh, no te preocupes, no pasa nada! —dijo Shane sin dejar de sonreír—. Conociéndola, solo serás un capricho pasajero.

—Tu hermana es una mujer estupenda, pero yo...

—No te justifiques conmigo. Si yo tuviera que elegir entre mi hermana y Kate, me quedaría con Kate.

William dejó caer la cabeza hacia atrás y suspiró.

—No tengo intención de salir con Kate. Ya te lo he dicho.

—¿Por qué?

—¿Tengo que recordarte mi historia?

—No es la misma situación ni por asomo. Mira, yo no soy quién para darte consejos, pero no pienso que haya nada de malo en que seáis amigos, y tampoco creo que pase nada si al final os enrolláis.

—No voy a enrollarme con ella.

—¿Por qué?

—Porque me gusta.

—¿No quieres enrollarte con ella porque te gusta? Anoche te sacudieron fuerte, ¿eh?

William se echó a reír. Movió la cabeza y lo miró de reojo.

—Me gusta. Así que si intimo con ella, querré volver a hacerlo. No me la quitaré de la cabeza. ¿Te haces una idea de lo inestable y obsesivo que puede llegar a ser un vampiro?

—Algo.

—Pues en mi caso, multiplícalo por cien.

Shane seguía sin estar convencido del problema.

—Es posible que funcione, fíjate en el vampiro que conociste anoche.

William negó con un gesto, mientras dejaban atrás la ciudad de Boston y se sumergían en el tráfico intenso de la autopista de vuelta a Heaven Falls.

—Ya has visto cómo es mi vida. Lo de anoche solo fue un atisbo de la vorágine en la que siempre estoy inmerso. Mi cabeza tiene precio, Shane. Además, nunca funciona. No es posible.

—¿A qué te refieres?

—Un humano y un sobrenatural. Es imposible.

—Tu madre era humana, ¿no?

—Eso fue distinto. La situación, el momento, todo.

—William...

—No, Shane. Mi madre finalmente se convirtió. Cada humano que se ha unido a un vampiro ha terminado transformándose, y esa chica que conocí anoche lo hará dentro de muy poco si tu tío acepta su petición. Ese es el único final, la condena. Kate se perdería en esta oscuridad, es demasiado inocente y joven.

Dos horas más tarde, William se detenía frente a la residencia de los Solomon tras haber dejado a Shane en casa. No había ningún vehículo en la entrada y la vivienda parecía estar vacía. Una vez dentro, saludó en voz alta y Rachel le respondió desde la cocina.

—¡Hola! ¿Qué tal el viaje? —preguntó ella mientras buscaba en su bolso las llaves del garaje.

—Bien, sin problemas.

—¿Y qué tal con Mayers? Ese lobo es detestable. —William se encogió de hombros con indiferencia—. Ya veo, tan simpático como siempre. Un día de estos vamos a tener un pequeño encuentro y entonces veremos quién le baja los humos a quién —masculló enfadada.

Él sonrió y sacudió la cabeza.

—Olvídalo. No merece la pena. Voy un rato arriba, necesito descansar.

—Claro, sube. Tienes la casa para ti solo.

Rachel agarró el bolso y se encaminó a la puerta principal.

—Ah, por cierto —se volvió de repente—. Keyla pasó por aquí esta mañana. Te trajo algo y se tomó la libertad de guardarlo en el armario.

William cerró los ojos un segundo y resopló. Se pasó la mano por la cara.

—No para de abastecerme. Le he pedido que deje de hacerlo, pero no me hace caso.

—Es natural, se interesa mucho por ti e intenta complacerte.

William interpretó a la perfección su comentario.

—¿Qué pasa, que todo el mundo se ha dado cuenta menos yo? —masculló con más brusquedad de lo que hubiera querido—. Shane me ha dicho lo mismo esta mañana.

Rachel se acercó a él y le acarició el brazo.

—Es normal que algo así acabe ocurriendo. Pasáis mucho tiempo juntos, y eres el único chico, fuera de la manada, con el que no tiene que fingir que es humana. Y si a eso le sumamos que eres guapo y encantador —comentó en tono desenfadado.

—¿Y qué se supone que debo hacer ahora?

—Nada, a no ser que tú también sientas algo.

—No la veo de esa forma, y todo esto empieza a incomodarme. —Soltó un profundo suspiro—. Creo que lo mejor es que me marche.

—¡De eso nada, tú no vas a ninguna parte! Escúchame con atención. Adoro a mi sobrina, pero este problema no es tuyo, sino suyo. Es una niña caprichosa, pronto se olvidará. ¿Entendido?

William se limitó a mirarla y no contestó.

—No quiero que hagas ninguna tontería, como marcharte. Me darías un disgusto y también a Daniel —insistió ella.

Él sonrió y le dio un abrazo, no porque estuviera de acuerdo con ella, sino para tranquilizarla.

Después de que Rachel se marchara, William subió al piso de arriba sin dejar de pensar en el problema que le había surgido con Keyla. Se pasó los dedos por el pelo. Lanzó un profundo suspiro y se masajeó el puente de la nariz.

No tenía dudas al respecto. Si pudiera, se enamoraría de Keyla. Ella no correría ningún peligro junto a él, no despertaría su odiosa sed cuando estuvieran juntos, y podría compartir toda su vida con ella. Una vida sin secretos ni soledad. Sin embargo, había un problema en esa promesa de felicidad: él no la amaba ni lo haría aunque lo intentara.

Ni siquiera se sentía atraído por ella de un modo sexual.

No ahora que toda su atención se concentraba en otra mujer. Una prohibida. Su manzana particular. Un solo bocado y sería desterrado.

Entró en su habitación y con un par de sacudidas se quitó las zapatillas. Uno a uno se deshizo de los botones de la camisa y dejó que resbalara de sus brazos hasta el suelo.

Cogió una copa del armario del baño, la colocó sobre la mesa junto a la ventana, y abrió el vestidor. Tanteó con las manos la pared hasta que dio con el sistema de apertura de la pequeña puerta.

Tomó una bolsa de sangre y la rasgó con los dientes. Luego sirvió parte de su contenido en la copa. La alzó frente a la ventana y miró a través del espeso líquido la luz cegadora del sol. Todo se volvió rojo, al igual que lo había hecho su vida cuando su mundo empezó a girar en torno a aquel néctar maldito.

Cerró los ojos y dio un pequeño sorbo.

Sintió el sabor metálico de la sangre deslizándose con lentitud por su garganta. Otro sorbo y un calor asfixiante subió desde su vientre hasta el pecho. Tragó todo el contenido de la copa con urgencia y se sirvió el resto con tanta ansiedad que estuvo a punto de derramarla toda. Apuró hasta la última gota y se dejó caer sobre la cama, disfrutando de la vida que regresaba a su cuerpo.

La luz del sol bañó su torso desnudo, calentándole la piel. Sintió aquel hormigueo en los dedos tan familiar y cómo iba avanzando a través de las venas por todo su cuerpo.

Cerró los ojos y escuchó. Las ramas de los árboles crujían en lo más alto zarandeadas por la brisa, mientras las hojas susurraban entre ellas como si estuvieran conspirando. Una araña corría por el techo. Podía oír con total claridad el golpeteo de sus patas sobre la madera. Una serpiente reptando entre la maleza y el chapoteo de un ciervo abrevando en el lago...

Se sentía bien. Mejor que bien. Se sentía pletórico. Extasiado.

Odiaba esa sensación, pero la deseaba aún más y sonrió satisfecho.

El reloj de la entrada dio la hora con un sonoro gong que le taladró los tímpanos. Se levantó de un salto, se puso las zapatillas y sacó una camiseta limpia del armario. Se peinó un poco con los dedos y se aseguró de que las comisuras de sus labios estuvieran limpias de cualquier resto.

Media hora más tarde, aparcó frente a la entrada del instituto y aguardó nervioso con la vista clavada en la puerta principal.

No tenía ni idea de qué iba a decirle a Kate. Sabía que cometía un error al dar ese paso y que era mejor dejar las cosas como estaban, pero su conciencia le arañaba el pecho como si tuviera garras. Era incapaz de olvidar su imagen, escondida tras el coche como si hubiera hecho algo malo de lo que tuviera que avergonzarse.

Los estudiantes comenzaron a salir.

Bajó del vehículo con un nudo en la garganta. Pocos minutos más tarde, Kate apareció junto a un par de amigas que parloteaban entre risas bajo su mirada aburrida. Llevaba el pelo recogido en una coleta que dejaba a la vista su cuello esbelto, del que colgaba una fina cadena de plata con una pequeña cruz.

William la contempló hipnotizado. Ella destacaba por encima de todos, con ese aura brillante que la rodeaba. Era como si no perteneciera a aquel lugar, observándolo todo a través de su mirada perdida.

Tragó saliva y apretó los dientes.

Bien, había llegado el momento.

17

Kate vio a William nada más salir del edificio.

Él le había asegurado que hablarían a la vuelta de su viaje, y esa idea la mantuvo despierta gran parte de la noche. Lo que no esperaba era que regresara tan pronto y, menos aún, que hubiera aparecido finalmente. Una voz en su interior no dejaba de repetirle que volvería a poner distancia entre ellos y la evitaría.

La voz se había equivocado y allí estaba él, esperándola.

Apretó los labios y se dirigió a su encuentro con decisión. Cuanto antes aclararan aquel asunto, antes volvería cada uno a su vida sin el otro. Aun así, no pudo evitar ciertas dudas sobre cómo comportarse.

«¿Saludo con una sonrisa o mejor me muestro distante? ¿Digo algo o dejo que sea él quien hable primero?», pensaba mientras caminaba sin prisa.

Iba tan concentrada en sus pensamientos que no vio a Justin pararse frente a ella, y a punto estuvo de chocar con él.

—Hola, Kate, te estaba esperando.

Kate alzó la vista sorprendida y se encontró con los ojos color avellana de Justin clavados en su rostro.

—¿Te importa si hablamos un momento? —preguntó el chico.

—No tengo tiempo, Justin.

—Solo será un minuto, por favor. Hay algo que quiero decirte.

Kate le sostuvo la mirada. Aún le costaba entender qué había hecho que un chico popular como él se hubiese fijado en ella. No pertenecía al equipo de animadoras que siempre lo perseguían, ni al de natación. Nunca habían frecuentado los mismos ambientes y no recordaba que hubieran intercambiado ni una sola palabra antes de que el profesor Maizel le pidiera que ayudara a Justin con los exámenes de matemáticas. Probablemente, sin esas horas juntos en la biblioteca, nunca habrían acabado saliendo.

—Está bien. ¿De qué se trata?

Una sonrisa enorme se dibujó en el rostro de Justin.

—¡Me han admitido en Yale!

—¿En serio?

—Sí, acaba de llamarme mi madre para darme la noticia. Jugaré en su equipo.

Kate le dedicó una sonrisa sincera.

—Me alegro muchísimo por ti. ¡Felicidades, Justin!

Él alargó la mano y tomó la de ella.

—Todo te lo debo a ti. A tus clases, a la paciencia que tuviste conmigo. Si no hubiera aprobado Matemáticas, ni siquiera habría podido jugar este año en el equipo del instituto. Gracias.

Kate se miró los pies sin saber qué más decir. Justin aún sostenía su mano y la observaba expectante. Él carraspeó y le frotó la piel con el pulgar.

—¿Por qué no vamos a tomar algo? Ya sabes, para celebrarlo.

—No puedo —susurró ella.

—Como amigos.

—Justin...

—Puedo cambiar y ser la clase de chico que necesitas. Sé que no soy muy listo, y que creía que Michael Ende era un futbolista, pero... Yo te quiero, Kate.

Kate alzó la vista y lo miró a los ojos.

—Sabes que ese no era el problema.

—Que salga con Peter y los chicos, no significa que haga las mismas cosas que ellos.

—No, pero quedarte mirando mientras le hacen la vida imposible a los demás no te convierte en alguien mejor.

Justin apretó los dientes y un tic contrajo su mandíbula.

—Quiero volver a salir contigo.

—Ese tren ya pasó, lo siento. Solo puedo ser tu amiga.

Kate se deshizo de su mano y se cruzó de brazos. Él la miró durante unos segundos interminables, después dio media vuelta y se marchó sin decir nada. Inspiró hondo y trató de tranquilizarse. Imposible cuando otro quebradero de cabeza la esperaba a pocos metros de allí.

Por un instante, mientras caminaba de nuevo al encuentro de William, pensó en dar media vuelta y largarse. No fue capaz. Se sintió atrapada por el azul de sus ojos clavados en ella y la sonrisa que jugueteaba en sus labios. Suspiró y se detuvo frente a él.

—Hola —saludó William.

—Hola.

Estaba tan nerviosa que la respiración le silbaba en la garganta. Se humedeció los labios y se colocó un mechón de pelo tras la oreja.

—¿Lista?

—¿Para qué?

—Para hablar conmigo.

A Kate le dio un vuelco el estómago. Le costaba respirar y había empezado a sudar. De repente, estalló dejando que sus palabras salieran sin control:

—Oye, siento mucho todo lo que dije ayer. No tenía ningún derecho a hacerte sentir mal y te aseguro que por mi parte no hay ningún problema. Puedes estar tranquilo y seguir con tu vida sin preocuparte por mis tonterías. Además, seguro que tienes cosas más importantes que hacer en este momento que...

William se llevó un dedo a los labios. Una invitación a que guardara silencio.

—No me he portado bien contigo y te debo una disculpa.

—Acepto tus disculpas.

—Gracias. Aun así, quiero asegurarme de que todo queda solucionado entre nosotros.

—Pero...

—¿Qué te parece si damos un paseo? —propuso él mientras abría la puerta del coche.

Kate apretó los párpados un momento. Si continuaba mirándola de ese modo, se quedaría sin determinación para resistirse.

—No es un buen momento, le he prometido a mi abuela que compraría unas cosas.

—Te acompaño.

—Yo...

—No suplico nunca, pero lo haré.

Una leve sonrisa curvó los labios de Kate. Tras un momento de duda, subió al coche sin decir una palabra más. Él cerró la puerta y no tardó en sentarse tras el volante para poner el motor en marcha. Incapaz de mirarlo, Kate posó sus ojos al otro lado de la ventanilla y su mirada se enredó con la de Justin. El chico los observaba desde el aparcamiento con el ceño fruncido.

—¿Todo bien?

La voz de William hizo que apartara la vista de él.

—Sí.

William se incorporó al tráfico y condujo por las calles de Heaven Falls con aire preocupado. No tenía ni idea de qué iba a decirle a Kate para arreglar las cosas, salvo que era un cretino con un enorme secreto que le hacía comportarse como un capullo y que jamás podría contarle. Con esos pensamientos dando vueltas en su cabeza, llegó a las afueras del pueblo y tomó la carretera que bordeaba el lago hacia las montañas.

Kate se enderezó en el asiento al ver que se alejaban de la zona comercial.

—¿Adónde vamos?

—A un sitio tranquilo donde podamos dar un paseo y hablar. —Forzó una sonrisa para tranquilizarla—. No te preocupes por tus compras, te llevaré después.

Ella no dijo nada y se pegó al asiento.

William la miró de reojo y disfrutó de su compañía ahora que el deseo de beber su sangre apenas era una leve incomodidad después de haberse alimentado. Podía percibir su nerviosismo, pero ¿cómo reprochárselo? La tensión continuó creciendo mientras el silencio se alargaba entre ellos.

Al cabo de un rato, tomó un desvío y se adentró en el bosque. Detuvo el coche al final de un camino de tierra. Inspiró hondo, mientras reunía el valor para dirigirse a ella.

—¿Vamos?

Ella susurró un sí y salió del todoterreno.

Bajo los árboles, el ambiente era fresco y la luz del sol, suave. Caminaron en silencio unos cuantos metros.

William se sintió aliviado cuando el sol dejó de filtrarse a través de los viejos árboles y una ligera penumbra envolvió el paisaje. Alcanzaron el curso de un pequeño arroyo que les cortaba el paso y se detuvieron junto a su orilla. El agua cristalina corría entre las piedras con un murmullo tranquilizador.

Se apoyó contra el tronco de un árbol y observó a Kate con disimulo. Ella se había detenido a un par de metros, siempre guardando las distancias, y dibujaba con el pie pequeños círculos sobre la hojarasca. Pensó que estaba preciosa bajo esa tenue luz. También que el color verde de su blusa hacía juego con sus ojos. Usaba ese color a menudo.

Se dio cuenta de que divagaba entre sus pensamientos porque no sabía qué decir ni cómo excusar su actitud. ¿Cómo iba a justificarse si ni siquiera podía ser sincero contándole la verdad? ¿Qué mentira podría servir de excusa para su actitud indiferente, incluso grosera?

Un suspiro de frustración escapó de su garganta.

No podía decirle que su comportamiento frío y distante era una barrera con la que mantenía a los humanos alejados, a salvo de él. Que había sido especialmente duro con ella para evitar un acercamiento, porque la intensidad de la atracción que sentía lo aterrorizaba.

Nunca había deseado tanto a nadie.

Tampoco podía decirle que, pese al riesgo, allí estaba, permitiendo que el frágil hilo de su vida mortal se entrelazara con su existencia sobrenatural, solo por el deseo egoísta de tenerla cerca. Se tragó una maldición al darse cuenta de que aquella conversación no era una buena idea.

—¿Serías capaz de confiar en mí si te lo pidiera?

Kate alzó la vista y lo miró con los ojos entornados.

—¿Qué?

—¿Me darías la oportunidad de empezar de nuevo contigo? Ahora, a partir de este momento, olvidando todo lo que ha pasado entre nosotros —aclaró, resuelto a evitar cualquier diálogo que lo pusiera en una situación aún más difícil.

—No entiendo lo que quieres decir.

—Yo... Te pido disculpas si te he hecho sentir mal o te he ofendido. No era mi intención. Olvidémoslo.

Kate pestañeó sin dar crédito a lo que oía.

—¿Y ya está? ¿Para eso me has arrastrado hasta aquí? Pensaba que ibas a explicarme por qué has sido tan... Por qué te resulta tan difícil... —Los nervios estaban haciendo estragos en su carácter y explotó—: ¿Sabes qué? No. ¡No deseo olvidarlo! Es más, ahora soy yo la que quiere hablar de lo que ocurrió aquella noche en mi casa, y de por qué llevas un mes evitándome o fingiendo que no me ves cada vez que te cruzas conmigo. ¡Quiero que me des una explicación! —dijo de forma tajante.

William tragó saliva y se pasó las manos por el pelo. Después se enfrentó a su mirada.

—Tienes todo el derecho a exigirla.

Kate soltó una risita mordaz. Estaba muy enfadada con él, pero mucho más consigo misma. Porque, pese a todo, William le gustaba y por ese motivo había accedido a ir con él hasta allí. Quién sabe si por alguna ridícula esperanza que inconscientemente había albergado.

¡Se sentía tan tonta! Pero no iba a dejarlo estar.

—¿Qué es lo que has visto en mí que tanto te disgusta? La noche de la inauguración, en mi casa... Solo fue una caricia inocente. Un gesto sin pretensiones. ¿Qué pensabas? ¿Qué iba a saltar sobre ti, a besarte? ¿Pensaste que te estaba acosando?

—¡No! Ni se me pasó por la cabeza algo así.

—Y esa tarde en Lou's, ¿saliste corriendo por mí? Y no se te ocurra fingir que no sabes de qué te hablo.

—No —mintió.

Ella se encogió de hombros sin ninguna paciencia.

—Entonces, ¿qué pasa? ¿Te gusta llevar la iniciativa? ¿Te molesta que una chica dé el primer paso? Aunque te aseguro que esa no era mi intención.

—No tiene nada que ver con eso.

—¡Pues dime qué es! Porque... porque hieres mis sentimientos con esa actitud.

—Yo nunca...

—Puede que no sea el tipo de chica que te gusta y al que estás acostumbrado, pero sé que soy una persona simpática y respetuosa con la que se puede conversar. Puedo ser divertida y una buena amiga. Por eso no entiendo qué problema ves en mí para ni siquiera ser un poco amable conmigo. ¡Solo quería ser tu amiga! ¡Solo eso!

—No hay nada malo en ti.

—¿Estás seguro? Pude ver el rechazo en tu cara y en la marca que tus dedos dejaron en mi muñeca.

William notó que se le revolvía el estómago.

—¿Te hice daño?

El muro tras el que se escondía se desmoronó aplastado por un fuerte sentimiento de culpa. Acortó la distancia que los separaba y la tomó de la mano para observar la piel de su muñeca. Kate trató de soltarse. No se lo permitió, al contrario, tiró de ella hasta tenerla tan cerca que respiraban el mismo aire.

—¿Qué haces?

—¿Crees que se trata de rechazo? Pues te equivocas. No hay nada en ti que me moleste. Nada. Es lo que hay en mí. Algo en mi interior no funciona bien desde hace tiempo y no creo que vaya a hacerlo jamás.

Kate puso los ojos en blanco.

—Sí, ya... El típico no eres tú, soy yo. Si al menos fueses un poco más original.

—No es una excusa. No se me da bien relacionarme con la gente, Kate. Ya viste cómo reaccioné cuando me tocaste. —Intentó mostrarse tranquilo mientras hablaba, pero sus ojos reflejaban el esfuerzo que le suponía decir aquello y su tono sonó duro—. Escapa a mi control y siempre acabo comportándome como un estúpido o... un salvaje. Siento mucho si te hice daño.

Kate tragó saliva para aflojar el nudo de su garganta.

—Entonces, ¿no te caigo mal?

Una risita amarga escapó de los labios de William mientras daba un paso atrás y soltaba su mano.

—No, Kate, no me caes mal. Al contrario, y ese es el problema.

Ella lo taladró con la mirada sin entender qué había querido decir.

—¿Tienes una enfermedad mental o algo así?

—¡¿Qué?!

—Has dicho que algo dentro de ti no está bien y que pierdes el control. Eso explicaría algunas cosas.

—¿Te parezco un enfermo mental?

—No, en realidad no. Me pareces alguien con otro tipo de problemas.

William entornó los ojos y la estudió con curiosidad. ¿Por qué tenía la sensación de que solo había visto un breve atisbo de cómo era ella en realidad? Tuvo el deseo de saber mucho más.

—¿Como cuáles?

—Unos que te hacen peligroso —soltó ella sin pensar.

Inspiró hondo al descubrir que esa era la sensación que la asaltaba cuando se encontraba cerca de William y que no había podido definir. Hasta ahora. Dio un paso atrás.

Las comisuras de William se curvaron con el inicio de una sonrisa astuta.

—¿Crees que te haría daño? —inquirió él.

A Kate se le disparó el corazón. Miró a su alrededor solo para constatar que estaba sola en medio de un bosque en compañía de un chico al que no conocía.

—Dímelo tú, ¿me lo harías?

—No.

Kate lo observó mientras trataba de decidir si lo creía. Pese a la lúgubre oscuridad que él parecía proyectar como una sombra, su mirada sobre ella parecía amistosa. Al menos, de momento.

—Nunca he conocido a nadie con tantas personalidades distintas. ¿Cuál de ellas es la auténtica? ¿Cuál de todas ellas eres tú en realidad?

—¿Quieres la oportunidad de descubrirlo? —la retó y en su interior una voz susurró «Di sí». Otra, le preguntaba por qué estaba iniciando un juego tan arriesgado. Por qué no era capaz de resistirse.

—No estoy segura.

—¿Y por qué has venido hasta aquí conmigo? Es evidente que no te fías de mí.

—De eso tampoco estoy segura. Pero ten claro que sé defenderme.

William sonrió, no pudo evitarlo. Dio un paso hacia ella.

—No necesitas defenderte. —Su sonrisa se hizo más amplia al ver que ella se obligaba a aguantarle la mirada—. ¿Por qué parece que estamos discutiendo?

—Dímelo tú, que estás ahí, intimidándome.

—¿Que yo te intimido? ¡Eres tú la que me ha llamado enfermo mental!

Ella tragó saliva. Temblaba como si su cuerpo fuese de gelatina y el calor de sus mejillas la hizo sentir expuesta.

—Quizá me haya pasado con eso.

—No has contestado a mi pregunta —le recordó él.

Podía oír perfectamente los latidos de su corazón desbocado y el aire que entraba y salía a través de sus labios. Un jadeo apenas audible que William encontró muy tentador. La ponía nerviosa. No solo eso. Su cuerpo le hablaba con su propio lenguaje y pudo ver el recelo que le suscitaba, también la atracción. Mutua. Correspondida.

—¿Qué... qué pregunta?

—¿Quieres la oportunidad de descubrir cómo soy en realidad?

Kate inspiró hondo y el calor de sus mejillas se extendió por todo su rostro. Allí estaba otra vez ese aire misterioso y confiado que la hacía sentir pequeña e insegura, como si fuese dueño de un secreto que solo él conocía y que nunca compartiría. Pero que le mostraba como si de un brillante cebo se tratara, convencido de que ella picaría.

Y picó.

—¿Por qué suena como si me estuvieras retando? —preguntó a su vez.

—Créeme, el reto es para mí.

—¡De acuerdo! Aunque algo me dice que nunca serás del todo sincero —aceptó con una nota de desencanto en la voz.

William sonrió y entornó los ojos. Una emoción extraña se abrió paso a través de su pecho. No logró reconocerla. Sí se percató de que estaba dejando a un lado la cautela, su firme promesa de mantenerse alejado de los humanos. Un destello de resentimiento hacia sí mismo cruzó por sus ojos, pero se sentía como una polilla atraída por una brillante luz.

Kate era esa luz.

No sabía por qué. Ni lo que podía significar. Solo sabía que ella despertaba su interés como nunca nadie lo había logrado. Extendió el brazo hacia ella.

—Entonces, ¿amigos?

Kate observó la mano que le ofrecía y su pulso se aceleró. Aún tenía ciertas reservas, pero la oportunidad de conocer a William era muy tentadora. Y, para qué negarlo, le gustaba. Ningún otro chico había logrado que su cuerpo se alterara de ese modo. Que su mente se nublara bajo su mirada.

—Posibles amigos.

La sonrisa de William se hizo más amplia.

—Me sirve para empezar.

Kate tomó aliento y estrechó la mano que él le ofrecía. En cuanto sus dedos entraron en contacto con los de él, un escalofrío la recorrió de arriba abajo.

William notó la chispa y su mano se cerró con voluntad propia, envolviendo la de Kate. Se miraron a los ojos sin decir nada durante unos segundos eternos.

—Es tarde, debería volver —indicó ella.

William la soltó con reticencia. Su mirada se posó en su garganta, en el pulso que latía a simple vista. Rápido. Caliente. Hipnótico. Tragó saliva y bloqueó en su mente el impulso. A cada minuto que pasaba con ella, le resultaba más fácil controlarse. Sin embargo, había otro tipo de anhelo que le costaba un poco más dominar, y le supuso un mayor esfuerzo apartar los ojos de otras partes de su cuerpo.

—Claro, ¿adónde te llevo?

—A casa.

—Creía que habías dicho que debías hacer unas compras.

—Ya... Bueno... No es cierto. Solo era una excusa para no hablar contigo.

William alzó las cejas en un gesto socarrón. Rio.

—Vaya, vaya... Y me acusas a mí de no ser sincero. Vamos a tener que emplearnos a fondo en esta relación, posible amiga.

Dio media vuelta y se encaminó de regreso al coche. Kate se movió tras él, dando saltitos sobre las piedras para alcanzarlo. Una sonrisa curvó sus labios al escuchar cómo se aceleraba su corazón humano.

—Espera. ¿Qué significa eso? ¿Qué relación? No tenemos una relación.

La miró por encima del hombro y vio sus mejillas encendidas. Era preciosa y graciosa. Pero, sobre todo, era una tentación. Un problema que había llegado a su vida. Una complicación que le gustaba y con la que había comenzado a coquetear sin darse cuenta, cuando no estaba allí para eso.

La sonrisa se borró de su rostro y miró hacia delante. Había provocado aquel encuentro para hacer bien las cosas, no para enredarlas más. ¿Qué estaba haciendo? Tenía que fingir ser humano, vivir entre ellos, incluso actuar como ellos, pero relacionarse con su especie siempre acababa en desastre por un montón de razones. Ya debería haberlo aprendido.

—¿Qué relación? No tenemos ninguna —insistía ella a su espalda.

—Ni la tendremos —dijo William para sí mismo.

18

—Llevamos tres días hablando de esto, Daniel —dijo William.

Tumbado en el sofá, entrelazó las manos bajo la nuca y cruzó las piernas que colgaban por el reposabrazos.

—Lo sé, pero no termino de entender el cambio de Samuel, no es propio de él actuar así. Aquí hay algo más —masculló mientras observaba el rostro de su amigo con atención.

—Todo sucedió tal y como te lo he contado. Perseguía a los mismos renegados que Shane y yo, por eso nos encontramos. Después me dijo lo que ya sabes, que era hora de olvidar y seguir adelante. Y te aseguro que era sincero.

Daniel sacudió la cabeza. Aún no estaba convencido.

—Sí, es posible. Supongo que, después de un siglo y medio, su enfado no es más que un simple recuerdo. Pero... conozco a mi hermano y algo no me cuadra.

—Empiezo a pensar que no te alegras de que Samuel y yo hayamos resuelto nuestras diferencias.

—¡No me vengas con esas! Nadie lo deseaba más que yo. Ambos estáis en mi corazón.

William se movió hasta sentarse y apoyó los codos sobre las rodillas.

—Perdóname.

Daniel soltó un suspiro y se sentó a su lado.

—Tú también deberías perdonarme. Te exijo respuestas que no posees. —Se frotó la mandíbula con una mano—. Todo vuelve a su sitio y es lo único que importa.

—Cambiemos de tema —propuso William. Se levantó del sofá y se acercó a la mesa donde reposaba un péndulo de Newton. Empujó la primera bola—. ¿Has pensado en lo que te dije?

—¿A qué te refieres?

—A la familia de Boston y su chica humana.

—Sí, he pensado en ese asunto.

—¿Y?

—Los recibiré, escucharé su petición y tú y yo tomaremos una decisión. Prepara el encuentro.

William se volvió y clavó su mirada en Daniel.

—Un momento, ¿has dicho que tú y yo tomaremos una decisión?

—Sí, es lo correcto.

—Olvídalo, no voy a tomar parte.

Daniel se levantó y fue al encuentro de William. Le dio un empujoncito en el pecho para apartarlo de su camino y poder llegar a su escritorio.

—Sí la tomarás, aunque tenga que obligarte.

—Daniel...

—Ellos esperan que te involucres en este tema, por eso acudieron a ti.

—No soy quién para decidir sobre sus vidas.

—¡Joder, William, que te empeñes en negarlo no va a cambiar lo que eres! Te guste o no, eres príncipe de tu raza y tienes obligaciones.

—Hablas como mi padre.

—Y tiene razón.

—Nunca me sentaré en un trono.

Daniel se apoyó en una esquina de su escritorio y miró fijamente a William.

—¿Puedo hablarte con sinceridad?

William chasqueó la lengua, disgustado.

—No seas idiota, sabes que sí.

—Tu gente necesita a alguien en esta tierra que cuide de ellos. El pacto asegura la convivencia entre licántropos y vampiros, pero no nos convierte en amigos. Demasiada historia a nuestras espaldas. Los vampiros que recurren a mí, lo hacen porque no les queda más remedio. —Hizo una pausa y suspiró mientras ordenaba sus ideas—. Sé que no te sentarás en ese trono, pero podrías plantearte ser su protector en esta tierra.

—Este es territorio de lobos, siempre lo ha sido.

—William, ya no existen los territorios. Ambas razas se han extendido por todo el planeta.

—¿Por qué no vas al grano?

—Los vampiros del Nuevo Mundo necesitan un gobierno que se preocupe por ellos, que los ampare y proteja, y pienso que deberías ser tú quien lo dirija. ¿Imaginas lo que podríamos conseguir si trabajáramos juntos en ese sentido?

William apartó la mirada, incómodo. Lo que Daniel le estaba proponiendo no era ninguna locura, al contrario. Era un plan que ya debería haberse llevado a cabo. Sin embargo, no estaba tan convencido de ser el indicado para dirigir nada.

Al ver que guardaba silencio, Daniel suspiró y añadió:

—O podrías buscar a alguien que lo hiciera.

William tragó saliva y asintió un par de veces sin dejar de darle vueltas a todo lo que su amigo había dicho. Un torrente de inquietud culpable lo golpeó.

—Pensaré en ello, te lo prometo.

—De acuerdo, pero en cuanto a Talos y su familia...

—Tomaré esa decisión contigo.

—Bien.

19

Una gota de agua cayó sobre la mejilla de William y resbaló por su piel hasta la línea de su mandíbula. Miró al cielo y observó las nubes negras que comenzaban a cubrirlo. Se acercaba una tormenta. Apretó el paso sobre la acera en dirección a la oficina de correos, mientras su mente oscilaba entre una marea de pensamientos confusos. Se sentía dividido entre la responsabilidad que su apellido soportaba, el amor hacia su familia y su propia libertad.

Reacomodó los paquetes que llevaba bajo el brazo y se apartó para cederle el paso a una anciana.

—Tengo hambre —gruñó Shane a su espalda con otro montón de paquetes.

—Tú siempre tienes hambre.

—Aún estoy creciendo.

William lo miró por encima del hombre y sonrió.

—A lo ancho, ya me he dado cuenta.

—¿Qué insinúas? —protestó Shane—. Soy puro músculo, envidioso.

William se echó a reír. Continuaron caminando bajo un manto de nubes cada vez más oscuro. El viento agitaba las ramas de los árboles que flanqueaban la calle a ambos lados, arrastrando consigo un fuerte olor a humedad y electricidad.

—¿Cómo te fue? —preguntó Shane al cabo de unos segundos.

William aflojó el paso y lo miró de reojo.

—¿A qué te refieres?

—A tu cita con Kate.

—¿De qué hablas? No he tenido ninguna cita.

—Te vi en el instituto.

—¿Me estás siguiendo?

—Ya te gustaría.

William puso los ojos en blanco. Aceleró sus pasos, en cualquier momento empezaría a llover.

—Desde que llegué al pueblo, me he comportado como un gilipollas con ella. Lo que hizo que se sintiera mal hasta creer que era culpa suya. Así que traté de explicarle que soy así de capullo y bipolar desde mi nacimiento y que su presencia no tiene nada que ver. Ese es el resumen de la «cita».

A Shane se le escapó una risita y sacudió la cabeza.

—Entonces, ¿vas a invitarla a salir?

—¡No!

—¿Temes que te muerda?

—Ja, ja. ¡Muy gracioso! —replicó mordaz—. Me limitaré a ser amable con ella y nada más. Cuanto más alejada esté de los seres como nosotros, mejor.

—¿Y qué vas a hacer con toda esa frustración?

—Tú sigue provocándome, bola de pelo.

—Vale, lo pillo. Amor en solitario. —Se rio al escuchar el gruñido que brotó de la garganta de su amigo—. Entonces, mejor no te des la vuelta y sigue caminando.

William frunció el ceño y se detuvo. De repente, sus ojos volaron hasta un punto muy concreto al otro lado de la calle. Ese aroma... Todo su cuerpo se tensó al descubrir a Kate parada junto a la entrada principal del hospital, hablaba por teléfono.

Los paquetes crujieron entre sus manos.

—¿Crees que se encuentra bien?

Shane se encogió de hombros.

—Quizá solo esté ahí por casualidad.

El pecho de William se llenó con una inspiración.

—Sí.

—Puedes acercarte y preguntarle.

William lo consideró un momento. Lo mejor que podía hacer era seguir caminando, entregar los malditos paquetes y volver a la librería. Pero ¿desde cuándo hacía lo correcto? Puso su pila de cajas sobre las que Shane cargaba.

—Sigue tú, solo será un momento. —Shane sonrió de oreja a oreja—. No es lo que crees.

—No he dicho nada.

William puso los ojos en blanco. Después cruzó la calle y fue al encuentro de Kate bajo un cielo que se oscurecía por momentos. El viento que soplaba entre los árboles agitó el cabello de la chica y llevó hasta él el olor a manzana dulce que siempre lo impregnaba. Contuvo la respiración y a punto estuvo de dar la vuelta.

—Kate.

Kate se volvió al escuchar su nombre. Lo primero que vio fue un torso masculino, ceñido por una camiseta gris que resaltaba unos brazos fuertes y unos hombros anchos. Alzó la barbilla y su mirada se enredó con unos ojos azules que la observaban sin parpadear. Se le aceleró el corazón. No se acostumbraba a ese pellizco que sentía en el pecho cuando contemplaba su rostro.

—¡William! Ho-hola.

—¿Qué haces aquí? ¿Estás bien?

Ella sonrió y se guardó el teléfono en el bolsillo.

—Sí, mi abuela tiene cita para una revisión. Van a hacerle varias pruebas y tardará un rato. He salido para matar el tiempo. Y tú, ¿qué haces por aquí?

—Tenía que enviar unos paquetes. —Hizo un gesto vago hacia el otro lado de la calle, donde se encontraba la oficina de correos. De repente, comenzó a llover como si alguien hubiera abierto un dique en el cielo. Miró a su alrededor, en busca de un lugar donde resguardarse que no fuera el interior del hospital—. ¿Te apetece tomar algo?

Kate lo miró con los ojos muy abiertos, sorprendida por la invitación.

—¿Contigo? Quiero decir, ¿tú y yo?

William sonrió al ver su desconcierto. Asintió y trató de no fijarse en el rubor que le calentaba las mejillas.

—¿Conoces algún sitio por aquí cerca?

—Sí, ven conmigo.

Lo condujo hasta una pequeña cafetería, no muy lejos de donde se encontraban. Cruzaron la puerta a toda prisa, huyendo del diluvio entre risas.

William alzó la cabeza y divisó una mesa libre junto a una de las ventanas. Posó una mano en la parte baja de su espalda y la guió hasta allí. Después apartó la silla y la invitó a sentarse.

Ella contuvo el aliento y se mordió el labio, un poco aturdida por sus gestos amables. Una camarera se acercó a tomarles nota. Un par de minutos después, dos tazas de café reposaban sobre la mesa.

—Entonces, ¿Alice se encuentra bien?

—Sí, solo tiene un pequeño constipado que tarda en curar. Pero ya tiene cierta edad y su médico quiere asegurarse de que todo está en orden.

—Seguro que no es nada.

—Eso espero, no sé qué haría sin ella. ¿Sabes? En un par de días es su cumpleaños y quiero darle una sorpresa. He logrado ahorrar para comprarle uno de esos robots de cocina que hacen de todo. ¿Los has visto? —William negó con la cabeza y una sonrisa ladeada curvó su boca—. Pues deben de ser mágicos o algo así, porque metes dentro todos los ingredientes, lo programas y ¡*voilà*! ¡Plato a la mesa! Alice lleva soñando con uno los últimos cinco años. —Frunció el ceño y miró a William con los ojos entornados—. ¿Qué te hace tanta gracia?

William cruzó los brazos sobre la mesa y su sonrisa se hizo más amplia. Nunca había conocido a nadie con tantas cosas que decir. Y a él le encantaba. El sonido de su voz, el movimiento de sus labios, todo.

—¿Te han dicho alguna vez que tienes una voz muy bonita?

—No.

—Pues lo es, y muy relajante.

—¿Eso quiere decir que vas a dormirte si sigo hablando?

A William se le escapó una carcajada. Se inclinó hacia ella sobre la mesa y observó de cerca sus ojos. Unos iris de color verde, repletos de puntitos y líneas alrededor de las pupilas. Parecían pequeñas galaxias en movimiento. Se obligó a reprimir las ganas que tenía de alargar la mano y acariciar con el pulgar el mohín que arrugaba sus labios.

—No, me interesa mucho lo que dices —respondió.

—Eso espero, «posible amigo» solo se encuentra un peldaño por encima de «archienemigo», y aún estás a prueba.

William no pudo resistirse al juego.

—¿Sabías que Batman y Talia al Ghul eran archienemigos, que también estaban enamorados y hasta tuvieron un hijo?

Kate tragó saliva con la boca seca y lo miró. Su voz ronca y profunda había alcanzado todos los rincones de su cuerpo.

—No —dijo con las mejillas encendidas.

—Pertenecían a mundos diferentes y eran letales el uno para el otro, pero el corazón no siempre sabe lo que le conviene y tiene debilidad por las relaciones imposibles. El deseo es un sentimiento peligroso.

—¿Estás diciendo que nuestra amistad es imposible?

—¿Crees que solo hablo de amistad? —replicó él sin pensar. Se quedaron mirándose un largo segundo, mientras la tensión se arremolinaba sobre ellos. Cambió de tema—: Creo que he visto por la librería un recetario para esos cacharros, podrías incluirlo en el regalo.

Ella tomó aliento y se humedeció los labios. Se sentía como si caminara sobre arenas movedizas. Con él siempre se sentía así, como si cada palabra tuviera un doble sentido. Cada gesto, una señal contradictoria.

—Sí, me gusta la idea.

—Ven y te lo enseñaré.

—Hoy no puedo, pero me podría pasar mañana. —Se llevó la taza a los labios y bebió un sorbo. Suspiró. Estaba delicioso. Se fijó en que William ni siquiera lo había tocado—. No has probado el café.

William miró el brebaje negro. Abrió la boca para decir algo, cuando las campanillas de la puerta resonaron en el local. Levantó la vista y vio a Shane. Sus miradas se encontraron, y una sonrisa pícara se dibujó en la cara del chico mientras se acercaba. Se detuvo junto a la mesa y clavó su mirada en William.

—Aquí estás.

—Así es —replicó William.

—Y no estás solo.

William entornó los ojos y casi los puso en blanco.

Shane se volvió y miró a Kate.

—Hola.

—Hola —ella le devolvió el saludo.

Ya había visto al chico otras veces, siempre desde la distancia. De cerca parecía aún más intimidante. Era tan alto como William. Más corpulento.

Y sus ojos eran dos pozos oscuros en los que apenas se podían distinguir las pupilas.

—Soy Shane, ¿y tú eres...?

—Kate, soy Kate, encantada de conocerte.

Alzó su mano y Shane le estrechó los dedos mientras le dedicaba una sonrisa lobuna. El chico abrió la boca para decir algo, pero William se le adelantó y lo fulminó con la mirada.

—No se te ocurra.

Shane rio para sí mismo, sin dejar de observar a Kate.

Ella parpadeó confundida, con la sensación de que bajo aquellas miradas y escasas palabras, estaba teniendo lugar otra conversación. Comprobó la hora y se puso en pie.

—Debería ir a ver cómo está mi abuela.

William también se puso en pie.

—Por supuesto. Espero que todo salga bien.

—Gracias. —Se quedaron mirándose durante un largo segundo. Kate tomó aliento—. Te veo mañana.

Él asintió con una leve sonrisa.

—Hasta mañana.

Permaneció observándola hasta que abandonó la cafetería. Después sus ojos se clavaron en Shane. Una sonrisa burlona se extendió por el rostro del chico.

—¿Mañana?

—Cállate.

—¿Forma parte de tu plan «Ser amable y nada más»?

—Solo va a pasarse por la librería para comprar un libro.

—Bien.

La frustración de William resultaba evidente en la obstinada línea de su mandíbula.

—¿Y eso qué significa?

—Que me parece bien, ¿qué más puede significar?

—Me pones de los nervios —masculló mientras se dirigía a la salida.

Shane lo siguió sin disimular que se estaba partiendo de risa.

20

La divisó nada más doblar la esquina, acercándose sin prisa al tiempo que saludaba a los conocidos con los que se iba cruzando. Inspiró hondo y sus pulmones se llenaron de un aire saturado de aromas. Rastreó con ansia el que le interesaba y uno a uno los fue descartando hasta dar con él. Tomó otro sorbo de aire y un sabor afrutado se pegó a su lengua.

La observó, atraído por todo lo que veía. Sus movimientos eran suaves y hermosos, desde la forma en la que se recogía el pelo tras las orejas, a cómo se humedecía los labios con la punta de la lengua. Los pasos cortos y confiados. El vaivén de sus caderas enfundadas en unos vaqueros ajustados.

De repente, sus ojos se encontraron. Un latido y las pupilas de Kate se dilataron hasta ocupar casi todo el iris. Otro latido y sus labios se abrieron con un resuello. Un tercero y toda su piel se ruborizó. Era tan apetecible. El deseo de rodear su nuca con la mano y acercarla para poder esconder el rostro en el hueco bajo su oreja, se convirtió en una compulsión.

Apretó los puños con fuerza y dominó el impulso.

—Hola —la saludó con voz ronca.

—Hola —dijo ella al detenerse frente a él.

Se sentía abrumada por todas las sensaciones que la mirada de William le provocaba y apartó la vista por miedo a que sus ojos revelaran lo rara y confusa que se sentía al respecto. Le echó un vistazo al escaparate de la librería y se percató de que aún estaba cerrada.

—Creo que he llegado pronto, Rachel aún no ha abierto.

William sacó unas llaves del bolsillo de sus tejanos y las hizo tintinear entre sus dedos.

—Rachel vendrá más tarde, pero puedo ayudarte yo. Aunque si prefieres esperarla...

—Me conformaré contigo.

—Eso que acabas de oír, es mi corazón al romperse.

—Ah, pero ¿tienes corazón?

Sonrió para sí mismo mientras abría la puerta y la sostenía con la mano para ella.

—Tú primero.

—Me encanta el olor a libro nuevo —susurró nada más entrar.

—Echa un vistazo, si quieres. Los libros de cocina están al fondo, detrás de los de fotografía, junto a los de jardinería. —Ella asintió con una sonrisa expectante en los labios—. Estaré contigo en un minuto.

William encendió las luces y después subió el estor que cubría el escaparate. A continuación puso en marcha el aire acondicionado y colgó el cartel de «Abierto».

Desde el mostrador, donde preparaba el cambio para la caja registradora, observó a Kate con disimulo. Ella recorría las estanterías sin prisa. Balda por balda, acariciaba con el dedo el lomo de los libros al tiempo que sus labios pronunciaban en voz baja el título. La mirada de William cayó en las sandalias que llevaba y comenzaron a subir con lentitud por sus vaqueros desteñidos. Se detuvieron en sus caderas y continuaron su viaje por las curvas femeninas que dibujaba una camiseta oscura sin mangas.

Apartó la vista cuando ella vino a su encuentro y dejó sobre el mostrador un recetario.

—¿Te referías a este?

—Sí. ¿Te gusta?

—Creo que a mi abuela le encantará —dijo en voz baja. Lo miró a los ojos—. Si no te importa, voy a seguir mirando.

—Todo el tiempo que quieras.

Se dio la vuelta y regresó a las estanterías repletas de libros. Él no la perdió de vista hasta que desapareció tras el estand de novedades. Necesitaba ocuparse con algo que no fuese acosarla y entró en la trastienda. Sacó un par de cajas y las abrió para ver el contenido: cómics. Apartó un par para llevárselos a casa y colocó el resto en su sección.

—¡Dios mío, creía que estaban agotados! —exclamó ella.

Apareció con un libro en tapa dura enorme y lo colocó sobre la mesa. William se acercó con curiosidad y miró la cubierta. Era un volumen sobre fotografía artística. Después observó a Kate, que pasaba las páginas completamente fascinada.

—Mi madre tenía uno como este —su voz temblaba de emoción—, pero desapareció con algunas de sus cosas tiempo después de su muerte.

—¿A tu madre le gustaba la fotografía?

—Y no solo eso, hacía unas fotografías increíbles. Era muy buena y publicaron muchos de sus trabajos —le explicó.

Tomó aliento y cerró el libro con cuidado. Con disimulo, le echó un vistazo al precio y su sonrisa se hizo más pequeña. Alzó la barbilla y se encontró con el rostro de William a pocos centímetros del suyo. Quedó atrapada dentro de sus ojos azules y por un segundo creyó ver un destello rojizo en su interior. Parpadeó y su respiración se aceleró mientras se le erizaba el vello de la nuca con un escalofrío.

—¿Qué le ocurre a tus ojos?

William apartó la vista de golpe y forzó una sonrisa.

—¿Qué les pasa?

Ella lo miró con el ceño fruncido. Estaba segura de haber visto cómo sus ojos cambiaban de color, pero era una idea tan disparatada que, de haberla pronunciado en voz alta, cualquiera habría pensado que le faltaba un tornillo.

—Nada.

—Me gustaría ver el trabajo de tu madre un día de estos, si a ti te parece bien —dijo él para cambiar de tema.

—Sí, ven a casa cuando quieras.

—¿Nunca has pensado en seguir sus pasos?

Kate negó con la cabeza y esbozó una tímida sonrisa.

—Hago fotos, pero solo es una afición. No se me da tan bien como a ella. Ni de lejos podría hacer algo parecido. Mi madre tenía... tenía un don para captar cosas que nadie más podía ver y lograba plasmarlas en un papel. Era increíble.

William sintió una profunda ternura al escucharla hablar de su madre.

—Parece que era alguien muy especial.

—Lo era —dijo ella con un nudo en la garganta. Abrió su bolso y sacó la cámara—. Es una Hasselblad analógica. Ya sabes, de las que usan carrete. Era de ella. La llevo encima a todas horas. —Rio para sí misma—. Siempre hay que estar preparada, porque nunca sabes dónde puede aparecer ese instante mágico que convierta un trozo de papel en una historia única. Al menos, eso decía mi madre.

Levantó la cámara y enfocó a William. Disparó y la apartó un poco de su rostro mientras tragaba saliva. Él la observaba muy serio y sin parpadear. Volvió a mirarlo a través del objetivo.

—¿Sabías que aún hay gente que cree que las fotografías te roban una parte del alma y que el hueco que deja lo ocupa un espíritu malvado?

William ladeó la cabeza y una mirada extraña transformó su rostro. Kate volvió a enfocarlo y su expresión le hizo contener el aliento.

«Hermoso. Oscuro. Peligroso», se le aceleró el corazón con ese pensamiento.

—¿Y tú qué crees? —inquirió él con voz queda.

—Pienso que solo la muestran tal y como es. —Pulsó el disparador por segunda vez—. Estoy deseando ver la tuya.

De repente, una corriente fría cruzó la habitación. Kate se estremeció y miró a su alrededor para averiguar de dónde había venido. Sus ojos regresaron a William y dio un respingo al encontrarlo a solo unos centímetros de distancia. Ni siquiera lo había visto moverse. Se sonrojó y sus labios se entreabrieron para dejar pasar el aire que le faltaba.

William posó la mirada en ese punto y los suyos se separaron en respuesta con un resuello. Las palabras de Kate habían abierto una vieja herida en él. Estaba convencido de que su alma había abandonado su cuerpo el día que se convirtió en vampiro, llevándose con ella todo rastro humano. Su esencia como hombre. Desde entonces era otra cosa que solía carecer de compasión y clemencia.

Ese vacío en su interior lo había atormentado durante mucho tiempo.

Sin alma, la oscuridad ocupaba hasta el último rincón de su mente y su corazón. Borraba recuerdos y adormecía toda conciencia. Podía transformar a un hombre bueno en un demonio perverso. En un vampiro. Peor aún, en un renegado sin respeto por nada.

Dio un paso adelante y deslizó su mano por la cintura de Kate. Ella contuvo el aliento y se quedó rígida. La atrajo hasta que sus cuerpos se tocaron.

—¿De verdad crees que un trozo de papel te va a mostrar mi alma? —Su voz sonó amarga—. ¿Y cómo estás tan segura de que tengo una?

—La tienes —susurró ella, incapaz de moverse.

No podía apartar la vista de sus ojos feroces. Ni de la palidez que se había instalado en su rostro. Pensó en una escultura de alabastro. Eso parecía. Una hermosa efigie, que centelleaba de forma sutil.

—¿Sí? Pareces muy segura de eso. Y dime, ¿cómo crees que es?

Kate posó la mano en el brazo de William y lo apartó muy despacio. Sintió un cosquilleo allí donde sus dedos la habían tocado. Sin aliento, tragó saliva para deshacer el nudo que le oprimía la garganta y lo miró como si no lo conociera.

En realidad, no lo conocía. ¿Qué sabía de él? Nada. En ocasiones podía ser encantador. A veces, distante. Otras, se convertía en una arista de hielo fría y afilada. Como ahora.

Se alejó un par de pasos y guardó la cámara en el bolso. Lo hizo con calma, aunque dentro de su pecho su corazón se movía tan rápido como las alas de un colibrí. Pensó que debería tener miedo, y, probablemente, ese sabor ácido que notaba bajo la lengua lo fuese. Sin embargo, lo que sentía era otra cosa. Quizá se había vuelto loca y no tenía ningún criterio, pero William le gustaba. Le gustaba mucho. Y verlo de ese modo, atormentado, solo la empujaba a querer consolarlo. Pese a no tener ni idea de los motivos que lo angustiaban.

—En un par de días revelaré el carrete. Entonces te responderé. Pero estoy segura de que es mucho más hermosa de lo que tú crees.

William apartó la vista y se alejó al tiempo que le daba la espalda. Lamentaba su comportamiento. La brusquedad de sus gestos. La dureza de sus palabras. Y, a pesar de la culpa que lo reconcomía por dentro, todo su ser pugnaba por dar media vuelta y tomarlo todo de ella. Así de contradictorio y volátil podía llegar a ser.

—Lo siento, te prometí que no volvería a comportarme así contigo —dijo con aspereza.

Sintió que ella se acercaba, y luego su mano tibia sobre la espalda. Se tragó un gruñido.

—¿Qué te ocurre, William? ¿Tan malo es?

—Nada, todos tenemos problemas, y yo, además, mal carácter.

—Se me da bien escuchar. A veces, hasta se me ocurren buenos consejos que dar.

William soltó el aire que estaba conteniendo y su pecho se relajó.

—Entonces, deberías estudiar Psicología y no Derecho, ¿no crees?

A ella se le escapó una risita espontánea.

—Bueno, puede que me estés ayudando a descubrir mi verdadera vocación.

Poco a poco, William se dio la vuelta y la miró. Vio tantas cosas en sus ojos. Cosas que no deberían estar allí. Que ella no debería sentir. No por él. No hacia él.

Las mismas cosas que debían reflejar los suyos. Que no debía sentir. Por ella. Hacia ella.

Su relación era como una montaña rusa, repleta de subidas y bajadas, de giros imposibles, vuelta tras vuelta, para volver al principio donde nada sucedía.

Y que no debía suceder bajo ningún concepto.

—¿Quieres envolver el libro? —no se le ocurrió otra cosa que decir para salir de aquella situación.

—¿Qué?

—El recetario para tu abuela.

—Claro.

Fueron hasta el mostrador.

William sacó un pliego de papel de regalo de un estante y comenzó a envolver el libro sin mucho éxito. Sus manos estaban acostumbradas a otras tareas. Manejar una espada, o una daga, no requería de tanta precisión ni cuidado, solo destreza y fuerza.

—Anda, deja que lo haga yo —se ofreció Kate.

Él se hizo a un lado y la observó mientras ella doblaba el papel y recortaba trozos de cinta adhesiva que iba pegando. Dejó de prestar atención a lo que hacían sus manos y se perdió en su rostro.

En silencio se maldijo por haberse involucrado tanto con ella. Por no poder alejarse. Por no poder olvidarla. Era como una maldita droga que le destrozaba el cuerpo y la mente. Que lo consumía un poco más cada día. Pero de la que necesitaba su dosis.

—Esto ya está.

William forzó una sonrisa con la que ocultó la frustración que lo estaba ahogando.

—Perfecto.

Ella le devolvió la sonrisa y dejó sobre el mostrador el importe del recetario.

—Bueno, debo marcharme. Gracias por todo.

—De nada.

La acompañó hasta la puerta y se quedó mirando cómo se alejaba.

Después, se acercó a la mesa donde se había quedado el libro de fotografía. Le echó un vistazo al tiempo que lo llevaba de vuelta a la estantería. Lo empujó con cuidado hasta que encajó en su lugar. De repente, un pensamiento se abrió paso en su mente y volvió a sacarlo del estante. No tenía sentido que lo hiciera. Al final, solo sería otra complicación más que solucionar. Pero lo llevó hasta el mostrador y allí buscó una bolsa en la que guardarlo. A continuación, sacó cien dólares de su cartera y los metió en la caja registradora.

Otra mala idea.

Una pésima.

21

—¿Llevas la pintura? —preguntó Jill.

—Sí.

—¿Y las plantillas para las letras?

—Sí.

—¿Y...?

Kate cerró el maletero del coche y fulminó a Jill con la mirada.

—He repasado la lista mil veces. No falta nada.

—Lo siento, es que quiero que todo quede perfecto. Es una tarea de gran responsabilidad —dijo Jill mientras subía al coche y lo ponía en marcha.

Kate se abrochó el cinturón y le dedicó una sonrisa a su amiga.

—Lo sé, y te prometo que haremos la mejor pancarta de toda la historia de las graduaciones de nuestro instituto. Quedará bien.

Jill se relajó en el asiento y puso música en el reproductor.

—¿Por qué no nos tocó inflar los globos? ¿O hacer esos abanicos de papel rizado? ¡No! El señor Ripley tuvo que elegirnos para la puñetera pancarta de bienvenida. —Miró a Kate de reojo—. Y hablando de la graduación, iras a la fiesta, ¿verdad?

—Claro que voy a ir. Por primera vez en mi vida tengo la oportunidad de ir a un baile que no se celebrará en un gimnasio con olor a pies y cebolla.

Jill soltó un gritito y tamborileó con los dedos sobre el volante.

—Es genial que los Talbot hayan alquilado el hotel y vayan a dar una fiesta por todo lo alto.

—Son asquerosamente ricos y sus gemelos se gradúan.

—Me corroe la envidia, te lo juro. Ojalá mis padres fueran así.

Kate alargó el brazo y le tiró del moflete.

—Tu padre es genial. —Jill ladeó la cabeza y la miró de un modo tan penetrante que empezó a sentirse incómoda—. ¿Qué?

—¿Con quién vas a ir a la fiesta?

—Justin me lo ha pedido.

—¿Le has dicho que sí?

—Aún no, pero supongo que lo haré.

—Vaya, controla esa emoción.

Kate se echó a reír y bajó la ventanilla para que entrara el aire fresco de la tarde.

—Hemos salido juntos durante un año. Ha sido el primero...

—Y único —replicó Jill con una risita.

—¿Perdona?

—Solo constato un hecho.

—¡De acuerdo, el primero y el único, ¿contenta?! —Jill le sacó la lengua—. Lo que trato de decir es que Justin siempre ha sido bueno conmigo y a su manera me ha querido.

—Aún te quiere.

Kate se hundió en el asiento.

—Crees que es un error que sea mi pareja para el baile, ¿verdad?

—No, Kate, siempre y cuando le dejes claro que no debe hacerse ilusiones. —Se mordió el labio y frunció el ceño en un gesto pensativo—. ¿Y qué hay de William?

—¿Qué pasa con William?

—Eso te pregunto yo.

Kate dejó escapar un suspiro e inclinó la cabeza hacia la ventanilla. El aire le azotó el rostro.

—Con William no pasa nada, ese es el problema.

—Pero os habéis estado viendo.

—Si a coincidir por casualidad y hablar durante un par de minutos por mera cortesía puede llamarse así... Entonces, sí, nos hemos estado viendo —replicó en tono mordaz.

—Quizá sea de esos chicos que necesita un empujoncito. ¿Por qué no te lanzas tú? Él te gusta.

—Lo haría, pero me da miedo hacer el ridículo. No estoy segura de si yo le gusto a él. No para de lanzarme mensajes contradictorios y me estoy volviendo loca con todo este asunto. Además, ¿qué sentido tiene que lo intente? Antes o después se irá. Su vida está en Inglaterra, donde viven sus padres, sus hermanos... Allí tiene su vida. —Inspiró hondo, frustrada—. Solo ha venido de vacaciones y yo no quiero ser un rollo de verano.

Jill le frotó el brazo con una mano mientras con la otra sujetaba el volante.

—Ahora me siento mal por haberte pedido que vinieras. Podríamos haber hecho este trabajo en tu casa y así no tendrías que verle.

Kate se encogió de hombros mientras la casa de los Solomon aparecía a lo lejos.

—No pasa nada, Jill, en serio. William y yo nos llevamos bien.

22

William llevaba toda la tarde encerrado en su habitación, ojeando un par de informes que Daniel había recibido sobre unos ataques en el estado de Pensilvania, compatibles con la presencia de renegados. No pintaba bien. Parecía que un grupo se había establecido en la zona y no estaban siendo muy cuidadosos a la hora de pasar desapercibidos. Tendrían que encargarse de ellos.

Después repasó unos documentos legales sobre unas propiedades que el abogado de su familia le había enviado. Necesitaban más locales en los que crear negocios que sirvieran de tapadera a su red de abastecimiento de sangre. La demanda era continua y debía satisfacerse de forma rápida y segura para todos. Los vampiros que la consumían y los humanos que la proporcionaban a cambio de dinero y sin hacer preguntas.

Cuando terminó con todas esas obligaciones, intentó leer un rato. Al cabo de unos minutos, dejó el libro sobre el sofá, incapaz de concentrarse. Puso música y recorrió con los ojos la estancia sin saber qué hacer. Algo en la cama llamó su atención, bajo una de las almohadas: una caja de lápices de colores y un bloc de dibujo que April debía de haber olvidado allí.

Miró fijamente la caja durante un rato. Llevaba mucho tiempo sin dibujar, y ni siquiera recordaba por qué había dejado de hacerlo. Pintar siempre había sido un desahogo, una forma de expresar esas emociones que se escapaban a las palabras. Una realidad se abrió paso en su cerebro. Dejó de pintar poco a poco, al mismo tiempo que dejó de sentir.

Cogió un lápiz y el bloc. Se recostó en el sofá y comenzó a trazar líneas. Un perfil tomó forma en el lienzo, apenas un bosquejo, pero, con el paso de los minutos, ese rostro empezó a cobrar vida. Afuera, la luz del día perdió intensidad y las sombras envolvieron la habitación. William ni siquiera se dio cuenta y, cuando acabó el dibujo, ya había anochecido.

Arrancó la hoja y encendió la lámpara que había sobre la mesa. Le echó un vistazo y se le encogió el estómago. Kate lo miraba desde el papel con ojos brillantes, los labios ligeramente entreabiertos y el cabello suelto enmarcando sus facciones perfectas. Parecía tan real como una fotografía en blanco y negro.

De improviso, Shane entró en la habitación sin llamar.

—Me aburro, ¿quieres que hagamos algo?

William se encogió de hombros. Escuchó ruidos en el jardín y el olor a carbón y pastillas de encendido penetró en el cuarto.

—¿Qué ocurre ahí abajo? —se interesó.

—Me sorprende que no te hayas dado cuenta. Jill acaba de llegar con Kate.

—¿Kate está aquí? —Aguzó sus sentidos y no tardó en localizarla en el interior del garaje—. ¿A qué han venido?

—Evan me ha contado que deben hacer no sé qué pancarta de bienvenida para la graduación y, ya sabes, cualquier excusa es buena para que mi padre y mi tío puedan comer carne.

William dejó el dibujo sobre la mesa. Shane se acercó y le echó un vistazo. Sus labios se curvaron con una sonrisa socarrona.

—Se te da bien.

—He perdido práctica.

—Si tú lo dices.

William abrió el armario y sacó su mochila, de la que extrajo un portafolios que parecía tener más de cien años. Hacía mucho tiempo que no lo usaba y le costó desatar el cordón deshilachado de terciopelo. Tomó el retrato de Kate y lo guardó dentro. Junto a otra decena de dibujos.

Shane se apoyó en la mesa y contempló con curiosidad el portafolios.

—¿Puedo verlos?

William se lo entregó con cierta reticencia. Solo eran dibujos, pero para él eran mucho más. Eran partes de su vida. Algunas muy íntimas. Unas buenas y otras, no tanto. Y las había que jamás deberían haber existido.

Shane los fue ojeando en silencio. Con cada nueva ilustración que iba descubriendo, su asombro era mayor. El vampiro tenía un don para capturar el espíritu de las personas. Aquellos rostros transmitían tantas emociones. Tanta vida. Como el que acababa de aparecer ante sus ojos, delicado y virginal, y tan hermoso que se quedó sin aliento.

—¡Joder! ¿Quién es?

William se asomó por encima de su hombro y sonrió. Después le dio una colleja.

—Es Marie, mi hermana. Así que cuidadito.

—Está buenísima. —Negó con vehemencia—. Perdona, quiero decir que... es preciosa. No pretendía ofenderla. Ofenderte a ti —balbuceó. Y añadió molesto—: ¿Qué demonios me pasa?

William se echó a reír.

—Marie suele causar ese efecto. Vuelve idiotas a los tipos como tú.

—No me extraña —susurró sin disimular su admiración—. ¿Está casada? ¿Comprometida? ¿Sale con alguien?

—¡Olvídalo, no tienes la más mínima posibilidad! —rio con más ganas y se ganó un gruñido—. Los hombres con los que sale Marie no se parecen en nada a ti. Son arrogantes, estirados y huelen un Cartier con la misma precisión que la sangre.

—Eh, no me subestimes. Tengo mi encanto. Y otras muchas cualidades —dijo en tono seductor.

—Disfrutaré viendo cómo lo intentas.

Shane continuó pasando los dibujos.

De repente, una punzada de odio traspasó el corazón de William. Un retrato de Amelia había aparecido entre el montón de pinturas. Lo miró con los dientes apretados. Recordaba el día que hizo ese dibujo, un par de semanas después de instalarse en San Juan, cuando el amor que sentía entonces por ella no le había dejado ver que ese sentimiento no era correspondido en la misma medida, y que su fortuna siempre había sido una cualidad importante para ella.

Arrancó el dibujo de las manos de Shane y lo sostuvo con intención de romperlo, pero fue incapaz. Era lo único que conservaba y le recordaba que ella existía, qué aspecto tenía. No podía olvidar ese rostro. No hasta que sus cenizas reposaran en una tumba muy profunda.

Shane lo miró y tuvo un pálpito.

—¿Es ella?

—Sí, es ella.

Tomó el portafolios y guardó el dibujo. Lo cerró de golpe y empezó a dar vueltas por la habitación como un animal enjaulado. La imagen de Amelia lo había perturbado tanto que el deseo de destrozar cuanto había a su alrededor se estaba convirtiendo en un impulso difícil de controlar.

Shane lo observó. El azul de sus ojos se había convertido en un rojo rubí.

—¿Qué te ocurre?

—¿Qué estoy haciendo? —preguntó con los puños apretados—. ¿A quién demonios pretendo engañar? Esto no terminará hasta que Amelia cruce las puertas del infierno y arda en él para siempre. Y en lugar de perseguirla, estoy aquí, jugando a las casitas y fingiendo ser lo que no soy. Porque no soy un maldito humano, Shane. Soy el que los acecha, el que se los come. Soy el monstruo de sus pesadillas.

Shane negó con la cabeza y resopló.

—No eres un monstruo. Ella lo es. Y tú no tienes la culpa, aunque te cueste creerlo. Son muchos los que se han transformado y han elegido no convertirse en asesinos. Porque ser un renegado, un proscrito, es una elección. Tú deberías saberlo.

Una sonrisa mordaz curvó los labios de William. Se llevó las manos a la cabeza y un gruñido trepó por su garganta. Iba de un lado a otro, cada vez más nervioso mientras sentía que las paredes encogían a su alrededor. Una rabia espesa se estaba apoderando de él y su cuerpo vibraba bajo una extraña energía que comenzaba a reconocer. Un vistazo al espejo le hizo reparar en su aspecto, en su expresión feroz y peligrosa, sin ningún rastro de su fingida humanidad. El halo blanquecino que rodeaba su piel e iluminaba sus ojos le conferían una apariencia en la que no se reconocía.

¿Quién era en realidad?

¿Qué era?

Estrelló el puño contra su reflejo y el espejo se hizo añicos. Su mano y su brazo se llenaron de cortes que sanaron tan rápido como habían aparecido. La sangre manchó la alfombra y se la quedó mirando.

—William...

Al escuchar su nombre, se volvió de golpe hacia Shane, que lo miraba como si no lo conociera.

—¿Qué te parece si salimos a tomar el aire? —le propuso el chico con cautela—. No creo que quieras que nadie te vea así.

William asintió muy despacio y el aura de su piel se apagó poco a poco, pero sus ojos no recuperaban su color habitual. La voz de Kate ascendió desde el salón y el impulso de correr hasta ella empezó a latir bajo su piel. Fuerte y rápido. Difícil de dominar.

—Tengo que salir de aquí.

Shane abrió las puertas de la terraza y examinó los alrededores para asegurarse de que no había miradas indiscretas.

—Vamos —dijo al tiempo que saltaba al vacío.

Tras un momento de duda, William lo siguió. Se alejaron de la casa y alcanzaron el bosque. A paso ligero, se adentraron en la espesura, de camino a las montañas y sin mediar palabra. Estaba anocheciendo. La luz del crepúsculo comenzaba a fundirse con la incipiente claridad de una luna creciente, que le confería al paisaje un aspecto fantasmagórico.

Un búho sobrevoló sus cabezas y un par de ciervos salieron corriendo. A su paso, los animales huían nerviosos.

Aceleraron y, lo que comenzó siendo un paseo, acabó por transformarse en una frenética competición. La frondosa maleza les hacía cada vez más difícil no chocar contra las rocas y las raíces que sobresalían del suelo cubierto de hojarasca. El paisaje se volvió más escarpado, plagado de riscos, y los arroyos se convertían en cascadas de varios metros de altura difíciles de escalar.

El aire limpio y el agua fría comenzaron a distraer a William. Su atención se centró en los sonidos que lo rodeaban: roedores que corrían entre la hierba, murciélagos que batían sus alas a la caza de insectos y en las fuertes pisadas de Shane, que resoplaba tras él. Una sonrisita asomó a sus labios. No era vanidad, aunque no podía dejar de sentirse bien al comprobar, una y otra vez, cómo sus facultades iban a más.

Alcanzó el nacimiento del arroyo. El agua brotaba del interior de una cueva y se detuvo para ver con más atención aquel lugar.

Era precioso.

El musgo formaba un manto mullido y suave sobre el suelo, y se dejó caer como si fuera un lecho. Tumbado de espaldas, contempló los millones de estrellas que coronaban el cielo esa noche, mientras dibujaba mentalmente las constelaciones que conocía.

Poco después, Shane se dejó caer a su lado sin aliento.

Fue William quien rompió el silencio al cabo de unos segundos.

—Lo que has visto antes...

—No sé qué he visto, William.

—Ya, yo tampoco lo tengo muy claro. —Movió la cabeza, no lograba encontrar las palabras—. Conforme pasan los años, mis habilidades aumentan. Puedo hacer cosas con las que otros vampiros ni siquiera podrían soñar. Soy más fuerte, más rápido, más... todo. —Hizo una pausa antes de continuar y suspiró—. Pero también me cuesta más mantener el control, sobre todo cuando me enfado. Me transformo por completo, me dominan mis instintos y actúo sin pensar. Como hace un rato, si no hubieras estado allí, yo...

—Supongo que mi tío estaría pensando ahora en cómo reformar la casa.

William sonrió sin un ápice de humor en su cuerpo. Se incorporó hasta quedar sentado y alzó el rostro. Jirones de nubes avanzaban muy rápido, cubriendo buena parte del cielo. Un resplandor surgió de ellas con un estallido, seguido de otro aún mayor que anunciaba la proximidad de la tormenta. Las copas de los árboles comenzaron a mecerse con el viento que silbaba a través de sus hojas con un ligero olor a humedad.

—¿Cuáles son esas cosas que puedes hacer? —preguntó Shane en voz baja.

—¿Además de convertirme en un puto ser de luz?

—Eso ha molado, parecías un alienígena.

—¡Quién sabe! —se rio, porque cualquier explicación que pudiera darle respuestas le parecía mejor que no saber absolutamente nada, por muy disparatada que fuera—. Vale.

Se puso en pie y una sensación incómoda creció en su interior. Se alejó unos cuantos pasos. Dejó escapar un suspiro y abrió un poco los brazos. Sus pies se despegaron del manto de musgo y se elevó un par de metros por encima del suelo.

—¡Hostia puta! —exclamó Shane con los ojos como platos.

Sabía que los vampiros eran como arañas que podían subir por cualquier superficie, desde la pared de un edificio a un escarpado acantilado. Daban saltos increíbles con los que parecía que volaban. Pero aquello... aquello era otra cosa.

William se dejó caer y aterrizó con las rodillas flexionadas.

—¿Qué más puedes hacer? —quiso saber Shane.

—Empiezo a mover cosas con la mente.

El joven lobo dejó escapar un gemido, cuando una enorme roca pasó junto a su cabeza como un proyectil. Estaba disfrutando como un niño.

—¿Qué más?

—No quieras saberlo —respondió William en tono misterioso—. Escucha, solo se lo he contado a mi hermana. Y no quiero que nadie más lo sepa. Al menos, hasta que logre descubrir de qué va todo esto. Prométeme que guardarás el secreto.

—Puedes confiar en mí, no diré nada. —Miró fijamente a su amigo, mientras su mente buscaba respuestas—. ¿No has intentado averiguar por qué eres tan especial?

—No me gusta esa palabra.

—¡No hay otra! Eres inmune al sol, cuando el resto de tu gente moriría con exponerse unos minutos. Se necesita una manada entera para vencerte y ahora puedes... ¿levitar, volar? Quién sabe de qué serás capaz dentro de unos años.

William esbozó una sonrisa que solo reflejaba desesperación.

—No lo sé, y eso me preocupa. Lo único que sabemos es que mi sangre tenía alguna anomalía previa y que al entrar en contacto con el veneno del vampiro que me mordió, este mutó por algún motivo que desconocemos, y me hizo diferente. Por qué no me afecta el sol o por qué estoy desarrollando estas habilidades, sigue siendo un misterio. Es como si ese veneno hubiera activado una parte de mi cerebro...

—Espera, no te sigo —lo interrumpió Shane.

—Hay una teoría que asegura que la mayor parte del cerebro se encuentra inactivo, y que si el ser humano pudiera usarlo en su totalidad, sería como una especie de superhombre capaz de cualquier cosa —explicó.

Shane asintió sin estar muy seguro de si lo entendía—. Pues si partimos de esa hipótesis, sería posible que mi cerebro se estuviera activando poco a poco y, con cada parte que se pone en marcha, despertara una nueva habilidad que me hace mucho más fuerte que cualquiera de mi especie. ¿Comprendes?

—Más perfecto, como si fueses el siguiente paso en la evolución.

—Sí.

Una ráfaga de aire levantó la hojarasca y trajo consigo las primeras gotas de lluvia. En el cielo ya no se veía ninguna estrella y una oscuridad absoluta se había tragado la montaña, rota por los relámpagos que la iluminaban cada pocos segundos.

Shane se puso de pie y observó a su amigo sin dejar de pensar en lo que le había contado.

—¿Crees que si sigues evolucionando, de algún modo, la necesidad de sangre desaparecerá?

—No lo sé. Ojalá. Pero el buitre se alimenta de carroña, el ciervo de hierba y los vampiros de sangre. De momento, esa es mi naturaleza y sin sangre moriría. Es una maldición que no soporto, pero ¿qué opciones tengo?

—Oí a mi padre hablar de un suero...

—Ese suero no es para la sed. Hace unos años, accedí a que me hicieran algunas pruebas con la esperanza de conseguir una cura que hiciera a los vampiros inmunes al sol. No funcionó. El efecto apenas duraba unos pocos minutos. Después de un tiempo, mi padre se negó a continuar y finalizamos la investigación. Creemos que, si había una cura, esta desapareció con el vampiro que me mordió.

—¿Una especie de paciente cero?

William sonrió y movió la cabeza con un gesto afirmativo.

—El problema es que los renegados creen que sí soy la solución, y con los medios actuales y los avances médicos, están convencidos de que se podría sintetizar un suero. Así que soy un trofeo que muchos se disputan.

—No dejaremos que ningún renegado llegue hasta a ti.

—Lo sé, y te lo agradezco, pero llevo desde 1863 enfrentándome a ellos. He aprendido a cuidarme y no soy alguien que se esconde.

Shane dejó escapar con fuerza el aire contenido en sus pulmones. La vida de William no dejaba de sorprenderlo y cada nuevo detalle que conocía de él, convertía su imagen en algo más y más fascinante. Muy en el fondo, sintió una punzada de envidia. Su vida era tediosa y predecible, comparada con la del vampiro. Pero no estaba tan desesperado como para querer esa vida para sí mismo.

El cielo volvió a iluminarse con un chasquido, seguido de un trueno ensordecedor que retumbó dentro de las cuevas.

—Ese ha caído cerca —indicó William.

—Volvamos. Me he largado sin decir nada y no quiero tener más problemas con mi padre. Desde que volvimos de Boston, no me quita el ojo de encima. Es como si pensara que voy a fugarme o algo así.

—Tu padre es un buen hombre. Solo se preocupa por ti.

—Lo sé, pero debería relajarse un poco. No somos capaces de mantener una conversación sin acabar discutiendo.

William le dio un apretón en el hombro.

—Es tu vida y debes vivirla como decidas. Él lo acabará comprendiendo. —Tomó aliento—. Mi padre lo hizo. —Empezó a llover—. Y ahora, corre.

23

—¿Y a mí no quieres fotografiarme? Soy muy fotogénico.

Kate pulsó el disparador y la sonrisa desdentada de April quedó inmortalizada para siempre. Bajó la cámara y miró de soslayo a Carter, que se había sentado a su lado. Sonrió, no pudo evitarlo. Llevaba toda la tarde huyendo de sus incesantes coqueteos, pero el chico no se rendía fácilmente y flirteaba con la misma facilidad que respiraba.

Evan le lanzó a su hermano el tapón de una botella desde el otro lado de la mesa.

—Déjala en paz.

Carter se lo devolvió como si se tratara de un proyectil.

—Cállate, enano. ¿No ves que acabo de conocer a la mujer de mi vida?

Jill se echó a reír y Kate se puso colorada. Dejó la cámara sobre la mesa y se llevó un trozo de tarta a la boca. Carter volvió a la carga.

—Me encanta el chocolate.

—Es de queso —le dijo Kate.

—Entonces, me encantas tú.

A su lado, Kate oyó a Jared maldecir.

—Es idiota, no le hagas caso —dijo el chico en voz baja.

—¿Siempre es así? —susurró.

—Peor.

Sobre sus cabezas, el cielo se iluminó con otro relámpago y una ráfaga de aire cargado de humedad agitó los árboles. «Uno, dos, tres...», empezaron a contar los niños. Un trueno retumbó con fuerza. Y sin tiempo a nada, comenzó a diluviar.

Todos salieron corriendo hacia la casa en estampida, mientras los restos de la cena eran bombardeados por la lluvia que caía con furia.

Entre risas y gritos se pusieron a cubierto.

De repente, el semblante de Kate cambió y una expresión de horror transformó su rostro.

—¡Mi cámara! —exclamó.

La había olvidado. Salió afuera como una exhalación, sin que nadie pudiera detenerla. Corrió hacia la mesa con los párpados entornados para evitar que el agua le entrara en los ojos. La lluvia torrencial, que ya anegaba el césped, empapó su vestido y su cabello en segundos.

Cogió la cámara y dio media vuelta. Un grito ahogado escapó de su garganta cuando sus pies resbalaron en la hierba. Cayó hacia delante, aterrizando sobre las manos y las rodillas. La cámara salió despedida y tuvo que gatear para recuperarla.

De repente, unas manos la sostuvieron por los brazos y la ayudaron a levantarse. Alzó los ojos y se encontró con el rostro de William a pocos centímetros del suyo, mirándola a través de la cortina de agua. Al ponerse derecha, volvió a resbalar y se aferró a él.

—Lo siento, son estos malditos zapatos —dijo agitada.

William inclinó la cabeza a un lado y la miró de una forma misteriosa. Después, la tomó en brazos sin avisar y a ella se le escapó un grito.

—Esto empieza a parecer una costumbre —dijo él.

—¿A qué te refieres?

—A que te rescate bajo una tormenta y acabes en mis brazos.

Kate apartó la mirada y un asfixiante calor coloreó su rostro.

—No necesito que me rescaten.

—Lo sé, pero me gusta hacerlo.

Entró en la casa sin importarle que todas las miradas estuvieran clavadas en ellos. La dejó en el suelo con cuidado y se estremeció al notar su aliento cálido en el cuello. La miró a los ojos y con el pulgar le quitó una brizna de hierba que se le había pegado a la mejilla. Una leve sonrisa curvó sus labios. Después, salió de la cocina.

Durante unos segundos interminables, nadie se movió ni dijo nada. Solo hubo miradas elocuentes y gestos interrogantes.

—¡Kate, eso ha sido una locura! —dijo Rachel mientras le cubría los hombros con una toalla y se los frotaba—. Podrías haberte hecho daño.

—Lo siento. No lo pensé —se disculpó.

—La cámara era de su madre —explicó Jill.

—¿Era? —Kate asintió y Rachel le tomó el rostro entre las manos—. Lo siento mucho.

—Si quieres, puedo echarle un vistazo y comprobar si está bien —se ofreció Jared.

El rostro de Kate se iluminó.

—¿Lo harías?

—Puedo intentarlo.

—Gracias —susurró mientras se la entregaba.

Rachel acompañó a Kate al baño de la planta superior y le entregó un par de toallas.

—Será mejor que te quites toda esa ropa mojada y te seques. No queremos que enfermes con la graduación tan cerca, ¿verdad? —Kate negó con un gesto y le devolvió la sonrisa—. Iré a ver si encuentro algo en mi armario que pueda servirte.

Kate se quitó la ropa mojada y se envolvió con las toallas. Afuera, la lluvia seguía cayendo con fuerza y el cielo se iluminaba cada pocos segundos. Inspiró hondo y se acercó al espejo. Pensó en William y en sus brazos sosteniéndola contra su pecho. En su mirada sobre ella, tan extraña e intensa, como si... él también la deseara.

Se cubrió las mejillas con las manos y ahogó un grito en su garganta. Se sentía tan frustrada.

Llamaron a la puerta y Rachel se anunció antes de entrar.

—No he encontrado nada más pequeño, espero que te sirva —comentó mientras le entregaba un vestido de color azul noche.

—Gracias, estás siendo muy amable conmigo.

—Es muy fácil serlo, Kate. Eres un encanto. —La miró con detenimiento—. ¿Hace mucho que William y tú sois amigos?

—¿Amigos?

—He notado cierta confianza entre vosotros.

—Nos conocimos el día que llegó al pueblo. Me caí en la carretera y él me llevó a casa. Desde entonces, hablamos de vez en cuando, nada más.

Rachel asintió y un sinfín de pensamientos le hicieron fruncir el ceño.

—Así que eras tú...

—¿Perdón?

—Nada, cielo. Cosas mías. —Sonrió con un gesto lleno de ternura—. Vístete. Yo iré a preparar un poco de té.

En cuanto Rachel salió del baño, Kate le echó un vistazo al vestido. Tenía un corte precioso, puede que algo escotado, y le encantó el tacto ligero y sedoso del tejido. Se lo puso y se plantó frente al espejo. Le queda bien. Dios, mejor que bien. Parecía hecho a medida y era tan bonito.

Terminó de secarse el pelo y trató de peinarlo con los dedos. No lo logró. La lluvia lo había convertido en una maraña de rizos.

Salió del baño y recorrió el pasillo de vuelta a la escalera. Una de las puertas estaba entreabierta y no puedo evitar echar un vistazo curioso. Vio a Jared sentado a una mesa, donde examinaba unas piezas de su cámara bajo el foco de una lámpara.

—Hola.

Jared levantó la cabeza, sin prisa, como si hubiera sabido que ella estaba allí mucho antes de haber articulado palabra, y con un gesto la invitó a entrar.

—¿Qué tal está? —preguntó, preparada para lo peor.

—Bien, estas cámaras son mucho más resistentes que cualquier digital que puedas encontrar ahora —explicó él a media voz. Era mucho más tímido de lo que en un principio le había parecido—. Hay un poco de hierba en el obturador. Necesito un pincel pequeño o algo similar para limpiarlo. Espérame aquí, solo tardaré un momento.

Se puso en pie y salió de la habitación. Solo tardó un par de minutos en regresar con un pincel fino, de los que se usan para pintar con acuarelas.

—William me ha prestado uno de los que le regaló mi madre.

Los ojos de Kate se abrieron como platos por la sorpresa.

—¿William pinta?

—Antes, sí.

—¿Y ahora no?

—Ha estado ocupado con otras cosas.

Kate se acercó a la ventana para ver si la lluvia había aflojado.

—Es muy reservado, ¿no crees?

Jared alzó la barbilla y la miró con curiosidad.

—No con nosotros.

—Claro, vosotros sois sus amigos, es normal. Pero con el resto de la gente es muy distante. —Limpió con la mano el vaho que se había formado en el cristal—. ¿Sus hermanos son como él?

—¿Te ha hablado de sus hermanos? —La sorpresa era patente en su voz.

—No. Solo me ha dicho sus nombres, y casi tuve que obligarlo.

Jared soltó el aire que estaba conteniendo y volvió a centrarse en la cámara.

—Pues eso ya es un logro, así que imagino que le caes bien. Además, no ha dejado que te ahogues hace un rato. Eso me hace pensar que puedes gustarle un poco.

Kate rompió a reír.

—¿Quieres decir que, si no le cayera bien, me habría dejado bajo la lluvia?

Jared alzó las cejas, divertido.

—Sí, una rana y tú habríais estado al mismo nivel en su escala de prioridades.

—Entonces, William es un capullo.

Jared soltó una carcajada.

—Prométeme que nunca le dirás que hemos tenido esta conversación.

—Te lo prometo.

Kate pegó la nariz a la ventana. Parecía que la tormenta se estaba alejando. Un relámpago iluminó el exterior con un fogonazo y, durante un par de segundos, vio el bosque como si fuese de día. De repente, sus ojos se abrieron como platos y dio un respingo. Un escalofrío le recorrió la espalda y le puso el vello de punta.

—¿Estás bien? —se interesó Jared.

—Sí, es que he creído ver algo.

—¿Qué has visto?

Jared se levantó de la silla. Se acercó a la ventana y sondeó la oscuridad.

—Nada, en serio. Debo de haberlo imaginado, porque es imposible —se rio de sí misma.

—¿Un unicornio? —bromeó Jared.

—¡Ojalá! —Se llevó la mano al pecho. Su corazón latía frenético—. He creído ver un hombre en ese árbol de ahí, y me estaba mirando con unos ojos enormes y rojos.

Jared se puso tenso y la sonrisa se borró de su rostro.

—¿Has dicho que te miraba?

—Creo que me he pasado con el azúcar.

—Habrá sido una sombra, en la oscuridad todo parece más siniestro —dijo mientras empujaba las cortinas. Miró a Kate y la tomó de la mano—. Ven conmigo.

Kate se vio arrastrada fuera de la habitación.

—¿Qué ocurre?

—Nada, tranquila.

—¿Adónde me llevas?

Jared se detuvo frente a una puerta entreabierta en el pasillo y entró sin llamar.

Kate se paró en el umbral y lo vio cruzar el cuarto hasta detenerse frente a otra puerta. Esta vez, sí llamó. El corazón le dio un vuelco cuando William apareció frotándose el pelo con una toalla y vestido tan solo con unos tejanos. Deslizó la mirada por sus anchos hombros, su torso fibroso y los marcados abdominales. Contuvo el aliento y notó que se le encendían las mejillas. Era imposible no admirarlo y su cuerpo reaccionó de un modo que la sorprendió.

Vio cómo Jared le decía algo al oído. Hubo un intercambio de palabras que duró un minuto. De repente, William dejó caer la toalla al suelo y vino a su encuentro.

—Por favor, pasa. Jared no ha sido muy amable dejándote ahí. —La miró a los ojos y esbozó una pequeña sonrisa mientras señalaba el sofá—. Siéntate.

Kate se sentó mientras Jared salía de la habitación y los dejaba solos. Miró la puerta por la que acababa de desaparecer el chico y de nuevo posó sus ojos en William.

—¿Qué ocurre? —preguntó con un presentimiento.

Solía ser bastante despistada, pero no tanto como para no haberse dado cuenta del cambio de actitud de Jared minutos antes.

William sacó una camiseta del armario y se la puso. Después se sentó en la cama y metió los pies en unas zapatillas. Mientras las anudaba, levantó la vista y la observó.

—Te sienta muy bien ese vestido.

—Gracias, me lo ha prestado Rachel —susurró. Entrelazó los dedos, cada vez más nerviosa, y volvió a preguntar—: ¿Qué pasa?

William se puso en pie y comenzó a guardar en sus bolsillos unas llaves, un teléfono y algo grande y metálico bajo la camiseta que no alcanzó a ver.

—Se ha emitido un aviso. Se acerca otra tormenta, mucho más fuerte, y han lanzado una alerta por tornado.

Ella se estremeció.

—¿En serio?

—Eso han dicho. Tú y Jill deberíais volver a casa.

—Claro. —Se puso en pie.

William situó la mano en la parte baja de su espalda y la empujó con suavidad hacia delante. Ella se estremeció y él fingió no darse cuenta. Juntos bajaron la escalera. Se esforzaba por parecer tranquilo, cuando, en realidad, estaba de los nervios. Todo apuntaba a que Kate había visto un vampiro vigilando la casa. Era imposible que hubiera imaginado algo así con tanto detalle. La miró de reojo y notó un nudo en el estómago. Debía sacarla de allí cuanto antes y averiguar hasta qué punto el peligro era real.

Apretó los puños con fuerza. ¿Y si ya llevaba un tiempo vigilándolos? ¿Y si lo había visto con Kate? ¿Y si se había fijado en ella?

Notó que su cuerpo comenzaba a vibrar y que apenas podía controlarlo.

Rachel los esperaba en la entrada, junto a Jill, Evan y Jared.

Kate miró a su alrededor y se preguntó dónde estarían los demás.

—Parece que el tiempo va a empeorar, los chicos os llevarán a casa. Es lo más seguro —indicó Rachel.

—¿Y mi coche? —preguntó Jill.

—Yo te lo llevaré mañana —le dijo Evan.

—Bien, ¿cómo lo hacemos? —se interesó Jared.

William sacó unas llaves de su bolsillo y se las lanzó a Evan.

—Tú acompaña a Jill y llévate mi coche, es más rápido. —Tomó aire y miró a Jared—. Tú acompaña a Kate. El cuatro por cuatro de tu padre es más seguro si los caminos del lago se han inundado.

El chico asintió y salió al exterior.

William colocó de nuevo su mano en la parte baja de la espalda de Kate. Sentirla en las puntas de los dedos era la única concesión que se había permitido. Y comenzaba a ser peligrosamente insuficiente.

—¿Vamos?

—Sí. —Ella se volvió hacia Rachel—. Gracias por la cena y por el vestido. Te lo devolveré.

—No te preocupes por eso, cielo. Y ahora, date prisa —la apremió.

Había dejado de llover y la niebla se asentaba espesa alrededor de la casa. Sobre ellos, el cielo aún se iluminaba con algún relámpago ocasional. Mientras acompañaba a Kate hasta el coche, William sondeaba la oscuridad con todos sus sentidos alerta, en busca de cualquier posible amenaza. Caminaba con pasos ligeros y confiados, seguro de su cuerpo y lo que podía hacer con él. Los músculos en tensión y una concentración violenta y letal.

Kate no podía dejar de mirarlo. Nunca lo había visto comportarse de ese modo y tuvo el presentimiento de que, en ese momento, era realmente él. Sin máscara. Sin sonrisas forzadas. Sin contención. Y se sintió más perdida que nunca respecto a él. ¿Quién era en realidad William? ¿Por qué tenía la sensación de que todo ese tiempo solo había estado interpretando un papel?

William abrió la puerta del copiloto y ayudó a Kate a subir. Estaba muy callada y seria.

—¿Estás bien? —Ella lo miró a los ojos y apretó los dientes—. ¿Por qué frunces el ceño?

—No lo hago.

—Kate...

Se encogió de hombros y fue un gesto desconfiado.

—Llámame loca, pero... creo que está pasando algo.

—¿A qué te refieres?

—He estado con Jared en su habitación todo el tiempo y estaba bien. Luego, he creído ver a ese hombre, él se ha puesto nervioso y ha salido a buscarte como si la casa estuviera en llamas. Os habéis puesto a cuchichear y después tú me cuentas no sé qué de un aviso y que debo volver a casa.

—¿Y?

—Que no tiene sentido, porque, para empezar, Jared estaba conmigo, tú en el baño... ¿Cómo os habéis enterado de ese aviso?

—Una alerta en mi móvil. Me gusta estar informado.

«Vale, eso era posible», pensó ella.

—¿Y por qué Jared se ha alterado tanto de repente? ¿Por qué... por qué ha ido a buscarte?

William inclinó la cabeza y la miró a los ojos, tan cerca que sus alientos se mezclaban.

—Tenía que decirme algo... personal.

—Yo creo que no. Algo no cuadra, no tiene sentido.

—¿Qué intentas decir?

—Dímelo tú.

—Kate, creo que no te encuentras muy bien.

—Me encuentro perfectamente, y también me he dado cuenta de que aquí está pasando algo. No me creo lo del aviso.

William maldijo para sus adentros. Habían sido descuidados y ahora Kate sospechaba. Debía solucionarlo.

—¿De verdad piensas que todos nosotros nos hemos puesto de acuerdo para inventarnos una historia absurda para ti? ¿Y por qué íbamos a hacer eso, con qué fin?

Ella abrió la boca varias veces, sin saber muy bien cómo explicar la sensación que tenía.

—No lo sé, pero es lo que parece.

—¿Te das cuenta de lo ridículo que suena lo que dices?

Se quedaron mirándose un largo instante y, durante ese tiempo, ella empezó a dudar de todo. Bajo esos ojos azules que la taladraban, todo parecía difuminarse y no tener lógica. Era como si penetraran en su cerebro y le susurraran que se olvidara de todo. Y parecía tan real.

—Tienes razón. No sé por qué se me ha ocurrido algo tan disparatado.

—Igual de disparatado que ver a un tío con los ojos rojos en la copa de un árbol.

—¿Cómo sabes eso? ¿Es lo que ha ido a contarte Jared? —El tono suspicaz regresó a su voz.

—Lo has dicho tú hace un momento.

Ella apartó la vista, avergonzada, pero él colocó un dedo bajo su barbilla y la obligó a mirarlo.

—No quería hacerte sentir mal, pero...

—Ya, nunca quieres —dijo recelosa.

—Lo siento, es que...

—Tengo demasiada imaginación, dejémoslo así, y tú eres incapaz de acabar una frase cuando hablas conmigo. —Soltó una risita mordaz—. Estoy cansada, quiero irme a casa.

William se descompuso por dentro al oír el temblor de su voz. Era un capullo arrogante que la manipulaba a su antojo, y eso no estaba bien, aunque fuese para mantenerla a salvo.

—Kate... —musitó, y las ganas de aplastar sus labios contra los de ella le hicieron clavar los dedos en el techo. La carrocería cedió bajo su presión.

La miró una última vez, después dio un paso atrás y cerró la puerta.

—Ten cuidado —le dijo a Jared.

En cuanto los vehículos desaparecieron, se adentró en el bosque con todos sus sentidos alerta. Un brillo depredador iluminó sus ojos. Si había un vampiro, si estaba allí por él, iba a asegurarse de que lo encontrara.

24

Evan circulaba muy deprisa por el camino de tierra con el todoterreno de William. Jared lo seguía de cerca. Cuando llegaron a la carretera, se despidieron con un pitido del claxon y cada uno tomó una dirección distinta.

La luna se abrió paso entre las nubes, plena y brillante. La niebla, deslizándose sinuosa como un fantasma, se posaba sobre el bosque. Pequeños riachuelos de lodo cruzaban la carretera desde la ladera y Evan tuvo que disminuir la velocidad para evitar que los neumáticos se deslizaran sin control sobre todo ese barro y se salieran de la vía.

Sus ojos escrutaban con atención la oscuridad que los rodeaba. Iban de los espejos al parabrisas y de nuevo a los espejos. Estaba muy nervioso y Jill era consciente de ello. Las dudas sobre él asomaron de nuevo su fea cara. El chico le gustaba, no solo eso, estaba enamorada hasta los huesos, pero ese sentimiento no evitaba ciertas sospechas por cosas que creía haber visto y que no tenían lógica alguna. Aunque, cuando pensaba en esas cosas con detenimiento, parecían tan absurdas que se sentía ridícula por una imaginación tan desbordante.

Pero allí estaban, en medio de otra situación rara, como si él fuese James Bond huyendo en una persecución.

—¿No vas a contarme qué pasa?

—¿De qué hablas? —preguntó Evan perplejo.

—Por favor, no me tomes por tonta. Sé que ocurre algo. Todo ese teatro sobre la tormenta, el aviso por tornado... ¡Esto es New Hampshire!

Evan se encogió de hombros y posó su mirada gris en ella. Parpadeó con inocencia.

—Cariño, no sé de qué me hablas.

—De acuerdo, no piensas decirme la verdad. Es evidente que tenéis vuestros secretos y yo lo respeto —masculló y cruzó los brazos sobre el pecho sin disimular que se había disgustado.

—Jill, no hay ningún secreto. Te juro... —Tragó saliva y apretó los dientes un momento, como si algo le doliera—. Te juro que hemos oído ese aviso y me quedo más tranquilo si yo te llevo a casa. Ya estás viendo el estado de la carretera y tu coche es un trasto.

Jill dio un respingo en el asiento.

—¿Mi Lexus nuevo un trasto? ¡Vamos, Evan, puedes hacerlo mucho mejor!

—¿Estás con la regla?

—¿En serio? —gruñó enfadada—. Vete al cuerno.

—Lo siento, pero es que estás un poco paranoica y no entiendo por qué.

—Porque... porque me estás mintiendo. Tu familia y tú no sois muy buenos actores.

Evan la miró de reojo y forzó una sonrisa despreocupada. Por dentro era un manojo de nervios. ¿Desde cuándo Jill tenía esas dudas sobre ellos? ¿Y por qué demonios él no se había dado cuenta?

—Jill, te prometo... —La palabra le sabía a ácido.

—¡Cuidado! —gritó ella.

Evan miró hacia delante y vio cómo un enorme árbol se precipitaba sobre la carretera. Iba a aplastarlos. Pisó el freno a fondo, las ruedas se bloquearon y el coche derrapó sobre el asfalto mojado. Jill chilló angustiada. Iba a morir, estaba segura de que iba a morir. Cerró los ojos con fuerza, pero el golpe no llegó y su cuerpo se vio lanzado hacia delante cuando el todoterreno por fin se detuvo. Soltó un quejido. El cinturón le estaba aplastando el estómago.

—¿Estás bien? ¿Te has hecho daño? —Evan se revolvió en el asiento, logró quitarse el cinturón y tomó el rostro de Jill entre sus manos. Lo recorrió con la mirada y después el resto de su cuerpo en busca de algún golpe—. ¿Estás herida?

Ella jadeaba como un pez fuera del agua.

—Estoy bien, estoy bien... Solo necesito que mi corazón vuelva a latir.
—Él la abrazó con tanta fuerza que casi no la dejaba respirar. Trató de apartarlo—. Evan, me estás aplastando.

—Perdona, es que me he asustado. Si te llega a pasar algo...

Ella sonrió y le acarició la mejilla al ver su preocupación. Era tan mono. De repente, él se puso tenso bajo su mano y giró el cuello con tanta rapidez que la retiró de golpe.

—Evan, ¿qué pasa?

El chico chistó para que guardara silencio. Sus ojos escrutaban la oscuridad.

Una figura apareció caminando sobre el tronco del árbol caído. Se detuvo frente al coche y bajó de un salto. Se quedó inmóvil, mirando fijamente el vehículo.

—¡Mierda! —gruñó Evan y su voz sonó áspera y gutural.

Jill apartó la vista del hombre que los observaba y miró al chico.

—¿Qué ocurre, lo conoces?

Negó con un gesto.

—¡Vamos, sal de ahí, no tengo toda la noche! —gritó el desconocido.

Evan quitó el seguro.

—¿Adónde crees que vas? —Lo detuvo Jill—. ¡No sabemos quién es! Podría ser peligroso.

Evan esbozó una sonrisita sarcástica. En su pecho vibró un gruñido y sus músculos se tensaron.

—No te muevas de aquí. Veas lo que veas, oigas lo que oigas, no se te ocurra salir del coche. Y si me pasa algo, escapa de aquí lo más rápido que puedas y llama a mi padre.

—¿Si te pasa algo? ¿Que escape? Dios mío, Evan, ¿qué está pasando?

—Tú no eres... —empezó a decir el visitante. Lanzó un grito al cielo—. ¿Dónde está?

Evan sonrió.

—¿Quién?

—Ya sabes quién. William Crain, ese es su vehículo. ¿Dónde está? —repitió encolerizado.

—¿Crain? No me suena.

—Vaya, me ha tocado el payaso del circo —replicó el renegado. Una mueca burlona afeó su rostro—. No te lo preguntaré otra vez. Eres uno de sus perros, debes de saber dónde se esconde.

Dio un par de pasos hacia delante. La luz de los faros del coche lo cegaba y ocultaba el rostro de Evan. Eso parecía molestarlo.

—O eres un suicida o muy tonto para haberte arriesgado a venir hasta aquí con una manada de lobos en la zona. O puede que, lo que te pasa, es que estás desesperado.

El vampiro lanzó una risita al aire.

—Voy a destriparte y esparciré tus restos por todo el bosque, puede que así llame la atención de tu amo.

—Hablas demasiado —gruñó Evan.

Desde el interior del coche, Jill no perdía detalle de lo que ocurría fuera. No conseguía oír lo que decían, pero la atmósfera que se había creado a su alrededor no le gustaba nada. La tensión era palpable en la postura de su chico. Los nervios la estaban consumiendo y salió del coche con su teléfono móvil en la mano.

—¡Eh, tú, llamaré a la policía si no nos dejas en paz!

—¡Jill, sube al coche! —le ordenó Evan.

—Me gusta tu humana, tiene agallas —dijo el renegado.

—Sube al coche, Jill —insistió Evan.

—No sin ti. Pasa de él...

—¡Sube al maldito coche!

Jill lo miró con los ojos muy abiertos. Jamás le había hablado de ese modo. Parpadeó varias veces y tragó saliva, mientras la urgencia y el peligro en su voz iban calando en su cerebro. Obedeció. Cerró la puerta con fuerza y se movió hasta el asiento del piloto. Le echó un vistazo a los mandos y gimió al ver la palanca de marchas. No era automático.

Clavó la vista en el parabrisas al ver que el hombre acortaba poco a poco la distancia.

—¿De verdad crees que ese trozo de chatarra impedirá que la desangre cuando haya acabado contigo? —inquirió el renegado. Ladeó la cabeza—. Aunque primero, puede que me divierta con otros placeres. Es guapa.

Un brillo diabólico iluminó lo ojos de Evan. Su cuerpo comenzó a estremecerse, liberando al lobo.

—Inténtalo si te atreves —gruñó.

Su piel se cubrió de un espeso pelaje gris. Un hocico lobuno brotó de su rostro humano. Unas fauces entreabiertas y llenas de resplandecientes colmillos se abrieron con un aullido. Y allí, donde un segundo antes solo había un muchacho, apareció un lobo del tamaño de un oso. Sus ojos, de un dorado electrizante, miraron hacia atrás una última vez y se encontraron con los de Jill, que lo contemplaba horrorizada.

El vampiro se lanzó contra el lobo. Chocaron en el aire y rodaron sobre el asfalto mojado hasta desaparecer entre la maleza.

Jill se quedó inmóvil, clavada en el asiento sin dar crédito a lo que acababa de ver. Se dijo a sí misma que estaba soñando y no tardaría en despertar. O puede que se hubiera vuelto loca. Pero los ruidos que surgían del bosque no podían ser más reales. Desde donde se encontraba, podía oír los aullidos, los gruñidos, los gritos espeluznantes. Golpes, crujidos, árboles que caían.

De repente, hubo un gran estruendo y un grito de dolor llegó hasta sus oídos. Se llevó un puño a la boca. Supo que ese lamento pertenecía a Evan.

Un silencio opresivo se apoderó del bosque.

Jill solo podía oír el latido de su propio corazón martilleando en su cabeza. Quiso gritar, dar rienda suelta a todas las emociones que la estaban ahogando, pero estaba paralizada y tenía la boca tan seca que solo pudo seguir mirando la oscuridad al otro lado del cristal.

Un movimiento en la maleza captó su atención. Aquel ser desconocido, porque empezaba a dudar de que fuese humano, surgió del bosque y se plantó en la carretera. Ni rastro del lobo.

Ella temió lo peor. A pesar del aterrador descubrimiento, del desconcierto y la rabia que sentía hacia Evan, su afecto por él seguía latiendo en su interior y el miedo a perderlo la golpeó de lleno.

De repente, esa cosa empezó a caminar hacia el coche; y pudo verlos. Sus ojos eran rojos como un brillante rubí y estaban clavados en ella. También vio la sangre que salpicaba su rostro y sus ropas. Parecía que se había bañado en ella. Él le dedicó una sonrisa, tras la que asomaban unos colmillos.

¡Colmillos!

Como los de un...

Jill reaccionó.

Echó el seguro a todas las puertas y trató de poner el coche en marcha. El motor no respondía. Se abalanzó sobre la guantera y empezó a buscar algo con lo que defenderse. No encontró nada.

Con lágrimas en los ojos, se preparó para lo peor.

De pronto, una sombra surgió de la espesura a gran velocidad. Embistió al vampiro con tanta fuerza que lo arrastró varios metros como si se tratara de un muñeco.

Se enzarzaron en una lucha encarnizada.

El renegado trataba de detener en vano al lobo, pero la voluntad de la criatura era muy fuerte y no cedía pese a la gravedad de sus heridas; hasta que, con un último esfuerzo, sus mandíbulas se cerraron sobre su garganta. Notó los afilados caninos hundirse en su piel y dejó de sentir.

El lobo escupió la cabeza del renegado y contempló cómo el cuerpo se desangraba. Intentó a toda costa mantenerse erguido sobre sus cuatro patas. Jadeaba con esfuerzo y la vista se le nublaba. Trató de lanzar un aullido de auxilio, pero no pudo y se desplomó. Bajo la mirada de asombro de Jill, recuperó la forma humana. Se quedó de rodillas, con las manos en el asfalto y el cuerpo temblando sin control.

No podía respirar con las costillas rotas presionándole los pulmones. Intentó ponerse de pie. Las fuerzas le fallaron y se estrelló contra el suelo.

Jill no lo pensó dos veces. Saltó del coche y corrió hasta él.

—Evan... —Se arrodilló a su lado y el corazón le dio un vuelco. Su cuerpo estaba lleno de profundos cortes. Laceraciones que sangraban de forma profusa. De su costado sobresalía una rama astillada y en la cabeza tenía una herida enorme—. ¿Qué te ha hecho esa cosa? —gimió y corrió al coche. Agarró su teléfono y marcó el número de emergencias. Al no recibir ningún tono, comprobó la pantalla y se le escapó un sollozo. No había cobertura.

Regresó junto a Evan.

—¡Evan, dime qué hago!

—Jill... —musitó.

—¿Qué?

—Ayúdame a llegar al coche.

Ella obedeció. Lo ayudó a incorporarse. Se pasó uno de sus brazos por los hombros y sus rodillas temblaron. Era demasiado grande. Demasiado pesado. Apretó los dientes y sacó fuerzas de donde no las tenía. Poco a poco, logró llegar al vehículo. Lo acomodó en el asiento y buscó algo con lo que tapar su cuerpo desnudo.

En el maletero encontró una manta de viaje.

Rodeó el coche y se sentó tras el volante. Inspiró hondo para calmarse y giró la llave. Esta vez el motor respondió. Miró la palanca.

—Nunca he conducido uno como este, mi coche es automático —dijo entre lágrimas.

No podía dejar de llorar mientras Evan se desangraba a su lado. Iba a perderlo allí mismo.

—No te preocupes, es como cualquier otro —dijo él. El dolor era insoportable y notaba que la consciencia lo abandonaba—. Llévame a casa, por favor.

—¡No! Tienes que ir a un hospital.

—No puedo ir a un hospital. Lo averiguarán...

Jill tardó un segundo en entender a qué se refería.

—Está bien. —Tomó aliento y apretó los dedos sobre el volante para que dejaran de temblar. Puso la marcha atrás y dio media vuelta. Al principio con dificultad, pero enseguida le pilló el tranquillo y condujo a toda velocidad hacia la residencia de los Solomon.

—Así que... eres... eres un...

—Un licántropo —dijo él.

—¿Y no crees que deberías haberme dicho algo así?

—¿Y me habrías creído? —Tosió y la sangre escurrió por su barbilla—. De todas formas, no podía. Estoy sujeto a un juramento.

—Un juramento... Vale... Eso lo aclara.

Evan se llevó la mano al costado y de un tirón arrancó la rama. Un gemido escapó de su garganta.

—Me sorprende cómo te lo estás tomando. Aunque... aún espero que... salgas corriendo.

Tosió con más violencia.

—No deberías hablar. —Dio un golpe contra el volante y gritó furiosa—: ¡Maldita sea, Evan!

—Lo siento, entiendo que ahora quieras romper conmigo.

—No es eso, idiota. Es que... soy alérgica a los perros.

Evan rompió a reír, a pesar del dolor que le provocaba, y un nuevo acceso de tos convulsionó su cuerpo.

—Tranquilo, ya llegamos.

—Jill...

—Aguanta.

La casa apareció frente a ellos y gimió de alivio. Pisó el freno y las ruedas derraparon en la gravilla. Saltó del coche y lo rodeó mientras pedía ayuda a gritos.

Carter y William surgieron de entre los árboles. Habían visto el coche nada más enfilar el camino y, por la forma en la que circulaba, supieron que algo malo ocurría. William fue el primero en llegar. Apartó a Jill, levantó a Evan en brazos y corrió con él hasta la casa. Rachel abrió la puerta y un grito escapó de sus labios al ver a su hijo.

—¡Llévalo a su cuarto, deprisa! —le pidió con el corazón en un puño.

Y corrió en busca de agua y toallas para limpiar las heridas.

25

Durante la madrugada, Evan comenzó a recuperarse de sus heridas y poco a poco se fue sumiendo en un sueño tranquilo; y aunque su vida ya no corría ningún peligro, Jill se negó a separarse de su lado.

Al amanecer, Rachel y Daniel los encontraron durmiendo sobre las sábanas, abrazados.

—Evan fue muy valiente —dijo Daniel en un susurro desde la puerta.

Rachel sonrió y le dio un beso en la mejilla.

—Se parece a su padre.

Él negó con un gesto.

—Es mucho mejor que yo, todos mis hijos lo son.

Observó a Jill y pensó que ella también era muy valiente. Le había salvado la vida a Evan y siempre estaría en deuda con ella.

—Nunca debió pasar por algo así, es demasiado joven.

—Vivimos entre ellos, Dan. Siempre existirá el riesgo, es inevitable.

—Podría evitarse.

—¿Prohibiéndole a nuestra gente que se relacione con los humanos? ¿Prohibiéndoles a tus hijos que se enamoren de alguien de otra especie? Sabes que eso sería una batalla perdida.

—Pero no la guerra —dijo él.

—Habla el padre y no el alfa. Son tan hijos míos como tuyos y tengo tu mismo miedo, no quiero que les pase nada malo. Pero somos lo que somos y así es nuestra vida.

Daniel sonrió.

—¿Qué haría yo sin ti?

—Morirte de hambre.

Él contuvo una risotada y la abrazó contra su pecho.

—¿Podremos confiar en ella?

Rachel se quedó mirando a Jill, la forma en la que se abrazaba a Evan.

—Mírala, lo vio todo y, aun así, lo trajo a casa. Sigue aquí y creo que no se separaría de él aunque le salieran tres cabezas y un rabo.

—Bueno, es que ya le ha visto la cola. —Rachel le dio un codazo que lo dejó sin aire—. ¡Ay!

—Casi doscientos años y aún no has madurado.

Daniel se frotó las costillas con una enorme sonrisa en el rostro.

—Bien, pues hagámoslo.

—¿Vas a hablar con ella? —se interesó Rachel.

—Sí, cuanto antes mejor.

—Avisaré a los demás.

Rachel salió de la habitación y Daniel se acercó a la cama. Puso su mano en el hombro de Jill y pronunció su nombre en voz baja. Ella abrió los ojos y se enderezó de golpe con un susto de muerte. Evan también se despertó.

—Papá, ¿qué ocurre?

—Debo hablar con Jill.

Evan intentó incorporarse, pero no pudo y se dejó caer de nuevo sobre la almohada.

—¿No puede esperar? Quizá necesite tiempo.

—No pasa nada, estoy bien —dijo ella en voz baja, casi un susurro. Le dio un beso en la mejilla y se levantó de la cama—. Tú descansa.

Siguió a Daniel hasta su estudio en la planta baja. Él la invitó a entrar y cerró la puerta a su espalda. Jill se sorprendió al encontrar allí a William, sentado en un sillón junto a la ventana. La saludó con una inclinación de barbilla y después clavó la vista en el paisaje al otro lado del cristal.

—Siéntate, por favor —le pidió Daniel. Ella tomó asiento en una silla y lo miró—. Necesito que me cuentes todo lo que pasó anoche y que intentes no olvidar nada.

—Evan es el que de verdad sabe lo que ocurrió. Yo no salí del coche —explicó nerviosa.

No dejaba de retorcerse los dedos.

—Necesito tu versión, Jill. Es importante.

—De acuerdo.

Jill fue relatando todo lo ocurrido y ellos escucharon en silencio. Daniel se mostró atento y paciente. William, simplemente, ni siquiera parpadeó.

—Logré traerlo hasta aquí y ya conocéis el resto.

—Fuiste muy valiente al quedarte allí y ayudar a mi hijo.

—No podía abandonarlo.

—¿Aun despúes de ver a la criatura en la que se convirtió? —Ella negó con un gesto y se sorbió la nariz—. Pero debió de asustarte mucho.

—Sí, tuve miedo, pero después me di cuenta de que estaba intentando salvarme de aquella cosa. No importa qué apariencia tenga, es Evan.

—Y te importa —dijo Daniel.

Jill levantó los ojos de su regazo por primera vez desde que se había sentado. Hablar de lo que sentía con Daniel le resultaba violento. Pero él estaba en lo cierto, Evan le importaba, aunque ahora fuese un completo desconocido para ella.

En realidad, todos lo eran.

—Me importa mucho, y anoche casi se muere. —Se le quebró la voz.

Daniel inspiró hondo y le dedicó una sonrisa.

—Puedes preguntarme lo que quieras, Jill. Debes de tener dudas.

Ella asintió con la mirada esquiva. Se mordisqueó una uña y se acomodó varias veces en la silla. Cuando por fin se sintió preparada, alzó la cabeza y lo miró.

—¿Cómo se convirtió Evan en... en un... hombre lobo?

—¿Tú qué piensas?

—Bueno, que tuvo que morderle uno. Uno de verdad, ¿no? Quiero decir que... es así como funciona. Te muerden y te transformas —balbuceaba sin poder evitar sentirse un poco ridícula. Un brillo extraño cruzó por los ojos de Daniel, un destello dorado que, de haber parpadeado, Jill se lo habría perdido. El corazón le dio un vuelco—. Aunque algo me dice que esa no es la razón.

«¿Cómo no me he dado cuenta?», pensó. Había aceptado lo ocurrido sin cuestionarse nada más. Sin detenerse a pensar. Evan no era un caso aislado.

—Todos sois hombres lobo, Evan... Él nació así —dijo ella casi sin voz.

—Eres muy lista, Jill —comentó Daniel. Se pasó la mano por el pelo y suspiró como si estuviera muy cansado—. Hace más de cuatro siglos que ningún humano sobrevive a la mordedura de un licántropo. Podría decirse que nuestra especie es ahora pura de nacimiento.

—Entonces... Carter, Jared, April...

—Y Shane, y mis otros sobrinos, mi hermano... Sí, somos una gran familia. Y hay muchos más.

—¿Muchos?

—Por todo el mundo.

—Hace meses que os conozco y... nunca. Quiero decir que... nunca he sospechado nada ni me he sentido amenazada.

—Ni lo estarás, tranquila. Somos personas que solo queremos vivir en paz y que nunca han hecho daño a nadie. —Hizo una pausa y añadió con voz queda—: Nadie que no lo merezca.

—¿Y quiénes lo merecen?

—No todos los licántropos son como nosotros, los hay que viven de otra manera. Y no somos la única especie, Jill. Hay otras.

Jill palideció y se cubrió la cara con las manos. Después las deslizó hacia su pelo y las acabó posando en la nuca. Se sentía abrumada, mareada y asustada. No sentía que corriera ningún peligro, pero... ¡Por Dios, estaba en una casa llena de hombres lobo! ¡Existían! Y ese hombre le estaba diciendo que no eran los únicos. Pensó en el ser que atacó a Evan y se quedó sin aliento.

—El hombre que nos atacó...

—¿Sí?

—No era como vosotros, ¿verdad?

—No —contestó Daniel. Lanzó una mirada fugaz a William y este asintió con un leve gesto—. Era un vampiro.

Jill se agarró a la silla cuando notó que el suelo giraba bajo sus pies. Apretó los párpados un instante y sintió que todas las defensas que había levantado para afrontar esa situación se desmoronaban.

—¿Los vampiros también existen? —Casi no podía respirar.

—Sí —respondió William. Jill se volvió de golpe hacia la voz. Había olvidado que él se encontraba allí. Entonces, mirándola a los ojos, añadió—: Somos tan reales como tú.

Jill no podía moverse. Había quedado atrapada en la sonrisita maliciosa que curvaba los labios de William.

—¿Has dicho... «somos»?

William cambió de postura en el sillón y se inclinó hacia delante. Ladeó la cabeza y su sonrisa se hizo más amplia. Jill se echó hacia atrás, cohibida por su presencia.

—Soy un vampiro —susurró mientras sus ojos cambiaban de color.

Ella ahogó un grito con la mano. Estaba temblando.

—Jill —la llamó Daniel. Tuvo que empujarla suavemente por la barbilla para que lo mirara—. Existe otro mundo muy distinto al que conoces. Un mundo que mi familia y la de William protegen desde hace muchos siglos. Y para que puedas entender de qué estoy hablando, hay una historia que debo contarte. ¿Quieres oírla?

Ella asintió.

Daniel le habló de la rebelión de los hombres lobo y de la guerra que aconteció después. Le habló de Victor, su antepasado, y de Sebastian, del pacto que sellaron para lograr la paz y de los años de concordia que sucedieron a aquella alianza y que aún hoy se mantenía. También le contó quiénes eran los renegados: vampiros y licántropos que se negaban a acatar las leyes. Solo aceptaban el libre albedrío. Le explicó lo peligrosos que eran, tanto para ellos como para los humanos.

Sin embargo, evitó hablarle de Amelia y de otros muchos secretos que solo pertenecían a sus dueños.

Jill escuchó sin parpadear, absorta en su relato. Se sentía como una niña a la que le estaban contando un cuento para dormir, y desde los labios de Daniel, la historia no parecía tan terrorífica como en un principio parecía.

—Y eso es todo —dijo Daniel—. ¿Tienes alguna pregunta?

Ella negó con la cabeza.

—No, creo que lo he entendido.

—Te lo estás tomando con mucha entereza.

—Sé que no estoy loca, así que no tengo más remedio que aceptar que todo esto es real.

Daniel se agachó hasta que sus ojos quedaron a la misma altura que los de ella.

—Yo sí debo hacerte una pregunta. Una muy importante.

—Vale.

—¿Podemos confiar en ti?

—Sí —respondió sin dudar.

—Nuestro mundo es peligroso para los humanos.

—No quiero romper con Evan —suplicó. Se limpió una lágrima de la mejilla y forzó una sonrisa—. No le hablaré a nadie de vosotros. Guardaré vuestro secreto, lo prometo.

Daniel le devolvió la sonrisa.

—Te creo. Y te lo agradezco.

—¿Puedo ir a ver a Evan?

—Claro, ve.

Jill se levantó de la silla con piernas temblorosas. Sus ojos se encontraron con los de William y tuvo la sensación de que su mirada era un poco más amable. Ese detalle la animó a sonreírle. Él correspondió a su gesto y se puso en pie para abrirle la puerta.

Ella se detuvo antes de salir. Tragó saliva y volvió la cabeza.

—¿Y si hubiera dicho que no? —le preguntó a Daniel.

—Eso ya no tiene importancia, ¿no crees?

—Quiero saberlo.

Daniel inspiró y se tomó unos segundos para contestar.

—Hace mucho que juré proteger a los humanos de los seres como nosotros, pero el compromiso que tengo con mi raza es mucho mayor, y haré cualquier cosa para que estén a salvo. Cualquier cosa. ¿Comprendes lo que quiero decir?

Jill le sostuvo la mirada y asintió muy despacio. Después, salió sin mirar atrás.

26

Kate se tapó la cabeza con la almohada en cuanto el sol entró a raudales por la ventana. Tanta luz le estaba dando dolor de cabeza. Cerró los ojos e intentó dormirse de nuevo. Tras diez minutos dando vueltas sin lograrlo, apartó las sábanas y se quedó mirando el techo.

Tres días después, aún continuaba dándole vueltas a lo que había ocurrido en casa de los Solomon la noche de la tormenta. Resopló por la nariz. Seguía enfadada con William por esa última conversación que habían mantenido antes de que Jared la llevara a casa. Después, segura de que las cosas no eran lo que parecían, había tratado de sonsacarle algo al chico. Pero se había mostrado distante y esquivo, a la par que elegantemente educado a la hora de burlarse de ella por conspiraciones que nadie más veía. Y quizá todos estaban en lo cierto y solo eran paranoias.

Pensó en su amiga.

Se levantó de la cama y buscó el teléfono entre el desorden de su mesa. Se sentó en la silla y se masajeó las sienes. A continuación, marcó el número de Jill. Al otro lado, el mensaje de un buzón de voz le dio la bienvenida. Esperó a que sonara el pitido.

—Jill, soy yo. Ya veo que vuelves a tener el teléfono apagado. Bueno... Solo quería saber cómo estás y si vas a volver pronto al instituto. Te echo de menos. —Tomó aire—. Todo esto es muy raro. Tú estás rara. Llámame, por favor, estoy muy preocupada.

Colgó el teléfono y se lo quedó mirando. Había perdido la cuenta de las veces que había intentado hablar con ella. Sin embargo, tras llamarla de forma insistente, solo había recibido un par de mensajes en los que su amiga le aseguraba que estaba bien. Nada más.

De repente, recibió un mensaje de texto. Lo abrió al ver que era de Jill.

Jill: Siento mucho haberte preocupado. Estoy bien, de verdad. Evan se puso enfermo y he estado cuidando de él. Nada serio, una gripe, y ya está mucho mejor. Mañana volveremos al instituto. Pero, si te apetece, ¿por qué no te pasas por aquí esta tarde? Yo también te echo de menos.

Kate: Nos vemos esta tarde.

Le echó un vistazo al reloj y se levantó de un bote. Si no se daba prisa, llegaría tarde la instituto.

Se vistió a toda prisa y pasó del desayuno. Volvía a tener el estómago revuelto.

Media hora más tarde, aparcaba su viejo coche frente al instituto. Sacó su mochila del asiento trasero y se encaminó a la entrada. Carol y Emma la saludaron y se acercó a hablar con ellas. Fingió durante un rato que le interesaba la conversación. Incluso, de vez en cuando, emitía algún sonido de sorpresa ante el extenso repertorio de cotilleos y noticias de la semana.

Así fue como se enteró de que Travis y Selene habían roto tras una bronca monumental durante la clase de Gimnasia. También de que habían pillado a Mason dándose el lote con Cinthya Jong en el asiento trasero de su coche. A la novia de Mason no le había hecho ninguna gracia.

El timbre la liberó del suplicio de los chismorreos.

Las clases de la mañana transcurrían con una lentitud desesperante. Al menos, eso le parecía a Kate. Miró el reloj que colgaba de la pared, sobre la pizarra. Se hundió en la silla y suspiró aburrida. La señora Harris les estaba dando una charla sobre lo que debían esperar del futuro, ahora que se graduaban; y era la tercera esa semana. Era como si todos los profesores se hubieran puesto de acuerdo para repetir las mismas palabras, solo que, en boca de la señora Harris, con su habitual falta de expresividad, aquel discurso era deprimente y tedioso.

Llovía, otra vez, y Kate se entretuvo siguiendo con el dedo las gotas de agua que resbalaban por el cristal de la ventana.

Su abuela decía que estaba siendo la primavera más lluviosa de las últimas dos décadas, y las nuevas goteras del tejado daban fe de ello. Pensó en Alice. Llevaba días levantándose más tarde de lo habitual, con unas grandes ojeras de color azulado que entristecían su rostro. Tenía un mal presentimiento sobre la salud de su abuela. Un vacío en el estómago que le cortaba la respiración; y ni siquiera tenía a Jill cerca para contárselo.

A la hora del almuerzo, continuaba lloviendo. Adiós a su plan de comer al aire libre.

Entró en la cafetería y se puso a la cola. Se sirvió un poco de ensalada y un sándwich de pollo. Después buscó una mesa apartada. Sacó de la mochila su última lectura, la quinta entrega de *Cazadores de sombras*. Estaba enganchada a esos libros.

Empezó a comer mientras leía, y no se dio cuenta de que Justin se había sentado frente a ella, hasta que el chico colocó un *brownie* de chocolate en su bandeja.

Levantó la mirada y se encontró con su sonrisa perezosa.

—Con pepitas de chocolate, como a ti te gusta —dijo él.

—¿Qué haces aquí?

—Comer contigo.

—¿Por qué?

Justin le dedicó una sonrisa radiante.

—¿Por qué no?

—Puedes volver con tus amigos, no me importa comer sola.

—Ni a mí, así que finge que no estoy aquí.

Kate sonrió y cerró el libro. Miró a Justin y se sonrojó. Pese a haber roto, continuaba pendiente de ella. Siempre tenía una sonrisa que ofrecerle, una mirada amable. Empezaron a hablar de cosas sin importancia y la hora del almuerzo voló sin que se dieran cuenta. Durante ese tiempo, Kate se olvidó de todas sus preocupaciones y se descubrió riendo como hacía mucho que no reía.

Ambos estaban en la siguiente clase, Historia, y Justin se ofreció a acompañarla.

Salieron de la cafetería.

—¡Vaya, llueve más que antes! —dijo él con la vista en el cielo gris.

Debían cruzar todo el patio para llegar al edificio principal, donde estaban las aulas. Se quitó la chaqueta y cubrió las cabezas de ambos con la prenda. Una gran sonrisa se dibujó en su rostro.

—¿Preparada? —Kate asintió y se le escapó una risita chispeante—. ¡Corre!

Cruzaron el patio tan rápido como se lo permitían los grandes charcos que había en el suelo. Aun así, estaban empapados cuando llegaron a la entrada. Las mejillas de Kate brillaban por el rubor de la carrera y pequeñas gotas se deslizaban por su piel.

Justin sacó un pañuelo del bolsillo y le secó la cara. Lo hizo tan despacio que acabaron mirándose a los ojos fijamente.

—Gracias —dijo ella, y retrocedió un paso.

Aquel gesto comenzaba a ser demasiado íntimo para dos personas que ya no salían.

De repente, se le erizó la piel. Tuvo la incómoda sensación de que alguien la estaba observando. Miró a su alrededor, pero no vio nada extraño ni fuera de lugar.

—¿Te encuentras bien? —se preocupó Justin. Le rozó la cara con el dorso de la mano y frunció el ceño—. Tienes la piel ardiendo.

—¿De verdad?

Kate se llevó la mano a la frente y la recorrió un escalofrío.

—Será mejor que te lleve a la enfermería —dijo él.

Le rodeó la cintura con el brazo y la hizo entrar en el edificio.

William rechinó los dientes. El azul de sus ojos destellaba mientras veía a ese chico tocando a Kate con excesiva confianza. Se cubrió la cabeza con la capucha de su chaqueta y dio media vuelta. Con paso rápido se alejó del instituto en busca de su coche. Se sentía frustrado y ese sentimiento estaba amargándole la existencia. Era un manojo de contradicciones, dividido entre la lógica de su mente, la insensatez de su corazón y la rabia de un deseo contenido que lo tenía de los nervios.

Había pensado en un desahogo pasajero. En un encuentro fugaz. Solo sexo con alguien que necesitara lo mismo. Pero no era capaz de dar el paso, como si hacer algo así estuviera mal. Y no tenía ni idea de por qué no podía hacerlo cuando nunca antes había sido un problema. Únicamente, una necesidad más que saciar.

Apretó los puños. La culpa era de ella. Esa humana le había frito el cerebro con su parloteo constante, su mal genio, sus mejillas encendidas y ese puñetero olor a manzanas que desprendía su piel. ¿Quién se lo hubiera dicho? ¡Joder! Y de haberlo sabido, nunca se habría detenido en esa carretera el día que la vio por primera vez.

Subió al coche y miró su teléfono. Tenía varias llamadas de Daniel. Comprobó la hora y se percató de que llevaba casi veinticuatro horas vigilando. Desde el ataque del renegado, la preocupación por que hubiera otros en la zona era real y constante. Debían moverse con cautela y estar alerta. No podían confiarse. No sabían cuánto había visto ese proscrito, ni a quién podría haber informado.

William se pasó las manos por la cara y puso el todoterreno en marcha. Estaba cansado, hambriento y de mal humor. Vigilar a Kate y asegurarse de que no corría ningún peligro era una tortura para él, porque le obligaba a acercarse demasiado. A presenciar cosas que prefería no ver.

Condujo deprisa hasta la residencia de los Solomon.

Cuando llegó, se quitó las zapatillas mojadas en el porche y entró descalzo. Se dirigió al estudio de Daniel, donde le esperaba. Este abrió mucho los ojos al verlo entrar y negó con un gesto imperceptible ante su aspecto demacrado.

—¿Has encontrado algo? —William dijo que no con un gesto. Y Daniel añadió—: Los demás, tampoco.

—Llevamos tres días buscando, ese tipo debió de venir solo —dijo Shane desde el sofá.

Jerome apartó la vista de la ventana, se le veía agotado.

—Lo que debe preocuparnos es si vendrán otros. El incidente del robo, la osadía de ese renegado... Todos sabemos que nunca se acercan tanto a nosotros. Vino a por ti, William, atacó a Evan porque era tu coche. Contaba con que fueses tú el que conducía.

—¿Crees que no lo sé? —Bajó la cabeza y se humedeció los labios—. Siento lo que le ha pasado a Evan.

—No lo sientas. Evan es un miembro más de mi manada y peleará cada vez que sea necesario —replicó Daniel. Guardó silencio unos momentos y apoyó los codos en su mesa—. Los renegados se esconden como ratas y solo luchan si no les queda más remedio. Suelen ir en pequeños grupos para protegerse. Y lo más importante, te temen, William. Para ellos tú eres el diablo.

—¿Qué intentas decir? —inquirió Shane.

—¿Qué idiota se presenta solo a las puertas de una manada dominante donde también se encuentra su mayor pesadilla? Un idiota que teme a alguien mucho más que a nosotros.

—¿Y con qué fin? No tenía ninguna posibilidad —intervino Evan.

—Medir nuestras fuerzas y asegurarse de que lo que buscan está aquí —respondió Daniel, y su mirada se encontró con la de William.

—Mi hermano tiene razón —indicó Jerome—. Ahí fuera está pasando algo y no pinta bien. No debemos bajar la guardia. Ese renegado debía de ser solo un rastreador que quiso hacerse el héroe para ganar puntos.

Shane asintió y miró a William de reojo, que permanecía callado y cabizbajo.

—Samuel nos lo advirtió en Boston. Hay un grupo de renegados bastante grande viajando hacia el sur, al que no dejan de sumarse otros. Es raro. Se están uniendo y... William, si tú eres el objetivo, corres peligro.

—¡Pues claro que soy el objetivo! —explotó William. Estaba teniendo un día horrible y su paciencia se había acabado hacía rato—. Sabemos lo que ocurre. Vienen a por mí, a por mi sangre. Buscan un suero para vencer al sol y harán lo que sea para conseguirlo. Llevan décadas intentándolo. —Guardó silencio mientras pensaba—. Aunque esta vez hay algo distinto.

—¿Qué? —se interesó Carter. Hasta ese momento había guardado silencio.

—Daniel tiene razón. Existe un líder al que siguen y obedecen, hay cierta organización en todo esto.

—Entonces, no podemos descuidarnos, y tú tendrás que ser mucho más precavido. Si algo te ocurre, no solo perderemos un hermano. Tú eres el puente que mantiene unidos a vampiros y licántropos. Si tú caes, la alianza se debilitará.

William meditó las palabras de Carter unos segundos. Era increíble cómo aquel granuja podía ser tan razonable cuando se lo proponía. Bajo su imagen ostentosa y superficial, se escondía en realidad un hombre muy inteligente, justo y seguro de sí mismo; pero consciente de sus debilidades, y William lo respetaba por todo ello.

Carter había heredado la marca y, con ella, el derecho a suceder a su padre. Nadie dudaba de que algún día sería un buen líder.

—Tendré cuidado —dijo con voz queda.

No tenía ánimo para seguir discutiendo aquel tema. Sabía que, hasta cierto punto, tenían razón, pero no estaba dispuesto a esconderse detrás de la manada. Nunca lo había hecho y nunca lo haría.

—Alguien se acerca —anunció Shane.

El sonido del motor de un coche llegó hasta ellos a través del silencio que reinaba en el exterior. El vehículo se acercaba despacio, con un ronroneo agónico.

Una risita divertida escapó de los labios de Evan.

—Es Kate, el sonido de ese trasto es inconfundible. —Se puso de pie—. Si hemos terminado, iré a avisar a Jill.

Daniel lo invitó a salir con un gesto. Después observó a William mientras el resto de los Solomon abandonaban la habitación.

—¿Qué tal estás?

William se acercó a la ventana y vio a Kate saliendo de un viejo Volkswagen de color blanco. Una ráfaga de aire agitó su cabello y varios mechones revolotearon alrededor de su rostro, mientras ella trataba de apartarlos. La mirada de William resbaló por su cuerpo hasta detenerse en el borde de su vestido, el mismo que llevaba el día que la conoció. El viento hacía oscilar la falda mostrando unas piernas fabulosas. Bajó la vista, aturdido, y se dio la vuelta.

—¿Qué? —preguntó al ver que Daniel lo observaba.

—¿Te encuentras bien?

—De maravilla, ¿por qué?

—A ti te pasa algo, lo sé. Y no tiene nada que ver con todo este asunto de los renegados, ni tu sangre... ¿Qué te está pasando? Sabes que puedes contarme lo que sea.

William sacudió la cabeza y frunció el ceño.

—Es personal, nada importante que deba preocuparte. —Hizo una pausa—. Está controlado.

Daniel arqueó las cejas, completamente perdido. Intentó ver más allá de lo que William mostraba, pero el maldito vampiro era tan hermético cuando se lo proponía, que podía leer mucho mejor los pensamientos de una piedra.

—De acuerdo, pero ya sabes que puedes hablar conmigo.

William asintió.

—Si no me necesitas, subiré a darme una ducha y después seguiré patrullando la zona. Quiero estar seguro de que no hay peligro, sobre todo para los humanos con los que han podido vernos.

De repente, una chispa de entendimiento destelló en el rostro de Daniel.

—¿Te refieres a Jill y a su amiga?

—Sí.

—¿Me estás diciendo que cabe la posibilidad de que esa chica también se haya convertido en un objetivo? —inquirió. William se encogió de hombros—. ¿Por qué? A Jill han podido verla con nosotros, pero ¿a Kate?

—La noche de la tormenta, fue ella quien descubrió que nos vigilaban. El renegado la observaba a través de la ventana.

—Es cierto.

—Pero...

Los hombros de Daniel se tensaron.

—¿Pero?

William resopló.

—Si ya llevaba un tiempo espiándonos, es posible que me viera con ella alguna que otra vez, solos.

—¿Solos?

—¿Vas a repetir todo lo que digo? Sí, solos.

—¿A menudo?

William puso los ojos en blanco.

—Encuentros casuales sin importancia. Pero sí, a menudo —respondió. Lo que no le dijo es que todos esos encuentros los había provocado él en cierto modo. Que se había convertido en un adolescente acosador—. Pero si me han visto con ella...

Daniel apretó los labios para no sonreír.

—Es posible que hayan pensado que Kate puede ser un medio para llegar hasta ti. —Los ojos de William se iluminaron con un destello carmesí y Daniel tomó aliento—. ¿Y lo es? Podrían llegar a ti a través de ella.

—No lo permitiré.

—Pero ¿y si lo hacen? ¿Será prescindible?

William apretó los puños con rabia.

—Nadie la tocará —gruñó.

—Queda claro. No es prescindible.

27

Kate se fundió en un abrazo con Jill.

—¡Hola!

—¡Hola! ¿Qué tal estás?

—Bien, ¿y tú? —Jill asintió con una sonrisa—. ¿Y Evan?

—Dando guerra de nuevo.

Kate se echó a reír y volvieron a abrazarse.

—¿Quieres entrar? Podemos tomar un café —sugirió Jill.

Kate la miró detenidamente y después le echó un vistazo a la casa.

—Te veo muy cómoda aquí.

Jill se sonrojó, y era un detalle poco habitual en ella.

—Bueno, mi padre pasa tanto tiempo en el hospital, que siempre estoy sola en casa, ya lo sabes. Los Solomon son buenos conmigo y me gusta pasar tiempo con Evan. ¡Es mi novio y pensamos prometernos! —dijo entre risas.

La expresión de asombro de Kate era casi cómica, con los ojos muy abiertos y sus labios formado una o.

—¿Vais a prometeros?

—Sí.

—¿Por qué?

—¿Como que... por qué?

—¡Solo tenéis dieciocho años y acabáis de conoceros!

Jill jugueteó con el bajo de su camiseta e hizo una mueca con los labios.

—Ya llevamos juntos unos meses.

—A eso me refiero, dos meses. Dos.

—Casi tres.

—Vale, casi tres, pero no me parece tiempo suficiente para saber que vas tan en serio con otra persona.

Jill no dudó a la hora de responder.

—Kate, quiero a Evan, y él me quiere. Vamos a pedir plaza en la misma universidad y compartiremos un apartamento. No vamos a casarnos ahora mismo. Primero estudiaremos, viajaremos y, en un futuro, nos casaremos.

—Vale, si es lo que quieres... No sé qué decir.

—No digas nada, solo alégrate por mí —dijo Jill en tono de súplica.

Kate no pretendía que su amiga se sintiera mal, y se arrepintió de inmediato de haberse comportado de un modo tan suspicaz.

—Dios, claro que me alegro por ti. Evan es estupendo y me cae bien. Si te hace feliz, solo puedo alegrarme por vosotros.

—¿Lo dices de verdad?

—Sí, te lo prometo.

Se miraron con una enorme sonrisa en los labios.

Kate notó una punzada aguda en las sienes y apretó los párpados en un gesto de dolor.

—¿Te encuentras bien? —se preocupó Jill.

—Vuelve a dolerme la cabeza.

—¿Vuelve? ¿Estás enferma? ¿Has ido a que te vea un médico?

—Fui a la enfermería del instituto este mediodía, Justin me obligó. Pero solo tenía un poco de fiebre, nada importante. Creo que la otra noche me enfrié bajo la lluvia.

Se puso seria al recordar lo ocurrido y desvió la mirada hacia los árboles, iluminados solo por las luces que bordeaban el camino. Empezaba a hacerse tarde.

—¿Has dicho que Justin te obligó a ir a la enfermería?

—Hoy hemos comido juntos.

—Te dejo sola unos pocos días y ¿vuelves a enrollarte con tu ex? ¡Qué fácil es corromperte!

—¡No me he enrollado con nadie! —gimoteó. Después añadió en tono de disculpa—. Aunque le he prometido que iré con él a la fiesta.

Jill se echó a reír y enlazó su brazo con el de su amiga.

—Ya que no quieres entrar en casa... ¿Damos un paseo?

Kate frunció el ceño.

—No es que no quiera, es que...

—No quieres ver a William, ¿verdad?

—No.

—¿Tan mal se han puesto las cosas entre vosotros?

—Las cosas entre nosotros son inexistentes, así que es imposible que vayan bien o mal.

Jill arrugó la frente y la sonrisa se borró de su cara. Era consciente de la atracción que Kate sentía por William, incluso la había animado a que se lanzara a seducirlo. Ahora que sabía lo que él era en realidad, no estaba segura de quererlo cerca de su amiga.

—Es peor de lo que a simple vista parece.

—Bueno, nuestra última conversación fue bastante tensa.

—¿Te refieres a la noche de la tormenta? —se interesó Jill.

—Sí. ¿Tú no sentiste que todo lo que ocurrió fue como... raro?

Jill notó que le faltaba el aire. Aún tenía pesadillas con lo ocurrido. Forzó una sonrisa despreocupada.

—¿Raro? ¿En qué sentido?

—No sé... Creo que pasó algo que puso a todo el mundo nervioso y que no querían que tú y yo supiéramos.

—Yo no noté nada, Kate.

—¿Nada de nada?

—No —respondió sin vacilar.

Kate la miró y la inseguridad de los últimos días regresó. Quizá sus dudas se debían a su imaginación. Cuando todo el mundo niega una cosa y tú eres la única persona convencida de ella, es muy difícil confiar en tu percepción; y la tentación de unirte a los demás en la negación se convierte en la única salida.

—Es posible que me pusiera un poco paranoica.

Comenzaron a caminar hacia el lago, sin prisa. Solo se habían alejado unos pocos metros, cuando la voz de Shane sonó tras ellas.

—Jill.

Ambas se volvieron y Kate tragó saliva el encontrarse con los ojos del chico clavados en los suyos.

—Tranquilo, no nos alejaremos —le dijo Jill con una sonrisa tensa y tiró de su amiga para seguir caminando.

—Manteneos a la vista.

—Vale.

Kate cruzó una última mirada con Shane. El chico la intimidaba con esa fría distancia que destilaba todo el tiempo. Le dio un codazo a Jill.

—¿A qué ha venido eso?

—¿Qué?

Kate enarcó las cejas de un modo elocuente.

—Acaba de darte una orden.

Jill sacudió la cabeza como si acabara de escuchar un disparate.

—¿De dónde sacas eso? Shane es un poco arisco, pero solo se preocupa por nosotras.

—¿Y por qué debería preocuparse?

—¿No has oído lo de esos perros salvajes?

Kate parpadeó varias veces y se pasó la mano por la frente. Las sienes le palpitaban y notó la piel caliente.

—¿Perros salvajes?

—Sí —dijo Jill.

Se lo estaba inventando en ese preciso instante, y odiaba engañar a su amiga, pero ¿qué otra cosa podía hacer? Inspiró hondo al darse cuenta de que llevaba los últimos cuatro días mintiendo a todo el mundo para proteger a los Solomon. Apretó los labios con determinación. Era la decisión que había tomado.

—No he oído nada.

—Unos excursionistas se toparon con ellos. Son muy agresivos y peligrosos. Shane se preocupa porque aún no estamos seguros de si siguen por la zona o se han marchado.

—No tenía ni idea —respondió en voz baja.

Había vuelto a sacar conclusiones precipitadas por una simple percepción.

Jill la miró con la frente arrugada.

—¿Te encuentras bien? Tienes mala cara.

Kate se pasó la mano por la frente y notó que la tenía perlada de sudor. Le ardían las mejillas y se sentía mareada.

—La verdad es que no. Creo que vuelvo a tener fiebre y náuseas.

La sensación de calor aumentó y un violento escalofrío la recorrió de arriba abajo. La cabeza empezó a darle vueltas y todo a su alrededor se volvió oscuro.

—¡Kate!

Escuchó el motor de un coche. Varios portazos. Voces a lo lejos que se iban desvaneciendo. Notó que su cuerpo se elevaba en el aire. Empezó a flotar y, un segundo después, todo quedó en silencio.

28

William salió del bosque y se encontró con un coche de cristales tintados aparcado frente a la casa. En su interior, el conductor leía un periódico bajo una lucecita en el techo, embutido en un pulcro uniforme. Frunció el ceño y un movimiento a su derecha llamó la atención. Shane se acercaba con paso rápido. Arqueó las cejas con una pregunta silenciosa.

—Tus amigos han llegado antes de lo previsto —respondió el chico.

—¿Talos? No los esperábamos hasta después de medianoche —se sorprendió William. Shane asintió—. ¿Llevan mucho tiempo esperando?

Adelantó al chico mientras recomponía su aspecto. Necesitaba una ducha y ropa limpia antes de ver a nadie.

—Unos pocos minutos... ¡William, espera! Kate está en la casa.

William frenó en seco y se volvió con la frente arrugada. El viento azotó los mechones revueltos que le caían por la frente.

—¿Sigue aquí?

—Sí.

—¿Y por qué demonios lo habéis permitido? —bajó la voz hasta convertirla en un susurro, pero eso no le restaba violencia a sus palabras—. Ya sospecha de nosotros...

—¿Por qué sospecha?

—¡Joder, Shane! Kate no es estúpida, si sigue viendo gente extraña y cosas raras, acabará por darse cuenta de que aquí pasa algo. En cuanto Talos llegó, debisteis deshaceros de ella.

—No hemos podido hacer otra cosa.

—¿Qué quieres decir?

—Según Jill, empezó a encontrarse mal mientras daban un paseo y perdió el conocimiento. Justo en ese momento aparecieron los vampiros. Ese tal Theo la ha traído en brazos hasta aquí.

—¿Y qué hacías tú mientras tanto?

—¿Perdona? —gruñó disgustado—. ¡Las estaba vigilando! Pero ellos han llegado antes de que yo pudiera acercarme y he preferido mantenerme al margen. ¿Qué esperabas que hiciera? ¿Mostrarles mi desconfianza antes de que pusieran un pie en la casa?

William bajó la mirada y apretó los dientes.

—Has hecho lo correcto. —Se pasó la mano por el pelo e hizo una mueca—. Lo siento, soy un capullo.

—¡No me digas!

William esbozó una leve sonrisa.

—¿Cómo está ella? —inquirió con preocupación.

—Parece que bien. Ha tardado un poco en recuperar la consciencia y están intentando convencerla de que vaya al hospital. Pero esa chica es incluso más cabezota que tú.

La expresión de William se suavizó un poco, pero no hizo desaparecer el nerviosismo que le tensaba los músculos.

—De acuerdo, entremos. Cuanto antes acabe con esto, mejor.

Juntos penetraron en la casa y se dirigieron al salón principal, desde donde surgían varias voces. William cruzó las puertas francesas que separaban el vestíbulo de la sala. Lo hizo sin prisa, con paso seguro mientras se esforzaba en no mostrar ninguna emoción. Sin embargo, sus ojos lo traicionaron buscando a Kate.

La encontró sentada en uno de los sofás, con Rachel a su lado y Jill arrodillada a sus pies. Con ellas también estaba Kristin, la humana que quería convertirse en vampiro.

La chica se puso en pie con celeridad. Dio un paso hacia él y se inclinó con una graciosa reverencia que nadie esperaba, y mucho menos William.

Apenas le había devuelto el saludo, cuando Daniel entró en la sala, seguido de Talos y Theo. Ambos se aproximaron a William y lo saludaron con la misma ceremonia.

—Es un placer veros de nuevo, señor —dijo Talos.

—Gracias —susurró él, incómodo con las circunstancias.

Le lanzó una mirada suplicante a Rachel. Ella captó el mensaje y se puso en pie de inmediato.

—Vamos, cielo, aún tienes fiebre y debería verte un médico —le dijo a Kate.

—Llamaré a mi padre desde el coche para avisarle de que vamos —indicó Jill.

Kate parpadeó como si despertara de un sueño y miró a su amiga, que le tendía las manos para ayudarla a levantarse.

—De acuerdo.

Se puso en pie sin apenas energía y dejó que Rachel la guiara fuera del salón. Cuando cruzó las puertas, echó un último vistazo por encima de su hombro. Recorrió aquellos rostros desconocidos y pensó en lo extraña que era la situación que acababa de presenciar. ¿Quiénes eran? ¿Por qué se comportaban de ese modo? ¿Se habían dirigido a William como «señor»?

Mientras se hacía todas esas preguntas, su mirada se cruzó con la de William y quedaron enredadas durante un largo segundo, antes de que él la apartara sin ninguna emoción.

29

Tumbado a oscuras en la cama, William escuchó el repique de unas llaves en la puerta principal. Después percibió los pasos lentos y suaves de Rachel encaminándose a la cocina y el tintineo de sus pulseras mientras se las quitaba y las dejaba sobre una superficie.

Por fin había regresado del hospital.

Se acomodó en la almohada con las manos bajo la nuca y fue adivinando a través del sonido cada uno de sus movimientos. Cómo abría el grifo y llenaba la tetera. El chasquido del fogón de gas al prender y la puerta del armario del menaje. Porcelana que entrechocaba...

Se levantó de la cama y bajó a su encuentro sin hacer ruido. El resto de la familia dormía.

—¿Puedo acompañarte? —preguntó desde el umbral en penumbra.

—¡Claro, me apetece compañía! —respondió ella mientras colocaba dos bolsitas de té en una taza—. ¿Qué tal ha ido?

—Bien, o eso creo. Dentro de unos días, esa chica dejará de ser humana para convertirse en un vampiro, y lo hará con nuestra bendición.

—No pareces contento.

—No entiendo que alguien pueda querer esta vida —susurró él, hundido en uno de esos estados de ánimo sombríos que solían abrumarlo—. Los humanos que conocen nuestra existencia, tienden a dotarnos de un romanticismo que solo existe en los libros. Se engañan a sí mismos con fantasías idealizadas. La realidad no es tan hermosa. —Sonrió para sí mismo y su rostro se transformó en la viva imagen de la desdicha—. Deberíamos protegerlos de esta vida, no invitarlos a que formen parte de ella.

Rachel suspiró.

—Esa vida de la que hablas, también es la mía y la de mi clan. La de tu familia. La de todos los que nos acogemos al pacto. Buenas personas que solo quieren vivir en paz y tener un lugar en el mundo. No creo que esa vida sea tan mala. —Sacó el azucarero del armario y puso dos cucharadas en la taza—. Temes por los humanos y no te das cuenta de lo inútil que es ese sentimiento. Están en riesgo desde que nacen. En peligro por su propia fragilidad y su vida mortal y finita. Accidentes, enfermedades... ¿Quién puede protegerlos de eso?

—Una vida eterna en tinieblas, esclavos de la sangre y el deseo continuo de arrebatarle la vida a todo ser vivo... De eso sí podemos protegerlos.

La tetera silbó y Rachel se apresuró a apartarla del fuego. A continuación, llenó la taza de agua hirviendo.

William se pasó la mano por el pelo e inspiró hondo.

—¿Cómo está Kate? —se atrevió a preguntar.

—Bien. El médico dice que solo tiene un resfriado y agotamiento. —Frunció el ceño—. No sabía que su familia tiene una casa de huéspedes al otro lado del lago.

—Sí, es su abuela quien se encarga, pero ya es mayor y gran parte de la responsabilidad recae sobre Kate.

—Eso explicaría el agotamiento. Trabaja, estudia... Demasiadas obligaciones para alguien tan joven. —Bebió un sorbo de té—. He conocido a su abuela, es una mujer amable.

William sonrió al recordarla.

—Es un tanto peculiar.

Rachel lo miró sorprendida.

—¿La conoces? —Él asintió—. Está enferma, muy enferma.

—¿Cómo lo sabes?

—Pude percibirlo. No creo que supere el invierno. —Miró a William con atención—. ¿Kate tiene más familia?

—Me contó que tiene una hermana, Jane. Vive en Boston, creo.

Ella se apoyó en la encimera con la taza acunada entre las manos.

—Parece que sabes muchas cosas sobre ella, y que os lleváis bien... —empezó a decir—. No recuerdo que anteriormente tú... Quiero decir que... es la primera vez en mucho tiempo que tú...

—¿Tan evidente es? —interrumpió el torpe intento de Rachel.

—Sabiendo qué mirar, eres tan transparente como esa ventana de ahí.

—Ya...

—Te conozco desde hace mucho y nunca te he visto mostrar interés por una chica, hasta ahora.

William no dijo nada. Cruzó la cocina y salió al porche trasero. Saboreó el aire cálido de la noche y contempló los primeros indicios del amanecer en el cielo.

Rachel dejó la taza en la mesa y salió tras él.

—¿Qué te reprime? —le preguntó cuando se paró a su lado.

—Es humana.

—Sé que no te va a gustar lo que voy a decir, pero no sería tu amiga si no lo hiciera. —Hizo una pausa, buscando las palabras adecuadas—. A veces hay que correr riesgos, por si resulta que al final merece la pena. Nada te impide dar el paso y ver qué ocurre. Puede que nada, o puede que todo. Eso nunca se sabe hasta que se intenta.

William la miró de reojo.

—¿Y si resulta que es «todo»? ¿Que el tiempo pasa y los lazos se estrechan? Lazos basados en mentiras. Sentimientos que han nacido rodeados de secretos. Secretos que no se pueden guardar eternamente. Y que una vez estallan, destrozan ese «todo».

—Creo que esas razones son en realidad excusas. Sí, lo son. Excusas y pánico.

—¿Disculpa?

—Lo que te reprime es el miedo a que ella te odie, te tema o te desprecie, si finalmente se le revela la verdad sobre lo que eres, quién eres. Al igual que hizo esa esposa de la que no quieres renegar.

William se volvió hacia ella y sus ojos la taladraron con dureza y frialdad.

—No es un detalle que deba olvidar, aún estoy casado con ella. Algo que solo me concierne a mí.

—¡¿Qué?! —explotó Rachel. Deseaba golpearlo para que reaccionara—. Estás casado con un fantasma y eso es lo mismo que nada. No le debes ninguna lealtad a esa mujer. Ya no. —Gruñó exasperada y añadió—: ¡Tú y tu estúpida moralidad!

Se dio la vuelta, dispuesta a marcharse. William la indignaba con su indiferencia y lo poco que parecía importarle vivir o morir. Sentir de nuevo.

—¡Lo siento! —exclamó William tras ella—. Por favor, no te vayas. No quiero estar solo.

Rachel lo miró por encima del hombro y su expresión de enfado se transformó en ternura. Regresó a su lado y se sentó en la tarima de madera, con los pies descalzos sobre la hierba húmeda por el rocío.

Él tomó asiento junto a ella.

Durante un rato, contemplaron cómo las primeras luces del amanecer empujaban a las estrellas.

—Si lo tienes tan claro, deberías alejarte de ella —dijo Rachel al cabo de unos minutos.

—Lo sé, cerca de mí no está segura.

—Y porque le importas.

William ladeó la cabeza y la miró muy serio. Ella sonrió.

—He visto cómo te mira, he oído cómo se acelera su corazón... Le gustas mucho. No permitas que se enamore de ti.

William tragó saliva y apartó la vista. Un movimiento captó su atención y vio un pequeño ratón corriendo entre la hierba, cerca de los árboles. De repente, aparecido de la nada, un gato cayó sobre él.

William se pasó las manos por la cara y suspiró. Esa era la cruda realidad. El gato y el ratón nunca podrían estar juntos ni ser amigos.

Aunque el gato se disfrazase de ratón.

Aunque el ratón se enamorase del gato mentiroso.

Porque siempre habría otros gatos que querrían su ratón.

Porque la presa siempre huye del depredador.

Es una cuestión de instinto.

30

Se agachó junto a la mancha oscura que el cuerpo había dejado sobre la tierra después de arder. Tomó con los dedos un pellizco de ceniza endurecida y la frotó hasta deshacerla. El aire se llevó el polvo.

Mientras se ponía en pie, una sonrisa astuta bailó en su rostro. El cretino se lo tenía bien merecido por no cumplir las reglas. Las órdenes eran claras, había sido enviado solo para observar. Nada más. Pero el vampiro idiota había decidido actuar por su cuenta, yendo a la caza del Guerrero, y esa idea absurda le había costado la vida a manos del licántropo.

Solo un neófito prepotente se arriesga de ese modo, y ahora le tocaba a él ocupar su lugar.

Su teléfono móvil sonó y lo sacó del bolsillo para echarle un vistazo. Leyó el mensaje y lo volvió a guardar.

«Que te jodan», lo maldijo en su mente.

Odiaba que ese vampiro estirado le diera órdenes, pero no tenía más remedio que acatarlas si quería que el plan se desarrollara tal y como había sido concebido. No había lugar para los errores. Demasiado tiempo planificando meticulosamente cada paso, preparándose para el momento decisivo, y nada ni nadie se interpondría en sus planes.

Lo hacía por ellas.

Se limpió la mano en el pantalón y comenzó a descender la montaña.

Un escalofrío le recorrió la nuca cuando el primer rayo de sol le rozó la piel. Alzó la mirada hacia las copas de los árboles. El amanecer se abría paso muy rápido. Continuó caminando y trató de ignorar el vacío que sentía en el estómago. También la debilidad que reptaba por su cuerpo.

Alcanzó el risco sobre la cascada y vio un par de ciervos abrevando en el arroyo.

Se pasó la lengua por los labios y tragó saliva. Odiaba su sabor, pero necesitaba alimentarse.

Se agazapó en la roca. Solo debía impulsarse un poco y...

El teléfono vibró en su bolsillo con otro mensaje. Los ciervos huyeron.

—Le arrancaré la cabeza en cuanto pueda quitarme estas cadenas, lo juro —dijo para sí mismo mientras saltaba los quince metros de alto que tenía la cascada.

Corrió a través de la espesura y dejó atrás el oscuro y profundo bosque. Miró de nuevo al cielo, que ahora era de un azul intenso, y trató de acomodar su vista a la fulgurante luz del sol.

De repente, el olor a sangre fresca lo golpeó en el rostro. Aceleró el paso hasta detenerse en la primera línea de árboles que daba paso a un amplio claro junto al lago.

Desde allí observó con atención la casa azul y blanca que se alzaba junto a unos robles centenarios. Las ventanas estaban abiertas y las cortinas ondeaban en su interior.

El aroma de la sangre se hizo más fuerte y no tardó en localizar a la presa. En la cocina, una anciana presionaba con un paño la palma de su mano. Sus colmillos se alargaron y el impulso de alimentarse y matar se apoderó de él. La acuciante necesidad de satisfacer su sed y ese otro deseo al que estaba enganchado.

Agudizó sus sentidos y descubrió otros dos latidos en el interior. La tentación era tan fuerte, que se vio obligado a clavarse las uñas en la palma de la mano para centrarse solo en el dolor. Aún no había caído tan bajo como para arrebatar vidas inocentes.

De pronto, una conocida sensación le sacudió la espina dorsal. Una inquietud que le ponía los nervios de punta. El tatuaje comenzó a dolerle. Aquellas dos alas negras que ocupaban una buena parte de su pecho le quemaban la piel con un aviso. Él lo estaba llamando y no le gustaba que lo hicieran esperar.

Sin embargo, no se movió. Entre el dolor y la sed, notaba otra cosa que no podía reconocer y que, al mismo tiempo, le parecía muy familiar.

Algo que tiraba de él.

Que lo llamaba.

Que se acercaba.

El tatuaje le palpitaba y apretó los dientes. No podía marcharse sin saber qué le provocaba esa sensación.

De repente, un hombre surgió de entre los árboles al otro lado del claro. Se encaminó con paso firme hacia la casa y él no podía dejar de mirarlo. Entonces la sintió como un golpe, la conexión. El hombre se detuvo. Se giró hacia los árboles que lo mantenían oculto y clavó su mirada en el punto exacto en el que él se encontraba.

«¿Y tú qué haces aquí?», pensó al reconocerlo.

Era la primera vez que lo veía en persona.

Lo estudió con atención, y en un rincón muy profundo de su conciencia sintió algo parecido a un remordimiento. Suspiró. No tenía nada en su contra, pero él era la otra parte de la ecuación. La pieza que debía controlar para recuperar lo que le habían arrebatado.

Se preguntó si él podría sentirlo del mismo modo. Todo apuntaba a que sí.

No obstante, eran la misma cosa.

La curiosidad por lo que le había llevado hasta allí, le hizo arriesgarse a permanecer en su escondite un poco más.

William finalmente se movió y llamó a la puerta principal de la casa.

—¡William, qué sorpresa! —dijo una voz.

—Hola, Alice. Kate se dejó esta ropa en casa de mis amigos, he venido a devolvérsela.

—Pasa, está arriba.

—No está bien que un hombre entre en la habitación de una señorita, désela usted.

La mujer se echó a reír.

—Eres adorable. Aguarda un momento, querrá que te lleves el vestido que le prestaron.

—No es...

—¿Kate?

—¿Sí?

—Baja un momento. William está aquí.

Dejó atrás los árboles y regresó al bosque.

Sonrió para sí mismo.

«Vaya, no es tan frío y solitario como cuentan», pensó. Ahora solo tenía que averiguar hasta qué punto esa tal Kate era importante.

31

—¿Qué quieres?

William alzó una ceja y la miró de arriba abajo. No esperaba que se alegrara de verlo, pero tampoco esa hostilidad. Supuso que se lo tenía merecido.

—Ten, es la ropa que te dejaste en casa.

Kate lo miró muy seria y tomó la bolsa que le ofrecía.

—Gracias, no deberías haberte molestado.

—No ha sido una molestia.

—¿Por qué la has traído tú? ¿Te ha tocado la pajita más corta?

William disimuló una sonrisa. ¿Desde cuándo era tan directa y desafiante?

—Quería saber si te encontrabas bien. He oído que tuviste que quedarte todo un día en el hospital.

—Solo hasta que me bajó la fiebre, pero ya estoy bien.

William asintió. Le costaba hablar, porque cada vez que lo hacía el olor a sangre que flotaba en la casa inundaba sus pulmones.

—Me alegro.

—Gracias.

Él cambió el peso de un pie a otro, nervioso.

—Verás, también quiero disculparme. Las cosas no quedaron muy bien entre nosotros la semana pasada.

Kate bajó la mirada y se sonrojó. Ese recuerdo aún la perturbaba. Mostró una leve sonrisa sin humor

—Ya... No fue una conversación muy agradable. Me puse nerviosa y perdí un poco el control.

—Yo tampoco ayudé mucho, me comporté como un idiota.

—Y yo monté un numerito.

—Fui tan capullo contigo.

Sus miradas se enredaron y el silencio se extendió entre ellos.

Kate sonrió un poco más. No parecía tan enfadada.

—¿Ya se han ido tus amigos?

—¿Qué amigos? —preguntó William. Ella se inclinó con una torpe reverencia a modo de respuesta y él forzó una sonrisa—. Sí, ya se han ido.

—¿Por qué esa gente...?

—Oye, ¿va todo bien ahí dentro? ¿Alguien está herido?

Kate arrugó la frente.

—Martha se ha cortado mientras pelaba manzanas. Ha sido superficial, aunque ha sangrado mucho. ¿Cómo... cómo lo has sabido?

—Huele a antiséptico —mintió él.

—¿Desde ahí? Menudo olfato.

Él se encogió de hombros, quitándole importancia.

Kate se balanceó de delante hacia atrás, un poco incómoda con aquel largo silencio. Había tratado de mantener las distancias, tanto físicas como emocionales, pero ese plan solo le funcionaba cuando él también marcaba esas distancias.

Además, William tenía la capacidad de destrozar todas sus defensas con una sola sonrisa y un par de frases amables. No le parecía justo rendirse con tanta facilidad. Aun así, se descubrió diciendo:

—Tengo el vestido de Rachel arriba, ¿quieres pasar a buscarlo?

—No creo que sea buena idea.

—Lo es, confía en mí. He encontrado algo que te dejará con la boca abierta.

William no pudo ignorar la punzada de curiosidad que le atravesó el estómago, ni quedarse atrapado en esos hoyuelos que lo llevaban de cabeza.

—¿Qué?

—Una cosa que no pensaba enseñarte, pero ya que has admitido que eres un idiota...

Él sonrió y se llevó la mano a la nuca, indeciso. Las palabras de Rachel aún resonaban dentro de su cabeza, como una letanía que dejaba de repetirse, una y otra vez.

«Deberías alejarte».

Sin embargo, en ese preciso momento, todo su cuerpo se rebelaba contra esa posibilidad.

—¿Te dejan subir chicos a tu habitación? —inquirió con voz ronca.

—No, si son peligrosos. Tú eres inofensivo.

—¿Cómo estás tan segura?

—Intuición.

Los labios de William se curvaron con una sonrisa ladeada.

—De acuerdo, enséñame qué has encontrado. —Ella se hizo a un lado para permitirle el paso. Él entró, pero no antes de susurrarle al oído—. Yo no me fiaría mucho de esa intuición.

Kate se sonrojó y apartó la vista de sus ojos. Después se dirigió a la escalera y comenzó a subir con el corazón desbocado.

William la siguió. El olor de la sangre ya no era tan penetrante, pero aún alteraba su conciencia. Apretó los párpados un segundo para calmarse. Cuando los abrió de nuevo, tuvo una visión perfecta de unos pantalones cortos, bajo los que se adivinaban la clase de curvas que hacía que a él le entraran ganas de saltarse sus propias normas y hacer una estupidez.

—Es aquí —anunció ella cuando alcanzaron la buhardilla.

William se detuvo en la puerta de la habitación y echó un vistazo al interior. Vio una cómoda de grandes cajones, sobre la que colgaba un espejo rodeado de fotografías. Una estantería repleta de libros y un sillón escondido bajo un montón de ropa. Un escritorio, un armario y un baúl junto a la ventana. La cama ocupaba el centro de una pared, con las sábanas revueltas colgando por un lado.

—No te quedes ahí, entra.

Avanzó unos pasos, sin saber muy bien qué hacer. Se paró frente al escritorio y se fijó en una fotografía. La tomó para verla de cerca.

—¿Son tus padres? —preguntó con curiosidad.

Kate asintió.

—Sí, esa foto es de su luna de miel.

—Te pareces mucho a ella.

Dejó el marco en su sitio y se volvió para encontrarse con los ojos de Kate clavados en él. Vio cómo tomaba aire y su pecho se llenaba. Su mirada se entretuvo más de la cuenta en esa parte de su cuerpo, y la apartó rápidamente.

—¿Dónde está eso tan alucinante que quieres que vea?

La cara de Kate se iluminó y corrió hasta la cómoda. Del cajón superior sacó una antigua caja de galletas. Era de metal y le costó un poco quitar la tapa. La llevó hasta la cama y se sentó. Dio unos golpecitos sobre el colchón.

—Ven, no voy a morderte. Te lo prometo.

William sonrió y sacudió la cabeza.

—¿Y si yo no puedo prometerte lo mismo?

Se ruborizó ante sus ojos y el deseo de aplastarla con su cuerpo contra esa cama le hizo apretar los puños. Se acomodó deliberadamente lejos. Pero su gesto no sirvió de nada, porque ella acortó la distancia con dos saltitos que le hicieron rebotar.

—¿Recuerdas cuando mi abuela dijo que veía algo familiar en ti?

—Sí.

—Ayer estuve ordenando el sótano y aparecieron un montón de cosas antiguas que pertenecían a mi bisabuelo. Me puse a mirar algunas fotografías y apareció esta.

Metió la mano en la caja y sacó una fotografía. Era muy vieja, en blanco y negro, y tenía los bordes rotos. La miró un segundo y después se la entregó a William con una enorme sonrisa y una expresión expectante.

Él le rozó los dedos al tomarla. Ignoró el escalofrío, y le echó un vistazo a la imagen. En una esquina de la parte inferior había algo grabado. Sus ojos se abrieron con sorpresa al descubrirlo: Waterford, 1857.

Un muchacho joven, de mirada inquieta, posaba muy erguido. La torre Reginald, una de las edificaciones más antiguas de la ciudad, se levantaba tras él. William conocía el lugar. Observó la fotografía con detenimiento y un sinfín de recuerdos acudieron a su mente.

De repente, algo muy concreto captó su atención y el mundo se detuvo. En la imagen aparecían otras dos personas, que debían de pasar por allí en el preciso instante que fue tomada. Vestían de un modo elegante. Ella con un bonito sombrero de toldo y una capa corta sobre los hombros. Él, con un abrigo largo y un sombrero de copa.

Esas personas eran su hermana Marie y él mismo.

Kate lo miraba atenta, a la espera de una reacción, pero William estaba tan impresionado que apenas podía moverse.

—Vaya, no sé qué decir... Es... —balbuceó. Contuvo el aliento—. Este debe de ser...

—¡Tú! —gritó ella emocionada—. Eres tú.

Él se puso tenso y la fotografía crujió entre sus dedos.

—Sabes que eso es imposible —replicó con aspereza.

—¡No seas tonto! —Se le escapó una carcajada—. Me refiero a que sois como dos gotas de agua. Es evidente que este hombre es algún antepasado tuyo. Tu familia es de allí, ¿no?

William asintió, aún con el susto en el cuerpo.

—Sí.

—Ese niño creo que es mi tatarabuelo o algo así, no estoy segura. ¿No te parece increíble que nuestros antepasados aparezcan por casualidad en la misma fotografía?

William frunció el ceño y volvió a mirar la fecha. Marie y él aún eran humanos en ese tiempo y ninguno sospechaba nada sobre la verdadera naturaleza de su familia. Sebastian había logrado que así fuera. Era uno de los pocos vampiros que conocía que podía influir en la mente de los humanos, y había usado esa habilidad con ellos durante años. Su razón siempre fue noble: que tuvieran una vida normal, alejados de una oscura verdad.

Trató de recordar ese día. Por la ropa, el lugar... Forzó su mente en busca de los recuerdos, pero estos tendían a mezclarse con otros más antiguos. Se preguntó cuánto tiempo tardaría en olvidar por completo su vida humana.

—Tienes razón, parece increíble.

—Como si fuese cosa del destino —susurró ella.

William ladeó la cabeza y la miró. Ella le sostuvo la mirada.

—¿Piensas que es cosa del destino que nos hayamos conocido?

—Bueno, no es que crea en esas cosas, pero tienes que reconocer que esto va más allá de una coincidencia. Y... no sé... tiene un aire romántico.

«Deberías alejarte de ella... He visto cómo te mira... Le gustas... No permitas que se enamore de ti...», las palabras de Rachel comenzaron a atormentarlo.

—¿Y por qué crees que ese destino haría algo así? —la cuestionó en un tono sarcástico.

Kate apartó la mirada y su corazón se aceleró.

—Odio que hagas eso. No soporto que te burles de mí.

—No me burlo de ti. —Tragó saliva y maldijo para sus adentros. Debía ponerle fin a lo que fuese aquello que estaba naciendo entre ellos, en lugar de herir sus sentimientos—. Mírame.

Ella no se movió.

William se mordió el labio con fuerza y notó el sabor de su propia sangre.

—Kate, mírame. —Poco a poco, ella alzó sus bonitos ojos hacia él—. Eso que estás pensando... Tú y yo... No va a pasar.

Las pulsaciones en el pecho de Kate se dispararon y su eco envolvió a William.

—¿Por qué no?

—Porque no soy lo que esperas ni tampoco lo que necesitas.

—Eso debería decidirlo yo, ¿no crees?

—No, porque no me conoces. No puedes tomar esa decisión sin tener ni idea de quién soy.

Kate hizo una mueca y apartó la vista. Inspiró por la nariz.

—Eso tiene arreglo. Deja de ser tan misterioso y hermético, invítame a salir y así podré conocerte.

—Ojalá fuese tan sencillo —dijo para sí mismo—. Kate, voy a marcharme en pocos días y no creo que vuelva. Además, tú no eres esa clase de persona que se conforma con un rollo.

Sus ojos volvieron a encontrarse y William pudo ver en ellos un atisbo de tristeza y algo de resignación. De pronto, sonó su teléfono.

—Disculpa, puede ser importante.

Lo sacó del bolsillo y le echó un vistazo a la pantalla. El nombre de Keyla destacaba sobre el fondo oscuro.

Kate también lo vio y su expresión se tornó malhumorada mientras él descolgaba y se alejaba hasta la ventana. La conversación solo duró unos pocos segundos. Colgó y se volvió hacia Kate.

—Ha surgido algo y debo marcharme.

Ella se puso en pie y se frotó las palmas de las manos en los pantalones. Se acercó al armario y sacó una bolsa.

—Ten, el vestido de Rachel.

—Gracias.

—Ah... —Tomó del colchón la antigua fotografía y se la ofreció con el brazo extendido—. Para ti.

William negó con la cabeza.

—No puedo aceptarla.

—Claro que sí, hay dos copias.

Él agarró la fotografía y la miró un instante antes de guardársela en el bolsillo.

—Gracias.

—De nada.

Sus miradas quedaron enredadas un largo instante en el que ninguno de los dos dijo nada. Ella se recogió un mechón suelto tras la oreja y dejó que sus dedos resbalaran a lo largo de su cuello. La mirada de William se posó en ese descenso y notó la boca seca y el estómago vacío. Pero era mucho peor ese otro vacío. El que notaba en el pecho cuando se fijaba en sus labios, el hambre que nacía en sus profundidades al tratar de imaginar cómo sería bajo esa ropa.

Durante un instante, la miró con una punzada de odio. ¿Qué derecho tenía aquella mortal a turbarlo de esa manera? ¿Cómo se atrevía a alterar la calma que tantos años le había costado encontrar? ¿Cómo osaba hacerle sentir de nuevo?

Poco a poco, controló el estallido y recuperó el sosiego.

Forzó una sonrisa y se dirigió a la puerta. Se detuvo antes de salir.

—Me ha gustado conocerte. Eres un ángel, Kate. —Inspiró hondo—. Ojalá creyera en el destino.

Y sin darle tiempo a decir nada, salió de la habitación.

32

La semana siguiente pasó muy rápido y el día de la graduación llegó como si alguien hubiera agitado una varita para hacerlo aparecer de repente.

Sobre las cinco y media de la tarde, toda la familia Solomon salió hacia el instituto para presenciar la ceremonia y acompañar a Evan. Todos menos Shane y William, que continuaron patrullando por los alrededores.

Desde el ataque del renegado, todo había estado muy tranquilo y sin indicios que les hicieran sospechar que fuese a haber más problemas. Nada indicaba un peligro inmediato y William había tomado la decisión de volver a casa esa misma noche, después de que terminara la fiesta.

Largarse era lo mejor que podía hacer, antes de que algún otro proscrito apareciera por allí tras su pista.

Cuando salió del baño con una toalla alrededor de las caderas y el pelo goteando, encontró a Shane espatarrado en el sofá.

—Vas a arrugar tu traje —le dijo.

El chico se movió con cierta incomodidad y tiró del nudo de su corbata.

—Odio esta ropa, es tan molesta... Y hace un calor de la ostia.

De repente, las ventanas se abrieron de par en par, y le dieron un susto de muerte.

—¿Mejor? —se rio William.

—¡Vaya! —Se pasó la mano por la cara con cierta pereza—. Si ahora te creciera el cerebro y te volvieras verde, creo que saldría corriendo.

William soltó una carcajada.

—Me alegra saber que te resulto tan divertido —dijo de buen humor.

El chico se había convertido en un buen amigo, en su confidente y en su razón cuando a él le fallaba. Pensó en Daniel y se sintió culpable, como si con aquellos pensamientos lo estuviera traicionando. Habían compartido muchas cosas que les unirían para toda la eternidad, pero la sintonía que mantenía con Shane era el freno que su mente necesitaba para no sucumbir a la oscuridad.

Shane le echó un vistazo al equipaje que reposaba sobre la cama.

—Vamos a hacerlo, ¿no?

—No tienes que venir conmigo, si no quieres —dijo William mientras volvía al baño.

—¿Qué dices? Estoy deseando largarme.

—Yo también —suspiró mientras se abrochaba los pantalones de vestir.

Contempló su reflejo en el espejo y se pasó las manos por el pelo. Shane apareció en el umbral, con los brazos cruzados sobre el pecho. Los relajó cuando notó que las costuras de su americana crujían.

—¿Vas a despedirte de Kate?

William lo miró a través del espejo.

—Ya lo hice, y no creo que sea buena idea dejarme ver con ella. Por si acaso...

—Lo entiendo.

—Además, esa mujer es como un maldito catalizador para mí. Siempre que me acerco a ella, luego no soy capaz de alejarme y me dedico a hacer una tontería tras otra.

Se dirigió al armario, de donde sacó una camisa gris oscuro.

—Oye... —empezó a decir, mientras abrochaba los botones.

—¿Sí?

—Ahora que tu padre está de acuerdo con que pases tiempo con Samuel, ¿estás seguro de que quieres venir conmigo? No es que yo no quiera, pero pensaba que unirte a los Cazadores era importante para ti.

Shane se encogió de hombros y una risita maliciosa agitó su pecho.

—Joder, tengo que ser sincero contigo.

—¿Qué pasa? —se preocupó William.

—No hago este viaje por ti, sino por tu hermana... ¡Quiero conocerla!

William rompió a reír con ganas. Se dobló hacia delante, incapaz de controlarse. Los ojos se le humedecieron y otro ataque de risa hizo que Shane le lanzara un paquete que había sobre la mesa. Lo cazó al vuelo.

—No tienes ni idea de dónde te estás metiendo. Marie te robará el corazón para después destrozarlo con sus caprichos y pataletas. Si antes no te lo arranca alguno de sus novios. Y si se interesa por ti... —intentó parar de reír—, prepárate, porque es bastante posesiva.

Shane se sentó en el sofá, entrelazó las manos por encima de su cabeza y estiró las piernas con una sonrisa cargada de chulería.

—¿Cuándo salimos? —preguntó.

William sacudió la cabeza y le echó un vistazo al paquete que Shane le había lanzado. La sonrisa se borró de cara y notó un dolor agudo en el pecho.

—Es casi la hora, ¿por qué no vas saliendo? Yo necesito hacer algo antes.

—Claro, nos vemos en la fiesta —dijo Shane.

33

William cruzó el vestíbulo del hotel atestado de gente, y se abrió paso hasta el lugar donde se celebraba la fiesta. Se detuvo en la terraza, frente a la escalinata que daba paso a los jardines, y observó el entorno. De los árboles colgaban farolillos y pequeñas lucecitas anaranjadas. Unas antorchas, colocadas de forma estratégica, daban el toque final a la iluminación. Al fondo divisó un escenario con música en vivo, y un entarimado como pista de baile. Una veintena de mesas, repletas de estudiantes, se distribuían bajo una carpa instalada para la ocasión.

Evan apareció a su lado con un refresco en cada mano.

—¡Eh, ya estás aquí!

—Acabo de llegar —respondió William.

—Voy a llevarle esto a Jill, enseguida vuelvo.

Evan se perdió entre la multitud.

De repente, William notó una mano en su hombro. Ladeó la cabeza y se encontró con Carter. Shane y Jared lo acompañaban. Descubrieron un rincón apartado, lejos del acelerado torbellino de euforia y hormonas adolescente, y se dedicaron a pasar el rato conversando.

De vez en cuando, la mirada de William volaba a la terraza, donde Kate llevaba unos minutos con un grupo de amigos y ese chico con el que había estado saliendo. Justin, Dustin... o algo así, no es que le importara gran cosa su nombre.

Sin embargo, sí le molestaba la forma en la que su brazo rodeaba los hombros de ella o cómo su mano se tomaba ciertos privilegios posándose en su cintura. Más que molestarle, lo sacaba de quicio.

Al cabo de un rato, los chicos fueron a buscar unas bebidas y algo para picar, y William se quedó solo. Un poco agobiado, se levantó de la silla y se alejó del ruido y la música. Descubrió un templete de piedra entre unos sauces llorones y se apoyó en la balaustrada.

Notó su presencia mucho antes de que subiera la escalinata con pasos inseguros y se detuviera a su espalda. Sus dedos se crisparon sobre la piedra.

—No puedo aceptarlo.

William sonrió y apretó los párpados un momento. Se volvió hacia ella y no pudo evitar que su mirada la recorriera de arriba abajo. Llevaba el pelo recogido y un vestido jade de tirantes con falda de vuelo por la rodilla. Las mejillas le brillaban con un color intenso que nada tenía que ver con el maquillaje.

—¿Perdona?

—Tu regalo... No puedo aceptarlo.

—¿De qué hablas?

Kate dejó escapar un largo suspiro y miró a su alrededor.

—Sabes perfectamente que hablo del libro de fotografía que he encontrado en mi puerta. Ha sido cosa tuya, eres la única persona a la que le he contado lo que significaba.

William sonrió para sí mismo al descubrir que solo había compartido esa historia con él.

—Y yo no puedo aceptar que me lo devuelvas, es un regalo.

—Pero...

—¿Por qué evitas mirarme?

—No evito mirarte —replicó muy concentrada en sus pies—, y estás cambiando de tema.

Dio un paso hacia ella y colocó un dedo bajo su barbilla. Tiró con suavidad hasta que alzó la cabeza y sus ojos se encontraron.

—Quiero que te lo lleves —insistió ella.

—No.

—Pues haré como tú y lo dejaré en tu puerta.

—Y yo te lo devolveré y estaríamos así indefinidamente.

Kate se ruborizó, aún más, e hizo una mueca que arrugó su nariz. La mano de William seguía en contacto con su piel, mientras le acariciaba con el pulgar el hueco bajo su labio inferior y la miraba sin parpadear. Contuvo el aliento.

El grupo había dejado de tocar y una música suave comenzó a sonar a través de los altavoces. Se mezclaba con el susurro de las hojas mecidas por el viento. Una cortina natural apartada de las miradas.

—Baila conmigo —dijo él de repente.

—¿Qué?

William le rodeó la cintura con su brazo y la atrajo hacia su cuerpo, al tiempo que con la otra mano atrapaba la de ella y se la llevaba al pecho.

—No... no sé bailar.

—No importa.

Comenzó a moverse, llevando a Kate consigo como un experto. Ella se estremeció y su respiración se aceleró.

—Relájate —musitó él, rozándole la mejilla con los labios de forma accidental.

Bailaron al compás de un tema lento con una letra triste y romántica.

—Lo haces muy bien —dijo Kate.

—Gracias.

—¿Dónde aprendiste?

—Tuve una profesora cuando era niño.

Kate echó la cabeza hacia atrás para mirarlo.

—¿En serio? —Él asintió y la hizo girar con una pirueta para atraparla de nuevo entre sus brazos—. ¿Quién eres en realidad?

—No te sigo.

—No eres como los demás. Al menos, no como la gente que yo conozco. Has tenido profesores de baile, te comportas con elegancia y la otra noche, esas personas te hicieron una reverencia.

—Ya te he contado quién soy. —Kate frunció el ceño y trató de marcharse. Él la sujetó con más fuerza y apoyó la barbilla en su sien—. De acuerdo... Te lo diré.

—Habla.

—Créeme si te digo que solo soy lo que ves. El resto es la corte que rodea a un apellido que poco tiene que ver conmigo.

—Eso no contesta mi pregunta.

—Vale, mi padre desciende de una familia noble europea, proveniente de Escandinavia. Una bastante antigua, cuyo origen se remonta muchos siglos atrás, cuando aún nadie había oído hablar de los hombres del norte.

He crecido en ese ambiente, como mi padre lo hizo. Él ostenta ahora el título y todos sus privilegios, al igual que mis hermanos y yo.

Kate inspiró hondo y sus pechos rozaron el torso de él. Ambos contuvieron el aliento.

—¿Qué título?

—Kate, por favor, no imaginas lo incómoda que está siendo esta conversación para mí.

—¿Nobiliario? —insistió ella sin disimular su asombro.

—No exactamente.

—¿Real? —dijo con voz aguda. William no contestó y ella notó que se le aflojaban las rodillas—. ¡Ay, Jesús, eres... eres...!

—No lo digas.

—¿Por qué te avergüenza?

William dejó de bailar e inclinó la cabeza para mirarla a los ojos. Un ansia desesperada crecía en su interior. El tiempo que ella llevaba entre sus brazos era una tortura para él. Un suplicio que estaba disfrutando, así de retorcido era. Pero ¿cómo no hacerlo cuando su piel era tan suave, su cuerpo una provocación y su sangre olía como lo haría el Paraíso si de verdad existiera?

Acercó su rostro al de ella y sus respiraciones se mezclaron.

«Un beso, solo uno», pensó. ¿Qué podía tener de malo un beso?

Como si le hubiera leído el pensamiento, ella cerró los ojos y su corazón se lanzó a una carrera frenética. Muy despacio, le rozó los labios. Apenas una caricia efímera.

Se detuvo y sus ojos volaron hasta un punto en la oscuridad.

—Deberías regresar a la fiesta, seguro que tus amigos te estarán buscando. —Su tono se había vuelto frío de repente.

—Si quieres que me vaya, dímelo sin rodeos y lo haré.

William la miró y vio el dolor en sus ojos. No podía seguir jugando con ella y sus sentimientos.

—No quiero que te vayas, pero... De acuerdo, ¿harías algo por mí?

—¿Qué?

—Espérame aquí y no hagas preguntas.

—Pero...

—Por favor.

—De acuerdo.

William abandonó el templete y se adentró en la oscuridad, al mismo tiempo que la figura de un hombre salía de ella a su encuentro.

—No des un paso más —gruñó William.

El hombre se detuvo frente a él. Llevaba un atuendo militar: pantalones de camuflaje y camiseta oscura, de su hombro colgaba un petate que había conocido tiempos mejores. William lo estudió sin parpadear. Era un tipo joven y grande, de ojos oscuros y piel pálida. Llevaba el cabello muy corto y un arete en la oreja derecha. De su mano colgaba una guerrera con una insignia de algún tipo de fuerza especial.

También era un vampiro, lo había sentido mucho antes de poder verlo.

—No busco problemas —dijo el recién llegado.

—¿Cómo te llamas?

—Henson, Steve Henson.

Se miraron a los ojos un largo segundo. William no percibió ninguna amenaza en él. Al contrario, estaba tranquilo y su actitud era despreocupada. Se relajó un poco, pero sin bajar la guardia.

—Bienvenido, mi nombre es...

—William Crain, sé quién eres.

—¿Me conoces?

—¿Y qué vampiro no te conoce? —Steve sonrió y alzó las manos en un gesto de paz—. Mira, decía en serio que no busco problemas. Este encuentro ha sido pura casualidad. He oído que aquí necesitan un lavaplatos, y yo un trabajo y un lugar donde descansar unos días. Te he visto de lejos y he pensado que lo correcto era presentarme.

De pronto, Shane y Carter aparecieron junto a William con actitud protectora. Con los cuerpos ligeramente adelantados, relegaban al vampiro a una posición más protegida. Sus ojos, dorados como el fuego, centelleaban fijos en el nuevo visitante.

—¡Vaya, qué concurrido está este pueblo! —dijo Steve con una sonrisa.

—¿Va todo bien? —se interesó Carter.

—Parece que sí —respondió William—. Este es Steve. Va a quedarse unos días por aquí, y sin causar problemas.

Steve le tendió la mano a Carter. El chico no se movió y lanzó una mirada inexpresiva a aquella mano.

—Ya veo que la hospitalidad no es vuestro fuerte.

—No nos fiamos de los desconocidos. Hace un par de semanas, un renegado atacó a mi hermano muy cerca de aquí.

—Soy legal, os doy mi palabra. Y podéis fiaros de ella porque es lo único de valor que poseo. Solo estoy de paso y no pretendo hacer daño a nadie.

Shane, que no había dicho ni una palabra, dio un paso hacia Steve. Por algún extraño presentimiento, creyó que podía confiar en él.

—Soy Shane Solomon. —Se estrecharon las manos—. ¿Tienes dónde quedarte?

—He encontrado una casa abandonada a las afueras. El sótano parece seguro.

Los sonidos de una fuerte discusión llegaron hasta ellos.

—¡Mierda! —masculló Carter al reconocer la voz de Evan—. Ya vuelve a pelearse con ese idiota de Peter, Justin y su pandilla de gilipollas. No aprenderá nunca.

El tono de la disputa subió de volumen y otras voces se unieron, entre ellas las de Jill y Kate. Se escucharon golpes, más voces, y después un grito. Algo se estrelló contra una piedra.

De forma repentina, el olor de la sangre se extendió por el aire como un manto de niebla y todos se quedaron inmóviles.

—Será mejor que me marche —dijo Steve, y añadió mientras empezaba a caminar de espaldas—: Me alegro de haberos conocido.

William no se tomó el tiempo de responder. El aroma de esa sangre era inconfundible y salió disparado hacia él. Sus ojos recorrieron la escena al tiempo que se acercaba. Kate se encontraba en el suelo, junto al templete, con una mano en la cabeza. Jill se había arrodillado a su lado y los chicos las miraban estupefactos.

—Lo siento —se disculpó Evan en cuanto William y sus hermanos aparecieron.

—¿Qué ha ocurrido? —preguntó Carter.

—Han empezado ellos.

—No te he preguntado eso.

—Estábamos discutiendo, después hemos llegado a las manos y Kate se ha interpuesto entre nosotros. Justin la ha empujado y se ha golpeado la cabeza —explicó Jared avergonzado.

—Yo no quería hacerle daño... No la he visto acercarse... —balbuceaba Justin.

William tardó un largo segundo en reunir el control que necesitaba para enfrentarse a su yo más peligroso. Con la mandíbula tensa, se arrodilló al lado de Kate y trató de evaluar la gravedad de la herida. Tenía una brecha profunda sobre la sien izquierda y sangraba mucho. Iba a necesitar puntos.

Con una mano en la barbilla, le giró el rostro para ver sus ojos. Tenía la mirada desenfocada y parecía desorientada.

—Necesito algo para... —Enseguida Shane le tendió su camisa. William presionó la herida con fuerza, pero el flujo no se detenía. No lo pensó dos veces y la levantó en brazos—. Voy a llevarla al hospital.

Jill se interpuso en su camino y sacudió la cabeza con vehemencia.

—Tú no... Está sangrando...

—Y por eso debe verla un médico. —Se miraron a los ojos y la expresión de él se suavizó un poco al comprender su reticencia—. Jamás le haría daño, Jill.

—Pero vosotros, los...

—Te lo prometo, jamás —la cortó.

Ella se hizo a un lado y William corrió como alma que lleva el diablo hasta el aparcamiento. Colocó a Kate en el interior de su todoterreno y se apresuró a ponerlo en marcha. Después salió disparado hacia el hospital. Mientras pisaba el acelerador y zigzagueaba entre el tráfico, sus ojos volaban hasta el rostro de Kate una y otra vez. Su piel palidecía por momentos y apenas lograba enfocar la mirada en él.

—William —susurró.

—Chssss —la hizo callar con ternura.

—Tus ojos... ¿qué les ocurre a tus ojos?

William apartó la vista y se miró en el retrovisor. Sus iris brillaban como dos rubíes sobre el fuego.

—Nada —articuló.

Poco después, cruzaba la puerta de urgencias con Kate inconsciente entre sus brazos.

—¡Keyla! —gritó al ver a la chica junto al mostrador de admisiones.

—¡William! —corrió hasta él con el corazón en un puño al ver la sangre. Durante un instante, pensó lo peor. Pero enseguida advirtió la herida—. ¿Qué ha pasado?

—Se ha golpeado la cabeza y acaba de perder el conocimiento.

—De acuerdo, sígueme. —Lo guió hasta la puerta de un *box* y la empujó para abrirle paso—. Déjala sobre la camilla.

William hizo lo que le pedía y se quedó mirando el cuerpo laso de Kate con un nudo de ansiedad en la garganta.

La puerta volvió a abrirse y entró una doctora y otra enfermera. Lo obligaron a salir.

Se dirigió a la sala de espera y se sentó en una de las sillas libres, abatido por todo lo ocurrido. No podía soportar la idea de que a Kate le ocurriera algo, y es que la chica parecía tener un don para los problemas y los percances. Se pasó las manos por el pelo y cerró los ojos mientras un violento temblor estremecía su cuerpo. Su teléfono móvil comenzó a vibrar y le echó un vistazo. Contestó al mensaje de Shane y volvió a guardarlo. Poco después, el chico apareció en la sala de espera con Jill.

—¿Cómo se encuentra? —preguntó ella.

—La están atendiendo, no sé nada más.

—Evan se siente fatal. Sabe que lo que ha hecho está mal y se arrepiente de que Kate se haya visto involucrada —dijo el chico.

William alzó la vista hacia Shane y apretó los dientes enfadado.

—Tiene que aprender a controlarse. Ya sabemos lo que es capaz de hacer, la próxima vez puede matar a ese chico.

—Lo sé, hablaré con él.

—Y yo —susurró Jill sin dejar de mirarse las manos. William continuaba intimidándola—. Siento lo del hotel, no es que pensara que tú...

—Sí lo pensaste, y no pasa nada. En tu lugar, yo también habría tratado de detenerte. —La miró de reojo—. Nunca le haría daño, Jill. No a propósito.

—Ahora lo sé, pero... —Inspiró hondo y se retorció los dedos con nerviosismo—. Sigues siendo peligroso para ella. En realidad, todos lo somos ahora. También yo.

Se quedaron en silencio, cada uno sumido en sus pensamientos. Al cabo de un rato, la doctora entró en la sala de espera.

—Acompañantes de Kate Lowell.

—Aquí —saltó William, y se puso en pie—. ¿Cómo se encuentra?

La mujer sonrió.

—Hemos suturado la herida y le hemos administrado antibióticos para prevenir una posible infección. El golpe ha sido fuerte y deberá quedarse a pasar la noche, solo para asegurarnos de que no hay una conmoción que complique su estado.

—Entonces, ¿está bien? —quiso saber Jill.

—Sí, tranquila. Se encuentra bien. Por cierto, ¿quién de vosotros es William?

—Yo.

—Kate quiere verte. Solo un par de minutos, ¿de acuerdo? —Él asintió—. Está en observación, al final de ese pasillo.

William se dirigió a la habitación que le indicaron y su mirada se detuvo en Kate nada más entrar. Se encontraba sobre una cama, conectada a un monitor y con una intravenosa en el brazo. Tenía los ojos cerrados y su respiración era tranquila. Se acercó sin hacer ruido y se quedó mirándola. Su rostro había recuperado el color, sobre todo en los labios, que brillaban como una fresa madura.

Reprimió el deseo de probarlos y averiguar a qué sabían. Dejó escapar una risita ahogada que acabó convertida en un suspiro.

—¿De qué te ríes? —susurró ella con los ojos cerrados. Ladeó la cabeza y los abrió muy despacio—. Hola.

—Hola —dijo en voz baja. Se sentó en el borde la cama para estar más cerca—. ¿Cómo te encuentras?

—Me duele un poco la cabeza.

—¿Cómo se te ha ocurrido meterte entre esos idiotas?

Kate frunció los labios en un mohín y se encogió de hombros.

—No ha sido mi mejor idea, ¿verdad? —Él dijo que no con un gesto y se quedaron en silencio, con las miradas enredadas, vivas y repletas de tanto—. ¿Podrías acercarte un poco más?

—¿Acercarme?

—Sí. —William se inclinó sobre ella sin entender nada—. Un poco más.

—¿Por qué...? —empezó a decir, pero ella lo asió por la camisa y tiró de él. Su cara quedó a solo unos centímetros de la de ella y contuvo el aliento, mientras Kate entornaba los ojos como si buscara algo en el interior de los suyos—. ¡Qué raro! Juraría que vi... Que tus ojos...

William se puso rígido y poco a poco se distanció.

—¿Qué haces?

—En alguna ocasión me ha parecido ver que tus ojos... —Sonrió y se llevó la mano al apósito que tenía en la frente—. Nada, debo de estar perdiendo la cabeza.

La puerta se abrió de golpe y Keyla entró en la habitación con dos vasitos de plástico. Se detuvo un instante y contempló la escena. Forzó una sonrisa y fue hasta la cama. William se levantó para dejarle espacio.

—No sabía que seguías por aquí.

—Solo un rato —dijo él.

Keyla le ofreció a Kate los vasitos. Uno contenía unas cápsulas blancas y el otro estaba lleno de agua.

—Tienes que tomarte esto, te ayudará a descansar. —Esperó a que se las tragara y después le tomó la temperatura—. Intenta dormir. Una enfermera pasará más tarde para examinarte.

—Gracias —susurró Kate.

Keyla la ignoró y se acercó a William. Le dedicó una sonrisa mientras alzaba la mano y la posaba en su pecho con un gesto confiado e íntimo.

—Mi turno ha terminado. ¿Volvemos juntos?

—Claro.

Se puso de puntillas y le susurró al oído.

—Me alegro de que hayas perdido el vuelo.

Los ojos de William se abrieron como platos. ¡Joder! Lo había olvidado por completo. Miró su reloj. Era imposible que llegara a tiempo. Se tragó una maldición y su mirada voló hasta Kate. La pilló observándolos, y en ese mismo instante se dio cuenta de que la mano de Keyla continuaba en su pecho. La tomó por la muñeca y la apartó con cuidado de no parecer brusco.

Ella se encaminó a la puerta. Al ver que William no la seguía, se detuvo en el umbral.

—¡William! —lo apremió.

—Recoge tus cosas, enseguida voy.

La mirada de Keyla perdió brillo y sus labios se tensaron. Echó un último vistazo a Kate y salió del cuarto.

William se acercó a la cama y Kate cerró los ojos cuando su aroma lo envolvió. Siempre olía tan bien.

—Debo marcharme. Me alegro de que todo haya quedado en un susto.

—Sí, yo también. Gracias por ayudarme. La doctora ha dicho que habría perdido mucha sangre, si no hubieras actuado tan rápido.

William forzó una sonrisa.

—De nada.

Se encaminó a la puerta. Estaba a punto de salir, cuando ella alzó la voz:

—Para ser solo amigos, te controla bastante. No sé, pero da la impresión de que ella levanta la mano y tú saltas.

Él la miró por encima del hombro y no pudo evitar sonreír.

—¿Sabes? François de La Rochefoucauld decía que los celos se nutren de dudas y la verdad los deshace o los colma.

Kate frunció el ceño y se puso roja como un tomate. Abrió la boca varias veces mientras sus puños arrugaban las sábanas.

—¿Insinúas que estoy celosa? ¡No lo estoy!

William le dedicó una larga mirada.

—Entre Keyla y yo no hay nada, esa es la verdad. Haz con ella lo que quieras.

Salió de la habitación y se dirigió a la salida.

Encontró a Keyla esperándolo en la salida y caminaron juntos hasta el aparcamiento sin decir nada. En cuanto alcanzaron el todoterreno, William accionó el mando a distancia. Abrió la puerta y un fuerte olor a sangre colmó su olfato. Vio la camisa de Shane en el asiento del copiloto y la sacó, aún estaba húmeda. La tiró en un contenedor, y después hizo lo mismo con su propia camisa y la chaqueta.

Desnudo de cintura para arriba, abrió el maletero y sacó una sudadera de su maleta.

—Espera —dijo Keyla mientras sacaba de su bolso un botellín de agua y unos pañuelos. Los empapó—. Tienes... tienes sangre en la piel.

—Puedo hacerlo yo.

—Mi perspectiva es mucho mejor que la tuya —dijo en tono burlón, pero el temblor de su voz la traicionó. Tragó saliva y deslizó el papel húmedo por el estómago de William—. No has debido hacerlo.

—¿A qué te refieres?

—Exponerte de ese modo. Esa chica es humana y estaba sangrando mucho, ¿en qué estabas pensando?

—¿En que no se desangrara? —apuntó él con una nota de desdén—. Puedo controlarme, Keyla, llevo décadas haciéndolo.

—Aun así... has corrido un gran riesgo y no lo entiendo, podrías haber dejado que cualquiera se ocupara de ella. —Inspiró hondo y detuvo el movimiento de su mano a la altura de su corazón. Alzó la mirada y sus ojos se encontraron—. No tienes por qué salvar a todo el mundo.

—No es eso lo que pretendo.

—Me importas mucho y no quiero que por un estúpido error, tú...

—Keyla...

Ella se puso de puntillas y aplastó sus labios contra los de él.

Durante un segundo, él no fue capaz de moverse. Después, poco a poco, respondió a su beso. Deslizó una mano por su garganta y la otra por su cintura. La atrajo hacia su pecho y profundizó el beso, espoleado por el anhelo que despertaba en su cuerpo. Físico y primitivo. Sin embargo, algo lo distraía, puede que el aroma de su perfume, o el tacto de su piel. Puede que fuese la certeza de que, si daba rienda suelta al deseo, lo haría pensando en otra. Y eso no era justo para Keyla.

La sujetó por los hombros y la apartó con todo el cuidado del que fue capaz.

—Lo siento, no puedo hacerlo.

—¿Por qué? ¿Es que no te gusto?

William hizo una mueca de dolor que arrugó su rostro.

—Dios, claro que me gustas. Eres preciosa e increíble, pero... No siento lo mismo que tú, Keyla, y te aprecio demasiado como para estropear nuestra amistad por un poco de sexo.

—¿Eso es lo que significaría para ti? ¿Solo sexo?

—Sí.

Ella dio un paso atrás, como si la hubiera herido de una forma física.

—Es por ella, ¿verdad? —Con un gesto señaló el edificio del hospital—. Por esa chica. Te he visto mirarla, es tan evidente que te gusta. —Él abrió la boca para replicar, pero ella no lo dejó—. No me ofendas negándolo.

—Voy a marcharme en cuanto consiga otro avión, lo demás no importa.

—¿Ni siquiera ella?

—Jamás le abriré la puerta de nuestro mundo a un humano inocente. No si puedo evitarlo. —Se puso la sudadera y se pasó las manos por el pelo—. ¿Podemos volver a casa?

Ella rodeó el coche y abrió la portezuela.

—Por favor, no me odies —dijo él en tono suplicante.

Keyla le dedicó una triste sonrisa.

—Nunca podría.

34

Shane, transformado en lobo, cerró los párpados y trató de darle sentido a lo que había visto. Durante un segundo, unos ojos fríos como el hielo y del color de la sangre se habían cruzado con los suyos. A continuación, esos mismos ojos se habían iluminado con un destello blanco y después desaparecido.

Todo era muy confuso. Si se trataba de un vampiro, y no de una mala pasada de su imaginación, ¿cómo demonios podía moverse bajo el sol? Iba contra toda lógica.

Olisqueó el aire. Enseguida encontró un rastro. Era claro e intenso, y un gruñido escapó de su garganta lanzando una advertencia al aire. Saltó desde la roca a la que se había encaramado y bordeó el arroyo con las patas hundiéndose en el agua fría, temblorosas sobre los guijarros. Su pelaje, blanco como la nieve, se llenó de salpicaduras de barro. Avanzó deprisa, en busca de un lugar menos profundo por el que cruzar.

Una vez al otro lado, solo le costó unos segundos encontrar las primeras huellas. Las observó con atención. Podían ser de cualquiera: un senderista, un cazador furtivo... Y no iba a dar la voz de alarma sin estar completamente seguro de que había una amenaza.

Siguió el rastro, que se adentraba en la espesura, y no tardó en captar otro olor: sangre. Aceleró el paso y se dio de bruces con el cadáver aún caliente de un ciervo. Lo habían desangrado. Lo rodeó, examinando las heridas. Un humano habría pensado que aquello era obra de un lobo, puede que un oso. Shane supo de inmediato que solo había un depredador capaz de ser tan preciso y limpio.

Alzó la cabeza y su lomo se erizó. Movió las orejas y trató de captar algún ruido extraño. Todo estaba demasiado silencioso. Demasiado tranquilo. Y supo, sin lugar a dudas, que lo estaban observando.

Dio media vuelta y emprendió el regreso a casa de su tío a toda velocidad.

Recuperó la forma humana en cuanto llegó al porche. Entró en el vestíbulo a trompicones, desnudo y sin resuello.

—¿Dónde está tu padre? —preguntó a Evan al irrumpir en el salón.

—Aún no ha regresado. ¿Qué ocurre?

El chico se levantó del sofá donde se había acurrucado con Jill para ver una película. Ella apartó la vista y le lanzó un cojín para que se cubriera.

—Hay otro vampiro.

—¿Te refieres a otro, además de Steve? —Shane asintió y los ojos de Evan se iluminaron con un brillo dorado—. ¿Dónde?

—Oculto en la montaña.

—¿Qué ocurre? —La voz de Keyla se elevó curiosa desde la cocina.

—Tu hermano cree que ha visto un vampiro —respondió Evan.

Keyla corrió hasta el salón.

—¿Cuándo lo has visto?

—Hace menos de media hora.

—¡Eso es imposible! —replicó ella en tono escéptico.

—Podemos preguntárselo al ciervo que encontré desangrado, todavía estaba caliente —gruñó Shane.

—Pero eso significaría que puede...

—Moverse bajo el sol —intervino William desde la puerta.

Su mente comenzó a trabajar con rapidez, considerando una lista de posibilidades, a cual más peligrosa.

—Es una locura —susurró Evan.

—Os aseguro que ese ser estaba allí, observándome. Vi sus ojos clavados en mí —aseguró Shane.

Intercambió una mirada con William y su amigo asintió. No dudaba de lo que decía.

—Pero no tiene por qué ser de los malos, ¿verdad? —preguntó Jill. Comenzaba a asustarse.

—Lo es —afirmó Shane sin dudar.

—¿Cómo puedes estar tan seguro?

—Existe un protocolo entre nosotros —le explicó Evan—. Cuando nos encontramos con otros sobrenaturales o entramos en sus territorios, debemos presentarnos. Manifestar nuestra presencia para evitar posibles malentendidos o enfrentamientos.

—¿Eso fue lo que hizo el vampiro del hotel? —preguntó ella con voz temblorosa.

—Sí, Steve se presentó —declaró Evan mientras le acariciaba la mejilla para calmarla.

—Nos estamos desviando del tema —les hizo notar Keyla—. ¿A nadie le preocupa que ese... lo que sea se pasee por ahí tan tranquilo a plena luz del día?

—¿Estás completamente seguro? —preguntó William a Shane.

—Sí, el sol no le afecta.

William empezó a pasearse de un lado a otro. La lista de motivos por los que ese vampiro podía moverse de día, solo tenía dos puntos. Uno, algo salido de un laboratorio que le facilitara protección. O dos, ahí fuera había alguien como él.

—¿Dónde lo viste exactamente?

—Muy cerca del nacimiento del arroyo, junto a las cuevas.

—Bien, nos vamos de caza —anunció William mientras se encaminaba a la puerta.

El teléfono de Jill comenzó a sonar.

—¿Kate? —dijo al descolgar.

William se detuvo.

—¿Jill? Gracias a Dios que puedo hablar contigo, casi no tengo cobertura —dijo Kate al otro lado.

—¿Va todo bien? —preguntó poniendo el manos libres.

—¡No! Me he desorientado y no encuentro el coche.

—¿Dónde estás?

—En algún lugar al norte de las cuevas, he venido a hacer unas fotos. —Tomó aliento, y asustada susurró—: Jill, hay algo aquí.

—¿Qué quieres decir?

—Creo que... hay alguien siguiéndome.

El cuerpo de William se tensó, mientras el miedo se movía en oleadas cada vez más intensas por todo su interior. En un visto y no visto, salió de la casa y se adentró en la espesura del bosque, con Shane pisándole los talones.

—Kate, quiero que estés tranquila, ya vamos para allá.

—¡Jill...!

—Se ha cortado —dijo Jill con los ojos muy abiertos.

Un silencio sepulcral invadió el salón.

35

Kate agitó el teléfono en el aire con la esperanza de que volviera a funcionar. Nada. No había cobertura. Se colgó la mochila a la espalda y escaló hasta encaramarse a un peñasco para conseguir mayor visibilidad. Tras un par de resbalones, logró ponerse en pie.

Dio una vuelta sobre sí misma y observó el paisaje, pero desde allí todo le seguía pareciendo igual. Trató de sacudirse de encima la sensación de inquietud, convenciéndose a sí misma de que todo había sido producto de su imaginación. Heaven Falls era un pueblo seguro en el que nunca pasaba nada.

Bajó de su improvisada atalaya y comenzó a descender la ladera. No se oía ningún ruido, solo su respiración agitada y los latidos de su corazón acelerado. De repente, notó un aliento sobre la nuca. Se estremeció con un escalofrío. Había algo a su espalda.

Se volvió, a tiempo de ver una sombra borrosa desapareciendo entre los árboles.

Se llevó una mano al pecho, como si ese gesto pudiera frenar las dolorosas palpitaciones que rebotaban contra sus costillas. Ahora estaba segura. Allí había algo, y la estaba acechando.

Echó a correr entre la maleza. Sus pies golpeaban el suelo cubierto de hojas secas con fuerza, y ese sonido apenas podía sofocar el resuello que escapaba de sus pulmones doloridos. Miró hacia atrás y le pareció ver algo que saltaba de un árbol a otro. ¿Qué era eso?

Un fuerte viento comenzó a soplar. Cada ráfaga arrastraba susurros entre la hierba, que ascendían hasta las hojas de los robles y las agitaban con un ruido ensordecedor. Le dolían las piernas como si alguien le estuviera clavando miles de agujas, pero no pensaba detenerse. Debía encontrar la carretera y, con un poco de suerte, tropezaría con algún conductor que podría ayudarla.

Resbaló y su corazón se saltó un latido.

A su espalda acababa de oír una risa.

Sus ojos se llenaron de lágrimas mientras se ponía en pie y seguía corriendo.

—Tengo que salir de aquí —no dejaba de repetirse.

Un grito murió en su garganta cuando una mano la rodeó desde atrás y le tapó la boca. Un brazo le envolvió la cintura y la aplastó contra una superficie dura como una roca. Notó un pecho y unas caderas, y cómo su cuerpo encajaba en ese espacio. Intentó moverse y gritar, pero la presión sobre ella aumentó.

De golpe, aquel brazo la hizo girar con un movimiento rápido, y se encontró de frente con un rostro que conocía a la perfección. Sus ojos se abrieron como platos.

William se llevó un dedo a los labios y le pidió con ese gesto que guardara silencio. Ella asintió casi sin moverse. Entonces, él alzó la cabeza y escuchó. Los pasos que seguían a Kate aflojaron el ritmo hasta detenerse. En el lado opuesto, el sonido amortiguado de las patas de Shane se iba acercando.

William bajó la mirada hasta el rostro de Kate y apartó la mano de su boca.

—¿Estás bien?

Ella asintió aliviada y dejó caer su peso entre los brazos de él. La abrazó con fuerza durante unos segundos y después la apartó un poco.

—¿Has podido ver lo que te seguía? —preguntó.

—No.

—Entonces, ¿nadie te ha atacado, no estás herida?

Sus ojos recorrieron su cuerpo de arriba abajo, buscando lesiones.

—No, solo lo he sentido. Muy cerca.

William apretó los dientes y la tomó de la mano.

—Ven. —La condujo hasta un hueco entre varias rocas que se habían desprendido de la ladera de la montaña—. Quiero que te quedes aquí y que no te muevas.

—¿Por qué? ¿Adónde vas? —preguntó angustiada.

—Quiero saber qué te perseguía y asegurarme de que se marcha.

—No puedes dejarme aquí sola —suplicó demasiado asustada.

Se agachó junto a ella y le colocó un mechón de pelo tras la oreja.

—No dejaré que te pase nada, te lo prometo.

—No quiero quedarme sola —insistió mientras lo sujetaba por el brazo.

—Créeme, no estás sola —dijo en un tono tan persuasivo, que a ella no le quedó más remedio que hacer lo que le pedía.

William se levantó y ladeó la cabeza. Sus ojos se encontraron con otros ocultos en la maleza. Asintió de forma imperceptible y el lobo blanco se agazapó inmóvil con la vista clavada en Kate.

Se alejó para rastrear al intruso.

Al cabo de unos minutos, regresó junto a ella. No había encontrado nada, solo un pequeño jirón de ropa en un arbusto.

El sonido de un vehículo aproximándose llegó hasta ellos. El coche se detuvo y comenzó a tocar el claxon.

—Vamos, han venido a buscarnos —le dijo a Kate mientras le ofrecía su mano.

36

Vio el coche alejarse y al enorme lobo blanco seguirlo de cerca. Esperó unos minutos, hasta que estuvo seguro de que no había nadie por los alrededores. Saltó desde la copa del árbol donde se había ocultado y sus pies aterrizaron en el suelo sin apenas hacer ruido. Se pasó la mano por el pelo corto y oscuro, y caminó sin prisa hasta alcanzar un pequeño riachuelo.

Contempló su rostro en la superficie. Una cara hermosa y angelical, que contrastaba con una mirada malévola y siniestra. Rompió aquella armonía al hundir las manos en el agua para lavarse los restos de sangre que tenía bajo las uñas.

Después, sacó el teléfono móvil de su bolsillo y marcó un número. Se lo llevó al oído e hizo una mueca de desprecio cuando una voz respondió al otro lado.

—Sigue en el pueblo. No subió a ese avión, ni tampoco ha contratado otro.

—Así que va a quedarse.

—Parece que sí. —Se sentó en el suelo, con la espalda apoyada en el tronco de un árbol—. Y tenías razón, el soldadito vino hasta aquí. Durante el día se esconde en una casa abandonada y por la noche lava platos en un hotel de la zona —dijo con voz queda.

—Era previsible que enviaran a su propia niñera. Ese viejo no confía mucho en los lobos.

—Cada vez está más protegido, vas a necesitar un ejército para acercarte a él. —Hizo una pausa, y luego añadió—: Aunque tengo una información a ese respecto que te va a interesar.

—¿De qué se trata?

—Esta información bien vale un incentivo.

—Tendrás mucho más que eso, si lo que sabes me complace.

Sonrió para sí mismo y se tomó un momento para contestar. Sabía que eso lo cabreaba. Lo oyó resoplar.

—Parece que tu príncipe ha encontrado una nueva princesa que ocupe su corazón —dijo con burla—. Bastante guapa, por cierto, y humana. Huele de maravilla.

—¿Estás seguro?

—Sí, muy seguro. He montado un pequeño circo para cerciorarme y William ha acudido como una abeja a la miel. La chica es importante para él.

—Interesante. Si estás en lo cierto, la suerte juega a nuestro favor, y pronto comprobaremos qué está dispuesto a hacer por ella. —Hubo un largo silencio en la línea—. No quiero que William sufra ningún daño. Al menos, aún no. Así que... no te acerques a él.

—No pensaba hacerlo.

—Puedo confiar en ti y en que me obedecerás, ¿verdad?

—Por supuesto, mi lealtad no es discutible.

—Mientras te pague bien. —Una risita desdeñosa le hizo fruncir el ceño—. Bien, abandona Heaven Falls en cuanto te sea posible y regresa, eres más útil aquí.

—Claro.

Colgó el teléfono y cerró los ojos. Un dolor agudo le taladró el pecho tatuado y las ganas de clavar un cuchillo en aquel trozo de carne y arrancarlo de su cuerpo se apoderaron de sus pensamientos.

El aire se agitó a su alrededor y el olor a tabaco turco penetró en su olfato.

—Hijo mío —dijo una voz melodiosa.

—No me llames así —escupió entre dientes. Abrió los ojos y taladró al hombre que lo observaba—. ¿Qué quieres?

—Solo ver cómo te van las cosas.

—Todo va bien, pero eso ya lo sabes.

El hombre sonrió.

—Y deben seguir igual de bien, ¿cierto? Si no, ambos sabemos quiénes pagarán las consecuencias.

—Si les haces daño... —masculló mientras se ponía de pie—. Juro que...

—Termina la frase, quiero saber qué imaginas —lo retó.

—¡Estoy haciendo todo lo que me pides! —Su voz tembló suplicante.

—Es lo que se espera de un hijo, que honre a su padre con devoción.

—¡Que te jodan!

El hombre se echó a reír, al tiempo que sacaba un cigarrillo de una pitillera de aspecto caro.

—Ahí está esa rabia, no te pega suplicar. —Prendió el pitillo y le dio una calada, después expulsó el humo con una expresión de deleite—. Haz lo que ha dicho esa basura y regresa, no quiero que desconfíe de ti. Algo que no tardará en hacer, como no controles esa soberbia.

—Pues haz tú el trabajo, devuélvemelas y desaparece de nuestras vidas.

—¿Te he dicho alguna vez que te repites demasiado? Sabes que no puedo intervenir, por eso necesito que hagas esto por mí.

—Te mataré cuando todo termine.

—Si es que sobrevives —replicó con una sonrisa.

—¡Vete al infierno! —se lanzó contra él, pero solo encontró aire. Se había desvanecido.

Su teléfono móvil sonó con una notificación. Lo sacó del bolsillo y se limpió una lágrima de la mejilla. Solo una, y no habría más. Jamás. Le echó un vistazo al correo que acababa de recibir y encontró un billete de avión y un nuevo ingreso en su cuenta.

—Capullo —masculló.

37

—Señor, ya se le ha enviado. El billete y el ingreso.

—Bien, avísame si no sube a ese avión.

—Por supuesto. —Inclinó la cabeza—. Si me disculpa.

En cuanto su sirviente salió de la habitación, apuró la copa de un trago y la dejó sobre la mesa. Después se acercó a la ventana y corrió las cortinas. La luces del exterior iluminaron su rostro. En el cielo, una enorme luna eclipsaba las estrellas.

Maldijo para sí mismo. No le gustaba el joven vampiro. Era arrogante y lo desafiaba todo el tiempo. Aunque era eficiente y hacía su trabajo con la perfección que se le exigía. Un buen activo al que no debía perder de vista, si no quería acabar con una daga clavada en la espalda.

La puerta del estudio se abrió y le llegó el olor de su perfume. Se dio la vuelta y se deleitó con el contoneo de sus caderas mientras se acercaba a él. Solo llevaba un camisón de encaje negro y su melena rubia flotaba alrededor de su rostro como un halo brillante.

—Querido, has abandonado nuestros aposentos muy pronto.

Rodeó el cuello femenino con una mano y la atrajo para besarla en los labios. Fue un beso brusco.

—Me gusta aprovechar cada minuto de la noche, ya deberías saberlo.

Unos golpes sonaron en la puerta. A continuación, el sirviente entró con una bandeja en la que reposaban dos copas y una botella de cristal labrado. La dejó sobre la mesa y destapó la botella, sirvió su contenido en las copas y salió tan rápido como había entrado.

Ella se aproximó a la bandeja y tomó las dos copas. Le ofreció una a él y se retiró con la otra a un sillón. La observó mientras saboreaba la sangre templada.

—Amelia —pronunció su nombre muy despacio.

—¿Sí, querido?

—He encontrado un modo de hacer que William acceda a nuestras peticiones con buena disposición.

Ella se quedó inmóvil, con la copa pegada a los labios. Poco a poco la bajó. Frunció el ceño.

—¿Chantaje?

—Algo así.

—Eso jamás funcionará con él. Contemplará impasible cómo matas a todos los que ama, antes que proporcionarte una sola gota de su sangre —declaró con los ojos en blanco.

—William siempre ha tenido una debilidad. La culpa que lo consume por transformarte. Y ahora, una nueva piedra ha aparecido en su camino, ¿tropezará otra vez?

Amelia resopló.

—Tus jueguecitos mentales me dan dolor de cabeza. Cuéntame de qué va esto, si es que quieres contármelo. Y si no, cambiemos de tema, por favor.

—¿Aún lo amas?

—¡Sabes que no, solo te amo a ti! —dijo con una mirada ardiente.

—Me gustaría tanto creerte.

—Te lo he demostrado muchas veces... y de muchas formas —ronroneó.

—Si tus sentimientos por él estropean mis planes...

—Jamás te traicionaría, lo sabes.

—¿Lo sé? —Se miraron fijamente durante un largo segundo. El ambiente cambió a su alrededor y la tensión se hizo palpable. Él esbozó una sonrisa—. Sí, por supuesto que lo sé. No eres tan estúpida como para arriesgar tu vida solo por celos.

—¿Celos?

—Hay una mujer, humana para tu información. Parece que tu esposo muestra un interés especial por ella, tanto como para haberse convertido en su protector. —Suspiró con exagerada teatralidad—. Y puede que en algo más, dicen que es guapa y apetecible. —Hizo una pausa para estudiar el rostro de Amelia, cada vez más lívido y desencajado—. Usaré esos sentimientos por ella y los remordimientos que aún guarda por ti, en mi beneficio. Conseguiré que me obedezca sin cuestionarme.

—Estoy segura de ello. Tú siempre consigues lo que te propones —replicó Amelia. Trató de aparentar calma, aunque su cuerpo se había convertido en una bomba a punto de estallar. La rabia corría por sus venas, transformando su sangre en lava ardiente. Se puso en pie—. Y ahora, si me disculpas...

—¿Te marchas? —preguntó él con suspicacia.

—Sí, necesito tomar algo más fresco que esa sangre embotellada. Es asquerosa.

Amelia salió sin prisa de la sala, consciente de que él la observaba. Seguía sin fiarse de ella, pero le daba igual. Nunca había necesitado a nadie, y menos a un hombre.

Recorrió los pasillos repletos de antiguas pinturas, enmarcadas en ébano y caoba, y pesados cortinajes de terciopelo y sedas de Damasco que evitaban el paso de la luz diurna. Se detuvo frente a una de esas cortinas y tiró de ella con fuerza. Abrió la ventana y se asomó al aire fresco de la madrugada.

Necesitaba calmarse. Actuar sin levantar sospechas.

Cuando logró serenarse, bajó a las habitaciones del sótano y abrió una de las puertas de un empujón.

—Prepárate, Andrew, nos marchamos —dijo al hombre que descansaba en un diván de cuero negro, con una joven entre sus brazos.

—¿Y se puede saber adónde? —preguntó él.

Se levantó con pereza y el cuerpo sin vida de la chica cayó al suelo con un golpe seco.

—Ha llegado el momento de darle a mi matrimonio el final que merece. Creo que me va el papel de viuda afligida, el negro siempre me ha sentado bien —indicó con una sonrisa inocente.

—¿Qué pasa, Amelia? —preguntó Andrew con paciencia, la conocía demasiado bien.

—William ha encontrado una mascota con la que divertirse y quiero desangrarla mientras él mira.

—¡Vaya, ¿el eterno doliente se ha enamorado?! Pareces celosa.

Amelia saltó sobre Andrew, lo agarró por el cuello y lo estampó contra la pared.

—¿Celos? No, querido. Es una cuestión de justicia. De lo que está bien y de lo que está mal. Si William sufre, eso está bien. Si es feliz, eso está muy mal —dijo con un mohín de pesar.

—¿Y el suero? ¿Vas a sacrificar la posibilidad de vivir bajo el sol, solo por odio?

—El sol es malísimo para la piel, te salen manchas, ¿lo sabías?

Lo soltó muy despacio. Después acarició con los dedos el pecho desnudo del vampiro.

—Tu nuevo novio te matará. Está aún más loco que tú —replicó nervioso.

Amelia seguía teniendo un gran poder sobre él, pese a los muchos años que llevaban juntos. Siseó con un estremecimiento cuando la mano de ella se coló bajo sus pantalones.

—Ya nos ocuparemos de eso más tarde —susurró Amelia. Depositó un beso en la comisura de sus labios y saboreó una mancha de sangre—. Ahora, compláceme. Después prepararemos un viaje.

—¿Él no te complace? —Un atisbo de celos impregnó la voz de Andrew.

—Vamos, no te enfades. Tú siempre serás mi favorito.

38

Kate bebió un sorbo del té que Jill le había preparado. Era incapaz de apartar la mirada de la mesa y se sentía más estúpida que cualquier otra cosa. Se enderezó un poco en la silla, sentía los ojos de Keyla clavados en la espalda y no eran muy amables, pero no tenía intención de amedrentarse por ese motivo.

—Estabas asustada y creíste oír la risa de un hombre. A veces, el miedo juega malas pasadas. No tienes que sentirte mal por eso —comentó Jill.

—Allí hay algo y podría hacer daño a alguna persona. Deberíamos denunciarlo.

—¿Y qué pretendes denunciar exactamente? ¿A un fantasma invisible que solo has visto tú? —rezongó Keyla.

Jill la fulminó con la mirada.

—Lo que Keyla trata de decir, es que solo conseguiremos que se burlen de nosotros si nos presentamos ante la policía con esta historia y sin pruebas.

—Sé lo que oí, y lo que sentí. Su aliento en mi cuello, sus manos casi rozándome la piel —insistió Kate. Todos la miraban, incluido William, y se sintió expuesta—. Sé lo que oí.

William farfulló una disculpa y se retiró a su habitación. Necesitaba un momento de tranquilidad para poder pensar y encontrarle sentido a algo que no lo tenía.

Se apoyó en la puerta nada más entrar. Las venas le ardían como si hierro fundido corriera por ellas. Estaba sediento y la debilidad empezaba a apoderarse de él.

—¿Puedo pasar? —preguntó Keyla desde el pasillo.

William suspiró. Abrió y la invitó a entrar con un gesto. La siguió con los ojos mientras ella cruzaba el cuarto y miraba a su alrededor.

—Lo de ese vampiro nos tiene a todos desconcertados. ¿Crees que todo está conectado? El robo, el ataque a Evan, lo sucedido hoy —dijo ella.

—Todo parece indicar que sí.

—Pero ¿no es posible que sea como tú y que todo se resuma a un nuevo capricho de la naturaleza?

William también lo había considerado.

—La posibilidad existe, sería factible si nos hubiera transformado el mismo vampiro. Pero ese renegado murió hace más de un siglo y medio, tiempo más que suficiente para haber oído rumores sobre la existencia de otro como yo. Una cualidad como esa no es fácil esconderla.

—Pero supongamos que es igual que tú...

—El peligro aún existiría, Keyla. Si no consiguen mi sangre, conseguirán la de él. O la de ambos. Y si los renegados logran sintetizar un suero que anule el efecto mortal del sol, el infierno será un parque de juegos comparado con lo que se desatará aquí.

—¿Y qué piensas hacer?

—Buscaré a ese ser, averiguaré todo lo que sabe y después lo mataré.

—¡No puedes matarlo sin un motivo! Sería un delito y podrían condenarte. El pacto...

—Creo que todos olvidáis con demasiada facilidad quién soy realmente. Y si yo decido que ese vampiro es una amenaza y que debe morir, así será. Estoy harto de que me cuestionéis, de vuestro miedo a que pueda perder el control y de que me tratéis con tanta condescendencia —estalló lleno de rabia.

Keyla dio un paso atrás, sorprendida por su actitud de superioridad y ese halo salvaje y violento que parecía rodearlo como una niebla espesa.

—Tienes razón. Tu posición es un privilegio que te favorece, pero pensaba que tu honor estaba por encima de eso.

William sintió sus palabras como una bofetada. La miró y notó un sentimiento de vergüenza reptando por su pecho. Cerró los ojos un momento, una expresión lúgubre entristeció su semblante.

—Siento haber sido brusco contigo.

—¿Qué te ocurre? —Su voz sonó como un ruego.

—No lo sé.

Él la miró mientras se pasaba una mano por el pelo con frustración. Era hermosa, con la piel aceitunada y los ojos tan negros como una noche sin luna. Se preguntó si habría sentido algo por ella, de haberla conocido antes que a Kate.

Nunca lo sabría.

Se sentó en la cama y hundió el rostro entre las manos.

Keyla se acercó y le acarició la espalda con la mano. Le dedicó una sonrisa cuando él alzó la barbilla y la miró.

—Me obligarás a besarte si continúas tan serio.

William dejó escapar un gemido desesperado.

—Si pudiera enamorarme de ti, lo haría.

—Inténtalo.

—No sería justo para ti, mereces a alguien mucho mejor.

—Danos una oportunidad, conseguiré que olvides y acabarás queriéndome. Sé que lo harás. Además, podríamos conseguir tantas cosas si estuviéramos juntos.

—No entiendo qué quieres decir.

—Imagínate, un Crain y una Solomon juntos, pareja. Derribaríamos tantos muros, tantos prejuicios. Uniríamos nuestros clanes a través de un sentimiento hermoso. El pacto se convertiría en un lazo mucho más fuerte y un mundo nuevo se abriría para todos nosotros.

—Keyla...

—Chissss... —Le tomó el rostro entre las manos y lo acercó al suyo para mirarlo a los ojos—. Piénsalo, sin prisa, y tómate el tiempo que necesites. Por suerte, es algo que nos sobra.

—No creo que vaya a...

—¡Por favor, piénsalo! Después aceptaré lo que decidas.

William no dijo nada más y lo dejó correr, aunque sabía que nada le haría cambiar de opinión. No podía forzar unos sentimientos que no existían. Ni una relación condenada al fracaso, porque ella acabaría odiándolo por ello.

Ella se inclinó y le rozó los labios con su boca. Los presionó un largo segundo en el que él no le devolvió el beso, pero tampoco se apartó.

De repente, los ojos de William volaron hasta la puerta con un presentimiento, a tiempo de ver a Kate dando media vuelta con el rostro desencajado.

—Kate, espera.

La alcanzó cuando comenzaba a bajar la escalera.

—Solo quería darte las gracias por ir a buscarme. No pretendía interrumpiros.

—No has interrumpido nada.

—Yo creo que sí... Os estabais besando.

Alcanzó la puerta principal y salió. Frenó en seco al descubrir su coche frente a la casa. Parpadeó como si fuese un espejismo.

—Shane fue a buscarlo —dijo William al intuir su desconcierto. Y añadió—: Era ella.

—¿Qué?

—Era ella la que me besaba a mí.

—Ella a ti... Tú a ella... No creo que exista diferencia. —Notó que le ardían las mejillas, poniéndola en evidencia. Estaba muy enfadada, y sentirse así la enfurecía aún más—. ¡Dijiste que no había nada entre vosotros! —le espetó.

—¡Y no lo hay!

—¿Cómo lo puedes seguir negando? Acabo de verte. —Clavó sus ojos en él con rabia—. ¿Sabes qué? Me alegro de saber que también eres un mentiroso. Lo hace todavía más fácil.

Echó a andar hacia su coche, pero él la retuvo por la muñeca.

—¿Has dicho «también»? ¿Qué más cosas soy para ti? —Alzó las manos, exasperado—. ¿Por qué estás tan cabreada?

—Porque dijiste que éramos amigos y me has mentido. Me aseguraste que no había nada entre vosotros y os pillo con los labios muy juntitos. Y aún tienes el descaro de seguir negándolo.

—Entre Keyla y yo no hay nada —repitió, y un punto ardiente en su pecho comenzó a llamear con fuerza—. Pero si así fuera, no creo que sea asunto tuyo, al igual que no es asunto mío lo que te traes con Justin. ¿No se supone que habéis terminado? Porque si no recuerdo mal, fuisteis juntos a la fiesta.

Kate abrió la boca con un gritito de sorpresa.

—¡¿Disculpa?! Estás tratando de darle la vuelta a este tema. Sabes muy bien que Justin y yo solo somos amigos.

—No me dio esa impresión cuando os vi llegar de la mano. O la otra tarde, en el instituto, bajo la lluvia —siseó las palabras con rabia.

Kate recordó cómo se había sentido observada.

—¿Estabas allí?

—Durante cada segundo. —Notó una punzada de celos en el pecho. La miró casi con odio por hacerlo sentir así—. Vi cómo lo mirabas.

—Mirar no es lo mismo que besar, para tu información.

—Pero ¿por qué insistes en eso? ¡No entiendo por qué te molesta tanto, cuando he intentado explicarte...!

—¿Molestarme? —lo cortó—. ¿Acaso crees que me importa lo que hagas? Por mí puedes besar a quien te dé la gana. —Se encaminó de nuevo a su coche, y él la retuvo otra vez—. ¡Suéltame!

Los ojos de William brillaban con una determinación mortífera. Luchaba por controlarse y, mientras lo hacía, sus dedos aferraban con más fuerza su muñeca. La sed abrasaba su garganta con un dolor insoportable, las venas le ardían y la ira brotaba de su interior en oleadas cada vez más intensas, tan rápidas como el pulso de ella bajo la piel.

—¡Suéltame, me haces daño!

Abrió la mano de golpe y dio un paso atrás.

Ella corrió hasta su coche y él se dio la vuelta para regresar a la casa.

Kate había conseguido sacarlo de quicio. Esa chica tenía un don para llevarlo al límite en todos los sentidos. En todas y cada una de sus emociones. Era un pequeño demonio tocanarices.

Se encontró con Evan y Jill en la entrada. Por lo visto, habían presenciado la escena completa.

Se pasó una mano por el pelo, frustrado.

—Deberíais ir con ella y no perderla de vista hasta que todo sea seguro.

—¿Por qué dices eso? —inquirió Jill preocupada.

—No sabemos si ha sido una coincidencia que Kate y ese vampiro se encuentren, o si la estaba siguiendo por algún motivo —respondió.

—O la estaban siguiendo por ti —matizó Jill con disgusto.

—Jill... —susurró Evan.

William negó con un gesto.

—Déjala, tiene razón.

Evan le dio una palmada en el hombro.

—Iremos con ella, no te preocupes, pero... —Arqueó las cejas y le quitó peso a la conversación con una sonrisa—, lo que sea que esté pasando entre vosotros, debes resolverlo. En serio, resuélvelo, porque se os empieza a ir de las manos.

William se limitó a entrar en la casa sin decir nada más.

¿Que lo resolviera? Era lo que estaba intentando hacer desde hacía semanas, pero no lo lograba. Siempre que daba el paso, siempre que lograba poner distancia, ocurría algo que los empujaba al uno contra el otro.

39

Unos golpes sonaron en la puerta. William miró su reloj y se levantó de la cama.

Salió al pasillo y encontró a Shane tecleando en su móvil.

—¿Listo?

—Yo siempre estoy listo, ¿por quién me tomas? —replicó Shane con una risita mientras guardaba el teléfono.

Abandonaron la casa en silencio y se dirigieron al todoterreno de William. Una vez dentro, se pusieron en marcha hacia las montañas.

—¿Crees que aún sigue por allí? —preguntó Shane.

—No lo sé, pero por algún sitio debemos empezar, y en esa zona es posible que encontremos alguna pista.

—¿Y si es como tú?

—¿Qué quieres decir?

—Si solo es un vampiro inmune al sol. Que sepamos, aún no le ha hecho daño a nadie y se ha estado alimentando de animales. ¿Qué vamos a hacer cuando lo encontremos?

—No lo sabré hasta que lo tenga delante. Lo que sí sé, es que tengo un montón de preguntas que hacerle y, quiera o no, me dará las respuestas.

Shane asintió y se repantigó en el asiento del copiloto. Estaba de acuerdo con William. Fuese o no inofensivo, era un misterio que debían resolver.

Tan solo pasaron unos minutos hasta que alcanzaron la zona donde pensaban que podía ocultarse el vampiro. Dejaron el coche en la carretera y emprendieron el camino hasta el punto en el que habían encontrado a Kate. Se movieron entre los espesos matorrales y las raíces nudosas de los viejos robles, escrutando cada palmo de tierra en busca de huellas. El aire arrastraba diferentes sonidos: pisadas, chapoteos, el vuelo de las aves nocturnas... Sin embargo, todos cesaban a su paso.

Llevaban una hora en aquella montaña y varios kilómetros recorridos, cuando un intenso olor a podrido llamó su atención. Shane arrugó la nariz, mientras con la cabeza indicaba una marca de arrastre sobre la hierba. La siguieron unos metros, hasta un montón de ramas y piedras, bien oculto entre la maleza.

William empujó varias piedras con el pie. Sus ojos se abrieron como platos cuando una mano humana, con los dedos crispados, apareció en el hueco.

—Ya sabemos que se alimenta de algo más que ciervos —masculló.

Shane contempló el cadáver y su estómago se agitó con ganas de vomitar. Se agachó y apartó unas cuantas piedras. Un rostro hinchado quedó a la vista. Con la punta de un dedo le giró la cabeza y pudo ver en el cuello las marcas de un mordisco.

—Lleva aquí varios días. ¿Crees que será del pueblo?

William se arrodilló a su lado y rebuscó en los bolsillos de la víctima. Encontró la cartera y dentro una documentación. Negó con un gesto.

—Portland —anunció, y sus ojos volaron hasta un rifle que brillaba bajo las ramas con la luz de la luna—. Es un furtivo, mira ese fusil.

—Este vampiro caza humanos, no podemos dejar que escape.

William se puso en pie y se limpió las manos en el pantalón.

—No lo haremos, pero debemos tener cuidado. Este tío está completamente desangrado. No solo se alimentó de él, bebió hasta matarlo.

—Todos los renegados lo hacen, ¿no?

—No todos, la mayoría se alimentan y cuando la presa está a punto de morir, le rompen el cuello. Desangrarlo por completo es peligroso. Con ese último sorbo, con el último latido, absorbes la esencia vital de esa persona.

—¿Esencia vital?

—Así la llamamos. Ese último aliento es un chute de energía para un vampiro, pero esa energía también es maldad en estado puro. Los vampiros que se enganchan, se acaban volviendo locos.

—A ver si lo he entendido. Un proscrito sin esencia vital sería como Bruce Banner, pero, si se bebe esa cosa, ¿se transforma en Hulk?

William tuvo que hacer un gran esfuerzo para no echarse a reír con ganas. Sacudió la cabeza.

—Algo así.

—Entonces, es peligroso.

—Y fuerte.

Una sonrisita maliciosa se dibujó en la cara de Shane.

—¿Tienes miedo?

William no contestó. Estaba seguro de haber oído algo.

Alzó la mano cuando Shane abrió la boca de nuevo.

Cerró los ojos e intentó encontrar de nuevo aquel sonido. Oía claramente el agua chocando contra las piedras, el zumbido de los insectos, el suave roce de las plumas de un búho desperezándose en algún árbol cercano y...

Allí estaba otra vez, un rítmico golpeteo que cobraba velocidad. Una respiración entrecortada, fatigada. Unos gemidos ahogados. Sollozos. Y un corazón asustado.

Él mismo se sorprendió de la claridad con la que percibía aquellos sonidos. Miró a Shane y sus ojos se iluminaron.

—¡Lo tengo! —musitó.

William echó a correr tras aquellos pasos erráticos y atemorizados que huían, convencido de que muy cerca de ellos encontraría la razón que espoleaba todo ese miedo. Trató de no hacer ruido y cambió de dirección para dar un rodeo e interceptarlos con el viento en contra. Pronto se dio cuenta de que habían sido unas medidas innecesarias.

Aflojó el paso y los últimos metros los hizo caminando.

Encontró al vampiro apoyado contra el tronco de un árbol y los brazos cruzados sobre el pecho. A sus pies, yacía el cuerpo de un hombre joven con el cuello desgarrado. Aún respiraba.

William estudió al vampiro. Era alto y atlético. Tenía el pelo oscuro y unos mechones revueltos le caían sobre la frente. Poseía un rostro muy atractivo, incluso William era capaz de apreciarlo.

Pero sus ojos...

Sus ojos eran oscuros como la noche y rezumaban odio.

—No has huido —le dijo.

—Se me pasó por la cabeza, pero este encuentro habría tenido lugar antes o después —respondió.

William contempló el cuerpo otra vez. El olor de la sangre lo ponía aún más nervioso.

—Puedes servirte.

Despreció su invitación con un gesto.

—He visto al cazador. ¿Cuántos más hay?

—No creo que eso sea importante. Solo te diré que todos y cada uno de ellos se merecía su agujero. Este, para no ir más lejos, le estaba pegando una paliza a su novia en una tienda de campaña a unos cuantos kilómetros de aquí. —Dio un par de pasos adelante y su postura se tensó—. No me mires con ese desprecio, al menos, yo acepto mi naturaleza y no me avergüenzo de lo que soy.

—¿Y qué naturaleza es esa?

—La misma que tú tratas de reprimir con tanto esfuerzo, y ¿para qué? ¿Acaso el sufrimiento te excita?

—Sales a la luz del sol, ¿cómo?

—Te diré un secreto: los vampiros ardemos bajo el sol. ¿O es que tú no? —se burló.

William bufó y sus colmillos destellaron en la oscuridad.

—Eres inmune al sol y tengo curiosidad por saber cómo habéis conseguido sintetizar el suero y que funcione. Porque en la caja fuerte apenas había un vial con unas gotas de mi sangre.

—No tengo ni idea de lo que estás hablando.

—Entonces, eres como yo, otra anomalía.

Los ojos del vampiro destellaron con resentimiento.

—¿Anomalía? ¿En serio? Vaya, eres uno de esos pesimistas atormentados, incapaces de ver el lado bueno de las cosas.

—¿Vas a darme las respuestas que necesito o tendré que sacártelas?

—¿Y por qué crees que podrías? ¿Porque eres William Crain, príncipe de los vampiros? —farfulló en tono mordaz.

—Así que me conoces... Eso responde a la primera pregunta. Estás aquí por mí.

El vampiro ladeó la cabeza y entornó los ojos.

—Se te da bien.

—Soy tenaz cuando algo me interesa. ¿Qué quieres de mí?

—Nada, por el momento. —Lanzó un suspiro y alzó la vista al cielo con desgana—. Esta conversación ha terminado —anunció mientras se daba la vuelta.

—¡De eso nada! —gritó William y se abalanzó sobre él.

Rodaron por el suelo y chocaron contra unas rocas. Se pusieron en pie y arremetieron el uno contra el otro. El vampiro logró placar a William y lo empujó con fuerza contra un árbol. El tronco se partió y les cayó encima. William apartó el peso que lo aplastaba y derribó al vampiro cuando trataba de huir.

—No puedo dejar que te vayas —gruñó.

El vampiro lo golpeó con las piernas en el pecho y lo hizo caer de espaldas. Después se encaramó sobre él y lo aplastó contra el suelo con una rodilla en el estómago y una mano alrededor de su garganta. En la otra, portaba una daga, que alzó sobre el pecho de William.

—No entra en mis planes hacerte daño, pero te lo haré si no desistes.

De repente, un gruñido surgió de la oscuridad y el vampiro apenas tuvo tiempo de ver el parpadeo de unos ojos dorados y el destello de unos dientes afilados. Gritó de dolor cuando las mandíbulas del lobo le desgarraron la mano.

William aprovechó ese segundo para quitárselo de encima y arrastrarlo hasta un árbol contra el que lo aplastó.

Shane escupió la daga al suelo.

—Dejaré que te arranque la cabeza si no me dices lo que quiero saber —le advirtió William.

—Y sin cabeza, ¿cómo esperas que te ayude?

—¿Ayudarme?

—Sí, evitándote un sufrimiento innecesario. Tienes un propósito, al igual que yo. Cuando llegue el día que debas cumplirlo, hazlo. Será peor si tienen que obligarte.

—¿De qué estás hablando? ¿Qué propósito?

El vampiro gruñó y su expresión se transformó en una mueca de dolor. William notó una vibración en el pecho del proscrito y de un tirón le rasgó la camiseta. Sus ojos se clavaron en el tatuaje que tenía bajo la clavícula, dos alas negras que parecían agitarse y desprendían calor.

—¿Qué es eso?

—Mi maldición —dijo el vampiro sin aliento.

—Contesta o te haré daño, te lo juro.

—No me das ningún miedo. Hazme lo que quieras, nada podrá compararse a lo que él ya me está haciendo. ¡Joder! —exclamó con los dientes apretados por el dolor y soltó una risita—. Se está cabreando.

—¿Él? —preguntó William perplejo.

Inconscientemente, se había convencido a sí mismo de que el cerebro de aquella trama era Amelia. La única con una mente tan enferma como para llevar a cabo aquel plan suicida sin posibilidades de éxito.

El vampiro relajó el cuerpo y se dejó caer contra el árbol. Le dio a William un manotazo en el brazo para que lo soltara, y este aceptó la sugerencia, pero sin bajar la guardia. Se miró la mano, que había empezado a sanar. Suspiró.

—¿Quieres respuestas? Bien, voy a darte algunas. Sí, soy inmune al sol. Y no, no es por el suero. El suero es una quimera. Soy como tú, otra anomalía —dijo con desdén, usando las mismas palabras que William.

—¿Por qué somos diferentes a los demás?

—No me creerías. Aunque me sorprende que aún no sepas nada.

—Dímelo.

—Vas a tener que averiguarlo tú, tío listo. Yo pagaría un precio demasiado alto si lo hiciera, así que esa parte no es negociable.

—Entonces, dime quién es él y qué quiere.

—¡Tu sangre, por supuesto! La necesita, esa parte es real. Es la llave que hará libres a los vampiros.

—Acabas de decir que el suero es una fantasía.

—Y lo es, pero hay otros caminos que no tienen nada que ver con la ciencia. Mucho más oscuros. No te haces una idea de lo peligroso que es el tipo que hay detrás de esto, ni de los medios con los que cuenta para conseguir todo lo que desea. Quiere tu sangre y, créeme, la tendrá. No podrás evitarlo. Conseguirá liberar a los vampiros y entonces el mundo dejará de existir para convertirse en el paraíso de los proscritos.

William tragó el nudo que atenazaba su garganta y entornó los ojos.

—¿Tratas de impresionarme? Pierdes el tiempo. Verteré cada gota de mi sangre en el océano, antes que permitir que un renegado la toque.

—¿Y si esa gota de sangre sirve para salvarle la vida a tu humana? Ya sabes, pelo largo y castaño, ojos verdes, guapa... y huele bien.

William sintió que su pecho se desgarraba, como si él mismo hubiera dibujado una diana sobre Kate y apretado el gatillo.

—Te confundes, no significa nada para mí. Una distracción más entre muchas.

—Casi me convences.

—Y si somos iguales, ¿por qué no ha usado tu sangre?

—Porque necesita la de ambos y yo, personalmente, voy a darle la mía —respondió entre dientes, y ni así pudo disimular lo mucho que le costaba pronunciar esas palabras.

—¿Quién está detrás de todo esto? Dame su nombre.

—Solo puedo brindarte un consejo: ofrécete a él, no tienes elección, o pondrás en peligro a todos los que te importan.

La violencia que William se esforzaba en contener se desbordó y le dio una fuerte sacudida.

—¡Dime su nombre!

—No lo pillas, ¿verdad? Esto te sobrepasa. Solo eres un peón en este juego.

—¡Su nombre! —le lanzó un golpe y su puño se hundió en la madera.

El vampiro se había desmaterializado en sus narices. Dio un paso atrás, completamente desconcertado. Sus ojos se encontraron con los de Shane, que estaba igual de sorprendido.

—¿Cómo demonios ha hecho eso?

—¿De verdad no lo sabes? —dijo una voz tras él. William se giró con un respingo y se encontró con el vampiro a escasos metros—. ¿Cuánto hace que aparecieron los primeros síntomas? Destellos de luz, el ardor, trucos con la mente...

—¿Sabes eso?

—Claro.

—Un par de meses.

El vampiro asintió.

—Acabas de empezar —dijo para sí mismo en voz baja. Inspiró y clavó sus ojos en los de William—. Me quedaría a seguir charlando, pero tengo que marcharme. Y bastante lejos, por cierto. No perdáis el tiempo buscándome.

William dio un paso adelante, pero no había nada amenazador en él, al contrario.

—Por favor, si de verdad sabes lo que soy... ¡dímelo!

El vampiro bajó la mirada un momento, vacilante. Inspiró por la nariz y se enderezó con los hombros en tensión.

—Nos veremos pronto.

Y desapareció.

40

El todoterreno volaba por la carretera mientras la mente de William hervía como un volcán a punto de entrar en erupción. Si no aflojaba la presión, acabaría por explotar.

Ese tipo era inmune al sol, sabía lo de los destellos y lo de sus truquitos mentales. Además, se había desmaterializado ante sus ojos como quien chasquea los dedos. ¡Pluff!

Se devanaba los sesos buscando una explicación, y solo se le ocurría que los transformó el mismo vampiro. Si es que lo había sido en algún momento, porque nunca se habían planteado que fuese otra cosa. Otro ser. Pero ¿qué tipo de ser?

Sacudió la cabeza para despejarse. Tenía que pensar con claridad. ¿Y si el renegado que los transformó no estaba muerto? ¿Y si era quien estaba detrás de todo? No, imposible, Sebastian le había arrancado el corazón la misma noche que los atacaron, y después quemaron sus restos.

Entonces, ¿quién?

—Tengo que largarme —masculló.

—Ahora no puedes marcharte, William. Solo aquí podremos protegerte.

—No sé qué o quién está detrás de todo esto. Y no pienso quedarme aquí y atraerlo hasta vosotros.

—¿Y qué pasa con Kate?

—Si me largo sin más, pensarán que ella no me interesa. La dejarán en paz y quedaréis vosotros para protegerla.

—Si te han estado vigilando, no van a tragárselo. Es evidente que ella te importa.

William apretó el volante con fuerza.

—Pues tendré que ser muy convincente. —Shane puso los ojos en blanco y William lo miró molesto—. Vale, ¿qué harías tú en mi lugar?

—Le diría a Kate lo que soy, lo que siento por ella y después le explicaría que hay unos tíos que acojonan muchísimo y que intentarán matarla si tú no desatas el Apocalipsis para ellos.

—Así de fácil.

—Así de fácil —repitió Shane—. Además, ya sospecha algo.

—Sí, que somos una panda de pirados. No la familia Monster.

Shane se quedó callado. De repente, rompió a reír. Echó la cabeza hacia atrás y las carcajadas sonaron más altas mientras se sujetaba el estómago. William se contagió y una risa ronca brotó de su garganta.

Se miraron a los ojos sin dejar de sonreír.

—Necesitaba esto —dijo William.

Shane asintió con lágrimas en los ojos.

—Yo también. ¡Caray, hacía tiempo que no me reía tanto! —Frunció el ceño. Más adelante, había una decena de coches aparcados a ambos lados de la carretera—. ¿Ese no es el Lexus de Jill?

—Sí —le confirmó William en cuanto distinguió la matrícula.

—¿Y qué hace aquí? —Divisaron el todoterreno rojo de Peter—. ¡Mierda, le pedí a Evan que no volviera a acercarse a él!

William se hizo a un lado y pisó el freno.

Se bajaron del vehículo y subieron la cuesta que conducía al mirador, donde los jóvenes solían reunirse para improvisar fiestas. Entre los árboles vislumbraron una hoguera y un montón de chicos a su alrededor. La música surgía de un altavoz a un volumen ensordecedor y resonaba contra las paredes de la garganta por la que discurría el arroyo. El olor a cerveza flotaba en el ambiente, mezclándose con el humo de la madera al crepitar, y el de la resina de los árboles.

Encontraron a Evan conversando con unos amigos del instituto.

—¿Desde cuándo bebes cerveza? —le preguntó Shane a su primo.

—¿Y a ti qué te importa? —protestó. Lanzó un gruñido cuando Shane le quitó la lata y se la llevó a los labios. Se inclinó hacia William—. Está con Jill. No le he quitado ojo de encima.

—Gracias.

—¿Habéis averiguado algo?

—Sí, y no es bueno. Os lo contaré en casa —dijo William mientras buscaba a Kate con la mirada.

La encontró bailando junto a sus amigas, muy cerca de un muro de piedra que las separaba de una caída de varios metros. Y, cómo no, Justin volaba a su alrededor igual que una mosca.

—¿Cómo de malo es? —preguntó Evan.

—Mucho.

El chico apretó la mandíbula y sus ojos destellaron.

—Voy a llevarlas a casa.

William lo observó alejarse, y después sus ojos regresaron a Kate. El corazón le dio un vuelco al verla subir al muro de la mano de Justin. Ella comenzó a bailar al ritmo de la música, moviendo los hombros y las caderas. Estaba un poco achispada y sus pasos eran inseguros. De repente, su tobillo se dobló y todo su cuerpo vaciló. Dio un paso atrás. Su pie no encontró nada en lo que apoyarse y perdió el equilibrio.

Justin se quedó helado y ni siquiera se movió.

Todo sucedió muy deprisa. El viento azotando sus cabellos, el ruido de la corriente abajo, los gritos de pánico a su alrededor y de pronto aquella mano fuerte en torno a su muñeca.

Sus pies apenas habían tocado el suelo, cuando William la agarró por el codo y comenzó a tirar de ella de forma brusca. Pese al susto y la confusión, Kate se dio cuenta de que la gente aún miraba al fondo del precipicio.

Volvió el rostro hacia William mientras sus pies apenas podían seguirle el ritmo.

—¡Me estás haciendo daño! —se quejó.

Era consciente de que acababa de salvarle la vida de un modo inexplicable, pero, en lugar de gratitud, un absurdo orgullo se apoderó de ella.

Clavó los pies en el suelo y forcejeó. Pegó un grito cuando William la levantó del suelo y se la echó sobre el hombro.

—¿Qué haces, cavernícola? ¡Bájame! ¡Ahora mismo!

Le golpeó la espalda con los puños, y lo único que logró fue hacerse daño. Se sentía tan estúpida allí colgada. Alcanzaron la carretera y William se detuvo junto a su todoterreno, abrió la puerta y por fin la dejó en el suelo.

—¿Qué derecho tienes a tratarme así? —le escupió.

—Sube.

—¿Para ir adónde?

—Voy a llevarte a casa, antes de que encuentres otra forma de abrirte el cráneo.

—No voy a ninguna parte —repuso tozuda.

—Kate, esta noche, no.

—No pienso subir.

William se inclinó sobre ella hasta que sus narices se rozaron.

—Sube al coche.

Ella negó con los ojos muy abiertos.

—¡Jesús, aún no entiendo cómo no te... te...! —masculló él. La tomó en brazos y la metió en el coche mientras ella maldecía. Le puso el cinturón y le dio un tirón que la dejó sin aliento—. Si intentas moverte, te meto en el maletero.

—Es un farol. El secuestro es un delito.

—Ponme a prueba.

Cerró la puerta en cuanto ella se cruzó de brazos, enfurruñada. Rodeó el coche y se sentó frente al volante. Ignoró las miradas furibundas que ella le lanzaba y se puso en marcha. No dijo una sola palabra durante el trayecto a la casa de huéspedes. Contenía la respiración y mantenía la vista fija en la carretera. Su rostro parecía congelado con una expresión muy dura. Sediento y agotado, estaba llegando a su límite.

De improviso, pisó el freno y detuvo el coche a solo unos metros de la casa.

—Si yo no hubiera estado allí, ahora serías una mancha oscura sobre las rocas —dijo con brusquedad, y apretó el volante sin apartar la vista del camino—. ¿Se puede saber qué te pasa? ¿Pones tu vida en peligro para contonearte delante de ese chico?

—¿De qué vas? ¡Yo no me estaba contoneando delante de nadie! —replicó ofendida.

—Deberías elegir mejor a tus amigos.

—Debiste darme ese consejo el día que te conocí —le espetó ella.

Se bajó del coche y dio un portazo.

William bajó tras ella.

—Ese chico solo te causará problemas. Te mereces alguien mejor.

—Justin se preocupa por mí, le importo, ¿sabes?

William soltó una amarga carcajada.

—Por supuesto, ¿cómo no me he dado cuenta? Le importa una mierda que te partas el cuello.

—No pretendía hacerme daño, ha sido un accidente.

—¿Te das cuenta de que sigues respirando gracias a mí? ¿Por qué lo sigues defendiendo?

—Porque... porque... —Inspiró hondo, buscando algo que decir que no sonara estúpido en medio de aquella furia que sentía— me quiere.

Suspiró, exasperado y cabreado.

—No tienes ni idea de lo que esas palabras significan. Cuando quieres a otra persona, cuando la quieres de verdad, la cuidas y la proteges con tu propia vida si es necesario. Y, desde luego, no dejas que se lance por un precipicio ni que beba hasta comportarse con tanta insensatez.

Kate puso los brazos en jarras y le lanzó una mirada desafiante.

—Entonces, después de esta escenita, ¿qué debo suponer? ¿Que a ti sí te importo?

—No estamos hablando de mí.

—Ahora sí. ¿Por qué no respondes? ¿Todo este despliegue de testosterona es porque te preocupas por mí? ¿Porque tú sí...?

Cerró la boca y pareció dudar.

Los ojos de William, esos iris de un azul profundo, se clavaron en los de ella.

—Acaba la pregunta.

Kate inspiró hondo. El tenso silencio que se extendió entre ambos era palpable.

—¿Tú sí me quieres?

—No tendré esta conversación.

—¿Por qué no? —preguntó con desdén—. ¿Acaso crees que no podré soportar tu respuesta? Que me digas que no te gusto, que no soy lo suficientemente buena para ti. Que soy poca cosa para el principito. No creas que voy a hundirme por eso. Soy mejor que cualquiera de esas esnobs con las que seguro te acuestas. ¡¿Y sabes qué?, tú te lo pierdes!

William apretó la mandíbula. Estaba enfadado y cansado. Harto de medir las palabras, de contenerse, de pensar una cosa y decir otra porque la palabra «sincero»no se la podía aplicar. Harto, sin más.

«Al diablo con todo», pensó.

Y de un paso se plantó a solo unos centímetros de ella, tan cerca que sus ropas se rozaban con solo respirar.

—¿De verdad estás tan ciega que necesitas palabras? ¡De acuerdo! ¿Quieres saber si me gustas, si me importas? Sí, la respuesta es sí. Me gustas mucho, y me importas más de lo que puedas imaginar. ¿Te quiero? No estoy seguro, es posible, pero ni siquiera me he atrevido a considerarlo, porque no puede ser, Kate. Tú y yo, esto que está pasando entre nosotros, no es posible, ¿lo entiendes?

—¿Por qué no?

—Por lo que yo soy y lo que tú eres —contestó. Ella arrugó los labios en una mueca—. Y no tiene nada que ver con el dinero o una posición social, sino con lo que hay aquí dentro. —Se tocó el pecho a la altura del corazón—. Tú eres luz y yo oscuridad. Tú eres transparente y yo vivo rodeado de secretos. Tú eres vida y yo... solo muerte.

Kate parpadeó confundida.

—¿De qué demonios estás hablando? ¿Qué secretos? —Negó varias veces con la cabeza y alzó los brazos, rendida—. De acuerdo, me da igual, lo acepto. Todo.

—¡No! Entre tú y yo no va a pasar nada.

—¡No lo entiendo, es de locos! Dices que te gusto, que te importo... ¿y aun así no quieres que estemos juntos? —preguntó por pura obstinación.

—Conmigo no tienes ninguna posibilidad, así que mejor olvídame.

—¿Y cómo esperas que haga eso después de todo lo que has dicho?

Él apartó la mirada y dio un par de pasos atrás.

—Con el tiempo.

Kate palideció, aunque sus ojos brillaban y sus mejillas centelleaban por el rubor que subía ardiente a través de su garganta.

—¿Con el tiempo? En este momento quiero odiarte. No sabes cuánto.

—Lo hago por ti.

Ella se limpió una lágrima caliente de la mejilla. Ni siquiera la había notado llegar hasta allí. Se frotó con más ahínco, no pensaba llorar. No delante de él.

—He pensado muchas cosas sobre ti durante estos meses, pero no que fueses un hipócrita. Lo que hagas, hazlo por ti, no por mí. Yo no necesito favores de nadie.

—No soy bueno para ti.

Kate inspiró hondo y se humedeció los labios. Se tomó un momento para mirar al cielo y sentir la brisa, mientras hacía acopio de una determinación que la rehuía. Soltó el aliento que estaba conteniendo.

—Tienes razón, no eres bueno para mí, y no pienso suplicarte más. ¿No quieres estar conmigo? Bien. Adelante.

—Lo siento —susurró él y su rostro se contrajo como si algo le doliera.

Kate dio un paso atrás y se cruzó de brazos. Estaba hecha una furia. Tenía el rostro rojo y su boca dibujaba una línea recta y tensa.

—¡Vete! —gritó.

—¿Qué?

—Quiero que te marches de Heaven Falls ahora mismo y que me ahorres el dolor de tener que volver a verte.

—Kate...

—Piensas irte de todas formas, ¿no? Pues hazlo cuanto antes.

—Kate, así no, por favor.

—¡Dios, que te largues! ¡No quiero verte nunca más! —le gritó a punto de perder los nervios.

Dio media vuelta y se dirigió a la casa como un vendaval.

William se quedó inmóvil, observándola mientras se alejaba. Se frotó el esternón. ¡Cómo dolía! A su espalda, unos pasos suaves se acercaban sin prisa.

—¿Lo has oído?

—No era mi intención, pero sí —respondió Shane.

—Dime que estoy haciendo lo mejor, lo correcto.

Shane se detuvo a su lado y contempló la casa.

—No pienso mentirte, aunque me lo pidas.

William ladeó la cabeza y lo miró.

—¿Eso es lo que piensas?

El chico ladeó la cabeza y se encogió de hombros.

—Vete a casa y descansa. Esta noche haré yo guardia y Carter me relevará al amanecer. La vigilaremos, no te preocupes.

William asintió. Después subió al coche y se alejó sin intención de volver.

41

«Todo es culpa mía», no dejaba de repetirse.

Nunca debió poner un pie en ese pueblo.

Y jamás debió posar sus ojos en ella.

Pero su determinación fue puesta a prueba tantas veces, que acabó cediendo sin ser consciente de que lo hacía. Una pequeña concesión cada vez, un eslabón más en esa invisible cadena, mientras se convencía a sí mismo de que no era importante. Que no pasaría nada.

Que podía controlarlo y pondría distancia, llegado el momento.

No sucedió como esperaba.

Había cerrado los ojos a una verdad que él conocía mejor que nadie. Era egoísta. Era avaricioso. Y deseaba tanto a esa humana impulsiva e irascible, que se había olvidado por completo de la prudencia y de cuál era su lugar.

Ahora, ella lo odiaba.

Apretó el volante entre sus dedos. No sabía qué hacer, si marcharse o quedarse. No tenía ni idea de cuál era la opción correcta. Si se largaba, sentía que abandonaba a sus amigos a su suerte después de haberles colocado una diana en la espalda. Si permanecía con ellos, probablemente atraería un gran peligro hasta su puerta.

Maldijo en voz alta.

Una daga en su pecho pondría fin al problema.

El destello de unos faros en el espejo retrovisor lo distrajo de sus pensamientos. Se acercaban muy rápido, casi con imprudencia. William pisó el acelerador. El otro vehículo no se quedó atrás, y aceleró hasta colocarse a pocos centímetros de su parachoques.

Una rápida maniobra, y el coche se situó a su lado. William le echó un vistazo a través de la ventanilla y todos sus sentidos se pusieron alerta. Era de gama alta y tenía los cristales tintados. Imposible ver al conductor. Fuese quien fuese, ¿a qué jugaba?

De pronto, el vehículo desconocido aceleró a fondo, se colocó delante del todoterreno y le cortó el paso al detenerse de golpe.

William pisó el freno y dio un volantazo. Los neumáticos se bloquearon.

Bajó del coche sin ninguna cautela. A esas alturas, le daba todo igual. La puerta del otro vehículo se abrió y aparecieron unas piernas femeninas. Una mujer descendió con elegancia.

—¡Sorpresa!

William no daba crédito a lo que estaba viendo y tardó un largo segundo en reaccionar.

—¿Marie? ¿Qué... qué haces tú aquí?

Marie corrió a su encuentro. Su larga melena de rizos rojos flotaba a su espalda. Era como una visión.

—¡Hola, hermanito!

William la abrazó con fuerza y escondió su rostro en el hueco de su cuello.

—¿Por qué estás aquí?

—Te echaba de menos y... no sé... Llevo días con una vocecita en mi cabeza que no dejaba de repetirme que me necesitabas. ¿Estás bien?

William le tomó el rostro entre las manos y le sonrió.

—Ahora sí.

Marie frunció el ceño y lo miró arriba abajo.

—Tienes mal aspecto. De hecho, estás horrible. ¿Cuánto hace que no te alimentas? —Él no contestó y se limitó a mirarla con una gran sonrisa. Tomó su mano y lo arrastró hacia la espesa maleza—. Vamos, por aquí debe de haber algo más que ardillas.

Horas después, una tenue luminosidad comenzaba a intuirse por el este. A lo largo de la noche, el cielo se había cubierto de nubes y ahora amenazaban con descargar una fina llovizna.

Tumbado de espaldas sobre la hierba, William observaba a unos pajaritos que saltaban de un arbusto a otro mientras picoteaban sus flores amarillas. Había recuperado las fuerzas y sus sentidos estaban despiertos y alerta.

La cabeza de Marie descansaba sobre su vientre y los rizos de su cabello le hacían cosquillas en la piel. Alargó el brazo y le rozó con la punta del dedo la nariz, ella se la apartó de un manotazo.

—¿Cómo puedes estar tan tranquilo?

Él le había contado todo lo sucedido durante las últimas semanas hasta esa misma noche.

—¿Y qué quieres que haga? —replicó él.

—No sé, pero parece que te da igual, cuando eres el zorro de esta cacería.

—Creo que prefiero ser el zorro del gallinero. —Se echó a reír.

—¡Qué idiota! —Suspiró y se quedó pensando unos segundos—. ¿Crees todo lo que te ha dicho ese vampiro?

Él lo meditó un instante.

—Sí, lo creo. Además, me parece que en el fondo está asustado, resignado... No sé, pero... pienso que su participación en esta historia no es del todo voluntaria.

—¿Y a quién sirve? ¿Quién necesita vuestra sangre? ¿Y por qué vosotros dos sois diferentes? ¿Hay más como vosotros?

William sonrió al verla manotear tan deprisa, incapaz de manejar todo ese cúmulo de emociones que siempre la desbordaban.

—No me lo ha dicho.

—Pero ¿le has preguntado?

—¿Tú qué crees?

Marie se llevó las manos a la cara y gruñó con frustración.

—No logro entender nada, toda esta historia es tan confusa. No tiene ningún sentido. —Se encogió de hombros y soltó el aliento—. Miremos el lado positivo, al menos sabes que hay otro como tú.

—¿Y eso debería alegrarme?

—Sí, debería, llevas mil millones de años quejándote de ser un bicho raro. ¿Lo ves? En el fondo no eres tan especial —dijo en tono burlón y le sacó la lengua.

William sonrió mientras le tiraba de un rizo.

—Es bastante más fuerte que yo —confesó él.

—No parece que quiera hacerte daño, ni él ni la persona para la que trabaja. Te necesitan y podríamos aprovechar esa ventaja.

—¿Podríamos? —la cuestionó.

Marie giró la cabeza para mirarlo y arqueó las cejas.

—Si crees que voy a dejarte solo con esta locura y mantenerme al margen, es que aún no me conoces.

William recorrió el cielo con la mirada. El manto de nubes era tan espeso que la luz del sol aún tardaría en alcanzarlos. Sin embargo, empezaba a sentirse incómodo con su proximidad. Se restregó la cara e inspiró.

—Puede que a mí no me haga daño, pero sí se lo hará a las personas que me importan. Eso te incluye a ti, y si algo te pasara, yo... No podría soportarlo, Marie.

Marie se sentó y miró con atención el rostro de su hermano. A pesar de la oscuridad, distinguía perfectamente cada línea y cada sombra, su expresión lúgubre.

—No puedes dejar a esa chica a su suerte, corre peligro.

—¿Te refieres a Kate? —Su hermana asintió—. Cerca de mí no está segura, lo mejor para ella es seguir con su vida y que todos nosotros desaparezcamos.

—Pero ¿no ves que ya es tarde para eso?

—¿Qué quieres decir?

—Por favor, hermano, ¿qué tienes dentro de esa cabeza? Que te alejes, te marches, la olvides... Nada de eso asegura que vaya a estar a salvo. Esa gente sabe de su existencia, ¿qué te hace pensar que no van a ponerte a prueba? Para ellos, Kate solo es un medio más para lograr un fin. Lo intentarán, por supuesto que lo harán, ¡por si acaso! Y si no funciona, si no llegan a ti, ella solo es otro recipiente de sangre del que alimentarse. Es lo que yo haría si fuese uno de ellos. Y tú también, si necesitaras algo tan desesperadamente.

William curvó los labios en una mueca. Las palabras de Marie lo habían molestado, y no porque fuesen duras, sino por la verdad que contenían. Su hermana tenía razón y él ni siquiera se había detenido a considerarlo desde esa perspectiva. Siempre tan arrogante, tan seguro de poseer la verdad. Dando por sentado que nunca se equivocaba, cuando en ese momento no se estaba comportando mucho mejor que un niño egoísta y sabelotodo.

—La única forma de estar preparado es pensar como lo harían ellos, mi adorable hermanito. Piensa como un proscrito que no tiene nada que perder, al que solo mueve su propio interés. ¿Qué harías?

William se puso en pie y se revolvió el pelo con frustración.

—Cualquier cosa, y a cualquier precio —respondió.

—Kate solo estará a salvo contigo protegiéndola de cerca.

—Nada de esto es justo para ella.

Marie también se puso de pie.

—Puede que no, pero dadas las circunstancias y tus sentimientos por ella, creo que deberías olvidarte de lo que es justo y de lo que no, ¡y ser egoísta! El ser más egoísta de este mundo y hacer por una vez lo que de verdad deseas.

—Sé a qué te refieres y jamás funcionaría.

—¿Por qué? ¿Porque ella es humana y tú un vampiro? —William no contestó, pero su silencio sí lo hizo. Echó a andar en dirección a la carretera y ella lo siguió—. ¿Y qué pasa con tu madre? Ella era humana y Sebastian...

—No es comparable —la interrumpió sin poder disimular la ansiedad que le provocaba aquella conversación.

—¿Por qué? —insistió Marie.

Saltaba tras su hermano entre la maleza, tratando de no perder el ritmo apresurado que él marcaba.

William abrió la boca para decir algo, pero no tenía ninguna explicación sólida más allá de sus propios miedos.

—Justo lo que yo pensaba —replicó Marie en tono condescendiente.

William se detuvo.

—Suéltalo, te mueres por decirlo.

—Tú eres el problema. Todo comienza y termina en ti. Que ella pueda sufrir no es lo que te asusta, porque sufrirá contigo o sin ti, así es la vida. Tampoco que entre en nuestro mundo. —Rodeó la cintura de William con sus brazos y apoyó la mejilla en su espalda—. ¿Qué es lo que te provoca tanto miedo?

—Su mirada.

—¿Qué?

—Cuando Amelia descubrió lo que soy, me miró como si yo fuera un animal, la peor de las bestias. No te haces una idea de lo que es verte como un monstruo a través de los ojos de alguien a quien amas —confesó por primera vez—. Dejé de sentirme humano aquella noche, no cuando me convertí.

—Y temes que esa chica pueda mirarte del mismo modo.

—No podría soportarlo, de Kate no —susurró por fin.

Ese era su miedo. No podría aguantar que ella lo considerara un monstruo.

—Amelia nunca fue buena persona. Era egoísta y manipuladora, una serpiente, y lo cierto es que nunca te quiso de verdad. Al menos, no te quiso bien, por eso reaccionó de ese modo. No puedes permitir que ese recuerdo controle el resto de tu vida.

William se volvió y la miró a los ojos.

—Ella ya no tiene ningún poder sobre mí.

—Pues espero que sea cierto, porque vas a necesitar estar muy seguro de ti mismo cuando vayas a hablar con Kate.

—¿Qué?

—No puedes dejar las cosas como están, creía que ya te habías dado cuenta de eso mientras hablábamos. Tu humana está en peligro y vas a tener que decírselo.

—¿Y cómo demonios le digo algo así?

—Con la verdad, no hay otro modo. Debe saber dónde se ha metido y por qué, a qué se enfrenta y el riesgo que corre. Tienes que contárselo todo. Todo, William.

—No querrá escucharme, he sido muy duro con ella.

—Arrastrarse un poco siempre funciona. Conmigo lo hace.

—Y si no acepta nada de esto, y si...

—Lo hará.

—¿Cómo lo sabes?

—Es un presentimiento, ¿vale? Dios, me sacas de quicio. Hazlo y ya veremos, gallina.

—¿Qué me has llamado?

—Gallina, cobarde, pusilánime... ¿quieres que siga? La lengua siempre se me dio mejor que a ti.

William sacudió la cabeza y sus ojos se tiñeron de rojo.

—Tú te lo has buscado —anunció con una sonrisa maliciosa.

Se abalanzó sobre su hermana.

Marie lo esquivó y saltó en el aire sin esfuerzo. Se agarró a una de las ramas del viejo roble que se alzaba sobre ella. Tomó impulso y cruzó el aire por encima de su hermano. Echó a correr entre gritos y risas. Saltaba los arbustos y esquivaba las rocas. Trepaba a los árboles con gracia y se movía entre sus ramas con la soltura de una ardilla.

William la perseguía divertido y, durante unos minutos, creyó encontrarse en otra época y en otro lugar, cuando la inocencia aún formaba parte de ellos y el mundo tenía una vida normal que ofrecerles.

De repente, Marie se detuvo. Lanzó un siseo y echó el cuerpo adelante, dispuesta a defenderse. Un gruñido peligroso vibró en el aire y llegó hasta William.

—No, no, no, no... —gritó él al tiempo que aceleraba su carrera. Saltó sobre su hermana y aterrizó entre ella y el lobo blanco que la amenazaba con unos dientes afilados—. ¡No, Shane, es Marie, mi hermana!

El lobo se quedó inmóvil y abrió mucho los ojos. Un destello dorado los iluminó y abandonó su postura. Un segundo después, su cuerpo recuperó la forma humana.

—Lo siento... —se disculpó en cuanto recuperó el habla—. No tenía ni idea, he pensado que eras uno de esos renegados.

Marie lo miró de arriba abajo sin ningún pudor y contuvo una sonrisa.

William puso los ojos en blanco y se quitó su camiseta. Se la lanzó a su amigo.

—Ten, cúbrete.

—Gracias —dijo Shane sin apartar su mirada de Marie—. William me ha hablado mucho de ti.

Ella sonrió coqueta.

—¿Ah, sí? Pues a ti nunca te ha mencionado.

Los ojos de Shane volaron hasta William. Frunció el ceño.

—¿Nunca le has hablado de mí?

—¿Y por qué iba a hacerlo?

—¿Porque soy tu amigo y no paro de salvarte el culo?

—¿Que tú qué...? ¡Venga ya! —exclamó. Hizo una mueca y se detuvo un momento, de repente preocupado—. ¿Qué haces aquí, va todo bien?

—Carter ha ido a relevarme y me ha dicho que no habías vuelto a casa. Me he preocupado.

—Estoy bien —respondió. Se percató de que su hermana no apartaba los ojos de Shane, y que él hacía otro tanto. Suspiró con desgana—. Bueno, creo que debería presentaros de forma correcta. Marie, él es Shane Solomon, sobrino de Daniel. —Tomó aliento—. Shane, ella es Marie, mi hermana. Y será mejor que no lo olvides —eso último lo dijo entre dientes y se ganó un codazo de ella.

Shane dio un paso hacia Marie y le tendió la mano que tenía libre. Ella se la estrechó con una sonrisa, y un pequeño estremecimiento los recorrió a ambos.

—Me alegra conocerte —indicó él.

—Gracias. Los amigos de William también son mis amigos.

Shane sonrió de oreja a oreja y se puso colorado.

William no daba crédito.

42

El sol comenzó a ponerse y el calor sofocante de la tarde dio paso a una noche más fresca.

William contemplaba a través de la ventana los últimos momentos de la ardiente y dorada esfera antes de ocultarse tras las montañas. Cuando desapareció, el crepúsculo coloreó de naranja todo el paisaje.

La puerta del estudio se abrió y Daniel entró con aspecto cansado.

—Samuel estará aquí antes del amanecer. Un grupo de Cazadores vendrá con él —dijo mientras se sentaba en su sillón. Se frotó la mandíbula—. Cassius y sus hermanos ya están vigilando los alrededores. Si alguien intenta llegar hasta aquí, lo sabremos.

William se apoyó en la pared y miró a su amigo.

—¿Qué les has contado?

—Lo que necesitan saber, nada más. No te preocupes, de momento, lo de ese otro vampiro y todo lo que te contó, quedará entre nosotros.

—Es lo mejor. Ni siquiera sabemos si decía la verdad.

Daniel cruzó los brazos sobre el pecho y ladeó la cabeza, unos mechones oscuros resbalaron por su frente.

—¿Tú crees que mentía?

—Algo me dice que no. Necesito respuestas, saber quién soy realmente, y ese tipo parecía saberlo.

Daniel asintió con una expresión feroz en el rostro.

—Removeré cielo y tierra para encontrarlo, William. A él y a cualquiera que esté detrás de esta locura. Nadie te pondrá una mano encima, si puedo evitarlo.

—Gracias.

—Hay algo de lo que debemos hablar.

William asintió y clavó sus ojos en Daniel.

—Kate.

—Sí —dijo con un suspiro—. No está segura entre los de su especie y no podemos seguir montando guardia en su casa ni siguiéndola a todas partes. Se expone sin saberlo y nos expone a nosotros.

—Lo sé. Y es culpa mía, lo siento.

—No es culpa de nadie, William. Nadie es dueño de sus emociones, sino un esclavo de ellas. —Tomó aliento y después lo soltó con fuerza—. Debo ser sincero contigo, me preocupan las decisiones que puedas tomar respecto a ella y cómo podrían afectarnos.

Una punzada atravesó el pecho de William cuando el pasado irrumpió de nuevo. Se pasó la mano por la cara y suspiró con amargura.

—Kate me importa, Daniel, y no deseo que le ocurra nada malo, pero no la antepondré. Hablaré con ella, se lo contaré todo y trataré de que entienda cuál es su posición ahora. Espero que lo comprenda, o que al menos lo acepte. Si no es así, si se convierte en un peligro para nuestras familias, yo mismo le pondré fin.

—¿Estás seguro?

William asintió sin dudar y su mirada era sincera.

—Yo empecé todo esto y yo lo terminaré si es necesario. ¡Te lo juro!

—¿Cuándo hablarás con ella?

Se volvió hacia la ventana y buscó las primeras estrellas de la noche. Ya faltaba poco y el nerviosismo empezaba a apoderarse de él.

—Esta misma noche, no debo alargar la situación.

—En ese caso, no tengo nada más que decir. Confío en tu buen juicio y en que sabrás llevar este asunto. —Se acercó a su amigo y le puso una mano en el hombro—. Seguro que irá bien, esa chica tiene algo que... que me hace confiar en ella.

—Ojalá no te equivoques —susurró William.

43

William aparcó su todoterreno al final de la calle. Volvió a comprobar la dirección en el navegador y le echó un vistazo a la casa. El número 17 brillaba en la pared bajo la luz de un farol. Contempló el lugar unos instantes. Las casas se alzaban en medio de jardines que parecían alfombras, con tapias bajas de madera que delimitaban cada propiedad. Todo estaba quieto y en silencio.

Dejó escapar un suspiro y apoyó la frente en el volante. Lo golpeó una vez. Dos. Tres... Iba a volverse loco si aquella espera se alargaba. Alzó la cabeza y observó la calle a través del espejo retrovisor. Se encontraba desierta, salvo por un par de coches aparcados al otro lado. Uno era el viejo trasto que Kate conducía.

Shane surgió de entre las sombras a escasos metros, y William bajó del vehículo para ir a su encuentro.

—Lleva ahí dentro algo más de una hora —informó Shane—. He dado una vuelta por los alrededores y todo parece tranquilo.

—Gracias.

—¿Estás bien?

—No.

Shane esbozó una débil sonrisa y le palmeó el hombro con afecto.

—Cambia esa cara, se supone que debes convencerla de que los vampiros son lo más.

William sonrió y se frotó los brazos para mitigar los nervios.

Un ligero carraspeo sonó a su espalda. Del pequeño callejón que separaba dos casas, emergió Cassius, uno de los hombres de confianza de Daniel. Un tipo grande y corpulento, con unos ojos vivos y curiosos que destacaban en un rostro oscuro como el ébano. Se quedó entre las sombras para no revelar su desnudez.

—La zona sigue en calma —anunció.

William inclinó la cabeza en un gesto de gratitud y el hombre se lo devolvió, antes de dar media vuelta y desaparecer de nuevo en la oscuridad. Los gruñidos de un lobo surgieron poco después. Había vuelto a transformarse.

—¿Hay muchos como él? Es enorme —se interesó William.

—Y tan letal como parece. Es un buen tío y hará lo necesario para que estemos a salvo.

William le echó un vistazo fugaz a la casa y luego volvió a fijarse en Shane. Parecía agotado.

—Regresa y descansa.

—¿Seguro?

—Sí.

Una vez que Shane se marchó, William se apoyó en el coche y alzó la cabeza con los ojos cerrados. La brisa nocturna era agradable y olía a madreselva. Al cabo de unos segundos, su mirada volvió a clavarse en la casa.

No sabía con certeza qué hacía Kate en ese lugar. Solo que había ido a visitar a un hombre de avanzada edad, llamado Ben, según figuraba en su buzón. No recordaba que ella le hubiera hablado de nadie con ese nombre.

De pronto, la voz de Kate le llegó con claridad al abrirse la puerta. Un segundo después, ella aparecía con un sobre marrón entre las manos.

—Gracias por dejarme la reveladora, tío Ben.

—De nada, mi niña. Gracias a ti por pasar un rato con este viejo. Tus visitas siempre son bien recibidas —dijo el hombre con una sonrisa—. ¿Volverás pronto?

—Sabes que sí, no puedo resistirme a ese pastel de boniatos tan rico que preparas.

—A tu madre le gustaba mi pastel de boniatos. ¡Te pareces tanto a ella!

Kate se inclinó y le dio un beso en la mejilla.

—Buenas noches, tío Ben.

—Conduce con cuidado.

Desde el otro lado de la calle, William la observó con un pellizco de ansiedad. Vestía unos tejanos claros y una camiseta verde de tirantes. Grácil y silenciosa, descendió los peldaños del porche y recorrió sin prisa el camino pavimentado en dirección a su coche. Estaba un poco pálida y de sus ojos había desaparecido ese brillo que solía iluminarlos.

La culpabilidad lo abofeteó. Tomó aire y puso freno a sus emociones.

Kate se detuvo junto al coche y comenzó a rebuscar en su bolso.

Si quería hablar con ella, ese era el momento. Abandonó las sombras que lo mantenían oculto y cruzó la calzada.

—Hola.

Kate dio un respingo. Alzó los ojos y se estremeció al encontrar a William a unos pocos pasos. El corazón se le aceleró como si estuviera disputando una carrera.

—Perdona, no pretendía asustarte —prosiguió él.

Ella no abrió la boca. Empuñó la llave y trató de hacerla entrar en la cerradura. Probó varias veces, pero aquel trozo de metal parecía haberse rebelado.

William sujetó su mano y la guio con pulso firme. Un instante después, la puerta estaba abierta.

Kate se apartó de su contacto en cuanto pudo reaccionar.

—Te pedí que te fueras —dijo recelosa.

—Pensaba hacerlo, pero no es la solución.

—Este encuentro me incomoda. ¿Qué quieres?

—Necesito hablar contigo.

—Dudo de que haya mucho más que decir entre nosotros.

—Lo hay, créeme.

—Me da igual, no quiero hablar contigo, William. ¡Márchate!

Él se tragó un suspiro. Estaba dolida y enfadada, y no podía reprochárselo. Sin embargo, sus negativas y ese carácter testarudo ponían a prueba su paciencia. Nunca nadie lo había retado de esa forma.

—¡Por favor, solo te pido un minuto! Escúchame durante sesenta segundos.

—¿Y por qué debería hacerlo? ¿Solo porque tú me lo pides? Olvídalo.

—Podría obligarte.

—¿Perdona?

—No he querido decir eso. —Inspiró hondo y se pasó la mano por el pelo—. De acuerdo...

Se dejó caer de rodillas al suelo.

—¿Qué haces? —inquirió Kate mientras daba un paso atrás.

—Suplicar.

Los ojos de Kate se abrieron como platos y toda su piel comenzó a arder. Se cubrió las mejillas con las manos y miró a su alrededor. En la casa de enfrente, una mujer los observaba desde la ventana.

—¡Por favor, levántate! Nos están mirando.

—No hasta que me digas que hablarás conmigo.

—Tiene que ser una broma. —Miró a William desde arriba y notó que le hervía la sangre. También que su estómago se llenaba de mariposas y otras partes de su cuerpo reaccionaban sin su permiso, ofuscándola—. De acuerdo, hablaré contigo. Pero levanta de ahí, es ridículo.

William se puso en pie con una sonrisa.

—Bien, vamos —dijo él, y le ofreció su mano.

—¿Adónde?

—A hablar.

—¿Y no podemos hacerlo aquí?

—Lo que tengo que decirte, solo puedes oírlo tú.

Kate le sostuvo la mirada un largo instante. El corazón le golpeaba el pecho y todos sus pensamientos parecían diluirse bajo esos ojos azules que la miraban sin parpadear. Finalmente accedió a ir con él. La curiosidad se había abierto paso a través de su cerebro y quería saber qué era eso tan importante que nadie más podía oír. Dejó el bolso y el sobre en el asiento, y cerró el coche.

—Demos un paseo —sugirió él al tiempo que hacía un gesto hacia la calle.

Caminaron por la acera y poco a poco fueron dejando atrás los límites del barrio residencial. Llegaron a las afueras y cruzaron el puente cubierto hasta los márgenes del jardín botánico. Una luna llena resplandecía en el cielo, iluminándolo todo como si derramara polvo brillante sobre cada cosa.

William cerró los puños en el interior de sus bolsillos. Era consciente de las miradas fugaces que ella le lanzaba y de la curiosidad que sentía. También de que su paciencia no duraría mucho más.

Había llegado el momento de contarle la verdad y se sorprendió de lo mucho que deseaba hacerlo. Aunque, primero, debía encontrar las palabras adecuadas.

—William, llevamos diez minutos andando y aún no has dicho nada.

—Intento encontrar el mejor modo de empezar.

—Di lo que sea y ya está. No puede ser tan difícil. —Se le hizo un nudo en la garganta—. A no ser... que estés jugando conmigo otra vez.

—No. —Se pasó la mano por el pelo, un gesto que hacía siempre que estaba nervioso. Cerró los ojos un instante y volvió a mirarla con resolución—. Es que no te haces una idea de lo difícil que es.

—Suéltalo.

—De acuerdo, pero ten paciencia conmigo, ¿vale?

—Vale.

—La otra noche no te mentí, me gustas. Me gustaste desde la primera vez que te vi. Al principio creí que solo se trataba de atracción física, ya sabes, sexo. —Kate se puso colorada y apartó la mirada—. Pero con el paso del tiempo me he ido dando cuenta de que me atraes por ser tú. Me encantan tus pensamientos, tu conversación, el modo en que ves las cosas... Incluso tu carácter desafiante me gusta. Y no sé, puede que todo eso hiciera que de repente me preocuparan tus sentimientos, tus problemas, las cosas que te iban sucediendo. —Le puso un dedo bajo la barbilla e hizo que lo mirara—. También es posible que te quiera. No estoy seguro porque no recuerdo qué se siente al querer así a una chica. O puede que nunca haya querido a ninguna, no de verdad, y por eso no sepa distinguir dónde acaba una emoción y comienza la siguiente. De lo que sí estoy seguro es de que quiero estar contigo.

Kate le sostuvo la mirada y algo en ella la enterneció. Su pecho se llenó de aire. Se sentía inestable e insegura, pero al mismo tiempo no dudaba de la sinceridad que él mostraba. Alargó el brazo con timidez y posó su mano en el estómago de William. Cuando comprobó que no se apartaba, dio un paso y sus cuerpos se rozaron.

—William, todo eso que acabas de decir es muy bonito. Que te sientas así me... ¡No sé...! Yo también siento todas esas cosas por ti.

Él exhaló.

—Tampoco te mentí cuando te dije que no soy bueno para ti. Soy todo lo contrario a algo bueno. Y si hubieras sido un poco más... perceptiva, te habrías alejado de mí. —Las ganas de tocarla le quemaban en las puntas de los dedos y alzó las manos hasta su cara. Le rozó la mejilla—. Debiste hacerlo, salir corriendo lo más lejos posible... ¡Te di tantas oportunidades!

Ella frunció el ceño sin entender nada.

—William...

Él frenó sus palabras colocando el pulgar sobre sus labios.

—Pero no es culpa tuya, sino mía y de nadie más. Aun sabiendo lo que podría ocurrir, no fui capaz de renunciar a lo que siento cuando estoy contigo, y ya es tarde para arreglarlo.

—¿Arreglar el qué? No entiendo nada.

—He metido la pata, Kate. La he metido hasta el fondo y no imaginas cuánto lo siento. Nunca quise arrastrarte a todo esto. Ojalá puedas perdonarme.

—William, no entiendo nada y comienzas a asustarme. ¿Qué tengo que perdonarte?

—Todo lo que va a ocurrir a partir de ahora —dijo con una infinita desesperación.

Kate no podía moverse, ni apartar la mirada de él. Se sentía atrapada por unos hilos invisibles que la mantenían anclada a sus ojos.

—Por favor, explícate.

—Tú y yo somos distintos, Kate. Muy distintos. Ni siquiera pertenecemos al mismo mundo. El mío es oscuro y peligroso. En él hay personas que quieren algo que yo poseo, y esas personas ahora saben de tu existencia y de lo importante que eres para mí. Puede que vayan a por ti para quitármelo y soy el único que puede protegerte de ellos. —Le tomó el rostro entre las manos y la miró a los ojos—. Pero solo podré hacerlo si vienes conmigo hasta que encuentre el modo de ponerte a salvo.

Ella dio un paso atrás, perpleja y confundida.

—¿Es una especie de broma?

—¿Parece que bromeo?

Kate apretó los puños a ambos lados de su cuerpo y se obligó a respirar. Una opresión se instaló en su pecho. Una certeza.

—No lo parece.

—Lo siento, nunca quise que te vieras involucrada en esta locura.

Kate trataba de asimilar la situación, pero no podía porque nada tenía sentido. ¿Ir con él adónde? ¿Y qué personas eran esas? ¿Qué podría tener William que quisieran? ¿En qué andaba metido? Su mirada se enfrió y la clavó en su rostro. Respiró hondo hasta que dejó de ahogarse.

—¿Hasta dónde me has mentido? —Él cerró los ojos como si su pregunta le doliera y sacudió la cabeza con aire sombrío—: ¿Hay algo que sea cierto?

—Me importas, eso es cierto.

Ella se llevó la mano a la boca y ahogó un sollozo.

—¿Y tus padres, tus hermanos, la fundación benéfica y todo eso sobre la realeza?

—Eso es verdad —respondió. Inspiró hondo y añadió—: En parte.

—¿También es verdad que estoy en peligro? —gimió.

William le dirigió una sonrisa triste.

—Sí, pero puedo protegerte. Nadie te hará daño, te lo prometo —dijo en tono vehemente—. Tengo medios para mantenerte a salvo, puedo llevarte a cualquier parte del mundo y poseo un ejército entero para ti. Solo necesito que confíes en mí y vengas conmigo. No quiero nada a cambio, no te pediré nada... Solo deja que te proteja.

Ella lo contempló como si no lo conociera. ¿Ejército? Dio un paso atrás, y luego otro. Entornó los ojos y lo miró de arriba abajo.

—William, ¿quién demonios eres en realidad?

—Quién no, Kate... Qué.

44

De repente, un estruendo sobrevoló sus cabezas. Decenas de pequeños pájaros asustados abandonaban la seguridad de los árboles y se alejaban emitiendo un sinfín de molestos graznidos. Lo mismo sucedía en todo el bosque y la luna quedó oculta tras una nube oscura y brillante que se movía con rapidez.

William se giró hacia un punto en la espesura. Había estado tan distraído que no se había percatado del peligro que se acercaba. Todo su cuerpo se puso rígido, presa de la ira y una hostilidad visceral. Agarró a Kate por el brazo y la relegó a su espalda.

Ya estaban allí.

—Veas lo que veas, no eches a correr —rogó él.

Ella percibió el cambio en su cuerpo y la alarma en su voz. Se pegó a él por puro instinto y porque ya estaba asustada.

—¿Qué sucede?

—No te separes de mí.

De la oscuridad surgieron varios hombres y una mujer. Kate se fijó en ella. Imposible no hacerlo. Era esbelta con una larga melena rubia que brillaba como si estuviera hecha de hilos de plata. Tenía la piel pálida y el óvalo de su cara enmarcaba unas facciones perfectas. Parecía un ángel.

—¿Son ellos? —susurró Kate.

—Sí.

—¿Y por qué no les das lo que quieren y que se vayan?

—Porque me quieren a mí.

Kate lo miró estupefacta y notó el peso de una roca sobre su pecho.

—¿A ti?

—Tienes que confiar en mí, ¿de acuerdo? Haz todo lo que yo te diga. No les hables, no los mires... Y no te apartes de mi lado. —Volvió la cabeza para mirarla un segundo y ella clavó sus ojos asustados en los de él. Su pecho subía y bajaba con fuerza—. Lo siento, no quería que te enterases así.

—¿De qué? —preguntó casi sin voz.

—De lo que soy en realidad.

La ocultó tras su cuerpo y contempló a la mujer con desprecio.

—¡Hola, querido!

—Amelia —pronunció su nombre sin ninguna emoción.

Amelia clavó su mirada dorada y desdeñosa en él. Lo contempló de arriba abajo y una sonrisa maliciosa se dibujó en sus labios.

—Debo reconocer que el tiempo te ha tratado bien. Estás aún más guapo que entonces, si eso es posible —dijo en tono seductor. Un siseo le hizo volver la cabeza, Andrew la reprendía con la mirada. Lo ignoró—. ¿Cuánto tiempo ha pasado?

—No el suficiente —replicó William.

Hubo un largo silencio mientras se miraban el uno al otro.

William se había preguntado muchas veces cómo reaccionaría al volver a verla, cuáles serían sus sentimientos y si podría cumplir con su misión y matarla. Ahora, todas esas preguntas tenían respuesta. No sentía nada. Contemplaba ese rostro que tantas veces había acariciado y besado, y no sentía nada. Tan solo un odio profundo reptaba por sus venas, junto al deseo frenético de atravesarle el pecho con una daga.

—Me rompes el corazón. Creía que te alegrarías de verme —se lamentó ella.

—¿Cómo has llegado hasta aquí?

—Bueno... Ha sido un viaje horrible. Primero tuve que subir a un avión, y ya sabes que siempre he preferido los barcos. Después un largo camino en coche y finalmente...

Él la hizo callar con un gruñido. No estaba para chistes.

Los labios de Amelia se curvaron con una sonrisa ladina. Ver a William tan furioso la divertía y la excitaba en la misma medida. Se balanceó sobre los talones, como haría una niña, y entornó los ojos.

—¿Supongo que te refieres a cómo he atravesado el cerco de tus perros? Creo que sobrestimas a esas bestias sin cerebro. Si les tiras un palito, corren tras él como cualquier otro chucho. —Ladeó la cabeza para intentar ver a Kate—. ¿No vas a presentarnos?

—Déjala en paz. Esto es entre nosotros. —Sus pupilas se contrajeron y un leve gruñido vibró en su pecho. Miró a Andrew—. Y él.

Andrew sonrió con suficiencia y arqueó las cejas, despreocupado.

—¿Acaso no le has hablado de mí? —preguntó Amelia con un parpadeo inocente. Estiró un poco el cuello para ver el rostro de Kate y su expresión respondió a la pregunta. Dejó escapar una carcajada—. ¿Y de ti? ¿Le has hablado de ti, Will? —Su voz era como el siseo de una serpiente—. Resulta irónico cómo la historia vuelve a repetirse. Aunque en esta ocasión voy a disfrutar de cada segundo.

Los ojos de Amelia se tiñeron de púrpura y unos colmillos afilados asomaron a través de sus labios entreabiertos.

Kate dio un paso atrás y un grito quedó atrapado en su garganta. Empezaron a temblarle las rodillas y el corazón se le aceleró en el pecho hasta marearla.

El recuerdo de la noche que William la llevó al hospital acudió a su mente. No había sido una alucinación provocada por el golpe. Él la había mirado con unos ojos idénticos a esos. Y en otras ocasiones, esos destellos que también había creído ver...

Dio un paso atrás y su corazón entró en barrena. Tragó saliva. Las palabras de William resonaron de nuevo en su interior. «Quién no, qué». No eran personas normales, eran... otra cosa.

—Dios mío —gimió.

—No te apartes —le dijo William en un susurro.

—¿Quiénes sois?

Amelia dio un paso adelante.

—Querida, mi nombre es Amelia. Soy la esposa de William, y esto... —Dio un golpecito con la uña en uno de sus colmillos— es la prueba de su amor. Me regaló una vida inmortal, ¿no te parece romántico?

Kate temblaba mientras la información llegaba a su cerebro sin que tuviera tiempo de procesarla.

Amelia prosiguió:

—Ahora que lo pienso, nunca te di las gracias, Will. En realidad, me encanta lo que soy. Me gusta el poder, la eterna juventud, el libre albedrío, la sangre... ¡La humana, por supuesto! —exclamó.

—¿Sangre... humana? —balbuceó Kate.

Se quedó sin respiración y una pequeña luz palpitó en su mente, haciéndose más fuerte a cada segundo. Todo empezó a cobrar forma. «Quién no, qué». Miró a William y lo supo. El corazón se le hundió en el pecho como una roca. Ese era el motivo de sus rarezas, de su carácter misterioso y distante. La explicación a todas esas cosas que nunca había logrado entender sobre él. Ese empeño casi desesperado en señalar lo diferentes que eran, en marcar las distancias repitiéndole una y otra vez que no podían estar juntos. Y en medio de esa tormenta de pensamientos, uno sonaba más alto que los demás: los vampiros existen.

—Sois vampiros... —dijo con voz pastosa.

Una carcajada de satisfacción brotó de la garganta de Amelia.

—¡Pobrecita! En el fondo me das pena. Aunque no lo creas, sé cómo te sientes. —Su sonrisa se transformó en una mueca de resentimiento y clavó su mirada en William—. Pero no te preocupes, querida, ha llegado el momento de que él pague por sus actos. El problema es que no tengo muy claro cómo hacerlo. Dudo entre arrancarle la piel a tiras mientras lo obligo a mirar cómo te desangro, o transformarte en mi pequeña esclava vampira y dejar que él viva con la culpa.

—No dejaré que le hagas daño, Amelia —dijo él.

—¿Y cómo crees que vas a evitarlo?

—Os mataré.

—¿A todos? —De pronto, cuatro vampiros surgieron de las sombras y se unieron al grupo—. Ni siquiera tú eres tan fuerte.

William observó a los renegados y maldijo para sí mismo. Eran demasiados.

—He invitado a unos amigos, espero que no te importe —se rio ella. De repente, su risa se transformó en un gruñido—. Entrégamela, y quizá sea benevolente contigo.

Kate se estremeció con la simple idea de que Amelia se le acercara. Observó a todos los vampiros que la seguían y se dio cuenta de que no había nada que William pudiera hacer contra ellos. Nada. Iban a atraparlos y después... Presa del pánico, su instinto le hizo buscar consuelo. Poco a poco, movió su mano temblorosa y encontró la de él.

William notó la mano tibia de Kate sobre la suya, y cómo sus dedos la apretaban con fuerza. Ese gesto lo sorprendió. Le devolvió el apretón y tomó aliento. No dejaría que le hicieran daño, aunque tuviera que enfrentarse a todo un ejército.

Se concentró en el calor que empezaba a extenderse por su pecho, en los destellos que explotaban tras sus ojos y en ese otro yo que despertaba en su interior; y al que, esta vez, dio la bienvenida. Miró a Amelia y sonrió con sorna.

—Va siendo hora de poner las cosas en su lugar.

—Cogedlos —gritó Amelia.

William se inclinó hacia delante con todo el cuerpo en tensión.

Uno de los renegados, alto y rubio como un vikingo, arremetió contra él. William tiró de la mano de Kate y la hizo girar, al mismo tiempo que él se volvía para darle la espalda al vampiro. La abrazó contra su pecho y lanzó una fuerte patada hacia atrás, que impactó en el estómago de su atacante. Giró de nuevo, llevando a la chica consigo, y golpeó con el talón el rostro cobrizo de otro proscrito.

Después flexionó las rodillas. Tomó impulso y saltó por encima de Kate. Sus pies aterrizaron entre ella y un renegado que cargaba en su dirección. Lo derribó de un golpe.

Durante un par de minutos, el terrorífico baile continuó.

Kate giraba de un lado a otro, empujada por los movimientos de William, que trataba desesperadamente por protegerla. De repente, y sin saber cómo, se encontró rodando por el suelo. Acabó boca abajo, envuelta en tierra y con las rodillas magulladas. Alzó la vista y vio el momento exacto en el que dos de los vampiros derribaban a William. Sus cuerpos se convirtieron en una maraña de golpes y mordiscos. De gruñidos y gritos de dolor.

Quiso chillar. Sin embargo, el sonido se le quedó atascado cuando una mano fría la estranguló y tiró de ella para ponerla en pie. Se encontró cara a cara con un vampiro de pelo cobrizo, que parecía desnudarla con la mirada.

—¡Qué pena que no tengamos más tiempo! —dijo él.

Con su mano libre, el vampiro le ladeó la cabeza con brusquedad y acercó la nariz a su cuello. Inhaló y un gemido salió de sus labios. Kate cerró los ojos y se estremeció bajo su aliento helado.

—¡No! —gritó Amelia—. Ella es mía.

El renegado bufó y bajó a Kate hasta que sus pies tocaron el suelo, pero no la soltó.

Ella abrió los ojos y de soslayo vio a William. Había sangre en su ropa rasgada y también en su rostro. Continuaba peleando contra todos esos vampiros, aunque perdía la concentración cada vez que su mirada la buscaba. Parecía agotado y ella supo que no podría aguantar mucho más.

Ya era un milagro que siguiera en pie.

Los ojos de Kate volaron hasta Amelia y el vampiro que no se había movido de su lado. La seguía como una sombra. La miró con odio.

De repente, un destello rojo surgió de la oscuridad. A continuación, el sonido de la piel al rasgarse se escuchó, el borboteo de la sangre y el aire escapando a través de una tráquea abierta. La mirada estupefacta de Kate se cruzó con la del vampiro que aún la sujetaba. Ya no la veía, estaba muerto, y su cabeza casi decapitada se descolgó hacia atrás.

El cuerpo golpeó el suelo con un ruido sordo y Kate se llevó las manos a la boca para detener las ganas de vomitar. Notaba algo líquido y espeso resbalando por sus mejillas.

Se dio la vuelta y se encontró con una mujer pelirroja a su lado. En la mano sostenía una daga manchada de sangre y restos de piel. La mujer bajó los ojos y la miró.

—Soy Marie, la hermana de William. No te separes de mí. —La agarró por la muñeca y la empujó tras ella. Alzó la daga y la blandió en el aire, dispuesta a usarla—. ¡Agáchate!

Kate obedeció en el preciso instante que el vampiro que protegía a Amelia se lanzaba sobre ellas con un grito furioso.

Marie desnudó sus colmillos y aguardó el embate. Sin embargo, este no llegó. Su hermano había logrado deshacerse de los vampiros que los acosaban e interceptó a Andrew con un placaje que lo desvió. Los dos rodaron por el suelo.

William sacudió la cabeza para despejarse del golpe y se puso en pie. A su espalda se encontraban Kate y Marie. Frente a él, Amelia y su pequeño ejército.

—Debe de ser mi noche de suerte, conseguiré dos al precio de uno —se rio Amelia. Inclinó la cabeza a modo de saludo—. Marie, estás estupenda.

—Amelia, siento no poder decir lo mismo.

Amelia la fulminó con la mirada y la sonrisa se borró de su cara.

—Niña estúpida, nunca me caíste bien.

Marie se adelantó hasta colocarse junto a su hermano. William le dedicó una breve sonrisa, agradecido por esa conexión que parecía unirlos desde que ambos se convirtieron en vampiros. Un presentimiento que los agitaba cada vez que uno de ellos se encontraba en peligro.

William aprovechó la pausa para recuperarse y miró a Amelia a los ojos. Los motivos que la habían llevado hasta allí, después de tantos años escondiéndose de él, debían de ser importantes.

Quizás había ido en busca de venganza.

Quizá por un deseo mucho mayor.

La observó mientras se preguntaba si era ella la que realmente estaba detrás de todo. Si eran sus hilos los que manejaban la función, los que controlaban al vampiro que conoció en la montaña, escondida tras la figura de Andrew. Por ese motivo, ese tipo siempre había hablado de él.

Él.

Su mirada voló hasta Andrew. Ni de coña inspiraba ese miedo que había percibido en el chico. Ese mal del que le había hablado. Andrew no era más que un pusilánime engreído que nunca se manchaba las manos.

No encajaban las piezas. De nuevo miró a Amelia. Necesitaba averiguar la verdad.

—Tus sicarios no lo consiguieron y tú tampoco lo harás. No obtendrás mi sangre, Amelia, si es eso lo que te ha traído hasta aquí.

El rostro de Amelia se transformó en piedra.

—¿Tu sangre? —preguntó con la cautela de un gato acechando.

—A tu enviado se le soltó la lengua y me contó muchas cosas.

Amelia entornó los ojos.

—¿Qué cosas?

—Que sigues creyendo en cuentos y por eso vas a intentar crear un suero con mi sangre. Ya se probó, y sabes que nunca funcionará. ¿Por qué pierdes el tiempo?

—Es mi tiempo.

—¿Es que hay algo más?

—¿Como qué?

—Algo sobre un camino alternativo que no tiene nada que ver con viales y un laboratorio. ¿Qué tramas, Amelia?

Amelia ladeó la cabeza y por sus ojos pasaron destellos de un sinfín de emociones, entre ellas la sorpresa y el desconcierto. William casi podía ver su cerebro trabajando a toda prisa.

—No querrás que te lo cuente todo en la primera cita, ¿verdad? —Arrugó los labios en un mohín coqueto—. ¿Y qué más te dijo mi siervo? Simple curiosidad, porque pienso cortarle la lengua de todos modos y después lo enterraré vivo. Por cierto, ¿sigue por aquí?

William frunció el ceño.

—¿Enterrarlo? Pensaba que también lo necesitabas a él.

Ella pareció vacilar.

—Sí... ¡Vaya, me has pillado!

William contuvo el aliento.

¿Por qué tenía la sensación de que Amelia le estaba mintiendo?

¿Por qué le parecía que, en el fondo, ella no sabía de qué le estaba hablando?

Quería preguntarle por el vampiro inmune al sol, saber dónde lo había encontrado... Sin embargo, una sospecha en su interior lo obligó a guardarse las preguntas.

Se mantuvo en silencio mientras ella se acercaba poco a poco y ladeaba la cabeza con aire seductor. Su cercanía comenzaba a afectarle. Tantos años persiguiéndola y ahora estaba allí, al alcance de su mano. Apretó con fuerza los dientes, apenas lograba frenar el deseo violento de lanzarse sobre ella y estrangularla.

—Debo confesarte algo —dijo Amelia. Alargó una mano y acarició el rostro de William. Sonrió para sí misma cuando él no la rechazó—. No estoy aquí por ese tema tan aburrido de tu sangre. En el fondo, ¡me da igual!

William parpadeó sorprendido, mientras ella deslizaba el dedo a lo largo de su cuello, recorría la clavícula y descendía hasta detenerse a la altura de su corazón.

Amelia prosiguió:

—He venido por este traidor —bajó la voz como si le estuviera contando un secreto y le dio un golpecito en el pecho con el dedo. Se inclinó y le acarició la mandíbula con la mejilla. Entonces, le susurró al oído—: Mi capricho es el que te ha mantenido vivo todo este tiempo. Disfrutaba sabiendo que me dedicabas hasta el último de tus pensamientos. Tu sufrimiento era mi felicidad. Tu culpabilidad, mi placer. Ahora, eso ha cambiado por culpa de tu mascota. ¡Has estropeado nuestra historia de amor!

William se apartó de ella con desprecio.

—¿Amor? Tú no conoces el significado de esa palabra.

—¡Por supuesto que lo conozco! ¿Por qué crees que hago esto? Para evitar que vuelvas a sufrir. Alejaré de ti la tentación sin pedirte nada a cambio, solo por amor —dijo al tiempo que adoptaba una expresión inocente.

—No —le advirtió William.

Amelia dio un paso atrás y le lanzó una mirada furibunda a Kate.

—Crees que voy a permitir que ames a otra. Ni hablar, eres mío... —puso un mohín en sus labios— y vendrás conmigo en cuanto me libre de ella. Me lo debes.

—Estarás muerta antes de tocarla.

—¿Quieres apostar? —lo retó con una sonrisa engreída.

Los renegados se adelantaron hasta la posición de Amelia. Sus ojos del color de la sangre brillaban como teas ardientes, impacientes por recibir la orden que les permitiría acabar con la vida de su mayor cazador.

Marie se pegó a su hermano y empuñó su daga.

De repente, la atención de los renegados se centró en el bosque. Sombras se movían entre los árboles desde distintas posiciones. Se acercaban con rapidez y el olor era inconfundible. Se pusieron nerviosos.

William gimió aliviado cuando Daniel surgió de la maleza, seguido por sus hijos. Shane y Cassius aparecieron en el lado opuesto y los renegados quedaron rodeados.

Kate contemplaba la escena con los ojos muy abiertos. Vio que Marie se relajaba un poco y suspiraba aliviada, pero no entendía por qué. El enfrentamiento parecía complicarse cada vez más.

«¿Los Solomon también son vampiros?», pensó de pronto.

Su estómago se encogió con un doloroso espasmo. ¿Cuántos más habría fuera de allí? Una voz grave y profunda la hizo salir del pozo en el que se habían convertido sus pensamientos.

—Abandonad mi territorio, solo lo diré una vez —dijo Daniel.

Amelia lo miró con desprecio.

—¿De verdad piensas arriesgar la vida de tus hijos por ellos? A la chica seguro que ni la conoces.

—A ti apenas te conocía, cuando lo sacrifiqué todo para salvarte la vida.

Vagos recuerdos de la fatídica noche acudieron a la mente de Amelia. Retazos de conversaciones que llegaban a sus oídos mientras se retorcía de dolor, postrada en aquella cama, sintiendo cómo su cuerpo se consumía por un fuego abrasador.

—No te debo nada.

—Acabemos con ellos —gruñó Evan.

—Estamos demasiado cerca de la ciudad, es arriesgado —murmuró Carter.

A lo lejos, comenzaron a oírse las sirenas de los servicios de emergencia.

—No es el momento —dijo William.

—¿Y vamos a dejar que se vayan? —replicó Evan.

Los renegados estaban cada vez más nerviosos. Uno de ellos movió su mano hasta la espalda y algo metálico destelló. Una daga.

Un gruñido brotó del pecho de Shane y comenzó a transformarse. Cassius lo siguió. Un segundo después, dos lobos descomunales retaban con ojos fieros al vampiro.

Kate se llevó las manos a la boca y sofocó un grito. La cabeza le daba vueltas y, por un terrible y escalofriante momento, pensó que su corazón iba a estallar.

«Puedo con esto, puedo con esto...», se repetía sin cesar.

Volvió a mirar. A pesar del miedo, una curiosidad morbosa la obligaba a contemplar la escena. No podía apartar los ojos del lobo blanco.

Un aullido sonó a lo lejos, seguido de otro un poco más cerca.

—Amelia... —la apremió Andrew.

No hacía falta ser un buen estratega para darse cuenta de que estaban en desventaja. Los lobos ya los igualaban en número y se aproximaban más. Y William... Él era más peligroso que nunca. Más fuerte y rápido que cualquier vampiro que hubiera conocido. No tenían ninguna posibilidad.

—Amelia, esta noche, no —insistió.

Los labios de Amelia se convirtieron en una fina línea, tensa por la ira y el odio que sentía. Nada estaba saliendo como deseaba. Sabía que se había precipitado al actuar tan rápido, sin un buen plan. Pero al ver a William y a esa humana paseando como dos enamorados, todo su cuerpo se había rebelado. Además, la paciencia nunca había sido una de sus virtudes.

—¡Quemaré este pueblo con todos vosotros dentro! —Clavó sus ojos en William—. Te lo juro.

Con un movimiento inesperado, dio media vuelta y huyó con su pequeño ejército.

Cassius y Shane se lanzaron tras ellos. Daniel los detuvo.

—¡Dejad que se marchen! No es la noche ni el lugar para resolver este asunto.

Las sirenas de la policía estaban muy cerca.

—Hay que largarse —los instó Carter.

45

William fue el primero en llegar a la casa. Saltó fuera del vehículo y corrió hasta la puerta del copiloto. Le ofreció a Kate su mano, pero ella descendió sin ni siquiera mirarlo. Se le hizo un nudo en la garganta. No había dicho una sola palabra durante el trayecto. Inmóvil como una estatua y sin apartar la vista de sus manos manchadas con la sangre del proscrito que había tratado de matarla.

La preocupación lo estaba ahogando.

La condujo hasta la entrada, sin atreverse a tocarla, y abrió la puerta antes de cederle el paso. La casa estaba a oscuras y en silencio. Esa misma mañana, por precaución, Jerome se había marchado con Rachel, Keyla y los niños a Eire, Pennsylvania, donde Rachel tenía familia.

La miró de reojo mientras la instaba con un gesto a cruzar el vestíbulo y subir la escalera. Estaba muy pálida y temblaba sin parar. La guio por el pasillo hasta su habitación, sumidos en un incómodo silencio.

—¿Entiendes por qué debes quedarte aquí? —le preguntó una vez dentro.

Ella asintió con un gesto casi imperceptible y sin levantar la vista del suelo. La miró con desesperación, sin saber qué hacer o decir. Alzó la mano para rozarle la mejilla.

—Kate...

Ella se apartó antes de que pudiera tocarla y dio un paso atrás, asustada. Lo miró fijamente con sus grandes y hermosos ojos, y luego los cerró con fuerza. Como si rezara, esperando que al abrirlos él no estuviera allí.

—Mírame, Kate, por favor —susurró. El pecho de ella se elevó con brusquedad y abrió los párpados—. No voy a hacerte nada.

—Pero eres... —su voz sonó ronca y se le humedecieron los ojos.

—Yo —la cortó—. Solo soy yo, y me conoces desde hace semanas. Nada ha cambiado. —Ella dio otro paso atrás y a él le dolió que lo hiciera—. Siento no haber tenido tiempo de explicártelo. Quería hacerlo, de verdad.

Le dirigió una sonrisa triste y se frotó la nuca. Ella continuaba mirándolo como si fuera un extraño del que no podía fiarse.

—¿Podrías dejarme sola, por favor? —le pidió de pronto en voz baja.

William la observó mientras se mordía el labio con fuerza.

—Claro.

Aguardó un segundo, con la estúpida esperanza de que ella cambiara de opinión. Después cruzó la habitación y salió al pasillo. Enseguida notó cómo a su espalda se cerraba la puerta y el sonido del pestillo. Se apoyó en la pared y se masajeó las sienes. Nada iba bien.

Dentro de la habitación, Kate se quedó inmóvil junto a la puerta. El corazón aún le latía desbocado y su mente era un hervidero de pensamientos de los que comenzaba a dudar. Miró a su alrededor. Aquel cuarto era de William, ya había estado allí una vez, la noche en que...

Inspiró hondo y se llevó la mano al pecho. Lo que vio en el árbol semanas atrás, no había sido un producto de su imaginación por culpa de la tormenta. Esos ojos rojos clavados en ella habían sido reales.

Sintió náuseas y corrió al baño. Se arrodilló junto al inodoro un segundo antes de que su estómago se encogiera y una arcada ascendiera hasta su garganta. Empezó a vomitar. Tras un largo minuto, logró ponerse en pie. Se sentía débil.

Se acercó al espejo y observó su rostro. Tenía la barbilla y la garganta salpicadas de sangre, y mucha más en el pecho y en la ropa. Con los dedos tensos se aferró al lavabo y suspiró, se resistía a llorar. Perdida y confundida, necesitaba recomponer los miles de pedazos a los que había quedado reducida su mente. Pero no sabía cómo hacerlo. Nada tenía sentido.

El olor de la sangre en su cuerpo la mareaba de nuevo. Miró a su alrededor y vio toallas limpias en un estante. Con manos temblorosas, empezó a quitarse la ropa. Una vez desnuda, se metió en la ducha y abrió el grifo. El agua caliente la envolvió como una manta y arrastró consigo toda la suciedad. Apoyó la espalda contra la pared de azulejos y poco a poco dejó que resbalara hasta que acabó sentada en la tibia porcelana.

Se abrazó las rodillas y cerró los ojos con los nervios haciendo estragos en su escaso control. Lo ocurrido parecía un mal sueño, pero no lo era. Todas esas veces que había creído ver que los ojos de William cambiaban de color, el misterio que rodeaba a sus palabras y a sí mismo. La velocidad a la que logró rescatarla en el mirador. Esa sensación de peligro que había palpitado en su cuerpo al estar cerca de él. Todo era real.

El peso de la verdad y del mundo entero cayó sobre ella como una tormenta violenta y aterradora. Hundió la cara entre sus manos y lloró hasta quedarse sin lágrimas.

Al cabo de un rato, sonaron unos golpes en la puerta de la habitación. Kate se puso tensa y se ciñó la toalla al pecho.

—Kate, soy yo. Abre, por favor.

Corrió hasta la puerta y abrió a su amiga. En cuanto Jill cruzó el umbral, cerró de nuevo y corrió el pestillo. Después, se abalanzó sobre ella y la abrazó con fuerza.

—¿Estás bien? —preguntó Jill.

Kate negó con la cabeza, sin soltarla.

De repente, dio un paso atrás con los ojos muy abiertos y contempló su rostro. Se percató de lo serena que parecía, y de lo cómoda que se encontraba dentro de aquel cuarto. También del montón de prendas que llevaba entre los brazos, en el que pudo ver ropa interior que aún conservaba la etiqueta, un pantalón corto blanco y una blusa malva muy fina.

—Ten, son de Marie. Tenéis más o menos la misma talla, y te aseguro que esto es lo más discreto que lleva en su maleta.

—Tú lo sabías —susurró herida.

Jill bajó la mirada un momento. Cuando sus ojos se alzaron de nuevo, asintió con la cabeza.

—Lo siento, no podía decírtelo.

—Soy tu mejor amiga y... ¿no podías decírmelo?

—Hice una promesa, Kate. ¿Piensas que esto es algo que puedes ir contando? No lo es. Te habría puesto en peligro a ti y también a todos ellos.

Kate se acercó a la cama y se sentó.

—¿Desde cuándo lo sabes?

—Desde la noche de la tormenta. Mientras Evan me llevaba a casa, un vampiro nos atacó. Íbamos en el coche de William y debió de pensar que era él quien conducía. Evan tuvo que transformarse para protegerme. Así fue como lo averigüé.

—¿Y sigues con él?

Jill parpadeó como si esa pregunta estuviese fuera de lugar.

—¡Sí, yo lo quiero!

—Pero es...

—¿Un hombre lobo? Ya... —Se humedeció los labios con la lengua y llenó sus pulmones de aire—. Verás, esa noche casi se muere por salvarme la vida y el miedo que sentí al pensar que iba a perderlo hizo que todo lo demás dejara de importarme. Siguen siendo las mismas personas, Kate. Son buena gente. Quizás un poco distintos, pero jamás te harían daño. Ni a ti ni a nadie que no lo merezca.

—¿Qué quieres decir con que... no lo merezca?

—Evan me ha contado todo lo que ha ocurrido y sé lo que has visto. Esos vampiros que os han atacado esta noche... Hay muchos más como ellos, les llaman proscritos, renegados... Son vampiros que no se someten a un pacto que se firmó hace siglos para proteger a los humanos, son malos y hacen daño a la gente. Los Solomon les dan caza y nos protegen de ellos.

Kate se contempló las manos mientras trataba de ordenar toda esa información en su cabeza.

—¿Y William?

—Él también. Hay una especie de guerra, con vampiros y licántropos en ambos bandos. Unos tratan de mantener su naturaleza oculta a los humanos y de protegernos. Los otros quieren que el mundo se convierta en un bufet libre de comida fresca.

Kate alzó la vista de golpe y se estremeció con un escalofrío. Por su mente no dejaban de pasar los rostros de los vampiros que la habían atacado. Los ojos de ella. Amelia.

—¿Y...?

—Entiendo que tienes muchas preguntas, pero no soy la persona adecuada, Kate —la interrumpió Jill—. Deberías hablar con William.

—No sé si puedo.

—No debes tenerle miedo, ni a él ni a los Solomon. Además, a William le importas mucho, ¿sabes? Y es el único que puede protegerte.

—¿Protegerme? ¿Por qué todo el mundo dice que necesito protección? —inquirió con voz aguda.

Jill dejó escapar un suspiro y contempló a su amiga.

—Porque te has convertido en la kriptonita de William. O eso dice Evan, aunque no va muy desencaminado. Están pasando cosas que debes saber. Él iba a contártelo todo esta noche, pero no ha ido muy bien que digamos. —De repente, Jill se sentó a su lado y la abrazó entre sollozos—. No te haces una idea de lo que ha sido para mí no poder contarte nada. Sabía que estabas en peligro y no podía alertarte, tan solo rezar para que ellos te protegieran. Te veía sufrir por William y no podía ayudarte. Al contrario, me alejaba sabiendo lo sola que te dejaba, porque dudaba de mí misma para mantener mi promesa. ¡He temido tanto por ti!

Una parte de Kate quería estar enfadada con ella. Una vía de escape para dar rienda suelta a todas esas emociones que apenas podía entender. Sin embargo, no lo lograba.

—Tranquila —le susurró mientras le devolvía el abrazo—, se terminó. Ahora estamos juntas en esto.

Jill la soltó y clavó sus ojos llorosos en ella, una sonrisa le curvó los labios.

—Sí —dijo al tiempo se secaba las lágrimas con las manos. Una risa alegre brotó de su garganta—. ¿Te das cuenta de que siempre andamos metidas en algún lío?

—Este se lleva todos los premios.

—Es verdad. —Se puso en pie y se frotó las palmas de las manos contra los pantalones—. Tengo que volver abajo.

—¿Vas a irte?

—¡No! Solo voy a echar una mano a Evan en la cocina.

—¿Están... todos abajo?

—Sí, pero no debes sentirte incómoda. Estás entre amigos. —Le dedicó una sonrisa y se encaminó a la puerta. Se detuvo antes de salir y miró a Kate por encima del hombro—. Habla con William, está muy preocupado por ti.

—Antes no te caía tan bien.

Jill sonrió para sí misma.

—La mayor parte del tiempo parece que lleva un palo en el culo, pero confío en él.

—¿Sabías que está casado? ¡Casado, Jill!

Se llevó las manos a la cara y se apartó el pelo con rabia.

—Deja que te lo explique, lo entenderás.

Kate se quedó mirando la espalda de su amiga mientras abandonaba la habitación. Después se acercó a la puerta y volvió a cerrar con el pestillo. Un gesto inútil, porque ya había visto de lo que eran capaces los habitantes de esa casa. Si alguno quisiera entrar, nada se lo impediría. Sin embargo, le hacía sentirse protegida por muy absurdo que fuera.

Tomó el montón de ropa y entró en el baño. Salió vestida pocos minutos después.

Se detuvo en medio del cuarto y lo observó con los brazos cruzados sobre el estómago. Todo estaba ordenado y muy limpio. Olía a él. Notas amaderadas mezcladas con un toque oriental. Se le encogió el estómago y notó un golpe de calor en las mejillas.

Sobre la mesita de noche había dos libros, y en el escritorio atisbó unos dibujos. Sintió curiosidad, pero no se atrevió a tocarlos.

Inspiró hondo y miró la puerta. No podía alargar aquella situación indefinidamente, y mucho menos ignorarla, aunque no tenía la menor idea de cómo enfrentarla.

¡William era un vampiro!

Una idea que iba contra todo pensamiento lógico. Y sí, era fan incondicional de los hermanos Salvatore y sus desdichas tras la pobre Elena, pero eso era ficción. ¡Ficción! Notó que le faltaba el aire y avanzó hasta apoyarse en la puerta. Se llevó una mano al pecho, como si así pudiera frenar el ritmo de las palpitaciones que lo sacudían.

Se le erizó la piel con una sensación.

—¿Estás ahí? —preguntó casi sin voz.

—Sí.

Kate cerró los ojos y apoyó la frente contra la madera al escuchar su voz.

—Ni siquiera sé por dónde empezar.

—Siento hacerte pasar por esto.

—¿De verdad no puedo volver a casa?

William acomodó la espalda en la pared. Llevaba un buen rato sentado en el suelo del pasillo. Temía que ella pudiera venirse abajo en cualquier momento. Para su propia sorpresa, parecía estar encajándolo con bastante entereza.

—Sería peligroso.

—¿Porque soy tu kriptonita?

William sonrió y ladeó la cabeza hacia el lugar de donde surgía la voz.

—Sí, porque eres mi kriptonita. Haría cualquier cosa para protegerte y ellos lo saben.

—¿Te refieres a tu esposa y esos hombres que iban con ella?

—Kate..., la última vez que tuve a Amelia así de cerca fue en 1863. Puede que aún sigamos casados por las leyes de los hombres, pero no es mi esposa. No siento nada por ella desde hace mucho.

—Pero... ella quiere matarme, ¿por qué?

—¿Tú qué crees?

—Porque sientes algo por mí.

—Porque se ha dado cuenta de que me he enamorado de ti, mucho antes que yo mismo. Además, está loca. —Hizo una pausa, antes de proseguir—. Amelia no es la única amenaza. Ahí fuera hay alguien que quiere algo de mí, también te ha descubierto, y no dudará en usarte para conseguirlo. Por eso debes dejar que te proteja.

Kate se dejó caer hasta el suelo y se sentó con las rodillas pegadas al pecho. ¿Acababa de admitir que se había enamorado de ella? Se retiró el pelo húmedo de la cara y pensó en las otras cosas que él había dicho.

—Y si consiguen llegar hasta a mí, ¿qué me harían?

—Nadie te pondrá una mano encima.

—Pero ¿y si lo hacen?

William soltó un suspiro tembloroso.

—Tendría que darles lo que quieren para recuperarte con vida.

«Con vida», repitió ella para sí misma. Se sentía tan abrumada que no sabía si tenía ganas de reír o de llorar. «¿Y les darías lo que quieren?», la pregunta apareció como un destello, pero no tuvo el valor para formularla. Todo aquello era demasiado. Llenó sus pulmones de aire y los latidos de su corazón aflojaron el ritmo un poco.

—¿Cuántos años tienes?

—Nací en 1836 y me convirtieron en 1859.

Tragó saliva y repitió esa fecha en su mente.

—¡Dios mío, tienes...!

—Oye, puede que naciera hace más de un siglo y medio, pero no soy mucho mayor que tú. ¡No soy un viejo!

Esta vez fue Kate la que sonrió al percibir el malestar en su voz. Sintió que su cuerpo se relajaba un poco más.

—¿Has dicho que te convirtieron?

—No siempre he sido un vampiro.

—¿Qué te ocurrió?

—Una noche, un grupo de renegados atacó a mi familia. Nos mordieron a mi hermana y a mí.

—¿Te refieres a Marie?

—Sí.

Kate se llevó una mano a la boca y abrió mucho los ojos cuando un recuerdo la asaltó.

—¡El de la fotografía eras tú! —exclamó.

—Sí, somos Marie y yo. En esa época aún éramos humanos. —Echó la cabeza hacia atrás y contempló el techo—. Ya ves, no ibas desencaminada con ese asunto del destino.

—¿Y qué hay del resto de tu familia? Tus padres, tu hermano...

—Es una historia demasiado larga para contarla en este pasillo.

La mente de Kate comenzó a trabajar a toda velocidad. Ideas y pensamientos se sucedían buscando respuestas. ¿Qué sabía realmente sobre los vampiros? Solo lo que había leído en libros de ficción y visto en las películas y series.

—¿Tú... tú bebes sangre? ¿Te alimentas de personas? —inquirió sin poder evitar que su voz reflejara cierta repulsión.

—No de la forma que estás imaginando —contestó con amarga frialdad—. Si tienes dinero, no es difícil conseguirla: hospitales, centros de donación, donantes privados... Desde hace un tiempo, investigamos la sangre clonada para autoabastecernos en un futuro. Pero la de los animales también sirve, al menos, para mantenerme vivo. —De repente, sintió la garganta seca, no se había dado cuenta de lo sediento que estaba hasta que había nombrado la sangre—. Trato de no hacer daño a los humanos, aunque, a veces, es muy difícil controlarse. Con unos más que con otros.

Inclinó la cabeza y escuchó con atención. Ella se estaba moviendo, casi podía ver sus gestos a través de los sonidos. Sus labios se separaron con un gemido ahogado cuando ella empujó el cerrojo y abrió la puerta. Se puso en pie muy despacio. No quería asustarla con movimientos bruscos. La encontró al otro lado del umbral, abrazándose los codos para disimular que estaba temblando. Su mirada la recorrió de arriba abajo con avidez e inspiró hondo.

—¿Conmigo te ha resultado difícil controlarte?

—Mucho —confesó él en un suspiro.

—¿Por qué?

—¿De verdad no te has dado cuenta? —Ella se encogió de hombros. Y él añadió con voz ronca—: Porque no solo me atrae tu sangre, Kate. Desde el principio también me interesaron otras cosas de ti.

Kate se ruborizó al comprender a qué se refería. Se recogió un mechón de pelo tras la oreja, mientras la siguiente pregunta le hacía apretar los labios. Reconoció el sabor de los celos.

—¿Has estado con chicas como yo?

—He estado con humanas, pero nadie como tú. A ti... a ti te deseo.

Ella tragó saliva y dejó caer los brazos sin saber muy bien qué hacer con ellos. Se había puesto muy nerviosa y notaba la piel tan caliente que sabía que debía de estar roja de pies a cabeza.

—¿Puedo pasar? —preguntó William. Ella lo miró con los ojos muy abiertos—. No te haré nada.

—Sé que no. Pasa.

William entró en la habitación, pero dejó la puerta abierta. Para su sorpresa, fue Kate la que la empujó hasta cerrarla. La notó moverse a su espalda y le costó un mundo no girarse. Dejó que ella se familiarizara con él, que se sintiera de nuevo segura. Si es que lograba sentirse a salvo en algún momento.

Apretó los puños.

En el fondo, estaba muerto de miedo. Asustado porque no tenía ni idea de lo que ella pensaba. Si lo aceptaba como era. Si solo permanecía allí porque no tenía más remedio. Toda esa inseguridad estaba haciendo estragos en su interior, ya que una parte de él aún aguardaba el momento en el que ella saldría huyendo. La historia se repetiría y esta vez él...

Kate pasó junto a William y se sentó en el borde de la cama, consciente de que él no perdía detalle de sus movimientos. Lo contempló en silencio unos segundos. Todo en su cuerpo era desafiante: el hielo que parecía haberse instalado en sus ojos, la tensión de sus músculos, la enorme sombra que proyectaba sobre ella. Era un vampiro, lo había visto con sus propios ojos y aún le costaba creerlo.

Sin embargo, lo que de verdad la desconcertaba era que, en el fondo, le daba igual. A cada minuto que pasaba, el miedo inicial se diluía dejando paso a la fascinación, a esa atracción que había sentido desde el principio. Y aunque le daba vergüenza admitirlo, también el deseo. Notó un cosquilleo extendiéndose por su vientre y apretó las rodillas sin darse cuenta de que lo hacía.

—Necesito que me lo cuentes todo sobre ti y lo que está pasando. Necesito... conocerte para poder darte toda mi confianza.

William apartó la mirada.

—Puede que muchas cosas no te gusten.

—Cuento con ello.

—Y puede que, cuando termine, solo sientas repulsión hacia mí.

—Tendrás que arriesgarte.

46

William se acercó a la ventana y miró afuera.

Los sonidos de la noche llegaban con claridad hasta sus oídos: las voces de los grillos, pequeños ratones, aves nocturnas moviéndose entre los árboles, y varias presencias que erizaban su piel por puro instinto.

Ningún ojo humano hubiera podido verlos, pero para él eran tan claros como el día. Reconoció a dos de los licántropos que había conocido en Boston y aquello lo reconfortó. Samuel había regresado.

—¿Por dónde quieres que empiece? —preguntó sin ninguna emoción.

—Por el principio —indicó ella mientras los latidos de su corazón se intensificaban.

Tras una larga pausa, William comenzó a hablar.

—Antes me has preguntado por mis padres y mi hermano. ¿Recuerda lo que te conté sobre mi familia y su origen?

—Sí, pertenecen a una estirpe europea muy antigua.

—Así es, lo que no te dije es que esa estirpe no es humana. Mi padre es uno de los vampiros más antiguos que existen y el líder de mi raza. Lo llaman «rey», y lo es en el sentido más amplio de la palabra. Mi hermano, Robert, nació vampiro. Uno de los últimos puros que existen.

—¿Se puede nacer vampiro? —preguntó Kate con la sorpresa pintada en el rostro.

—Ya no. Hace muchos siglos que no se concibe ninguno.

—Continúa.

—Sebastian y mi madre se conocieron cuando yo era muy pequeño. Se enamoraron, se casaron y él se convirtió en mi padre. Marie y yo crecimos sin saber nada los vampiros, nunca sospechamos lo que mi familia escondía. Ni que mi madre se había convertido por voluntad propia después del matrimonio. Sebastian siempre quiso que tuviéramos una vida normal e hizo lo imposible para que así fuera, pero no pudo. Tenía demasiados enemigos y Marie y yo sufrimos las consecuencias.

William continuó hablando. Le contó a Kate toda su vida. Le habló de su infancia y de su adolescencia, de lo feliz que fue durante esa época. También de Amelia, de ese amor juvenil e impulsivo que había controlado hasta el último de sus pensamientos. La magia de los primeros besos, el descubrimiento del sexo y una promesa de matrimonio para el que ninguno estaba realmente preparado.

Después le contó cómo se convirtió en vampiro. El sufrimiento de esos días, sumado al dolor de saber que Marie había corrido su misma suerte. Los meses posteriores durante los que tuvo que aprender a controlarse, a aceptarse.

Kate escuchaba en silencio.

—Me prohibieron salir de palacio hasta estar seguros de que no era un riesgo para los humanos. Los iniciados son muy peligrosos e inestables —aclaró en voz baja—. Y yo lo era, además de un joven impulsivo y enamorado. Hacía semanas que no veía a Amelia y una noche me escapé. Fui hasta su casa y me agazapé en su ventana. Estuve allí durante horas, observándola mientras dormía. Me distraje y, antes de que me diera cuenta, el amanecer me sorprendió. Sentí un miedo atroz cuando el primer rayo de sol tocó mi piel. Sabía que iba a morir sin que nada pudiera evitarlo y que mi muerte sería horrible. —Hizo una pausa—. No ocurrió nada. No hubo dolor, ni hubo llamas. El sol no me afectó. Solo sentí un ligero escozor y algo de debilidad.

Kate tragó saliva mientras unía cabos.

—¿Estás diciendo que el sol es de verdad mortal para todos los vampiros menos para ti?

—Sí.

—Entonces, si Marie se expusiera...

—Moriría en pocos minutos.

Los dedos de Kate se aferraron con fuerza al colchón.

—¿Y sabes por qué eres distinto? ¿Qué hizo que desarrollaras esa inmunidad?

—No, nadie lo sabe.

—¿Y qué pasó después?

—Ese privilegio me daba la oportunidad de fingir ser humano y poder seguir con Amelia. Nos casamos y fuimos felices un tiempo. Ella nunca sospechó nada. Pero lo que en un principio parecía un regalo, acabó transformándose en mi infierno...

La noche avanzaba, mientras William continuaba contándole a Kate su vida como si de una novela se tratase. Ella lo escuchaba embelesada, y así supo quiénes eran los renegados y por qué lo perseguían con la creencia de que su sangre era la cura para su mayor debilidad. En qué consistía el pacto y cómo él lo rompió la fatídica noche que Andrew y sus lacayos irrumpieron en su casa. Con vergüenza le confesó el desprecio de Amelia. Su propio egoísmo al convertirla. Y el desastre que su acto provocó.

—La he buscado durante años. Al principio, porque quería recuperarla. Después, porque debía matarla. —Un gemido de espanto escapó de los labios de Kate. William la miró un instante y volvió a contemplar la ventana. Su voz se había vuelto tan fría como el hielo y en ella había un desprecio profundo hacia sí mismo—. Amelia se convirtió en una asesina implacable sin ninguna conciencia. No sé cuántos humanos habrán muerto por su culpa, pero te aseguro que son muchos. A otros los ha convertido en vampiros, igual de despiadados que ella. ¡Y yo soy el único responsable de toda esa atrocidad! —Se volvió con un fuerte sentimiento de rabia—. ¿Sabes ya suficiente?

Kate permaneció paralizada sobre la cama sin poder apartar su mirada angustiada. Ni siquiera alcanzaba a imaginar todo lo que él había sufrido durante tantas décadas con ese tormento en su interior. Quería consolarlo, decirle que entendía lo que hizo y que eso no lo convertía en un monstruo. Sin embargo, no era capaz de abrir la boca, sobrecogida por su historia.

—Adelante, ya puedes despreciarme —escupió él, malinterpretando su silencio—. Yo también lo hago.

—¿Qué?

—No te obligaré a soportarme. Buscaré otro modo de que estés a salvo.

—¿De qué hablas?

—Encontraré un lugar seguro para ti y tu familia. Un sitio donde no os encuentren. Y no te preocupes por el dinero, me encargaré de que no os falte nada. —Se encaminó a la puerta al tiempo que añadía—: Te avisaré en cuanto esté todo listo y puedas marcharte.

—¿Marcharme?

William se detuvo.

—No eres mi prisionera, puedes irte. Solo te pido que aceptes la protección que te ofrezco —dijo sin apartar los ojos de la puerta.

Kate parpadeó. No entendía nada. En solo un par de minutos, William se había transformado por completo en otra persona, y no comprendía el motivo. La rabia lo envolvía y sus ojos desprendían una frialdad que le encogía el estómago.

—¿De verdad crees que voy a salir corriendo?

William giró sobre sus talones con todo el cuerpo rígido. No lograba entender la actitud de Kate. No comprendía qué hacía aún allí, hablando con él como si nada. ¿A qué esperaba para gritarle? ¿A qué esperaba para suplicarle que la dejara en paz?

—¿Y por qué no? —masculló—. Ya has visto lo que soy. ¿No tienes miedo?

Kate lo miró con tristeza. Y se dio cuenta de lo roto que estaba. Roto y perdido. Solo.

—Sí, tengo mucho miedo —susurró. Él se encogió como si lo hubiera golpeado—. Tengo miedo de que sigas intentando apartarme de tu lado y que al final lo consigas.

William sacudió la cabeza, perplejo. Negándose a creerla, le dio la espalda.

—Yo no soy ella, William. Sigo aquí y no voy a irme, para mí no eres ese monstruo que Amelia veía. Jamás podré verte de esa forma.

—Hasta que despiertes —musitó él.

—Estoy muy despierta, te lo aseguro.

—Y si no soy un monstruo, ¿qué soy para ti?

Ella sacudió la cabeza y suspiró.

—El chico que me recogió en esa carretera y se preocupó de que llegara a casa sana y salva. El chico misterioso que intentaba ser mi amigo y que solo lograba sacarme de quicio. El chico que ha resultado ser un vampiro y que ha puesto mi vida en peligro porque le gusto, el mismo que ahora intenta arreglarlo de la mejor forma que sabe. Y a riesgo de poner en duda mi buen juicio, también eres el chico que me gusta.

La espalda de William tembló con un estremecimiento.

—No necesitas mentirme para sentirte a salvo.

Quizá fuese por los nervios y la tensión que había acumulado. O porque en su interior las emociones se multiplicaban para luego explotar como burbujas después de haberlas agitado.

Quizá porque, pese a lo mucho que la impresionaba la situación, lo mucho que él la sobrecogía, continuaba siendo dueña de sí misma y poseía un carácter del demonio cuando la presionaban.

Quizá, por todos esos motivos, explotó.

—Por Dios, ¿siempre eres tan terco e insufrible? —alzó la voz exasperada, y se alejó de él. Empezó a caminar de un lado a otro del cuarto, tan enfadada que se le atascaban las palabras—. ¿Tanto te cuesta creer que digo la verdad? ¿Tan jodido estás que no eres capaz de ver cuándo le importas a alguien? ¡Tú sí que deberías despertar! ¿Por qué... por qué te resulta tan difícil creer que yo también me estoy...? ¡Argh!

De repente, se encontró de espaldas contra la pared, los brazos a ambos lados de su cabeza mientras William le sujetaba las muñecas con una mano. Con la otra mano, le rodeó el cuello y empujó su barbilla hacia arriba con el pulgar.

A Kate se le escapó el aliento al encontrarse con sus ojos. Desde esa posición era lo único que distinguía, unas pupilas tan dilatadas que el azul de sus iris casi había desaparecido y podía verse reflejada en ellas.

—Termina lo que ibas a decir —pidió con voz ronca.

Kate notó sus palabras como una caricia contra los labios. Su mirada descendió hasta ese punto y tragó saliva bajo esos dedos que la sostenían.

—Yo también me estoy enamorando de ti.

La última palabra murió en los labios de William cuando él atrapó su boca con un beso, mitad mordisco, que hizo que se le encogieran los dedos de los pies. Notó que liberaba sus muñecas y, sin ningún atisbo de pudor, le rodeó el cuello con los brazos y lo atrajo hacia sí. El beso se volvió más profundo. Sus lenguas se enredaron con una necesidad aterradora, mientras sus cuerpos se buscaban una y otra vez, como si estuvieran averiguando el modo de fundirse el uno con el otro.

William, aún sorprendido por la respuesta de ella a su beso, deslizó una mano por su cuerpo, la agarró por la cintura y enredó la otra en su larga melena. Casi a la fuerza, echó la cabeza hacia atrás al notar que ella se quedaba sin respiración. La contempló como si fuese una visión, con los labios rojos e hinchados, la respiración escapando errática entre ellos, y la mirada brillante. No vio miedo ni nada parecido, sí otra cosa que hizo que sus rodillas se debilitaran un instante.

—¿Estás segura de que es esto lo que quieres?

—Sí —respondió sin vacilar.

Apenas podía pensar en otra cosa que no fuese volver a besarlo y lo agarró por la camiseta. Tiró hacia ella.

William sonrió. No la merecía, pero pobre del que quisiera arrebatársela. La miró con deseo y ella se ruborizó.

—No tienes ni idea de dónde te estás metiendo. —Un último aviso.

—No me importa.

Un segundo después, la boca caliente de Kate reclamó la suya y de un salto se encaramó a su cuerpo, pillándolo por sorpresa. Un gruñido brotó de su pecho al tiempo que la sostenía. La deseaba como nunca antes había deseado nada en la vida, y la fuerza de esa emoción era completamente nueva para él. En realidad, todo lo era. Como si Kate fuese la primera chica entre sus brazos y las sensaciones lo desbordasen ante algo desconocido, pero que prometía ser maravilloso.

Cayó de espaldas en la cama con su menudo cuerpo encima y el cerebro empezó a fallarle al notar sus manos bajo la camiseta. El calor de su piel le abrasó el estómago. Una voz le decía que iban demasiado rápido. Otra, que no la detuviera por nada del mundo. La besó con ganas, tan hambriento, salvaje y abandonado como ella.

Kate era fuego y él quería quemarse.

—Espera, espera... —suspiró con la voz ronca.

Kate se detuvo y se alzó para mirarlo. El pelo le caía alborotado a ambos lados de la cara, estaba preciosa y él tuvo que apretar los párpados para controlarse.

—Debemos parar. Así no, no de este modo. La primera vez...

Abrió los ojos y se le atascaron las palabras.

Ella le sostuvo la mirada mientras respiraba agitada.

—¿La primera vez? No soy tan inocente como crees.

—No me refiero a eso.

—¿Y a qué te refieres?

William apartó las manos de sus caderas y se las llevó a la cara. Verla sobre él era una tortura y no tenía ni idea de qué clase de milagro estaba haciendo que mantuviera el control.

—Pueden oírnos y no pienso compartir esto.

Kate tardó un segundo en comprender a qué se refería. Se puso colorada y se inclinó para esconder el rostro en su pecho.

—¿Pueden oírnos desde la otra punta de la casa? —Él se rio—. ¿Y cómo...? —La respuesta apareció sin ayuda—. ¡Oh, Dios, me muero de vergüenza!

William giró sobre la cama con ella entre sus brazos y la tumbó de espaldas. Contempló su rostro al tiempo que le rozaba la mejilla con las puntas de los dedos. Notó que ella temblaba en respuesta a su caricia y el corazón se aceleraba hasta volverse loco. Con cada latido, el olor de su sangre bajo la piel se hacía más intenso y sus ojos cambiaron de color. Los cerró.

—¡No! No te escondas —dijo ella. Él obedeció y le mostró sus iris completamente rojos—. ¿Por qué cambian?

—Porque esto es lo que soy. —Deslizó el dedo por su cuello y trazó la línea de su vena palpitante. Un gruñido vibró en su pecho y ella contuvo el aliento, de repente consciente de la situación—. Jamás te lastimaría.

—¿Te duele? —preguntó en voz baja.

—¿Desearte también de este modo?

—Sí.

—Puedo soportarlo.

Se dejó caer de lado y la miró. Ella acercó su rostro al de él y le rozó la nariz con la suya. Ese gesto le hizo sonreír.

—¿Soy egoísta por querer estar contigo, aun sabiendo que te hago sufrir?

—¿Soy egoísta por haberme adueñado de tu vida por completo y no sentirme culpable?

Ella frunció el ceño.

—¿Ya no te sientes culpable?

—No, desde hace diez minutos.

A Kate se le escapó una risita y se sonrojó.

—Eres hermoso, siempre he querido decírtelo —susurró con voz somnolienta.

—Y tú eres preciosa.

—¿De verdad? —preguntó mientras cerraba los ojos.

—Eres perfecta. —La besó en la nariz—. Ahora, duérmete.

—William.

—¿Sí?

—Nunca le contaré a nadie lo que sois, yo también te protegeré.

Poco a poco, la respiración de Kate se volvió más pausada y acabó quedándose dormida.

William la observó durante un rato, incapaz de alejarse. Acarició su rostro con lentitud, como si temiera que pudiera romperse entre sus manos. Y podía, no debía olvidarlo nunca. Kate no era más que una pequeña ramita entre sus dedos. Un ratón entre leones.

Una punzada de desasosiego le hizo apretar los dientes. No tenía ni idea de qué peligros la acecharían fuera de ese cuarto por su culpa, pero no iba a permitir que nada ni nadie le hiciera daño. No ahora que había encontrado a alguien a quien importaba. Que lo aceptaba sin reservas.

Por primera vez en siglo y medio, volvía a sentir.

47

William se levantó de la cama sin hacer ruido y cubrió a Kate con una sábana. Luego abandonó la habitación y bajó hasta la cocina, donde todos estaban reunidos. Se detuvo en la puerta y vio a Daniel y Samuel inclinados sobre un mapa de la zona extendido sobre la mesa. Shane también lo observaba con una expresión seria en su rostro.

Carter se volvió desde la encimera con una bandeja repleta de bocadillos que acababa de preparar. Tomó uno y se sentó a devorarlo, mientras observaba con atención cada punto que Samuel marcaba en el plano. Evan y Jill conversaban en susurros junto a la ventana.

Inspiró hondo y entró con decisión.

Todos alzaron la cabeza y se quedaron mirándolo. Una sonrisita socarrona curvó los labios de Carter. Shane hacía todo lo posible para no echarse a reír, y Daniel parecía estar conteniéndose para no saltarle encima.

Les devolvió la mirada y frunció el ceño. Carter carraspeó y su sonrisa se hizo más amplia. Abrió la boca para decir algo, pero William se le adelantó:

—Ni se te ocurra —le dijo al tiempo que lo señalaba con un dedo. Paseó la vista por todos ellos—. Al que diga una sola palabra, le arranco el esternón.

Hubo un coro de risitas disimuladas.

William se aproximó a Samuel.

—Gracias por venir.

—No me las des, esto nos incumbe a todos. —Le palmeó la espalda con afecto—. Habéis estado entretenidos, sobre todo tú.

William sacudió la cabeza y su mirada se cruzó con la de Daniel.

—¿Hasta dónde sabe? —le preguntó su amigo.

—Hasta donde necesita saber.

—¿Debo preocuparme?

—Nos acepta sin reservas y mantendrá el secreto. Confío en su palabra. —Captó la mirada de alivio que intercambiaron Daniel y Samuel. Se inclinó sobre la mesa y observó el mapa—. ¿Habéis averiguado algo?

—Estamos buscando puntos débiles por los que pudieron llegar hasta aquí —se apresuró a explicarle Samuel—, y creemos que...

—Lo hicieron a través del ferrocarril —terminó de decir William mientras señalaba con uno de sus largos dedos la línea oscura que recorría el mapa.

—Sí, eso es lo que pensamos —masculló Daniel. Golpeó con fuerza la mesa—. ¿Cómo no nos dimos cuenta antes?

—Cassius ha ido a comprobarlo —comentó Shane.

William apoyó las manos en el mapa y su boca se curvó en una mueca.

—Es una línea por la que solo circulan mercancías, y está tan alejada del pueblo que no nos fijamos en ella. Esos trenes suelen transportar enormes contenedores completamente herméticos, en los que podrían haberse ocultado sin ningún problema.

—Aun así, han debido de contar con ayuda, algún tipo de protección durante el día —dijo Daniel pensativo.

—Siervos humanos, forasteros que han pasado desapercibidos entre tanto montañero —apuntó Shane con un brillo perspicaz.

Samuel se volvió hacia William.

—Daniel me ha informado de todo lo ocurrido estas últimas semanas. ¿Crees que Amelia es el cerebro detrás de todo este asunto?

William se tomó un segundo para reflexionar sobre ello.

—Es lo que parece, incluso ella lo admitió en cierto modo, pero... —Se pasó la mano por el pelo sin disimular su frustración—. Hay algo en su actitud y en las cosas que dijo, que me hace pensar que no tiene ni idea de lo que está pasando realmente. Le hice preguntas que parecieron sorprenderla y sus respuestas no tenían sentido. Creo que solo fue sincera cuando me dijo que había venido hasta aquí porque estaba celosa. Solo quiere vengarse de mí.

—Y si no es ella, ¿quién llevó a cabo el robo en la mansión Crain? ¿Quién envió a ese renegado hace semanas? Hay una mano ejecutora tras todo esto y apunta al suero —comentó Daniel.

—El tipo de la montaña me dijo que el suero no era posible, que la cura había que conseguirla de otro modo y nos necesitaban a ambos para lograrla —explicó William.

—¿Quién os necesita? —inquirió Samuel.

—No me lo dijo, solo repetía él esto o él lo otro... Sea quien sea, le tiene miedo y no parece estar actuando por voluntad propia.

—Pero cabe la posibilidad de que nos mintiera —sugirió Shane—. Puede que sí hayan creado algún tipo de cura, aunque sea solo temporal, y que traten de confundirnos.

—Es posible —dijo William. Soltó un bufido—. ¡No lo sé, ya no sé qué creer!

—Bien, entonces centrémonos en lo que sí sabemos y en el peligro inmediato —indicó Samuel con determinación—. Amelia está aquí y tiene intención de causarnos problemas. Hay que zanjar este asunto de una vez por todas.

Daniel miró a William a los ojos.

—¿Estás de acuerdo?

—Sí, hay que eliminarla —dijo sin vacilar.

La puerta se abrió de golpe y Cassius entró en la cocina resoplando por la nariz. Se acercó a la mesa y se dejó caer en una de las sillas. Estaba agotado, y también hambriento, porque agarró uno de los bocadillos y lo engulló de un solo bocado. Sin apenas haberlo tragado, se llevó otro a la boca.

—El ferrocarril... —anunció tras devorar el último bocado—, llegaron por ahí. Y hay un problema, uno muy grande.

—¿Qué problema? —preguntaron Samuel y Daniel a la vez.

—Hay muchos rastros, parece una convención de renegados —dijo con un gruñido.

—¿De cuántos estamos hablando? —preguntó Daniel.

—Hemos contado una veintena, pero puede que haya más —contestó Cassius sin poder disimular los nervios—. Nos superan en número.

—¿Y por qué no estaban con ella esta noche? —preguntó Shane.

—Quizá su vanidad le hizo creer que no los necesitaría, pero Amelia es demasiado lista para no cubrirse las espaldas por si acaso —respondió William.

—¿Veinte? —inquirió Evan, que hasta ese momento solo había estado observando.

—Apostaría mi cabeza a que son más.

Un silencio incómodo se cernió sobre ellos. Carter dejó de comer y apoyó los codos sobre la mesa, pensativo. Shane empezó a caminar de un lado a otro, mientras se despeinaba el pelo de la coronilla con los dedos. Gesto que dejó de hacer cuando Marie entró en la cocina recién duchada, vistiendo unos vaqueros y una camiseta sin mangas. Se la quedó mirando hasta que ella le devolvió la mirada y sonrió. Él bajó la cabeza para esconder que se había sonrojado.

—¿Estás bien? —le preguntó William a su hermana.

Ella asintió mientras se abrazaba a su cintura.

Daniel se acercó a la cafetera y sirvió tres tazas humeantes, ofreció una a Cassius y dejó las otras en la mesa, al tiempo que Jared y uno de los hombres de Samuel cruzaban el jardín y entraban en la casa.

—Nada —respondió Jared ante la mirada interrogante de su padre.

El lobo que lo acompañaba también negó con un gesto. Tomó una de las tazas y se apartó a un rincón, vigilando a través de la ventana.

Daniel ocupó una silla junto a Carter y apoyó los codos en la mesa. Se masajeó con fuerza las sienes y resopló cansado.

—Bien, ¿qué es lo que sabemos? —preguntó.

Una risa sarcástica brotó de los labios de Samuel.

—Nada. No sabemos cuántos son, ni dónde se esconden. No sabemos cuándo atacarán, ni si lo harán de día o de noche. ¡No sabemos nada!

—Podríamos pedirle ayuda a Talos —propuso Shane.

William negó con la cabeza.

—Se fueron al norte para la transformación de Kristin. ¿Hay más familias o aquelarres en la zona?

—¿Eso no deberías saberlo tú? —intervino Cassius.

—Las hay —dijo Carter—. En Albany, Haverhill, Hampton... pero no tenemos ni idea de cómo localizarlas. Ellos nos evitan y nosotros a ellos.

William apartó la vista. ¿Qué iba a decir? ¿Que no tenía ni idea de cuántos vampiros podía haber en ese estado ni en ningún otro? ¿Que jamás se había preocupado de averiguarlo? ¿Que habían delegado en los lobos sin pensar en las consecuencias que podría tener en un futuro esa decisión? Ahora necesitaba unos aliados que no tenía.

—Las manadas de Charles y Deacon son las más cercanas. Si los llamamos ahora, podrían estar aquí en pocas horas —indicó Cassius.

—No —gruñó Daniel—. Ninguno de ellos ha peleado nunca. No arriesgaré sus vidas.

—Debí traer más Cazadores, lo siento —se disculpó Samuel.

—No te disculpes, ninguno de nosotros contaba con un ataque así. Los renegados no suelen formar grupos tan grandes. Ni siquiera se soportan entre ellos.

—Lo sé, pero yo debería haber visto lo que iba a ocurrir... —se quedó mudo al darse cuenta de que estaba hablando demasiado.

—¿Qué quieres decir? —inquirió Daniel.

William y Samuel cruzaron una mirada.

—Lo único que podemos hacer es prepararnos y esperar. Debemos agruparnos, mantenernos juntos y ser más listos. Es la única posibilidad que tenemos —dijo William para llamar la atención del resto—. Pensemos en todos los planes posibles.

48

Kate abrió el armario de William y contempló la ropa que colgaba de las perchas. Luego le echó un vistazo a la maleta repleta de cosas que Jill le había llevado de casa. Sacó un vestido y lo colgó junto a una camisa de él. Se sentía extraña dentro de aquella intimidad. En apenas unas horas, había pasado de estar enfadada y no hablarse con él, a compartir su habitación y descubrir a qué sabían sus besos.

Sus ojos volaron hasta la cama y se ruborizó al pensar en el modo que lo había besado y abrazado sobre esas sábanas. Cómo se había dejado llevar por la pasión sin ser consciente siquiera de que podía experimentarla de esa forma, tan desinhibida que no se habría detenido si él no hubiera echado el freno.

Llenó sus pulmones con una inspiración temblorosa. No había vuelto a verle desde que se quedó dormida entre sus brazos. Al despertar, bien entrada la tarde, él ya no se encontraba en la habitación, pero había dejado una nota sobre la almohada:

No salgas sola, por favor. Volveré lo antes posible.
P. D. Estás preciosa mientras duermes.

Tragó saliva y notó una punzada de dolor en la garganta. Alzó la mano. Despacio, rozó la zona con las puntas de los dedos. Su mirada voló hasta el espejo y contempló la marca morada que rodeaba su cuello. Se estremeció al recordar los dedos fríos del vampiro estrangulándola y su aliento sobre la piel. El miedo le aceleró la respiración al pensar en lo cerca que había estado de morir.

El resto de su cuerpo no tenía mejor aspecto. Más cardenales salpicaban su cadera y los muslos, y un raspón bastante feo en la rodilla derecha había comenzado a cicatrizar.

Sonaron unos golpecitos en la puerta. El corazón se le subió a la garganta al pensar que podría ser William.

—Adelante.

El pomo giró y Marie apareció en el umbral.

—Hola.

—Hola —respondió Kate con timidez.

El aspecto de Marie la sobrecogía, tan alta, tan bonita y llamativa. Tan fría en apariencia. Sin embargo, cuando sonreía, su rostro mostraba una calidez a la que era imposible resistirse. Como ahora.

—¿Puedo pasar?

—Sí, por supuesto.

Marie entró en la habitación y miró a Kate de arriba abajo. Sonrió para sí misma con un pensamiento secreto.

—¿Necesitas algo? ¿Comer? ¿Beber? ¿Alguna cosa que pueda hacer por ti?

Kate negó con un gesto.

—No, gracias. —Señaló una bandeja que reposaba en el escritorio—. Jill me ha preparado un sándwich, y me ha traído de casa algunas de mis cosas.

Marie ladeó la cabeza y se fijó en la maleta abierta. Se acercó y tomó un vestido rojo. Lo inspeccionó como si fuese muy delicado.

—Es muy bonito.

—Gracias, lo encontré en un mercadillo el año pasado.

—Pues me encanta. Quizá puedas prestármelo alguna vez.

Kate parpadeó varias veces.

—Oh... Sí... Es todo tuyo —balbuceó.

Marie la miró detenidamente, y sus ojos hicieron que ella se sintiera un poco incómoda bajo su escrutinio. Notó que se le aceleraba el corazón y que se le cerraba la garganta.

La hermosa pelirroja ladeó la cabeza.

—¿Te pongo nerviosa? —Kate asintió sin pensar—. Lo siento, no debería mirarte así, pero me resultas tan fascinante.

—¿Fascinante?

—Sí. Puedo entender lo que mi hermano ha visto en ti. Eres... eres vida. —Soltó una risita emocionada—. ¡Gracias!

—¿Por qué me das las gracias?

—Por abrirle tu corazón y darle esperanza. ¿Sabes? Lo estábamos perdiendo, pero tú... tú te has convertido en una brújula para él y lo has traído de vuelta. —Hizo una pausa y los rizos que caían sobre su pecho se agitaron con una profunda inspiración—. Has visto al hombre y no al monstruo.

Kate se tensó como si hubiera recibido un latigazo.

—William no es un monstruo —replicó airada.

Un destello de satisfacción cruzó por los ojos de Marie.

—Exacto, no lo es, y tú debes convencerlo para que lo crea. Dudo de que escuche a alguien más.

—¿Por qué crees eso?

—Porque nunca había oído a nadie ponerlo en su sitio, como hiciste tú anoche. Se te da bien.

—¿Gritarle? —Se ruborizó.

Marie sacudió la cabeza y una risa cristalina brotó de su garganta.

—No, demostrarle que se equivoca y que merece que lo amen.

Los hombros de Kate se hundieron como si algo muy pesado los aplastara.

—Ha sufrido mucho, ¿verdad? —susurró.

El relato de William ya le había manifestado esa verdad, pero un presentimiento le decía que él no había sido muy explícito con los detalles.

—William era un alma pura sin malicia, pero el sufrimiento lo corrompió y desató en él una oscuridad que lo absorbió hasta casi hacerlo desaparecer. Casi. Tú has llegado a tiempo de evitarlo.

—Yo no he hecho nada.

—Más que ninguno de nosotros.

Kate se sentó en la cama y se miró las manos.

—La verdad es que me siento como si todo esto formase parte de un sueño, y en cualquier momento fuese a despertar. Mi vida corre peligro y solo puedo pensar en lo raro que me resulta ver mi ropa al lado de la suya. Lo rápido que va todo y lo irreversible que parece, porque siento que he sellado algo definitivo con él al aceptarlo. Y me asusta tanto que casi no puedo respirar, pero al mismo tiempo no querría que fuese de otro modo.

No sé, quizá me haya vuelto loca y no logro distinguir lo que está bien de lo que no.

Marie se sentó a su lado.

—Te centras en lo tangible, en lo que puedes ver y sentir, y es bueno que sea así. Nosotros nos ocuparemos de todo lo demás y arreglaremos esta situación. —Puso un dedo bajo la barbilla de Kate y la empujó hacia arriba con cuidado—. ¿Esa serpiente de Amelia te hizo esto?

—No, fue el vampiro del que me salvaste.

—No volverán a hacerte daño, te lo prometo. —Parpadeó al ver la sonrisa de Kate—. ¿Qué?

—Tú también me pareces fascinante.

Marie se echó a reír y le dio un abrazo fugaz.

—Me alegra gustarte, ¡ahora somos como hermanas! —Se puso de pie con un saltito—. Salgamos fuera un rato. No soporto estar tanto tiempo encerrada.

Kate se volvió hacia la ventana.

—Pero aún hay luz.

—El sol prácticamente se ha puesto y el cielo está cubierto de nubes. No me pasará nada.

Marie la tomó de la mano y tiró de ella hasta la escalera. Bajaron a toda prisa, cruzaron la cocina y salieron al jardín entre risas. Inmediatamente, un lobo blanco surgió de entre los árboles. Kate frenó en seco con un susto de muerte.

—Tranquilo, Shane, no nos moveremos de aquí —dijo Marie. Dio un par de pasos hacia él con las manos en la espalda, y añadió en tono coqueto—: Pero puedes quedarte con nosotras si necesitas vigilarnos más de cerca.

Shane apartó la mirada, algo turbado. Dio media vuelta y desapareció al trote por donde había venido.

—¿Ese era Shane? —preguntó Kate.

—Sí. ¿Verdad que tiene un pelo precioso?

—No me estaba fijando en eso. —Se llevó una mano al pecho como si así pudiera tranquilizar su corazón—. Espero acostumbrarme antes de que me dé un infarto.

—A mí me resulta adorable.

Marie sacudió la cabeza con una sonrisa traviesa. Volvió a tomar la cálida mano de Kate y la condujo hasta un rincón bajo los frondosos árboles. Se sentaron en silencio sobre la hierba, muy juntas. El cielo, de un gris plomizo, anunciaba lluvia. Un tenue rayo de sol se abrió paso a través de la espesa capa de nubes e incidió directamente en el brazo desnudo de la vampira. Lo estiró y dejó que la débil luz le acariciara la piel. Extendió la mano e intento atrapar las pequeñas partículas de polvo que flotaban dentro del haz brillante.

De repente, un siseo doloroso escapó de sus labios y lo apartó. El sol desapareció al instante, como si la queja silenciosa de Marie lo hubiera reprendido.

—Antes me encantaban los días de sol y odiaba los nublados. Ahora me conformaría solo con esos días nublados —susurró Marie con un deje de tristeza.

—¿Por qué William es el único vampiro inmune al sol? —preguntó Kate.

Marie se encogió de hombros.

—Ojalá lo supiera. William necesita esa respuesta más que cualquiera de nosotros para dejar de sentirse un bicho raro. Él es distinto a todos. Diferente a los humanos y diferente a los vampiros. Esa peculiaridad lo convierte en alguien demasiado especial. —Arrancó una brizna de hierba y comenzó a partirla en trocitos—. Si creyera en la ciencia, diría que mi hermano es el siguiente paso en nuestra evolución, un ser más perfecto. Si creyera en los milagros, pensaría que ha sido elegido para llevar a cabo algo muy importante.

Se tumbó de espaldas y, con un gesto de la mano, le pidió a Kate que hiciera lo mismo.

—Me contó que a los dos os mordió el mismo vampiro, pero tú no desarrollaste esa inmunidad —susurró Kate.

Marie ladeó la cabeza para mirarla a los ojos.

—No era mi destino, sino el suyo. —Frunció el ceño, pensativa, como si estuviera tomando una decisión importante—. ¿Te ha hablado de sus otras habilidades?

—¿Qué habilidades?

—No estoy muy segura, se niega a darme detalles. Hace unos meses, comenzó a sentirse raro. Creía que estaba enfermando, cosa que para un vampiro es imposible, y resultó ser otra cosa.

—Me estás asustando.

—Ha empezado a hacer cosas por las que muchos matarían y no parece que vaya a detenerse. Cada día descubre algo nuevo, como mover objetos con solo pensarlo o controlar la gravedad de su propio cuerpo. Es más fuerte, más rápido, pero también más impulsivo y temperamental.

—Eso no me lo ha contado.

—Creo que es porque tiene miedo. Le asusta no saber en qué se está transformando. Cree que lo que lleva dentro es malo, que puede volverse malvado y convertirse en algo peor que esos renegados.

—Eso nunca pasará, él no es así.

—Claro que no.

Durante unos minutos, contemplaron en silencio el cielo oscuro y encapotado. Pequeños pájaros iban y venían de una rama a otra bastante atareados, preparándose para pasar la noche.

Marie miró a Kate de soslayo, pudo ver la líneas que arrugaban su frente y cómo se mordía el labio inferior, nerviosa.

—Puedes preguntarme todo lo que desees, es lógico que sientas curiosidad.

Kate tomó aliento y entrelazó sus dedos sobre el estómago.

—¿Duele convertirse en vampiro?

—Sí.

—¿Cómo... cómo es?

—Imagina el mayor de los sufrimientos. Ahora, multiplícalo mil veces.

—¿Tan malo es?

—La mordedura de un vampiro inocula un veneno en el torrente sanguíneo de su víctima. Ese veneno es como un pequeño parásito que necesita alimentarse de sangre, así que, mientras come, te seca por dentro tan lentamente que sientes cómo cada uno de tus órganos muere. Los riñones dejan de funcionar, tus pulmones de respirar y así hasta que tu corazón por fin se detiene.

Kate se estremeció sobrecogida, incapaz de imaginar cómo sería sentir la muerte de tu cuerpo mientras sigues vivo.

—Y, cuando mueren, ¿se transforman en vampiros?

—No, solo se transforman aquellos que beben la sangre de un vampiro antes de morir. Es curioso, ¿verdad? Que lo mismo que te mata te devuelva la vida. Que se convierta en tu único sustento, se apodere de tu mente y controle tus instintos hasta despojarte de tu humanidad. Para un vampiro el verdadero pecado no es alimentarse o matar, no dejamos de ser depredadores. Lo es crear una nueva «vida».

—No es curioso, es cruel.

Marie sonrió con tristeza.

—Tienes razón, pero no tenemos alternativa, la sangre es lo único que mantiene vivo a un vampiro. Somos sanguijuelas —comentó sin ocultar su desprecio—. Aunque tú no debes preocuparte, jamás permitiremos que pases por esto. —Se incorporó con un suspiro—. Será mejor que vuelva a la casa. Tanto hablar de sangre está despertando mis apetitos y... tú hueles demasiado bien.

—¿Yo?

—La sangre es para nosotros lo que para ti la comida. Unas cosas saben o huelen mejor que otras. Hay humanos que son coles, otros son miel.

—¿Y yo qué soy?

—Tú eres como un pastel de cerezas maduras. —Sonrió al ver la cara de susto que ponía—. Tranquila, nunca he mordido a un humano, y a ti jamás te haría daño.

Se inclinó para besarla en la mejilla. Cuando se apartó, sus ojos eran como dos rubíes centelleantes. Esbozó una tímida sonrisa y se encaminó de vuelta a la casa.

Kate la observó con un nudo en el estómago.

Antes de que Marie la alcanzara, la puerta se abrió. Un estremecimiento recorrió a Kate de arriba abajo al ver a William aparecer. Cruzó unas pocas palabras con su hermana y la despidió con beso en la frente. Después, vino hacia ella.

Kate notó que su corazón se aceleraba hasta alcanzar un ritmo frenético, y estaba segura de lucir unas mejillas a juego. El calor que sentía casi no la dejaba respirar. Lo contempló mientras se acercaba con paso seguro. El pelo revuelto y los párpados entornados. Los hombros erguidos y la mandíbula ligeramente levantada con aire desafiante.

Se sorprendió a sí misma observándolo sin ningún pudor. Se entretuvo en las líneas que dibujaban los músculos de su torso bajo la camiseta, su estómago plano, la forma en la que los pantalones colgaban de sus caderas. Por último, quedó atrapada en el azul de sus ojos a pocos centímetros de los suyos, tan claro y brillante que las pupilas parecían flotar en su interior. Le fascinaba la cantidad de tonalidades que podían adquirir.

—¿Va todo bien? —preguntó él.

Kate parpadeó mientras salía de su trance, y unos ojos cálidos y cautelosos le sonrieron.

—Sí.

—¿Seguro? ¿Marie te ha dicho algo inoportuno?

—¡No! Tu hermana es estupenda. Es amable y se preocupa por mí. Me ha estado haciendo compañía.

William sacudió la cabeza y se pasó la mano por el pelo, despeinándolo aún más.

—Por un momento creí que...

—¿Qué?

—Que ibas a decirme que lo habías pensado mejor y que tú... Que querías marcharte.

Inspiró hondo y su olfato se llenó con una abundancia de olores, a cuál más apetecible. Podía paladear el aroma de su sangre, sentir la calidez que exhalaba su piel, la dulzura de sus labios. Una punzada de deseo atravesó su pecho al recordar cómo la había tenido entre sus brazos solo unas horas antes, y tuvo que bajar la mirada para que sus ojos no revelaran lo que su mente ya no necesitaba imaginar.

—No voy a ir a ninguna parte —dijo ella.

William le ofreció su brazo.

—Ven, demos un paseo.

Aquel gesto tan pasado de moda hizo sonreír a Kate, y tuvo que recordarse a sí misma que William no era como los chicos de ahora. Él pertenecía a otra época.

—No estabas cuando desperté —dijo ella tras unos segundos de silencio.

—¿Te habría gustado?

—Me gusta sentir que estás cerca.

—Entonces, me tendrás cerca —susurró él con evidente placer, y acarició la mano que reposaba sobre su brazo.

—Estoy preocupada por Alice.

—Se encuentra bien, te lo prometo.

—Estará a salvo, ¿verdad?

—La vigilan todo el tiempo. Ellos no dejarán que os ocurra nada.

—¿Ellos?

—Ellos —repitió él. Con un gesto de su barbilla, señaló la espesura que rodeaba la casa.

Kate contempló el bosque. Al principio, no vio nada. Solo arbustos y árboles cubiertos de musgo y enredaderas. Forzó la vista y entonces lo vio, un destello dorado. A pocos metros, una sombra oscura se movió y otro destello ámbar surgió como un fogonazo, para desaparecer igual de rápido.

—Es increíble —dijo para sí misma.

—Te vigilan todo el tiempo. Aun así, prométeme que no intentarás salir sola. —La duda de que ella hiciera algo estúpido como ir a ver a su abuela se instaló en su mente—. Prométemelo.

—Te lo prometo —dijo ella.

Lo miró a los ojos para que pudiera ver que era sincera y él le dedicó una sonrisa agradecida que hizo que le temblaran las rodillas. Contuvo el aliento cuando tomó su mano y se la llevó a la boca, y lo soltó muy despacio al sentir la presión de sus labios depositando un beso en su muñeca. Tembló sin poder evitarlo.

—Marie dice que huelo demasiado bien, que soy como una tarta de cerezas maduras.

William llenó su pecho con una profunda lentitud, mientras el pulso de Kate golpeaba su boca. Rozó con la nariz su piel suave y se retiró muy despacio.

—A mí me recuerdas a una tarta de manzana. Era mi postre favorito. —Le guiñó un ojo—. Y sigue siéndolo.

Kate se ruborizó, y el deseo de volver a tocarlo le hizo acercarse hasta que su cuerpo rozó el de él. Alzó la barbilla y le acarició el rostro con dedos temblorosos. Después los enredó en su pelo revuelto, los deslizó hasta su nuca y lo atrajo buscando su boca.

Sus labios estaban fríos, pero provocaban oleadas de calor dentro de su cuerpo. Se le encogió el estómago y un doloroso calambre se extendió por su vientre. Contuvo el aliento cuando la boca de William trazó su mandíbula y resbaló hasta su cuello. Le besó la garganta y notó la humedad de su lengua en la piel.

De repente, él la soltó y dio un paso atrás, agitado y con los párpados aún cerrados. Inspiró varias veces y sus colmillos desnudos volvieron a su sitio. Kate lo observó sin moverse ni respirar, e ignoró la sensación de miedo que le recorrió la columna como un latigazo.

William abrió los ojos y la miró.

—Lo siento.

—No te disculpes.

Él hizo una mueca y negó con la cabeza.

—No debería ser así de complicado.

—Pero lo es, y no me asusta porque sé que no me harás daño. No cruzarás esa línea.

—¿Cómo puedes estar tan segura cuando ni yo mismo lo estoy?

—Porque confío en ti.

William soltó una risa que sonó forzada y algo temblorosa.

—Pues no deberías.

—Y entonces, ¿qué? ¿Me marcho? ¿Lo dejamos sin ni siquiera intentarlo?

—Kate, intentarlo conmigo es como jugar a la ruleta rusa, ¿no lo ves?

—Pensaba que lo de sentirte culpable era agua pasada.

Él negó con un gesto y se llevó las manos a la cabeza, para después enredarlas con frustración entre sus cabellos.

—Esto que ves no es culpabilidad, sino miedo. Me asusta lo que estoy sintiendo por ti, los deseos que despiertas. Nunca había experimentado nada parecido, tan intenso que lo ocupa todo, lo domina todo. Mis pensamientos, mi cuerpo, mi... escasa conciencia. ¿Y si un día me dejo llevar? ¿Y si no me detengo? —Se le quebró la voz, y la angustia que se manifestó en ese simple gesto traspasó la piel de Kate—. Es tan... duro... luchar contra mi propia naturaleza.

Ella parpadeó al notar las lágrimas pugnando por derramarse.

—Pues tendremos que vivir con ello. Los dos. También es mi decisión, William, no solo tuya. Quiero correr el riesgo, ¿vale? Quiero intentarlo. Después de haber llegado hasta aquí, es de lo único que estoy segura.

Se miraron en silencio durante un largo segundo.

A través de los muros que él se esforzaba en reconstruir, de todo su tembloroso control, Kate pudo ver la expresión torturada de una culpa y soledad insoportables. Una expresión tan perdida y angustiada que no estaba segura de poder atravesar ese desasosiego que él sentía.

Tragó saliva y se limpió una lágrima al ver que permanecía callado. Se recompuso tras un profundo suspiro.

—De acuerdo, si de verdad es lo que piensas, dejemos de vernos. Márchate, o pídeme que me vaya.

Él apartó la mirada. Kate se irguió y pasó por su lado con intención de irse. No fue a ninguna parte, los brazos de William la sujetaron con fuerza y se encontró pegada a su pecho un segundo después. Cerró los ojos y se aferró a su cintura.

—Tienes que dejar de hacer esto —susurró ella.

—¿Qué?

—Tratar de alejarme.

William tenía un nudo tan apretado en la garganta que tardó en responder:

—No lo haré.

—Bien, porque me haces daño cada vez que lo intentas.

William apoyó la barbilla en su cabeza y miró al cielo con los ojos húmedos. Un ligero suspiro escapó de sus labios y le abrió el alma a ese dolor que siempre estaba presente, como una segunda piel, encerrándolo y definiendo sus contornos. Aceptó que el amor y el sufrimiento irían siempre de la mano y esa unión formaría parte de ellos. De la relación que estaban iniciando. También le abrió los brazos al destino. Si estaba escrito, ocurriría; y él ya estaba cansado de renunciar a todo lo que le importaba.

La besó en el pelo y se rindió a lo que su corazón le gritaba sin descanso.

Kate pudo percibir el cambio cuando los brazos de William la estrecharon con más fuerza.

—¡Joder! —dijo para sí mismo.

Kate rio en voz baja y hundió la cara en su pecho.

—¿Qué te hace tanta gracia? —preguntó él

Ella echó la cabeza hacia atrás y lo miró a los ojos.

—Nunca te había oído decir una palabrota.

—Hay muchas cosas de mí que aún no has visto.

—¿Y piensas enseñármelas? —le preguntó en tono seductor.

Él se rio con una risa clara e íntima.

—Todas y cada una —susurró él antes de besarla.

49

Habían transcurrido tres noches desde la aparición de Amelia y seguían sin saber nada de ella ni de sus seguidores. Ninguna noticia o rumor que indicara algo extraño, como ataques, robos, desapariciones... Parecía que la tierra se los hubiera tragado.

Pese a la aparente tranquilidad, bajar la guardia no entraba dentro de los planes de William. Conocía a Amelia, y se conocía a sí mismo. Ambos eran como un perro rabioso cuando muerde un hueso, no lo suelta aunque su vida dependa de ello. Y los dos llevaban demasiado tiempo jugando a ese juego. El odio los había unido más que el amor que hubieran podido sentir el uno por el otro, si alguna vez llegaron a experimentarlo de verdad. Esa malsana obsesión los había empujado hasta ese instante, y no acabaría hasta que uno de los dos desapareciera para siempre.

Por fin, ese final parecía inminente.

William casi podía sentirlo. Una cuenta atrás dentro de su cabeza que sonaba con más fuerza conforme el tiempo avanzaba.

Era casi medianoche cuando salió al porche delantero, y se apoyó en una de las columnas con la vista clavada en la oscuridad. Una débil brisa acarició las hojas de los árboles, lo que provocó un ligero murmullo que se extendió sobre su cabeza; el único sonido en medio de un inquietante silencio.

—No se oyen ni los grillos —dijo Shane a su espalda.

—Los animales presienten el mal mejor que nosotros.

Sondeó la oscuridad con sus sentidos, en busca de alguna presencia. Cuando estuvo seguro de que allí fuera no había nada, a excepción de los licántropos, se relajó un poco y miró con algo más de atención a Shane.

—¿Has descansado? —le preguntó.

—No demasiado. —Se quedó en silencio unos segundos. De repente, saltó—: ¡Esta espera me mata! ¿Estás seguro de que hacemos lo correcto quedándonos aquí, aguardando sin más?

—Somos muy pocos, Shane. Solo saldremos de esta si nos mantenemos juntos y a la defensiva. Es la única estrategia que puede funcionar.

—¿Crees que vendrá esta noche?

—Rezo por que lo haga. Quiero acabar con todo esto.

Clavó los ojos en el bosque. Los árboles eran negras sombras que formaban un muro a su alrededor. Las ramas volvieron a agitarse con una calurosa brisa, pero, esta vez, algo la impregnaba.

Un gruñido resonó en el pecho de Shane y sus ojos adquirieron un tono dorado nada tranquilizador.

—¿Lo hueles? —susurró.

William asintió y se concentró en el camino que llevaba a la casa.

—Sí.

—¿Crees que ha sido un espía todo este tiempo?

—Pronto lo sabremos.

Un aullido sonó a lo lejos, anunciaba la presencia del visitante. Un segundo aullido pedía permiso para atacar y Shane respondió con un gruñido, ordenando que lo dejaran pasar.

Poco después, Steve Helson, el vampiro que habían conocido en el hotel, apareció en el camino. Avanzaba rápido, pero con una actitud tranquila con la que quería demostrar que no era una amenaza. Al hombro llevaba la misma bolsa que cuando lo conocieron. La dejó caer a los pies de William y al golpear el suelo, el eco del metal al chocar entre sí resonó.

William miró la bolsa y después al vampiro. Frunció el ceño y salió a su encuentro.

—Tienes cinco segundos para darme una buena razón por la que no debería matarte. No me gusta que me tomen el pelo.

—Sabes lo que contiene la bolsa.

—Sí, y me pregunto de dónde las has sacado tú.

Shane se agachó y abrió el petate. En su interior había varias dagas idénticas a las que William llevaba escondidas bajo la ropa, y solo había un lugar en el mundo donde conseguirlas.

—Y será un placer responderte en un momento más propicio. Porque ya vienen —dijo Steve.

—¿Quién viene? —gruñó William.

La puerta se abrió y apareció Daniel. Sus ojos dorados taladraron al recién llegado.

—¿Quién es este?

—Steve, el vampiro del que te hablé —respondió Carter a su espalda.

—¿Y qué hace aquí?

—Eso intento averiguar —masculló William.

Steve resopló impaciente.

—Se están concentrando a las afueras. Estarán aquí en menos de una hora.

William se tensó y la desconfianza brilló en sus ojos. Agarró al vampiro por la pechera.

—¿Qué sabes tú...?

—¿De verdad quieres perder el tiempo con este pulso de poder? —replicó Steve sin achantarse—. Ella está de camino.

—¡Steve! —La voz sorprendida de Marie hizo que todos volvieran la cabeza hacia la escalera—. ¿Qué haces aquí?

Steve se inclinó con una reverencia.

—Señora.

—¿Le conoces? —preguntó William desconcertado.

—¡Sí, es el protegido de Cyrus! —respondió ella con una mirada de reproche—. Llevas tanto tiempo al margen de la familia que ni siquiera conoces a sus miembros más recientes. Steve, ¿qué haces aquí? ¿Ha ocurrido algo malo?

—Cyrus me envió para que vigilara y lo informara de todo lo que aconteciera.

—¿Cyrus me ha enviado una niñera? —bramó William airado—. ¡Será hijo de perra! Espera a que lo tenga delante.

Una sonrisa socarrona se dibujó en la cara de Steve, al tiempo que su teléfono móvil comenzaba a sonar. Le echó un vistazo y su sonrisa se hizo más amplia.

—Ya estoy aquí —respondió nada más descolgar—. A tres kilómetros, es la única casa.

Colgó y se guardó el teléfono.

—Ten cuidado con lo que deseas —le dijo a William.

Los faros de varios vehículos destellaron entre los árboles. Se acercaban a toda velocidad.

—¿William? —inquirió Daniel.

El vampiro apretó los dientes y lanzó una mirada a su amigo.

—Creo que son los refuerzos.

Bajó los peldaños del porche, al tiempo que tres Jeep de gran tamaño se detenían frente a la casa en medio de una nube de grava y polvo. Las puertas se abrieron de golpe y del interior de cada vehículo descendieron cuatro hombres. Todos vestían de negro: pantalones, chaquetas y botas de estilo militar. Cada uno de ellos llevaba atado a la espalda un arnés de cuero con correas, del que sobresalían unas largas dagas de plata, con un extraño brillo en la hoja.

Se inclinaron ante William con una sobria reverencia, y aguardaron inmóviles con las manos a la espalda y la mirada fija en algún punto al frente.

La manada de licántropos emergió de entre los árboles a toda velocidad, dispuestos a atacar a la nueva amenaza. Daniel los detuvo con un gruñido.

Uno de los vampiros se adelantó. Era más alto y corpulento que cualquiera de los presentes y se movía con la suavidad y la gracia de una pantera. Se quitó la capucha que le cubría la cabeza y una cascada de rizos rubios le enmarcó la cara. Se la apartó con la mano, dejando a la vista unos ojos tan claros como el hielo de un iceberg.

En una de las manos llevaba un fardo alargado de terciopelo y, sin mediar palabra, lo lanzó hacia delante. William lo atrapó al vuelo con un rápido movimiento. Retiró la tela y una empuñadura forrada de cuero quedó a la vista. La sostuvo entre sus dedos con fuerza y desenvainó una hoja de doble filo.

—Espero que aún recuerdes cómo se usa.

William arqueó las cejas ante la provocación oculta en el comentario y una sonrisa se dibujó en su rostro. «Cyrus», pronunció su nombre para sí mismo. El viejo vampiro había convertido su llegada en una bendición. Una oportunidad de sobrevivir.

—Te sorprenderán las cosas que he aprendido —le respondió con un deje siniestro en la voz—. Por cierto, cuando todo esto termine, tú y yo tenemos que hablar.

Los labios de Cyrus su curvaron con una sonrisa ladeada cargada de suficiencia.

—Tienes esperanzas de salir vivo, ya es algo.

50

La luz del sótano parpadeó tres veces antes de encenderse por completo e iluminarlo todo con una tenue luz amarilla.

Jared fue hasta la pared del fondo. Tanteó con la mano el tabique y presionó en un punto cerca de la esquina. Se oyó un clic. Después empujó con ambas manos y la pared cedió, dejando a la vista una pequeña habitación.

Kate y Jill cruzaron una mirada tras ver el espacio. A ninguna de las dos entusiasmaba la idea de ocultarse en ese lugar.

—Aquí estaréis a salvo —les dijo William en voz baja—. Daniel lo construyó al poco de mudarse para esconder a los niños si había alguna amenaza. Es el lugar más seguro en estos momentos.

Kate alzó la barbilla para mirarlo a los ojos. Él había cambiado su tejano y camiseta por un atuendo idéntico al de los vampiros que habían aparecido esa madrugada. Solo era ropa, pero le costaba reconocerlo con ella. Todo aquel metal que colgaba del arnés que llevaba a la espalda y atado a los muslos, tampoco la ayudaba mucho.

De repente, aquella historia se convirtió en algo mucho más real. Amelia y sus renegados, Cazadores, Guerreros, sangre y muerte, no había forma de ignorarlo. Ni tampoco lo que estaba a punto de suceder.

—Estoy asustada —susurró.

—No tienes que estarlo. Marie se quedará con vosotras, y ellos no se moverán de la puerta.

La mirada de Kate voló hasta Jared y el vampiro que había a su lado. Era enorme y su expresión feroz y letal le erizaba el vello. Se encogió cuando el Guerrero la miró. Sus ojos, de un brillante carmesí, la taladraron un segundo antes de bajar la barbilla con una reverencia. Se preguntó por qué había hecho eso, ella no era nadie para él.

Tragó saliva y se aferró con ambas manos a la chaqueta de William.

—Estoy asustada por ti. He visto a esos renegados, son peligrosos y ella... ella está loca. Hará lo que sea para herirte.

—Yo empecé esta guerra y debo terminarla. Es el único modo de que todos estéis a salvo.

—Pero ¿y si el precio eres tú?

—Estaría pagando una deuda con la que cargo desde hace mucho. Sería un precio justo.

Ella negó con vehemencia y tiró de él, de modo que sus cuerpos quedaron pegados.

—Acabo de encontrarte, no puedo perderte tan pronto.

William sonrió y le acarició la mejilla. La sintió arder bajo sus dedos. No importaba cuántas veces la había visto sonrojarse, esa reacción lo turbaba hasta límites que solo él conocía. Se inclinó y la besó en la frente. Sus labios la presionaron con fuerza un largo instante. Después, la apartó y con gentileza la empujó dentro del pequeño zulo.

—Si algo sale mal, quiero que la lleves contigo y cuides de ella. Llévatela lejos, me da igual adónde, pero que esté a salvo —susurró a su hermana mientras la abrazaba y ponía en sus manos dos dagas.

—Lo haré, te lo prometo —dijo ella. Lo estrechó con más fuerza y se tomó un segundo antes de soltarlo—. Ten cuidado.

Lo besó en la mejilla y siguió a las dos humanas dentro del zulo. Luego, empujó con fuerza el panel y este se cerró con un suave chasquido.

William se quedó inmóvil frente a la pared y la estudió a conciencia. A simple vista, nada mostraba que allí hubiera un doble fondo. Apoyó la mano contra el yeso que la recubría y cerró los ojos un instante, despidiéndose de Kate en silencio.

Dio media vuelta y regresó arriba con paso firme. Salió al exterior por la puerta principal, donde los otros estaban reunidos.

—¿Situación?

—Vienen desde el sur. Sin ocultarse. Hemos contado veintisiete. Tres de ellos son muy antiguos, tanto como yo —indicó Cyrus.

—¿Y eso es malo? —preguntó Cassius con brusquedad, demasiado nervioso con tanto vampiro cerca.

Cyrus lo miró, tratando de disimular la antipatía que le provocaban los lobos. Abrió la boca para responder, pero Samuel se le adelantó.

—Cuanto más viejo es un vampiro, más fuerte y poderoso se vuelve. Mil años pueden convertir a uno de esos tíos en una bola de demolición.

Cassius parpadeó sorprendido y después entornó los ojos para observar a Cyrus.

—¿Y tú cuántos años tienes?

—Yo juego a las canicas con bolas de demolición. ¿Eso te sirve?

Cassius no pudo evitar sonreír.

—Gilipollas —murmuró.

William puso los ojos en blanco y reprendió a Cyrus por su arrogancia. El Guerrero se limitó a encogerse de hombros.

—Amelia debe de haberles prometido una gran recompensa para que luchen por ella —apuntó William.

—Si vienen desde el sur, tendrán que cruzar todo el pueblo para llegar hasta aquí —dijo Daniel mientras examinaba un mapa sobre el capó del coche.

—Y matarán a cuantos se crucen en su camino. Tomarán toda la sangre humana que puedan para fortalecerse. ¡Joder, ese es el plan! —advirtió Cyrus.

Su rostro joven e inocente no podía ocultar la experiencia que había tras su mirada.

—Tendremos que detenerlos antes de que lleguen —indicó William.

—¿Pasamos a la ofensiva? —preguntó Samuel.

—Seremos un cortafuegos entre ellos y los humanos del pueblo. Hay que interceptarlos y tratar de dividirlos, no hay otra forma.

—Pues debemos movernos, ya —los apremió Daniel.

51

Se detuvieron en la primera línea de árboles que bordeaba el extenso claro de Cave Creek. Era el mejor lugar para interceptar a los renegados y que no llegaran al pueblo. Justo en el centro de ese paraje, se levantaba un granero abandonado. Lo inspeccionaron con rapidez, y después tomaron posiciones.

Sabían que su presencia era muy fácil de percibir con el aire a favor, pero se mantuvieron al amparo de las sombras para ocultar su número real.

William se colocó al frente de su grupo, flanqueado por Daniel y Samuel.

Cyrus, unos pasos por detrás, no despegaba los ojos de él. El viejo vampiro podía sentir el poder que fluía del joven príncipe. Una rápida mirada al resto de su improvisado ejército le bastó para darse cuenta de que ellos también lo notaban. Percibían las oleadas oscuras y misteriosas que se expandían alrededor de él. Era el primero de una nueva especie, más fuerte y poderosa; y, por primera vez, no disimulaba esa condición.

Bajó la cabeza y sonrió para sí mismo. Hacía décadas que soñaba con un momento así, con verle aceptar su destino. Se sintió orgulloso de su joven alumno. Un día, no muy lejano, los libros sagrados también hablarían de él.

Ajeno a los pensamientos de su maestro, William recorrió con la vista el claro. Escrutó con atención la oscuridad y los sonidos que arrastraba el aire, los olores que flotaban en la calurosa noche.

Cerró los ojos y desterró de su interior todo sentimiento que pudiera suponerle una debilidad. El vacío que quedó bajo sus costillas se llenó de rabia y una fuerza perversa. De una necesidad elemental alojada en lo más profundo de su ser. Un deseo profundo de destrucción, de infligir daño y aniquilar todo lo que se interpusiera entre él y lo que le era preciado.

La sensación de peligro se hacía más patente a medida que se acercaban.

Abrió los ojos, y un odio profundo transformó sus rasgos.

Ya estaban allí.

En el lado contrario al que William ocupaba, Amelia surgió de entre los árboles y se detuvo en la primera línea que delimitaba el claro. Sus cejas se arquearon de forma inquisitiva y recorrió el lugar con una mirada desdeñosa.

—¡Vamos, querido, sé que estás ahí! —canturreó.

William dio unos cuantos pasos y se dejó ver. Quedaron frente a frente. Forzó una sonrisa y contempló a la mujer que, de un modo u otro, esa noche dejaría de ser su esposa. Rompería ese lazo.

Ella también sonrió, un gesto carente de escrúpulos y misericordia.

—¿Sabes una cosa, Will? ¡He pensado tanto en nosotros!

—Hace mucho tiempo que no hay un nosotros.

Seductora, dio un par de pasos hacia él.

—Eso es algo que podemos solucionar, ¿no crees? Podría perdonarte por tu desliz con esa humana, y tú y yo volveríamos a ser uno. Juntos nos convertiríamos en los amos del mundo. Un mundo postrado a nuestros pies. ¿No te parece un sueño hermoso?

William caminó hasta el centro del claro con la barbilla alta y la espalda erguida. Parecía un ángel vengador nacido en el mismísimo infierno.

—Aquella noche, mientras agonizabas entre mis brazos, me pediste que te dejara morir. Entonces no pude, pero esta noche... Esta noche estoy preparado. —Ha llegado el momento de dejar que te vayas, Amelia.

Alzó la mano por encima de su hombro y rodeó con los dedos la empuñadura de la espada. Tiró de ella y el sonido del acero al desenvainar resonó en el aire.

Amelia lanzó un grito y sus proscritos salieron de entre los árboles armados con dagas y espadas. La decapitación era la forma más efectiva a la hora de matar a un vampiro, o una herida lo bastante grande y profunda para que se desangrara rápidamente.

Los Guerreros de Cyrus abandonaron la oscuridad y ocuparon posiciones frente el enemigo. Los Cazadores de Samuel hicieron otro tanto, posicionándose en los flancos.

Ya no había vuelta atrás.

Daniel gritó una orden y los lobos se transformaron, al tiempo que los vampiros de Cyrus desenvainaban sus armas con una ira homicida.

La embestida fue brutal.

Los lobos se movían con rapidez, ágiles y esquivos para evitar las estocadas del acero. Daniel logró apresar a uno de los proscritos más jóvenes. Tras una adentellada certera y un tirón seco, la cabeza del vampiro rodaba sobre la hierba con los ojos abiertos. A pocos metros, Samuel y Cassius desmembraban a otro de los secuaces de Amelia.

Los Guerreros levantaban las espadas por encima de sus cabezas y las hojas destellaban bajo la luz de la luna, trazando arcos letales que cercenaban miembros sin ninguna compasión, hasta que la sangre oscureció por completo el acero.

Uno de los renegados más viejos embistió a William. Era fuerte y poderoso, y su arremetida fue eficiente y feroz. El cuerpo de William voló por los aires y acabó estrellándose contra una de las paredes del granero. Intentó levantarse de entre el montón de maderas al que había quedado reducida, pero apenas tuvo tiempo de levantar la hoja de su espada entre él y la de su atacante.

Empujó con todas sus fuerzas y el renegado salió despedido hacia atrás.

William se lanzó contra él con la gracia mortal de una pantera y aterrizó sobre el pecho del proscrito. Sin vacilar, hundió la espada en su pecho y la dejó clavada en su corazón como un estandarte. Alcanzó las dagas que colgaban de sus caderas y de un solo tajo le cercenó la garganta.

Un escalofrío le hizo girarse y por el rabillo del ojo vio a Andrew corriendo hacia él con un estilete en cada mano. Se puso en pie, hizo girar las dagas en sus manos y aferró con fuerza las empuñaduras, resbaladizas por la sangre húmeda. Echó a andar al encuentro del albino y le lanzó la primera daga. Impactó en su pecho. A Andrew no pareció importarle y aceleró su carrera.

Se preparó para la colisión.

Chocaron el uno contra el otro y la daga resbaló de entre sus dedos.

William no dejaba de moverse, parando con las manos desnudas cada estocada que el vampiro le lanzaba. A pocos metros de donde se encontraba, Shane cayó al suelo con un renegado que intentaba estrangularlo. Durante una milésima de segundo, esa imagen le hizo perder la concentración.

Andrew aprovechó el momento y se le echó encima.

William no tuvo tiempo de parar el golpe y la hoja afilada de una daga penetró en su hombro derecho, bajo el hueso de la clavícula. El dolor y la rabia oscurecieron su rostro. Apretó los labios en una mueca cruel. Giró el brazo a tal velocidad que Andrew no se percató del movimiento. Lo aferró por cuello y lo empujó, extrajo la daga de su hombro y, con un grito desatado, le cercenó la cabeza.

Volvió a gritar.

El cuerpo le ardía como si lo tuviera en llamas y notaba una brillante luz brotando a través de sus ojos. Estaba pasando otra vez. Lo que fuese eso que crecía dentro de él, había despertado y emergía con vida propia, tomando el control. No trató de frenarlo, al contrario, se dejó llevar.

Su mirada barrió el claro, localizando a los enemigos que quedaban con vida. Luego arrancó su espada del pecho del vampiro y la empuñó con ambas manos. Poseído por un vengativo frenesí, fue eliminando a todo el que encontraba a su paso. La furia se arrastraba por su cuerpo, fría y mortal. Sus sentidos, extremadamente sensibles, captaban hasta la más leve vibración en el aire y se anticipaba a todos los ataques.

Cuando el último renegado cayó al suelo decapitado, William por fin se detuvo.

La sangre empapaba su ropa y goteaba de sus manos. Las miró como si no le pertenecieran y el filo de la espada le devolvió su reflejo. Sus ojos parecían hechos de plata fundida.

Alzó la cabeza y contempló el claro, convertido en un campo de batalla.

Cuatro de los Guerreros habían caído, tres de los Cazadores de Samuel también habían muerto y uno de los hermanos de Cassius estaba malherido. Carter tenía un hombro dislocado, y el resto cortes y magulladuras que ya comenzaban a sanar.

Todos le observaban.

William se giró al notar la mano de Shane sobre su hombro.

—Ha terminado —dijo su amigo.

Dejó caer la espada, consciente de las miradas sorprendidas sobre él.

—Me temen —susurró.

Shane negó con un gesto y una sonrisa se dibujó en su cara.

—No, solo tienen que asimilarlo. Tío, parecías el dedo de Dios.

William lo miró a los ojos y se vio reflejado en sus pupilas oscuras. Los suyos aún brillaban. Miró a su alrededor, con una extraña sensación que no lograba identificar. Empezó a moverse entre los cadáveres diseminados por el suelo, nervioso. Y entonces reparó en lo que faltaba.

—¿Dónde está? —gritó con un doloroso presentimiento que lo estrangulaba—. ¿Dónde está Amelia?

Apretó los puños y escupió una maldición. Desde el principio, su objetivo había sido Kate.

El miedo y la rabia se apoderaron de él, y echó a correr en dirección a la casa.

El cielo comenzó a cubrirse de nubes oscuras como el carbón. Una sucesión de relámpagos iluminaban la oscuridad, transformando la noche en día. Rayos incandescentes caían sobre la tierra mientras los truenos retumbaban salvajes a través del bosque.

La tormenta había surgido de la nada y cobraba fuerza a medida que el desasosiego lo espoleaba a avanzar más deprisa.

La puerta principal saltó por los aires antes de que William la tocara. Solo lo había pensado una vez y el marco se había resquebrajado como un cristal. Cruzó el vestíbulo y se encontró con muebles rotos y signos de pelea. Frenó en seco al darse de bruces con el cadáver del Guerrero que había dejado con Jared.

«No, no, no...», repetía con angustia en su cabeza.

Se dirigió al sótano y comprobó con horror que habían arrancado la puerta.

Su oído captó unos sollozos y se lanzó por el hueco de la escalera. Aterrizó sobre el último escalón.

Su rostro se contrajo en una mueca dolorosa al descubrir la pared del zulo destrozada. Jared estaba inconsciente en una esquina, apenas respiraba, y a su lado yacía el cuerpo desangrado de uno de los vampiros que acompañaban a Amelia.

Encontró a Jill acurrucada bajo el hueco de la escalera. Ella empezó a gritar cuando lo vio acercarse.

—Tranquila, soy yo. Soy yo.

—¿William? ¡Oh, Dios, William!

Se abrazó a él con fuerza.

—Eh, mírame, mírame... —Le tomó el rostro entre las manos y vio que tenía varios golpes—. ¿Te han mordido? Jill, responde, ¿te han mordido?

Ella negó con la cabeza.

—No, solo me han pegado.

—Vale, ahora dime... ¿Dónde están Kate y mi hermana?

Los ojos de Jill se llenaron de más lágrimas.

—A Kate se la ha llevado esa vampira, y Marie ha ido tras ellas.

William se puso en pie.

—¡No te vayas! Por favor, no me dejes sola.

Él la alzó por los brazos y la obligó a que lo mirara.

—Jill, debo ir a buscarlas, ¿lo entiendes? Corren peligro.

—¿Y si vuelven?

—No volverán, te lo prometo. Cuida de Jared, ¿vale? No está bien y te necesita.

Ella asintió con vehemencia y se restregó la cara.

—Vale.

William se lanzó escaleras arriba y cruzó la cocina. La puerta que daba al jardín también había desaparecido. Salió al porche. Un fuerte crujido sonó en el bosque y a lo lejos observó cómo la copa de un árbol desaparecía al venirse abajo. Corrió en esa dirección.

Al otro lado del arroyo, divisó a Marie golpeando con un tronco a uno de los proscritos de Amelia. El vampiro cayó al suelo con un grito de dolor, después de que ella usara una rama a modo de estaca. Pese a la herida, el tipo se levantó como si nada y se lanzó a perseguirla.

El proscrito la alcanzó y la atrapó por las piernas. Logró que cayera al suelo. Después la sujetó por los tobillos y la arrastró hasta que la tuvo bajo su cuerpo. La hizo girar con violencia y la tumbó de espaldas.

Marie no dejaba de retorcerse, mientras el vampiro se sentaba a horcajadas sobre ella y comenzaba a golpearla.

William los alcanzó. Agarró al proscrito por el cuello y lo lanzó hacia atrás. Lo atrapó de nuevo y lo arrojó contra un árbol, donde quedó aturdido. William no se detuvo. Arrancó una gruesa rama y la clavó en su pecho, a la altura del corazón, y no dejó de presionar hasta que no quedó vida en su cuerpo.

Luego corrió al lado de Marie.

—¿Estás bien?

—Sí —respondió sin apenas voz.

Un feo mordisco en su garganta comenzaba a cerrarse. Había perdido mucha sangre y se encontraba débil. Miró a su hermano a los ojos.

—¡Corre, corre! —le pidió mientras señalaba la espesura.

52

Kate no paraba de tropezar con las raíces y las rocas que entorpecían el camino. Amelia tiraba de su brazo sin ningún miramiento y la obligaba a ponerse en pie cada vez que caía al suelo.

—¡Camina! —gritó la vampira cuando resbaló sobre hierba.

—Me haces daño.

—¿Y crees que me importa?

Kate apretó los dientes y se tragó un sollozo al notar las uñas de Amelia clavándose en su piel. Disfrutaba infligiéndole dolor y no iba a darle esa satisfacción. Miró al cielo, la tormenta cobraba intensidad y el viento la zarandeaba impidiéndole avanzar con más rapidez. Otro empujón le arrancó un gemido y algo crujió en su hombro. Si continuaba así, acabaría por arrancarle el brazo.

El rumor del agua corriendo entre las piedras llegó a sus oídos. Pensó que debían de encontrarse muy cerca del río.

¿Adónde pretendía llevarla?

Quizás a un lugar en el que nadie pudiera encontrar su cuerpo jamás. Se le llenaron los ojos de lágrimas y una opresión en el pecho no la dejaba respirar. Estaba muerta de miedo.

—Voy a cortarte las manos —dijo Amelia mientras desnudaba sus colmillos—. Es lo que se hace con aquellos que toman lo que no les pertenece.

—Yo no le he quitado nada a nadie.

—¡Oh, sí que lo has hecho, pequeña insolente! —susurró Amelia con odio—. Te has atrevido a posar tus ojos sobre mi esposo y lo vas a pagar.

—Tú lo abandonaste hace mucho. No hay nada que lo ate a ti.

Amelia se detuvo y se volvió hacia ella furiosa. Hundió los dedos en su carne con un siseo. Con la otra mano le agarró la cara y la obligó a mirarla.

—Es mío y solo mío. A los ojos de Dios y de los hombres, hasta que la muerte nos separe. ¡Qué pena para ti, que seamos inmortales! —El tono de voz era bajo y sedoso, en contraste con la locura y la excitación que mostraban sus ojos—. Tú solo eres un juguete en sus manos. Un entretenimiento. ¿O crees de verdad que está enamorado de ti? —Se rio con desdén—. Él volverá a mí, nos unen lazos que tú jamás podrás comprender.

Amelia la forzó a caminar otra vez.

—¡Viniste aquí para matarlo! —replicó Kate.

—Cierto, pero he cambiado de opinión. Al verle de nuevo, he recordado los viejos tiempos. Siempre fue un amante atento y complaciente. Lo añoro —dijo con un mohín.

Kate notó un nudo en el estómago al pensar en William de ese modo tan íntimo con ella, e hizo a un lado los celos que le mordían la piel. Amelia solo se aferraba a una ilusión distorsionada por su propia demencia.

—¿Adónde me llevas?

Amelia la miró por encima del hombro y arqueó una de sus cejas perfectas.

—A ese precioso, oscuro y profundo río de ahí.

El cauce apareció a pocos metros de ellas, iluminado por los relámpagos que destellaban entre el manto de nubes.

—¿Qué vas a hacer conmigo?

—¡Preguntas, preguntas y más preguntas! ¿Por qué sois tan curiosos los mortales? —inquirió irritada. Aferró a Kate por la nuca y la empujó hacia el borde de la garganta por la que discurría la corriente—. Voy a desangrarte. Luego, hundiré tu cuerpo donde nadie pueda encontrarlo. No quedará nada que William pueda recordar.

Kate le sostuvo la mirada con el poco valor que le quedaba. El color le había desaparecido del rostro y la electricidad del ambiente le erizaba el vello de forma dolorosa. Aun así, alzó la barbilla de forma desafiante.

—Te estás tomando demasiadas molestias, para creer que William no siente nada por mí...

La bofetada que le propinó Amelia le hizo escupir la última palabra.

—¡No uses tu estúpida psicología humana conmigo!

Los ojos de Amelia llamearon al ver la herida sangrante en labio inferior de Kate. De repente, la agarró por el cuello y aspiró de cerca el aroma metálico de la sangre que se coagulaba con rapidez. Abrió la boca y desnudó los colmillos. Se lanzó sobre ella como una serpiente.

—¡Amelia! —la voz de William retumbó como un trueno.

Amelia volvió el rostro sin soltar a su presa.

—Libérala —le pidió él con una calma que no sentía.

—¿Y qué vas a hacer si no lo hago? ¿Vas a matarme... otra vez?

La expresión de William se alteró un segundo, y ella sonrió con malicia al comprobar que sus palabras le afectaban. La culpa siempre sería su debilidad.

—Esto es entre tú y yo.

Amelia inclinó la cabeza y se mordió el labio con una sonrisa seductora.

—Mi oferta sigue en pie. Tú y yo, juntos de nuevo, y todo un mundo esperándonos. Haré que sea tuyo.

Sus palabras eran dulces como la miel, peligrosas por lo tentadoras que resultaban.

Kate se estremeció, ella misma se sentía atraída por el tono de su voz, como una polilla hacia la luz. Durante un momento, dudó de la determinación de William y temió que aceptara. Sin embargo, él sonrió con arrogancia. Algo oscuro y peligroso se movía en las profundidades de aquellos ojos que ningún humano o vampiro tendrían jamás.

—No puedes ofrecerme algo que ya me pertenece. Olvidas quién soy.

Amelia cerró los ojos un instante. La ira y la frustración aumentaban dentro de ella como una nube de gas a punto de estallar.

—Puedo darte otras cosas. —La sensualidad brotó de su garganta como hilos de plata tejiendo una red—. Aún me amas, William. Durante más de un siglo me has perseguido con una obsesión que raya la demencia. ¿Qué es eso sino amor?

—Redención —contestó él con más dolor que rabia—. Buscaba redención por todo lo que he provocado al dejarte vivir.

Ella gruñó y de un salto se colocó tras Kate. Sujetó su cabeza con ambas manos. Un pequeño giro y le partiría el cuello.

El miedo penetró en el corazón de William y dio un paso adelante.

—No te acerques —siseó ella.

—De acuerdo, no me moveré, pero no le hagas daño.

—¿Y por qué no habría de hacérselo? Tú me torturas con tus desprecios.

Las lágrimas resbalaban por las mejillas de Kate. Tenía el cuerpo dolorido y la seguridad de que estaba a punto de morir le atenazaba todos los músculos.

—Amelia, por favor —le suplicó William—. Suéltala.

—¿La amas? Y no me mientas.

—Sí, la amo.

—¿Más que a mí?

—Creo que eso ya no importa, mira cómo hemos acabado.

Amelia hizo un puchero.

—Fue culpa tuya, solo tuya.

—Lo sé, y lo siento, me equivoqué. Pero aún podemos conseguir que esto termine bien.

Amelia guardó silencio, considerando su oferta.

—¿Cómo?

—Empieza por soltarla —le propuso con voz suave.

—¿Y qué gano yo con eso?

—Dejaré que te marches.

—No te creo, llevas demasiado tiempo esperando para clavarme una daga.

—Te estoy dando una oportunidad, una sola. Cuando lleguen, no podré detenerlos. —Los aullidos de los lobos sonaban cada vez más cerca—. Vete.

Tendió la mano hacia Kate, rezando por que el orgullo de Amelia no fuese más fuerte que su deseo de vivir.

Amelia lo evaluó con la mirada, contempló su rostro perfecto y supo que nunca había estado ante algo tan letal. Sus sentidos lo percibían, algo distinto y muy peligroso, diferente a todo lo que había conocido. Vio un destello de impaciencia en sus ojos, al tiempo que un rayo caía a pocos metros. Algo le dijo que lo había provocado él.

—¿En qué te estás convirtiendo?

—Aún no lo sé, pero comienza a gustarme —confesó.

Se hizo un silencio muy largo.

—Dame tu palabra.

—Márchate, no te seguiré. Lo prometo.

Amelia soltó a Kate y la empujó hacia William con tanta fuerza que la hizo tropezar. Él la alcanzó antes de que cayera al suelo y la abrazó sin disimular el alivio que sentía.

—¿Estás bien?

Kate asintió y se pegó a su pecho. Todo su cuerpo temblaba como si fuese de gelatina.

La soberbia y el odio hicieron mella en Amelia al contemplar la escena.

—Algún día, haré que ocupes esa tumba vacía que lleva tu nombre. Te lo juro.

William la miró sin inmutarse. De repente, su estómago se encogió con un espasmo, intentó gritar, pero no tuvo tiempo. Marie llegó hasta Amelia con la rapidez de una aparición. En su mano destellaba el metal. Oyó el sonido de una hoja rasgando piel, el gemido desagradable de una garganta abierta por la que escapaba el aire, y el chapoteo de un cuerpo al caer al agua.

William se quedó mirando a su hermana. Pálida y fría como una estatua, miraba la corriente con rabia y desprecio. Volvió la cabeza y clavó la mirada en su hermano sin ningún atisbo de arrepentimiento.

—Yo no le he prometido nada, y alguien debía hacerlo para que puedas recuperar tu vida.

William la siguió con sus ojos mientras se marchaba. Después contempló el río, iluminado por los relámpagos cada pocos segundos.

Todo había terminado.

Por fin, había acabado.

Dejó a un lado cualquier pensamiento y se centró en Kate.

—¿Estás bien? ¿Te ha hecho daño? —le preguntó con ansiedad.

Tomó su rostro entre las manos y lo giró para ver la herida del labio.

—Estoy bien —contestó ella.

William la besó en la frente y le acarició las mejillas con los pulgares.

—Te juro que no permitiré que algo así vuelva a pasar. Quiero que te sientas segura conmigo —susurró.

Ella lo miró a los ojos.

—Ya me siento segura contigo.

William se inclinó y la besó en los labios sin pensar. Un gesto espontáneo del que se arrepintió de inmediato. La sangre de la herida penetró en su boca y todo su cuerpo dio un vuelco. Empezó a vibrar como un diapasón.

Despacio, se pasó la lengua por los labios y saboreó los restos de sangre que se le habían quedado pegados. Un deseo feroz lo consumía por dentro y temió que lo dominara. Abrazó a Kate contra su pecho y se centró en lo suave que era su piel, en lo bien que olía su pelo y en ese otro deseo que despertaba en él. En lo bien que le hacían sentir sus caricias y sus besos. En la paz que le proporcionaba solo con estar. Con existir. Poco a poco, se fue relajando. El sabor de la sangre continuaba pegado a su lengua, pero ya no era peligroso.

Kate echó la cabeza hacia atrás y lo miró a los ojos, que en ese momento parecían dos ascuas ardientes. Vio las manchas oscuras en sus labios, levantó la mano y los recorrió con el dedo. Él lo apresó con los dientes y una sonrisa se dibujó en su cara. Miles de mariposas se agitaron en su estómago.

—¿Sabe como esperabas?

—Un millón de veces mejor —susurró él con calma.

Había superado la prueba y volvió a besarla.

—¿Todo ha terminado?

William asintió. Acarició su rostro con ambas manos, despacio, como si tuviera miedo de que pudiera romperse bajo su caricia.

—Sí —respondió.

Pensó en el vampiro que compartía su don, y en todas las cosas que le había contado.

Una nueva inquietud se apoderó de él. Una certeza.

Nada había terminado.

No había hecho más que comenzar.

53

Un par de días después del ataque de los renegados, la normalidad parecía haber regresado a las vidas de todos. En el pueblo, ningún vecino dudó de que un rayo hubiera provocado el incendio que asoló el claro donde se alzaba el viejo granero, y no había rumores ni comentarios que indicaran que alguien hubiese visto nada extraño.

William agradeció que nadie intentara hablar con él de lo que allí ocurrió, de las cosas que hizo. No tenía respuestas que dar. Para él mismo, su propia naturaleza era una incógnita. Un misterio que necesitaba desentrañar para saber a qué se enfrentaba y, sobre todo, si era peligroso para las personas que le importaban.

La noche del ataque, en ese claro, había ocurrido algo. Cuando la angustia y la rabia desataron sus poderes, tuvo una sensación muy extraña. Como si su interior hubiese estado dividido desde siempre en dos mitades y, en ese preciso instante, ambas encajaran y comenzaran a latir al unísono.

Desde ese instante, no había dejado de sentirse extraño, inquieto, como si estuviera a la espera de algo y el no saber qué lo estuviera volviendo loco.

—¿Seguro que estaréis bien? —le preguntó a Cyrus.

El vampiro asintió mientras se cubría la cabeza con la capucha de su chaqueta.

—Estaremos bien.

—Entonces, buen viaje. —Se fundieron en un abrazo. William cerró los ojos y contuvo el aliento en el cuello de su amigo—. Puedo confiar en que serás discreto.

—Nadie dirá nada de lo que aquí se ha visto. Aunque no lo creas, me preocupa mucho lo que te está pasando.

—Si supieras algo me lo dirías, ¿verdad? Tú siempre has estado conmigo, desde que llegué a la mansión siendo un niño.

Cyrus lo miró a los ojos.

—Te lo diría. —Apoyó la mano en el hombro de William y le dio un ligero apretón—. Llevo miles de años en este mundo, y si algo he aprendido, es que la verdad nunca permanece oculta para siempre. Un día, tu «verdad» acudirá a ti. Solo debes tener paciencia.

William forzó una sonrisa y dio un paso atrás cuando los Guerreros salieron de la casa. Tras despedirse con una reverencia, subieron a los vehículos y desaparecieron en la noche.

Una hora después, caminaba por la calle principal de Heaven Falls con la mano de Kate aferrada a la suya. Ella parecía divertida por algún pensamiento.

—¿Qué te hace tanta gracia?

Kate alzó la barbilla para mirarlo y se ruborizó.

—Sabes que esto es una cita, ¿verdad? Nuestra primera cita.

—No, no lo es.

—¿Perdona?

William sonrió al percibir la confusión y el disgusto en el tono de su voz.

—Pasar la noche en Lou's, con esa panda de tarados, no es precisamente mi idea de cómo debe ser nuestra primera cita.

—¿Panda de tarados? ¿Así llamas a tus amigos? —Él se echó a reír—. Y según tú, ¿cómo debería ser nuestra primera cita?

William se detuvo y bajó la cabeza para mirarla a los ojos.

—Especial.

Kate volvió a ruborizarse y cerró los ojos cuando él se inclinó para darle un casto beso en la mejilla. Una parte de ella se sintió decepcionada. Al abrirlos, lo descubrió observándola divertido. Le dio con la mano en el brazo.

—Te gusta jugar conmigo, ¿eh?

—Me gusta saber que me deseas.

Kate se quedó sin aliento y tragó saliva. Sus miradas se enredaron durante unos segundos eternos. Hasta que él se inclinó sobre su oído y le susurró:

—Yo también te deseo, no puedo quitarte los ojos de encima con ese vestido.

Después empujó la puerta de la cafetería con una mano y Kate se sorprendió al darse cuenta de que ya habían llegado. Entraron en el local, que se encontraba hasta arriba de gente, y serpentearon entre las mesas al encuentro de sus amigos.

William apretó con suavidad la mano de Kate. Necesitaba sentirla cerca para mantenerse tranquilo. Aún le costaba rodearse de humanos y fingir que era uno más. Si se encontraba allí, era solo por ella. Porque haría cualquier cosa para que su vida continuara siendo normal, como aparentar que era un simple chico de veintitrés años en una «no cita» con la chica a la que desea conquistar.

La miró de reojo y la vio sonreír. Solo por esa expresión, ya merecía la pena.

—¡Hola! —exclamó ella.

La mirada de William voló hasta la mesa junto a la pared. Ya estaban todos allí: Shane, Carter y Jared, aún con algunas magulladuras; Evan y Jill, enfrascados en uno de sus habituales tira y afloja; también Marie, de ella había sido la idea de esa improvisada celebración.

Y bien sabía que tenían muchas cosas que celebrar. Entre ellas, que continuaban vivos.

Al cabo de unos minutos, Keyla se unió a ellos en compañía de Steve.

William ni siquiera sabía que la chica hubiera regresado de Pennsylvania; y, mucho menos, que conociera al vampiro. Se puso en pie y le ofreció su silla junto a Kate.

—Puedes sentarte aquí.

Keyla vaciló un instante, pero al final aceptó su gesto.

Tras unos segundos de incómodo silencio, Kate se atrevió a dar el primer paso. Se giró hacia Keyla y la miró a los ojos con una sonrisa.

—Estábamos planeando ir a Boston el lunes. Ver tiendas, cenar algo y luego ir al cine. Solo chicas, ¿te apetece venir?

Keyla le sostuvo la mirada un instante. Era evidente que trataba de poner fin a algún tipo de lucha interna. Poco a poco, esbozó una sonrisa que acabó siendo sincera.

—Claro, me apunto.

William se pasó la mano por el pelo sin esconder su alivio. Que ellas pudieran llevarse bien, facilitaba las cosas a todos. De pronto, una ligera agitación en el ambiente llamó su atención. Ladeó la cabeza y miró a Steve. La vibración provenía de su pecho. El vampiro tenía el rostro desencajado y parecía al borde de un ataque.

Le colocó una mano en el hombro y lo empujó hacia la salida con un gesto amable.

—Ven, vamos afuera.

Steve se precipitó a través de la puerta en busca de aire fresco y limpio.

—¿Cómo... cómo lo soportas? Me refiero a... a estar tanto tiempo entre humanos y no volverte loco por la sangre.

William también inspiró un soplo de brisa y se apoyó en la pared con los brazos cruzados sobre el pecho.

—He aprendido a soportar el dolor que causa la sed, al menos, durante un tiempo. Cuando siento que ya no puedo más, pongo distancia entre ellos y yo.

—Pero tu chica es humana, ¿cómo lo haces?

William esbozó una sonrisa culpable por su debilidad. La realidad de estar coqueteando con el desastre era abrumadora, pero nada superaba la desesperación que sentía al pensar en no volver a verla.

—Con determinación, supongo. Los años también ayudan. —Inclinó la cabeza para mirarlo—. ¿Cuánto hace que eres vampiro?

—Me convirtieron en 1990. Enviaron a mi grupo a Haifa. Debíamos encontrar a un infiltrado y sacarlo de allí ileso. No sé muy bien lo que pasó. Solo recuerdo que hubo una emboscada y que desperté en un callejón. —Se frotó el pecho como si algo le doliera—. Cyrus me encontró un par de meses después, cuando él perseguía a unos renegados, alimentándome de cabras en un pueblo perdido de Libia. Se ocupó de mí y me convirtió en un Guerrero.

—Me alegro de que te encontrara.

—Le estoy muy agradecido.

William le dio un codazo para aligerar el ambiente.

—Entonces es normal que te sientas así de abrumado con la sangre, aún eres muy joven. —Le dedicó una sonrisa—. Tranquilo, con el tiempo cuesta menos, aunque nunca deja de ser difícil.

A Steve se le escapó una risita.

—Bueno, sé lo que Cyrus me haría si daño a un humano. Así que prefiero la sed.

William rompió a reír.

—Sí, es mejor no provocarle. Creo que no hay un solo hueso en mi cuerpo que él no me haya roto. —Se frotó la mandíbula y miró de nuevo al vampiro, le caía bien—. ¿Has pensado en mi proposición?

—Sí.

—¿Y?

—Creo que eres un buen hombre, y también un buen líder... Para mí será un honor servirte.

William negó con la cabeza.

—No quiero que me sirvas, Steve, sino que me ayudes.

—De acuerdo. Entonces, te ayudaré.

Se sonrieron con aprecio y contemplaron la calle.

54

—¿Lo has pasado bien?

Kate asintió mientras giraba como una bailarina de la mano de William.

—Ha sido una noche estupenda.

Alcanzaron la puerta de la casa de huéspedes y se detuvieron el uno frente al otro sin dejar de sonreír.

—Así que... solo estupenda —dijo él con una sonrisita misteriosa.

Kate se apoyó en su pecho con ambas manos.

—Ha sido maravillosa —suspiró—. Hacía mucho tiempo que no me sentía así de bien.

William bajó la cabeza y contempló sus ojos. Después le acarició los labios con los suyos, disfrutando de la sensación y del golpeteo de su pequeño corazón bajo sus costillas. Podía sentirlo contra las suyas, y ese eco se extendía por todo su cuerpo como un hormigueo.

—Eres preciosa. —Ella se ruborizó—. Y me matas cada vez que te sonrojas.

Kate sonrió. Se puso de puntillas y alzó la barbilla hacia él, pidiéndole un beso.

De repente, la puerta se abrió y ellos se separaron de golpe.

—¡Oh, ya estáis aquí! —exclamó Alice—. ¿Qué tal la noche? ¿Os habéis divertido?

William asintió con una sonrisa.

Poco después se despidió de ellas y se dirigió al coche.

No podía dejar de sonreír.

Por primera vez en mucho tiempo se sentía bien, mejor que bien.

Subió al todoterreno y lo puso en marcha. A través del parabrisas vio que la ventana de la buhardilla de Kate se iluminaba.

Se pasó la mano por el pelo y, tras un par de inspiraciones, dio marcha atrás. Después se alejó. Sin embargo, a un par de kilómetros de distancia, volvió a detenerse. Salió del vehículo y se adentró en el bosque, en dirección al lago. Su teléfono móvil vibró con un mensaje. Le echó un vistazo y lo guardó de nuevo.

Ya estaba todo preparado, ahora solo necesitaba convencerla.

Quizá no fuese justo, pero no podía evitar ser egoísta.

Alcanzó la casa de huéspedes. Oculto en las sombras, cerró los ojos y escuchó. Oyó las respiraciones profundas y acompasadas de Alice y Martha. Ambas dormían. Saltó sin esfuerzo de ventana en ventana, hasta llegar a la pequeña habitación abuhardillada. Con un toque de sus dedos, el pasador se abrió. Luego entró en el cuarto sin hacer ningún ruido.

Kate no estaba allí.

Se tumbó en la cama y cerró los ojos.

Al cabo de unos minutos, Kate entró en el cuarto, oliendo a crema hidratante y pasta de dientes. Se le escapó un grito al descubrirlo en su cama.

—¿Quieres que me dé un infarto? —jadeó mientras se llevaba las manos al pecho. William se incorporó sobre un codo y la miró de arriba abajo—. ¿Qué haces aquí? Le has dicho a mi abuela que debías volver a casa.

Él arqueó una ceja y sus labios se curvaron con una sonrisa traviesa.

—¿Tú también te lo has creído? No sabía que era tan convincente.

Kate agarró un cojín del sillón y se lo lanzó. Él lo atrapó al vuelo y lo usó de almohada mientras se partía de risa. Después palmeó la cama, invitándola a acercarse.

Kate se tumbó a su lado y frunció el ceño.

—¿Por dónde has entrado? —Él señaló la ventana con un gesto y su sonrisa adquirió un aire pícaro. Kate rompió a reír—. ¡Qué presumido eres!

William se apoyó en el codo para mirarla desde arriba. No pudo evitar fijarse en el camisón de tirantes que llevaba puesto. Era blanco, con un lazo violeta que fruncía la tela bajo su pecho, y terminaba a mitad del muslo. Era muy fino y no le resultó difícil imaginar lo que había debajo.

—¿Y esto? —susurró al tiempo que rozaba con los dedos el lazo.

—Un regalo de Jill, ¿te gusta?

William asintió y se inclinó para depositar un beso en su hombro desnudo. ¿Que si le gustaba? Su imagen lo había golpeado como un cañonazo y no hubo forma de que evitara la reacción de su cuerpo, que tenía la peculiaridad de ser muy humano en ese sentido.

—Me encanta —dijo contra su piel.

Ella se estremeció y contuvo el aliento. Notó sus labios en el hueco del cuello, y luego en la barbilla. Sin poder contenerse, volvió el rostro hacia él y salió al encuentro de su boca.

—¿Sabes en qué he pensado toda la noche?

—¿En qué? —preguntó él y le dio un mordisquito en el labio inferior.

—En esto.

Los ojos de William comenzaron a brillar.

—¿Tienes la más remota idea de lo que me haces?

Ella negó sin aliento y movió la cabeza lo suficiente para que sus labios se rozaran.

—Pero puedes mostrármelo.

William le cubrió la mejilla con la mano y atrapó su boca con un beso profundo. Le rozó la lengua con la suya y deslizó una mano por su costado hasta la cadera. Sus dedos la aferraron para acercarla más.

Los besos dejaron de ser lentos.

Ella deslizó las manos por su cara, por su cuello, y descendieron a lo largo de su pecho hasta alcanzar el borde de la camiseta. Le rozó la piel del estómago y él se estremeció.

William la empujó con su cuerpo hasta que la tuvo tendida de espaldas y se colocó sobre ella.

Sentir su peso encima hizo que Kate gimiera. Casi no podía respirar mientras notaba la mano de él ascender por su cadera, amontonando la tela y rozando con las puntas de los dedos sus caderas. Su pierna se coló entre las de ella. Le costaba procesar todas esas sensaciones y solo era consciente de la certeza de lo que su cuerpo quería. Lo quería a él. De un modo excitante y aterrador. Desesperado.

Bajó las manos por su espalda y las introdujo por debajo de su ropa para extender los dedos por su piel suave, sobre unos músculos tensos que temblaban tanto como ella. Le rodeó las piernas con las suyas. Sus cuerpos encajaron y se quedó sin aliento.

De repente, él se detuvo bruscamente y hundió el rostro en su cuello.

—Si continuamos, no creo que pueda detenerme.

Kate enredó los dedos en su nuca e inspiró para recuperar el aliento.

—Es posible que vayamos un poco deprisa.

Él sonrió sobre su piel y depositó un tierno beso antes de alzar la cabeza y mirarla.

—Creo que sí —susurró con una sonrisa traviesa. Después se puso serio—. Quiero que ocurra, pero en el momento perfecto.

Kate lo contempló mientras su corazón volvía a acelerarse. No se acostumbraba a las cosas que él le decía, a cómo se las decía. Con esa intensidad y devoción que la hacían sentirse muy especial. Porque a sus ojos, se sentía perfecta.

—¡Eres tan mono! —exclamó sin poder contenerse.

William se alzó sobre los brazos y entrecerró los ojos.

—¿Has dicho que soy mono? —la diversión teñía su pregunta. La tomó en brazos tan deprisa que a ella se le escapó un grito de sorpresa—. ¿Mono? ¿En serio?

—¿Qué tiene de malo?

Se encaminó con ella hasta la ventana.

—William Crain, príncipe vampiro y guerrero despiadado. Por cierto, también es mono. ¡Tú quieres hundir mi reputación!

Kate rompió a reír con ganas. Jamás le había visto bromear de ese modo y era tremendamente divertido y sexi. La ventana se abrió sin que nadie la tocara y Kate dio un respingo.

—¿Lo has hecho tú? —preguntó atónita.

—Has herido mi orgullo, pequeña mortal. Me obligas a mostrarte cómo soy en realidad.

—¿No irás a...?

La adrenalina sacudió su cuerpo al sentir que se lanzaba al vacío con ella en brazos. Tuvo que obligarse a no gritar.

Aún tenía los ojos cerrados cuando William la dejó sobre la hierba.

Se estremeció al notar la humedad bajo los pies descalzos y sonrió.

—No pareces asustada —dijo él en tono socarrón.

—¿Y por qué iba a estarlo? —preguntó como si nada, aunque las piernas le temblaban como un flan—. Vas a necesitar mucho más que eso para impresionarme.

William se echó a reír con ganas.

—¿Me estás retando?

—Si crees que tienes algo que demostrar...

—Tú sigue provocándome.

—Ya te gustaría.

Él la tomó de la mano sin dejar de sonreír y tiró de ella para que lo siguiera.

—Ven, demos un paseo.

—Es un poco tarde, ¿no?

La miró por encima del hombro.

—¿Estás cansada?

—La verdad es que no. —De repente, se le pasó por la cabeza una pregunta un poco trivial, aunque quizá no lo fuese para un vampiro—. ¿Tú duermes?

—Sí, aunque no con la misma frecuencia que tú.

—Entonces, ¿los vampiros también hacéis las mismas cosas que los humanos?

—Solo las importantes —le susurró al oído.

Kate sacudió la cabeza y un calor sofocante se instaló en su cara.

Pasearon junto a la orilla del lago, con los dedos entrelazados mientras la luna proyectaba sus sombras en el agua. La noche era agradable y fresca, y el silencio reconfortante. Sin embargo, William caminaba ajeno a la belleza del lugar. Un pensamiento ocupaba su cabeza desde hacía un buen rato y no tenía ni idea de cómo afrontarlo.

—Kate...

—¿Sí?

—Tengo que volver a Inglaterra —dijo sin querer alargarlo más.

—¿A Inglaterra? ¿Cuándo?

—En unos pocos días.

Kate notó que la vida abandonaba su rostro, mientras las palabras tomaban forma una a una en su mente.

—¿Para siempre?

—¡No, por supuesto que no!

—Entonces, ¿cuánto tiempo?

Él lo meditó un segundo y se encogió de hombros.

—No lo sé, puede que unas semanas. Después de todo lo que ha pasado, debo volver y dar explicaciones. Además, hay algunos temas que tengo que tratar con mi padre y que no pueden esperar.

—Semanas —susurró ella para sí misma.

Inspiró de forma entrecortada y su mano resbaló de entre la de él. La noticia había caído sobre ella como un jarro de agua fría. Iba a marcharse. Ni siquiera se le había pasado por la cabeza que esa posibilidad existiera. Bueno, sí, pero no tan pronto. No ahora.

Se giró hacia el lago, consciente de que él no dejaba de mirarla como si tratara de adivinar sus pensamientos más íntimos. Inspiró hondo. Estaba tan enfadada, y le parecía tan injusto sentirse de ese modo.

Forzó una sonrisa y empezó a caminar de nuevo, unos pasos por delante de él para que no pudiera ver su rostro afectado.

—¡Es una idea estupenda, seguro que te echan mucho de menos! —exclamó mientras forzaba un tono alegre—. Deberíamos volver, es tarde y estoy cansada.

William la observó mientras se alejaba. Había notado su cambio de humor, la distancia que de pronto había puesto entre ambos y la forma en la que trataba de ocultarle sus emociones. Negó con la cabeza y una leve sonrisa se dibujó en su cara.

—¿Por qué pareces enfadada? —preguntó.

—¿Enfadada? ¿Porque te vas? ¡No! —exclamó.

Aceleró el paso sin darse cuenta.

«Pues claro que estoy enfadada, solo llevamos unos pocos días saliendo y ya se marcha al otro lado del mundo», pensó con los labios apretados.

De repente, se encontró de espaldas contra un árbol. Los brazos de William se habían convertido en una hermosa jaula a su alrededor. Se inclinó sobre ella hasta que sus ojos quedaron a la misma altura y sonrió.

—¿Por qué estás disgustada?

—No lo estoy.

—Kate...

—No pasa nada, entiendo que debas irte. Además, a partir de ahora estaré muy ocupada. Han comenzado las vacaciones de verano y la casa se llenará de huéspedes. Estaremos completos hasta mediados de agosto... —La sonrisita arrogante que bailaba en el rostro de William la estaba poniendo de los nervios y no era capaz de concentrarse en sus propias palabras—. ¿Qué?

—Es una pena que vayas a estar tan ocupada. Iba a pedirte que me acompañaras.

Le dio un beso fugaz en los labios y echó a andar, dejándola allí plantada.

—¿Ibas a pedirme que te acompañara? —Trastabilló al seguirlo.

—Sí, quería presentarte a mi familia y que vieras cómo es mi mundo. Que pudieras conocerme más a mí. Pero entiendo que debas quedarte. No te preocupes.

Kate se maldijo por haber sacado conclusiones precipitadas, sin apenas haberle escuchado.

—Bueno... quizá podría solucionarlo, seguro que Alice se las arregla sin mí unos días. ¡William, me encantaría ir contigo!

Él se detuvo y dio media vuelta. Lo hizo tan de repente que ella chocó contra su pecho. La sostuvo por la cintura y una sonrisa arrebatadora iluminó su cara.

—¿De verdad quieres venir? —Ella asintió con vehemencia. La tomó de la mano y la empujó hacia atrás. Luego la hizo girar sobre sí misma y la atrajo de nuevo hacia su pecho—. Entonces, admite que te has enfadado.

Kate lo miró con la boca abierta. El rubor inundó su rostro y se extendió por su cuello hasta perderse bajo el camisón. Balbuceó una protesta que no llegó a pronunciar. Al final, lanzó un suspiro de derrota.

—Vale, me he enfadado.

—¿Por qué? —Le alzó la barbilla con la mano—. Dímelo.

—No soporto la idea de que te alejes de mí. Que, una vez en Londres, te des cuenta de que no me necesitas y no quieras volver. —Escondió el rostro en su pecho—. ¡Soy horriblemente egoísta, lo sé!

Sus palabras provocaron en William un placer inmenso.

436

—No lo eres, pero yo sí al pedirte que me acompañes —le susurró al oído—. Estoy dispuesto a rodearte de vampiros, soberbios y peligrosos, solo por tenerte cerca. Para no echarte de menos y poder hacer esto siempre que quiera...

Se inclinó y le dio un beso en los labios.

Kate tragó saliva y pensó en un montón de vampiros sedientos a su alrededor.

—¿Esos vampiros podrían hacerme daño?

—La sangre inocente está prohibida desde hace siglos, del mismo modo que lo está infligiros daño. —Sus ojos destellaron un segundo—. Ni siquiera te mirarán si yo no lo permito.

Kate sonrió. Estaba convencida de haber perdido cualquier instinto de supervivencia, porque se oyó a sí misma decir:

—Quiero ir.

—¿Aún no te he explicado lo que eso implicaría para ti?

Ella parpadeó confundida.

—¿Qué?

—En mi mundo, solo hay un camino de ida, Kate. Te lo ofrezco porque estoy seguro de lo que siento por ti. Si vienes conmigo, si te lo muestro, no habrá vuelta atrás. Será un compromiso para siempre.

—¿Com-compromiso? —La palabra se le atascó en la garganta.

—De lealtad hacia mi familia y hacia mí. Hacia lo que somos y representamos. Sabrás dónde vivimos, cómo vivimos... Nuestro secreto debe estar por encima de cualquier otra cosa.

Kate pensó en ello un momento. Esa familia era el corazón del mundo vampiro y entendía lo que William trataba de decirle. Eran inaccesibles por su importancia, y no corrían riesgos.

—Lo entiendo.

—También será un compromiso entre tú y yo. —Ella parpadeó y el corazón le dio un vuelco antes de comenzar a latir desbocado. Él se deleitó con ese sonido—. Si no estás segura de lo que sientes por mí, de que durará en el tiempo, no vengas. Porque si lo haces, no te daré la opción de arrepentirte. No podría soportarlo. Todo o nada. Tú decides.

Kate bajó la mirada y la desvió hacia el lago. El agua estaba en calma y parecía un lienzo oscuro inanimado pese a la brisa que soplaba. Pensó en lo que William acababa de decirle. En la importancia y el peso de esas palabras. Él había sido completamente sincero. Le había mostrado una puerta, la había abierto para ella y le había explicado qué encontraría al otro lado. Si bien la decisión de cruzarla era solo de ella.

Se abrazó los codos mientras daba unos cuantos pasos hacia la orilla. Podía sentir la presencia de William a su espalda, también que guardaba la distancia, concediéndole ese momento.

Cerró los ojos y se imaginó sin él. Se vio regresando a su antigua vida, a sus viejos amigos. Haciendo todo lo posible para olvidar las últimas semanas y todo lo nuevo que había descubierto. Imaginó un día a día sin ver su rostro, sin sentir su sonrisa sobre la piel, sus besos y sus manos.

Abrió los ojos de golpe. El dolor era insoportable.

Todo o nada, le había dicho él.

La pastilla azul o la roja.

Sonrió para sí misma ante ese pensamiento.

Se volvió hacia él y se encontró con su mirada azul y brillante clavada en ella. Inmóvil, expectante... asustado. Tomó aliento y letra a letra formó la palabra en su mente.

—Todo.

—¿Estás segura?

—Quiero ir contigo.

55

Una semana más tarde.

Las elegantes puertas se abrieron de golpe y se vio arrastrada a través de ellas por aquel par de salvajes que la trataban sin ningún respeto. Se detuvieron frente a otra puerta, más ostentosa que las anteriores, y uno de sus captores llamó con los nudillos.

El miedo se convirtió en una pesada losa sobre sus hombros, mientras aguardaba una respuesta del otro lado.

—Adelante.

Abrieron y la empujaron dentro sin ningún miramiento. La puerta volvió a cerrarse a su espalda.

La habitación estaba a oscuras y la única luz provenía del fuego que ardía en la chimenea. Tuvo el impulso de mirar alrededor, pero el valor había desaparecido de su cuerpo.

Contuvo el aliento cuando una figura se levantó de un sillón y su silueta quedó recortada contra el resplandor de las llamas. Avanzó hacia ella sin prisa, con el eco de sus pasos resonando entre las paredes. Cuando se detuvo a su lado, el silencio se le hizo tan pesado como la tierra con la que se rellena una tumba.

Los nervios estaban haciendo estragos en ella, pero no levantó los ojos del suelo y permaneció arrodillada donde había caído. Contempló su propio reflejo sobre el suelo de mármol oscuro. Vio que él le ofrecía su mano con un gesto caballeroso. Alzó la cabeza de golpe, sorprendida, y por fin se atrevió a mirarlo a los ojos. Casi sonreían.

Colocó su mano sobre la de él y permitió que la ayudara a levantarse. Nada explicaba por qué la mantenía con vida.

Él se llevó sus dedos a los labios y depositó un beso en sus nudillos, sin apartar en ningún momento la mirada de su rostro. De repente, sus ojos centellearon con un brillo diabólico y la abofeteó con fuerza.

—No hablarás a menos que yo te lo indique, no te alimentarás a menos que yo te lo pida y no cruzarás esas puertas sin que te lo ordene. Porque si no me obedeces, si vuelves a desafiarme, desearás mil años de tortura en el infierno a lo que yo podría hacerte. ¿Me has entendido?

Ella asintió sin levantar la vista del suelo.

—¿Me has entendido, Amelia? —siseó.

—Sí.

—¿Sí?

—Sí, mi señor, lo he entendido —contestó sumisa, consciente de que su vida o su muerte se decidían en ese momento.

Él recorrió su cuerpo de arriba abajo con la mirada y su rostro se dulcificó con una sonrisa seductora. Acarició la mejilla de Amelia, allí donde la había golpeado, y dio media vuelta para dirigirse de nuevo al sillón. Mientras caminaba, colocaba con pequeños tirones los puños de su camisa y ajustaba los gemelos de platino.

—¿Por qué me perdonas? —se atrevió a preguntar Amelia con cautela.

Todavía esperaba que el brillo del acero se cerniera sobre ella en cualquier momento.

—Quizás aún te necesite. Además, hay otros asuntos, además de los negocios, que me gusta tratar contigo. —Levantó la mirada hacia ella—. Sabes complacerme, Amelia, aprecio eso de ti.

Hizo un gesto con la mano para que se acercara y ella obedeció inmediatamente. Muy despacio, la tomó del rostro y la besó en la barbilla, después tras la oreja.

—¿Qué has sentido al verlo? —susurró en su oído.

—Nada —contestó ella sin poder evitar que sus piernas temblaran.

—¿Y por qué no te creo?

Ella ladeó la cabeza unos centímetros para poder mirarlo a los ojos.

—Quizá deberías conocerme mejor. —Un resquicio de soberbia desafiante apareció en su voz.

Él soltó una carcajada. En el fondo iba a ser una pena matarla cuando ya no le fuera útil.

—Entonces, deberías ayudarme a que pueda conocerte mejor —le susurró con lujuria.

Agradecimientos

Empecé a escribir esta historia cuando la idea de ser escritora aún era un sueño lejano. Han pasado muchos años desde entonces y hoy, más que nunca, creo en las segundas oportunidades y en que los sueños se cumplen.

Gracias a Ediciones Urano y a toda la gente increíble que forma parte de esta casa, como mi maravillosa editora, Esther. Sin ella, esta aventura no habría sido posible.

A Luis Tinoco, por vestir mis historias con unos diseños tan bonitos.

A Nazareth, Tamara, Victoria y Yuliss, siempre de la mano. Tengo la suerte inmensa de teneros.

A Cristina Más, por quedarte y estar siempre ahí.

A Marta y Raquel, que formaron parte de muchos momentos.

A Elena y Dunia, por el cariño y una amistad que no deja de crecer.

A mis estrellitas, por todo su apoyo y buenas vibraciones.

A mi familia, pilar indispensable.

A Celia y Andrea, que son mi motivación.

A todos los que esperabais este momento tanto como yo. Vosotros habéis logrado que Almas Oscuras llegue a las librerías.

Gracias a todos los lectores que me han acompañado durante los últimos años haciéndome crecer y volar muy alto.

¿TE GUSTÓ ESTE LIBRO?

escríbenos y
cuéntanos tu opinión en

 **/Sellotitania**  **/@Titania_ed**

/titania.ed

#SíSoyRomántica